中国电子学会
第十七届青年学术年会论文集

纪震 黄强 姜来 朱泽轩 主编

电子工业出版社

Publishing House of Electronics Industry

北京·BEIJING

内 容 简 介

中国电子学会青年学术年会是电子信息技术界青年科技工作者学术界一年一度交流、沟通、合作、创新的盛会，已经成为电子领域的青年科研人员探讨新技术、新思想的平台。中国电子学会第十七届青年学术年会论文集主要收录了信息与通信工程，电子科学与技术，控制科学与工程，计算机科学等专业领域的青年学者的优秀学术论文六十余篇，对相关专业领域的研究人员和专家学者具有重要的参考价值。

未经许可，不得以任何方式复制或抄袭本书之部分或全部内容。
版权所有，侵权必究。

图书在版编目（CIP）数据

中国电子学会第十七届青年学术年会论文集/纪震等主编. —北京：电子工业出版社，2011.11
ISBN 978-7-121-14980-1

Ⅰ. ①中… Ⅱ. ①纪… Ⅲ. ①电子技术—学术会议—文集 ②信息技术—学术会议—文集 Ⅳ. ①TN01-53
②G202-53

中国版本图书馆 CIP 数据核字（2011）第 225643 号

责任编辑：赵　娜
印　　刷：北京季蜂印刷有限公司
装　　订：
出版发行：电子工业出版社
　　　　　北京市海淀区万寿路 173 信箱　邮编 100036
开　　本：787×1 092　1/16　印张：22.25　字数：　570 千字
印　　次：2011 年 11 月第 1 次印刷
定　　价：168.00 元

凡所购买电子工业出版社图书有缺损问题，请向购买书店调换。若书店售缺，请与本社发行部联系，联系及邮购电话：(010) 88254888。

质量投诉请发邮件至 zlts@phei.com.cn，盗版侵权举报请发邮件至 dbqq@phei.com.cn。

服务热线：(010) 88258888。

大会组织机构

顾问委员会

陈国良（中国科学院院士、深圳大学计算机与软件学院院长）

谢维信（深圳大学 ATR 国防科技重点实验室主任）

刘 力（电子学报总编）

大会主席

张 军（北京航空航天大学副校长）

纪 震（深圳大学计算机与软件学院常务副院长）

大会副主席

李增瑞（北京传媒大学信息工程学院书记）

陶 然（北京理工大学信息科学技术学院副院长）

胡事民（清华大学计算机系副主任）

李 霞（深圳大学信息工程学院院长）

梁永生（深圳市信息职业技术学院副院长）

程序委员会主席

纪 震（深圳大学计算机与软件学院常务副院长）

程序委员会副主席

鲍长春（北京工业大学电子信息与控制工程学院教授）

于宗光（中电集团第 58 所副总工程师）

诸叶梅（中国电子学报副总编辑）

黄 强（深圳大学计算机与软件学院软件工程系主任）

组织委员会主席

喻建平（深圳大学计算机与软件学院副院长）

组织委员会副主席

彭小刚（深圳大学计算机与软件学院软件工程系副主任）

沈琳琳（深圳大学计算机与软件学院副教授）

秘书

曾启明

前　言

中国电子学会第十七届青年学术年会（简称：CIE-YC2011）于 2011 年 12 月 02～05 日在美丽的海滨城市广东省深圳市召开，该年会是电子信息及相关学科青年科技工作者交流学术思想、探讨学术热点、展示学术成果、增进学术合作的年度学术盛会。本次年会的主题是结合国家、珠三角地区十二五规划重点建设领域，"以科技引领创新驱动电子与信息技术发展，推动高新技术产业群快速发展，深入实施自主创新主导战略，提升核心技术自主创新能力"。会议就通信技术、互联网技术与物联网技术等领域的最新进展、发展趋势及在我国高新技术产业中的应用展开讨论，并邀请国内著名专家、学者进行最新的学术前沿报告。

本论文集涵盖信息与通信工程、电子科学与技术、控制科学与工程、计算机科学等领域的论文六十余篇，其中优秀论文将推荐至《电子学报》（EI 核心版检索）、《深圳大学学报 理工版》（EI 核心版检索）和《信号处理》等国内核心期刊发表。

衷心感谢中国电子学会及其青年工作委员会对本次会议的关心和支持；感谢所有投稿者和参会嘉宾对本次会议的参与和支持；感谢所有评审专家对论文评审工作的贡献；感谢本次年会承办单位深圳大学计算机与软件学院、深圳大学信息工程学院和深圳信息职业技术学院全体工作人员的辛勤工作；感谢电子工业出版社对论文集出版工作的大力支持；最后，向所有关心和支持本届青年学术年会的领导和专家表示衷心的感谢！

本次会议受到国家自然科学基金项目（60872125, 61001185，61171125）、教育部新世纪优秀人才支持计划、教育部重点研究项目、霍英东高等学校青年基础性研究项目、广东省自然科学基金项目（10151806001000002）和深圳市杰出青年项目的支持。

中国电子学会

中国电子学会青年工作委员会

深圳大学计算机与软件学院

深圳大学信息工程学院

深圳市信息职业技术学院

2011 年 12 月

目 录

0.1～1.6GHz 宽带低噪声放大器的分析与设计

张 浩 邓 青 刘海涛 谢书珊 万川川

（南京电子技术研究所，南京，210039）

摘 要： 本文给出了一个宽带、高线性度的低噪声放大器的分析与设计。详细分析了噪声抵消的原理和条件，采用噪声抵消技术设计了 0.1～1.6GHz 的宽带低噪声放大器。该低噪声放大器采用 TSMC 0.18um RF CMOS 工艺实现，测试结果表明，在 0.1～1.6GHz 频率范围内，增益 20dB，噪声系数 1.5dB，输入 1dB 压缩点-6dBm，在 1.8V 的电源电压下 ，消耗电流 20mA。

关键词： 噪声抵消；低噪声放大器；高线性度

Analysis and Design of a 0.1～1.6GHz Broadband Low Noise Amplifier

Zhang Hao，Deng Qing，Liu Haitao，Xie Shushan，Wan Chuanchuan

（Nanjing Research Institute of Electronics Technology, Nanjing, 210039）

Abstract: A broaband, high linearity low noise amplifier was analyzed and designed. The noise canceling theory and condition was analysed in detail. By using the noise canceling technique to realize the low noise figure and broad band width from 0.1～1.6GHz. The LNA was fabricatied in TSMC 0.18um RF CMOS process, the test results show that, from 0.1 to 1.6GHz, the power gain is 20dB, noise figure is 1.5dB, input 1dB compression point is － 6dBm, and the power consumption is about 20mA under 1.8V supply voltage.

Key words: noise canceling, low noise amplifier, high linearity

1 引言

随着数字电视、广播系统和低频雷达系统的发展和广泛应用，低频宽带系统得到了广泛的发展，宽带高线性度低噪声放大器是此类系统中最主要的难点。

低噪声放大器作为接收机的第一级有源电路，其增益、噪声系数等性能对整个系统功能的实现起着决定性作用[1]。宽带低噪声放大器必须能在很宽的频带范围内实现输入阻抗匹配、提供平坦的增益、同时具备较低的噪声系数。通常采用的宽带低噪声放大器结构有电阻并联反馈共源共栅结构[2]、共栅结构[3]、LC 带通滤波器结构[4]和分布式放大器结构[5]。前两种结构能够实现较好的宽带阻抗匹配，但是它们的噪声系数都较大，最小噪声系数通常在 3dB 以上；LC 带通滤波器结构能够克服噪声问题，然而必须采用多个片外无源元件，不利于大规模集成，同

基金项目：江苏省科技支撑计划（DE2010008）

时由于电感的原因，很难覆盖低频频段；分布式放大器具有能够同时实现超宽带和阻抗匹配的优点，由于需要用到传输线和多级级联，必然需要大的芯片面积和功耗，而且也不适合低频应用。针对上述几种结构的缺点，本文采用一种基于噪声抵消技术的宽带低噪声放大器，不需要电感元件，可以覆盖较低的频率，同时达到较低的噪声系数。

2 电路设计

2.1 噪声抵消技术

通常电路的主要噪声源都来自放大 MOS 器件的沟道热噪声，采用噪声抵消技术可以有效的减小沟道热噪声。噪声抵消技术的主要思想是增加额外的通路，使得沟道热噪声经过不同的通路到达输出后能够相互抵消[6,7]。噪声抵消的原理如图 1 所示。

假设 M1 所产生的噪声电流为 i_{n}.M1，则噪声电流在 a 和 b 两个节点将产生相同相位的噪声电压，而共源结构的放大器有用信号在 a 和 b 两个节点的相位将相反。通过引入一个反相放大器，将 M1 栅端的信号和噪声同时放大，再与 M1 漏端的信号和噪声相叠加，在 c 点就可以减小甚至完全消除 M1 引入噪声的影响，而有用信号将被放大后叠加。这样，在输出端 vo 将可以完全消除 M1 所产生的噪声的贡献。同时，输出有用信号也得到了增强。

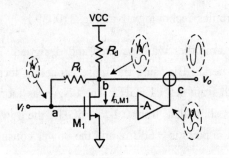

图 1 噪声抵消原理示意图

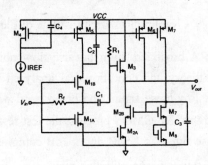

图 2 噪声抵消 LNA 电路实现

2.2 基于噪声抵消技术的低噪声放大器

基于噪声抵消技术的低噪声放大器如图 2 所示。输入级 M1A 和 M1B 为电流复用形式，可增加跨导效率，从而降低电路功耗。第一级和第二级之间采用交流耦合，C1 为耦合电容，R_1 取值大于 100kΩ，这样可以保证第一级低频信号有效传输到第二级。M_{2A} 和 M_{2B} 为共源共栅结构，一方面提高反向隔离，另一方面作为源极跟随器 M_3 的负载可以增加其输出阻抗。电容 C_2 为电流源旁路和滤波电容。M_4~M_8 为电流镜，分别为第一和第二级提供恒定电流。

为了更好的理解噪声抵消技术，下面进一步分析了噪声抵消放大器的噪声抵消条件和电路的增益。M1 产生的噪声电流在 a 点和 b 点产生的噪声电压 $v_{s,a}$ 和 $v_{s,b}$ 以及输入信号在 b 点的信号电压分别表示为：

$$v_{n,a} = i_{n,M1}R_s, \quad v_{n,b} = i_{n,M1}\left(R_f + R_s\right), \quad v_{s,b} = v_{s,a}\left(1 - g_{m1}R_f\right) \tag{1}$$

假设 M_1，M_2 和 M_3 的输出阻抗 r_0 为无穷大，通过小信号分析可以得到电路的输入阻抗和输出阻抗分别为：

$$R_i \approx 1/g_{m1} , \quad R_o \approx 1/g_{m3} \tag{2}$$

抵消放大器的增益为:

$$A_{v,M_2} \approx -g_{m2}\left(R_L \| 1/g_{m3}\right) = -g_{m2}R_s/2 \tag{3}$$

忽略 M_3 的衬底偏置效应,可以得到源极跟随器 M_3 管的电压增益为:

$$A_{v,M_3} \approx g_{m3}R_L/\left(1+g_{m3}R_L\right) = 1/2 \tag{4}$$

有以上分析可以得到,M_1 的噪声电流在输出端产生的噪声电压可以表示为:

$$v_{n,o} = v_{n,a} \cdot A_{v,M2} + v_{n,b} \cdot A_{v,M3} = -i_{n,M1}\left[R_s\left(-g_{m2}R_s/2\right) + \left(R_f + R_s\right)/2\right] \tag{5}$$

欲使该噪声电压为 0,也即 $v_{n,o}=0$,则有

$$g_{m2} = \left(1 + R_f/R_s\right)/R_s \tag{6}$$

式(6)为噪声抵消条件,当 g_{m2} 满足噪声抵消条件的时候,由于 M_1 管引入的噪声将被抵消,此时,抵消放大器的增益为:

$$A_{v,M_2} = -A_v = -\left(1 + R_f/R_s\right)/2 \tag{7}$$

另外一方面输出端信号的电压可以表示为:

$$v_{s,o} = v_{s,a} \cdot A_{v,M2} + v_{s,b} \cdot A_{v,M3} = -v_{s,a}\left[\left(1+R_f/R_s\right)-\left(1-g_{m1}R_f\right)\right]/2 = -v_{s,a} \cdot R_f/R_s \tag{8}$$

因此电路的总电压增益为:

$$A_v = v_{s,o}/v_{s,a} = -R_f/R_s \tag{9}$$

通过以上分析,可以得到基于噪声抵消技术的低噪声放大器设计步骤如下:
(1)根据增益要求,由式(9)选择合适的反馈电阻 R_f;
(2)由式(2),计算出合适的 g_{m1} 和 g_{m3},以满足端口阻抗匹配的要求;
(3)根据已经确定的 R_f 值和式(6),选择合适的 g_{m2}。

3 测试结果

低噪声放大器的芯片照片如图 3 所示,包含焊盘在内,芯片面积为 470μm×500μm。由于电路没有用到电感元件,芯片面积较小。

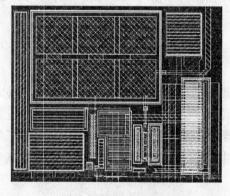

图 3 低噪声放大器版图

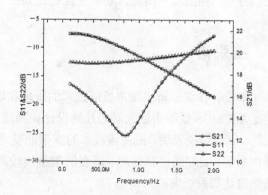

图 4 S 参数测试结果

芯片采用在片测试的方法,测试所使用的主要仪器有 Agilent 公司的 E5071B 网络分析仪、E4440A 频谱仪、N8975A 噪声分析仪和 E4438C 信号发生器等,分别对电路的 S 参数、噪声系

数、1dB 压缩点和三阶互调点进行了测试，其中 S 参数的测试结果如图 4 所示，输入输出匹配较好。噪声系数的测试曲线如图 5 所示，在 1GHz 时，噪声系数达到最小值，约为 1.2dB。

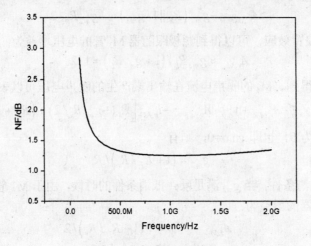

图 5　噪声系数测试结果

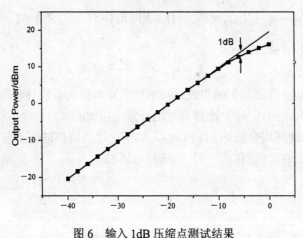

图 6　输入 1dB 压缩点测试结果

　　输入 1dB 压缩点的测试采用扫描输入功率记录相应的输出功率的方法，根据测得的数据描点得到的输出功率随输入功率变化曲线如图 6 所示，由图可知输入 1dB 压缩点约为-6dBm。

4　结束语

　　本设计详细分析了噪声抵消技术的原理和电路实现方法，并介绍了一个采用噪声抵消技术的宽带 CMOS 低噪声放大器芯片的设计和测试结果。芯片采用 TSMC 0.18-μm RF CMOS 工艺实现。测试结果表明，采用该技术的宽带低噪声放大器能够在宽的工作频率范围内得到较低的噪声系数、良好的阻抗匹配、适当的增益和较高的线性度等特性，可以广泛应用于数字电视和低频雷达等系统中。

参 考 文 献

[1] 李智群,王志功,余志平.射频集成电路与系统,科学出版社, 2008.

[2] Bevilacqua, Niknejad AM. An Ultra Wideband CMOS LNA for 3.1 to 10.6 GHz Wireless Receivers[C] , IEEE Internation Conference of Solid State Circuits, San Francisco, CA, United states, 2004.

[3] F Zhang, P Kinget, Low power programmable-gain CMOS distributed LNA for ultra-wideband applications [C]. IEEE Symposium on VLSI Circuits, 78-82, 2005.

[4] B T Wang, A M Niknejad and R W Brodersen, Design of a sub-mW 960-MHz UWB CMOS LNA [J]. IEEE Journal of Solid-State Circuits, 41(3):2449-2456, 2006.

[5] D Ma, Y Shi and F F Dai, A wide-band low noise amplifier for terrestrial and cable receptions, *Journal of Semiconductors*, 27(4):970-975, 2006.

[6] F. Bruccoleri, E. A. M.Klumperink and B. Nauta, Wide-band CMOS low-noise amplifier exploiting thermal noise canceling. IEEE J Solid-State Circuits, 39(2):275, 2004.

[7] Wang Keping, Wang Zhigong, Lei Xuemei. Noise-canceling and IP3 improved CMOS RF front-end for DRM/DAB/DVB-H applications. Journal of Semiconductors, 31(2), 400, 2010.

作者简介

张浩，男，1982 年生，籍贯郑州，工程师，主要从事射频、微波集成电路及系统研究和设计，zhang.hao@magnichip.com。

邓青，男，1975 生，籍贯南京，高级工程师，主要从事数字电路算法设计，dennis_deng@sina.com。

刘海涛，男，1981 年生，籍贯山东，工程师，主要从事 IT 支持及服务器管理和数模混合电路设计，hitalllau@163.com。

A Comparison of Centralized Routing Protocol and Distributed Routing Protocol

Song Wei，Li Mengli

（Beijing University of Post and Telecommunication, Beijing, China. E-mail:ee08b139@mail.bupt.edu.cn）

Abstract: In dynamic routing system, a protocol on one router communicates with the same protocol running on neighbor routers. The routers then update each other about all the networks they know about and place this information into the routing table. If a change occurs in the network, the dynamic routing protocols automatically inform all routers about the event. If static routing is used, the administrator is responsible for updating all changes by hand into all routers. Typically, in a large network, a combination of both dynamic and static routing is used.

1 Introduction

Computer networks have become a critical complex structure. In today's world Network systems achieve interloper ability among heterogeneous systems through the use of a set of well established protocols. The generality and wide acceptance of the TCP/IP protocol suite has significantly contributed to the vast success of the Internet.

In the dynamic route calculate algorithms, there are three main routing protocol, one is centralized routing protocol, another is distributed routing protocol, and also hybrid routing protocol.

In this survey, we will have a general sense of how centralized and distributed routing protocol work and the advantage and disadvantage between them, also some points about how they influence the network.

2 The Centralized Routing Protocol

This centralized routing protocol, in the sense that it requires a complete view of the network in order to optimally allocates a connection request.

The principle of the centralized routing protocol is that there exists a special hardware module, like a server – often router – in the switch board, which is responsible for package retransmission.

Every node of the networks transfer the information of their own to the special hardware module—the network control center, then the module will calculate the request based on the information from every node, and at last give the best routine for the packets which want to be send.

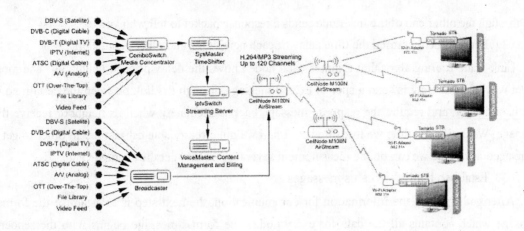

3 The Distributed Routing Protocols

The main idea of the distributed routing is that every node has a routing table, it can calculate the shortest path and it is unnecessary to send the routing information to the monitor and no requirements of a complete view of the network.

There are several algorithms of the distributed routing protocol, in this paper, I choose to important algorithms.

3.1 Distance Vector Routing Algorithm

The main idea of Distance Vector Routing algorithm is that:

Every node communicate with all adjacent node each other periodically by sending information, then the information of Routing refresh by a group （V, D）, V means which node (number) can be choose by the route, and D means the distance between the current node and the destination node （how many jump between them）.

The receiver routing refresh the information node recalculate and modify it's routing table.

Distance vector routing algorithm has the advantages of simple and reliable. However it does not apply the large network which may has a drastic change environment. Since a certain node routing won't change until fluctuations from adjacent node spreads out to the certain node routing, and the process may be slow, so the changing of the certain node routing suffer from a big delay, it's called "slow convergence". Therefore, in the routing refresh process of distance vector routing algorithm, there may appear some routing disagreement

3.2 Link-state Routing

The basic idea of the link - state routing algorithm is not complex, it can be divided into five sections describe the following:

（1）Each node must find all its neighbors.

When a node starts to work, it will send a special HELLO messages through a point to point link, and through the other end of the link node sends a response packet to tell who you are.

（2）Every node measured the time delay of each neighbors, and other parameters.

Link- state routing algorithm requires each node knows the delay of each neighbors. The most direct way of measuring is send a special ECHO message through the link between the certain node and its neighbor, and require the response message back immediately when its neighbor receive the message. We divide the time we measured by 2 and we got a reasonable estimation. In order to get a more accuracy value we can do the measurement several times and get the average value.

（3）Establish the link - Status messages

After gathering all the information for communication, the next step is to establish the format message which contains all the data for every node. The format message begins with the sender's identifier followed by a sequence number as well as a list of all its neighbor. The information of delay is given for every certain neighbor.

To establish a link - Status message is not complexity, the difficulty is to decide when to create them. One possible approach is to establish them at regular intervals periodically. Another possibility is when the node detects the occurrence of certain important events, establishing them. For example, establish them when the collapse of a link or a neighbor or restored occurred.

（4）Distributed of link - Status messages

The basic algorithm is to use the sequence number distributed of the flooding method.

Since this algorithm is using the sequence number circularly, some node may suffer the crash before, or may be some sequence number was use incorrectly before, it may cause the nodes using different topology structure. It may cause the unstable. In order to avoid the unstable, every format message will contain a TTL, when the time is up, the certain format message is scrapped.

（5）Calculate the new route

Once a node has collected to all the links from other nodes - status messages, it could then construct a complete network topology map, by using the Dijkstra algorithm we can achieve the shortest possible path to all destinations on the local structure.

Link - state routing algorithm is to calculate the shortest path by each node independently. It can adapt to network changes quickly. However, compared to distance vector routing algorithm, it is more complex and difficult to achieve.

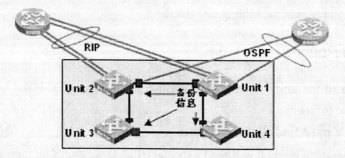

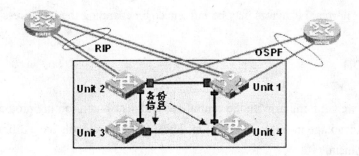

4　Advantages and Disadvantages of Two Kind of Routing Protocol and How They Influence the Network

4.1　Centralized Routing Protocol

From the survey above, we can easily figure out the advantage and disadvantage of the centralized routing protocol.

➢ The centralized routing protocol is easy to control.

➢ The centralized routing protocol is easy to achieve and cost less money.

➢ The capabilities of the network route are limited to the network control center's capabilities. If the network control center's capability is high, the network route's property is high and vice-versa.

➢ If the breakdown of the network control center occurs then it cause the collapse of the whole network.

➢ This routing protocol can only suitable for small and low-speed changing networks. If a big and fast changing networks using the centralized routing , this protocol can hardly competent.

4.2　Distributed Routing Protocol

From the survey above, we can easily figure out the advantage and disadvantage of the distributed routing protocol.

➢ The distributed routing protocol is unnecessary for manually update the routing table, this characteristic can ensure that the distributed routing protocol is especially good for the big and fast changing networks than the centralized routing protocol.

➢ The distributed routing protocol is time saving and cost saving.

➢ One of the distributed protocols OSPF based on throughput rate, traffic condition, round-trip time and other parameters to choose the shortest and best routing path in order to reduce the load of network efficiently.

➢ The distributed routing protocol can achieve different QoS routing service.

➢ The distributed routing protocol can give a high speed response when there is a linking condition changes.

➢ The database over flow may happen in the distributed routing protocol.

> The protocols' normal behaviors may be influenced by changing the IP address.

5 Conclusion

In the survey, we get familiar with the centralized and distributed routing protocol, and also their advantage and disadvantage in different occasion. The different protocols have different performance in different environment.

As a conclusion, there won't be anything that will suitable for all cases, the only way to choose the routing protocol is choose the protocol that fit for the requirement environment.

Reference

[1] http://baike.baidu.com/view/4303326.htm

[2] Internetworking With TCP/IP Volume I Principle, Protocol, and Architecture (Fifth Edition), Douglas E. Comer.

[3] http://zh.wikipedia.org/wiki/OSPF

A Two-Step Feature Selection Based on Affinity Propagation and Fisher Criterion

Tian Tao, Ji Zhen, Zhu Zexuan

(College of Computer Science and Software Engineering, Shenzhen University, Shenzhen City Key Laboratory of Embedded System Design, Shenzhen, 518060, China)

Abstract: This paper proposes a two-step feature selection algorithm for classification problems based on affinity propagation and Fisher criterion. Particularly, in the first step, the features are partitioned into clusters using affinity propagation clustering and the resultant cluster centers are chosen to form a candidate selected feature subset. Secondly the Fisher criterion based feature selection is performed on the candidate feature subset to identify the discriminative features and remove the irrelevant ones. The performance of the proposed method was evaluated on four public high dimensional datasets. The experimental results demonstrated that the proposed algorithm can significantly reduce the size of the selected feature subset without scarifying the classification accuracy, and sometimes even achieve improvement.

Key words: feature selection, affinity propagation, Fisher criterion, high dimensional, support vector machine, SVMs

1 Introduction

With the advances of computer and database technologies, high-dimensional data sets are becoming ubiquitous in the fields of machine learning and pattern recognition. How to deal with this massive amount of data and discover meaningful information is a challenging problem for scientists and researchers. These data sets are characterized by high dimensionality but sometimes only small sample sizes, which could result in the curse of dimensionality problem. Furthermore, the data sets also involve a large number of irrelevant and redundant features which could deteriorate the learning performance and increase the computational cost. Feature selection has been widely used to address these problems.

Feature selection, also known as variable selection, selects subsets of features that are informative to classification or other tasks. It is widely used to facilitate data visualization and understanding, diminish the measurement and storage requirements, reduce the training and utilization times, and to mitigate the curse of dimensionality [1]. Essentially, there are two types of

本文受国家自然科学基金项目（60872125, 61001185, 61171125）、教育部新世纪优秀人才支持计划、教育部重点研究项目、霍英东高等学校青年基础性研究项目、广东省自然科学基金项目（10151806001000002）和深圳市杰青项目支持。通信作者为纪震教授（jizhen@szu.edu.cn）。

feature selection methods, i.e., supervised and unsupervised feature selection [1~4]. The supervised feature selection consists of filters, wrappers, and embedded methods. Filters select features based on the intrinsic characteristics of the data, regardless of the chosen leaning algorithm. In contrast, wrappers and embedded methods assess subsets of features according to a given learning algorithm. Particularly, embedded methods perform feature selection in the process of training. Generally, filter methods are simple and fast. Wrappers and embedded methods are time-consuming but give higher classification accuracy than filters. Unsupervised feature selection methods usually measure the similarity or correlation between features, base on correlation coefficient, least square regression error, maximal information compression index [3], etc., so as to eliminate redundant features.

In this paper, we propose a novel two-step feature selection algorithm namely APFC based on unsupervised affinity propagation (AP) clustering [5] and Fisher criterion [6]. Particularly, in the first step, AP is used to cluster features in terms of similarity. Features grouped in the same cluster are considered to be redundant with each other. Therefore, by selecting only the centroid features as representatives for the clusters, redundant features can be eliminated. Acquiring the candidate feature subset of all cluster centers, the Fisher criterion based filter ranking feature selection is applied in the second step to remove the irrelevant or noisy features. The performance of the proposed method is evaluated on four widely used benchmark classification data sets.

The rest of this paper is organized as follows. In Section 2, we first revisit the AP clustering algorithm and the Fisher criterion, and then describe the details of the proposed feature selection method. Empirical results are presented in Section 3 followed by conclusions in Section 4.

2   Methodologies

In this section, we begin with a brief introduction of AP and Fisher criterion. Afterward, we present the details of our method based on affinity propagation and Fisher criterion.

2.1   Affinity Propagation

AP was first proposed in [5] as a message-passing clustering algorithm, which takes measures of a set of pair-wise similarities between data points as input and simultaneously considers all data points as potential exemplars. Affinity propagation tends to obtain clusters more efficiently than other state-of-the-art clustering methods such as k-centers clustering, k-means clustering, and expectation maximization algorithm in various real-world applications [5].   In this study, we use affinity propagation to group highly correlated or similar features so as to detect their redundancy.

AP iteratively clusters features based on two messages namely "responsibility" and "availability". The responsibility denoted as $r(i,k)$ is a message sent from a feature i to the candidate cluster centroid k. Responsibility is defined to reflect the accumulated evidence for feature k to serve as the cluster center of feature i. Particularly, $r(i,k)$ is defined as:

$$r(i,k) = s(i,k) - \max_{k' \neq k}\{a(i,k') + s(i,k')\} \tag{1}$$

where $s(i, k)$ is the similarity between features i and k. In this paper, we use the absolute correlation coefficient as the measure of feature similarity. k' denotes any other candidate cluster centroids. The availability $a(i, k)$ is the message send from cluster centroid k to feature i, which evaluates the fitness of feature i to select feature k as its exemplar. The updating rule of availability is:

$$a(i,k) = \min\left\{0, r(k,k) + \sum_{i' \notin \{i,k\}} \max\{0, r(i',k)\}\right\} \tag{2}$$

where i' represents any feature excluding feature i and k. The self-availability $a(k, k)$ is calculated differently as $a(k, k) = \sum \max(0, r(i', k))$. The availabilities are initialized to zeros and in the following iterations both responsibility and availability are competitively updated based on equations (1) and (2). The procedure of AP is repeated until the number of clusters or the relative variation of the sum of square error is reached. After the termination of the clustering, each feature is assigned to its most similar cluster center. In each cluster, the member features are redundant to the cluster center and they could be removed if the cluster center has been selected. For more details about AP, the reader is referred to [5]. We perform AP clustering following the configurations suggested in [5].

2.2 Fisher Criterion

The Fisher criterion is a supervised criterion. It can be used to remove the features which are noisy or irrelevant. Suppose a set of n d-dimensional samples $x_1, x_2, \ldots, x_n$ with C classes $D1, D2, \ldots,$ Dc, n_i in the subset D_c labeled ω_i ($i=1,2,\ldots,c$). The mean and variance of the samples labeled ω_i are m_i and s_i, which are given by

$$m_i = \frac{1}{n_i} \sum_{x \in D_i} x \tag{3}$$

$$s_i = \frac{1}{n_i} \sum_{x \in D_i} (x - m_i)^2 \tag{4}$$

Then, the Fisher criterion function for the rth feature can be defined as

$$\lambda_{Fisher}(r) = \frac{\sum_{i=1}^{C} n_i (m_i^{(r)} - m^{(r)})^2}{\sum_{i=1}^{C} n_i s_i^{(r)}} \tag{5}$$

where $m^{(r)}$ is the sample mean for the rth feature. The Fisher scores are calculated for all features and ranked in descending order. The top features with highest value of λ_{Fisher} are selected, while the features with small value which contain less discriminative information are abandoned.

2.3 Feature Selection Based on Affinity Propagation and Fisher Criterion

The motivation of the proposed two-step feature selection method APFC is to use affinity propagation clustering and Fisher based filter method to eliminate the redundant and irrelevant features, respectively. In the first step, the features are partitioned into clusters by affinity propagation clustering, and only the cluster centers are chosen as the candidate feature subset. Secondly, the

Fisher criterion based method is performed on the selected cluster centers to indentify the discriminative features and remove the irrelevant features in a filter ranking manner. Let the original feature set be $O = \{F_i, i=1,2,\ldots, D\}$, where D is the total number of features. The procedure of the proposed algorithm is outlined as follows.

Algorithm 1: The procedure of APFC

INPUT: the original feature set O.

OUTPUT: the selected feature subset T, and the number of selected features k.

BEGIN

1: Compute the feature similarities matrix s, where the element $s(i,j)$ is the absolute correlation coefficient of feature F_i and F_j. The diagonal elements $s(i,i)=median\{s(i,j)\}$ where $i,j=1,2,\ldots,D$ and $i\neq j$.

2: Cluster features using affinity propagation based on s.

3: Choose the cluster centers to form the candidate selected feature subset $O'=\{F_{ri}, i=1,2,\ldots M\}$, where M is the number of cluster centers.

4: Calculate the Fisher score of each feature in O' based on equation (5), then rank the features in descending order.

5: For i = 1 to M do

Select the top i features with highest value of λ_{Fisher} to form a feature subset and evaluate the classification accuracy $Acc(i)$ of this feature subset using LIBSVM.

End For

6: Choose the final selected feature subset $T=\{F_{r1}, F_{r2}, \ldots, F_{rk}\}$ where $k = \arg \max Acc(i)$.

END

3   Experiments and Results

3.1   Experimental Setup

In this section, we evaluate the performance of the proposed feature selection method using high-dimensional benchmark data sets. We focus on the 2-class classification problems and four widely used high-dimensional data sets namely Colon-cancer, Gisette, Duke breast-cancer, and Leukemia from [7] are used in our experimental studies. The information of these data sets including the number of features, training instances, test instances, and class categories are summarized in Table I.

Table I.   Summary of bench-mark data sets

Dataset	Attributes			
	# of features	# of training instances	# of test instances	# of classes
Colon-cancer	2000	62	/	2
Gisette	5000	6000	1000	2
Duke breast-cancer	7129	44	/	2
Leukemia	7129	38	34	2

"/" denotes absence of testing instances

3.2 Classification Performance

We compare the performance of APFC with that of full features and AP based feature selection, i.e., using the cluster centers as the final selected feature subset. Table II records the number of features selected by the comparing algorithms. Table III tabulates the classification accuracy obtained by all algorithms in the four data sets. For data sets Gisetter and Leukemia which have test data provided, the test error is presented. For Colon-cancer and Duke breast-cancer data sets, the classification accuracy is evaluated using five-fold cross-validation. Table II and III show that APFC attains the best classification accuracy with the most compact feature subsets. The results suggest that APFC, capitalizing on the advantage of AP and Fisher criterion, is able to efficiently select the discriminative features and meanwhile remove the redundant and irrelevant features.

Table II. Number of features selected

Dataset	Number of Features Selected		
	Full features	Affinity propagation	APFC with highest classification accuracy
Colon-cancer	2000	119	8
Gisette	5000	454	109
Duke breast-cancer	7129	300	15
Leukemia	7129	352	37
Average	5314.5	306.25	42.25
Average Precentage of Selected Features	/	5.76%	0.79%

Table III. Classification accuracies by USING LIBSVM

Dataset	Classification accuracy (%)		
	Full features	Affinity propagation	APFC with highest classification accuracy
Colon-cancer	88.7	82.3	91.9
Gisette	97.7	97.3	98.2
Duke breast-cancer	79.6	84.1	90.9
Leukemia	67.6	70.6	100

3.3 The Number of Selected Features Against the Classification Accuracy

The classification accuracies with different number of features selected by APFC are plotted in Fig. 1~4. It is shown that including more discriminative features the classification accuracies increase as the growing of the selected feature subsets at the beginning. Whereas, after all important features have been selected, the increasing of the number of selected features only results in involving redundant and irrelevant features. The classification accuracy consequentially stops improving or even turns down if too many irrelevant features are selected. It is observed that APFC takes about only 1% of the original features to obtain the best classification accuracy on all the four data sets. The classification accuracies on Colon-cancer, Duke breast-cancer, and Leukemia data sets are more sensitive to the number of selected feature, due to the small samples sizes.

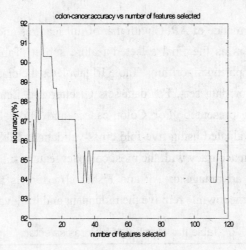

Figure 1.　Colon-cancer: classification accuracy against the number of features selected

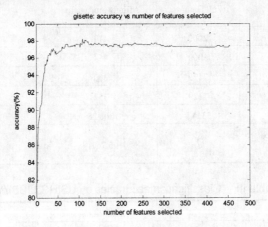

Figure 2.　Gisette: classification accuracy against the number of features selected

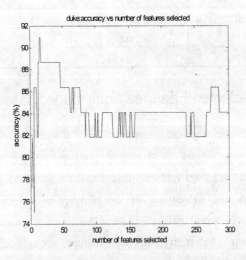

Figure 3.　Duke breast-cancer: classification accuracy against the number of features selected

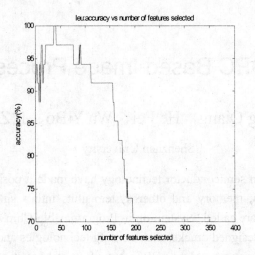

Figure 4. Leukemia: classification accuracy against the number of features selected

4 Conclusion

In this paper, a two-step feature selection method named APFC is proposed for classification problems based on affinity propagation clustering and Fisher criterion. We evaluate the performance of APFC on four high-dimensional data sets. The experimental results reveal that APFC is able to significantly reduce the number of the selected feature subsets, and improve the classification accuracies. It demonstrated that the affinity propagation clustering is helpful for eliminating the feature redundancy and the Fisher criterion based feature selection is capable of identifying discriminative features and removing the most irrelevant or noisy features.

References

[1] I. Guyon, Andr, and Elisseeff, "An introduction to variable and feature selection," Jounal of Machine Learning Research, Vol. 3, pp. 1157-1182, 2003.

[2] L. Yu, and H. Liu, "Efficient feature selection via analysis of relevance and redundancy," Jounal of Machine Learning Research, Vol. 5, pp. 1205-1224, 2004.

[3] P. Mitra, C. A. Murthy, and Sankar K. Pal, "Unsupervised Feature Selection Using Feature Similarity," IEEE Transactions on Pattern Analysis and Machine Intelligence, Vol. 24, pp. 301-312, 2002.

[4] Y. Saeys, I. Inza, and P. Larranaga, "A review of feature selection techniques in bioinformatics," Bioinformatics, Vol. 23, pp. 2507-2517, 2007.

[5] B.J. Frey, and D. Dueck, "Clustering by passing messages between data points," Science, Vol. 315, pp. 972-976, 2007.

[6] O. D. Richard, E. H. Peter, and G. S. David, "Pattern Classification, Second Edition," China Machine Press, 2004, pp. 117-121.

[7] C. Chang, and C. Lin, LIBSVM: a library for support vector machines, 2001. Software available at http://www.csie.ntu.edu.tw/~cjlin/libsvm.

An SOPC Based Image Processing

Huang Qiang，He Fei，Wu YiBo，Ji Zhen

（Shenzhen University）

Abstract: Recent advances in semiconductor technology have made it possible to integrate an entire system including processors, memory and other system units into a single programmable chip - FPGA, these configurations are called "System-on-a- Programmable-Chip" (SOPC). SOPCs have the advantage that they can be designed quicker than existing technologies and are cheap to produce for low volume (<10,000) applications. Also, SOPCs are of great benefit as they offer compact and flexible system designs due to their reconfigurable nature and high integration of features. One processor intensive application, which is ideal for SOPC technology, is that of image processing where there is a repeated application of operations on the 2D data. This research investigated the use of SOPC technology for image processing by developing a modular system capable of real-time video acquisition, processing and display.

The system produced is an alternative to conventional desktop-based, i.e. a visionbased closed loop process control system for welding, or microprocessor-based vision systems.

Keywords: SOPC, Image Processing, FPGA

1　The Image Processing

1.1　Overview of Image Processing

Image processing is the collation of spatially arranged intensity data, forming an image,which is processed to extract information about the scene [3].

The input of image processing is an image such as a frame of video, while the output could be an image or a set of features of the image. Image processing is rather independent of an application domain. However, it plays an essential role in computer vision systems such as a vision based robot control system because a robust image processing algorithm is required.Because of this, a real time image processing system is often required to be set up to verify specific image processing algorithms and estimate its performance in a real-time manner before being applied into a complete (computer) vision system to perform particular vision task. The real time goal is to process all the required data in a given time interval before the next image is ready for processing. To estimate the performance of a real-time image processing system it is required to analyse how much data it can handle in real time. Such a system generally provides three main functions which are video acquisition, processing and output (see Figure 1-1), and the video data transfer in this system is one way. The video data can be acquired by an analogue/digital camera or a video recording device. As described in Chapter 1, the

基金项目：深圳市科技计划资助项目(JSA201006090336A)

image processing can be performed by using general processors such as CPU, general purpose microprocessor, DSP processor, synthesised processor running on a FPGA, or processing elements built into FPGAs or ASICs. The video output generally refers to video display on monitors which gives a visual indication of the image processing results. Furthermore, a data storage function is normally required to buffer the data output from each level before being sent to the next due to the existence of speed differences between each function module.

Figure 1-1   Common steps in real-time image processing system

1.2   Vision-Based Closed Loop Process Control System for Welding

The vision-based closed loop process control system was designed to improve the weld quality. In this system, image analysis and processing are applied to the images captured by the camera for supplying real-time measurements on the weld, in order to provide additional information to the process operator [3]. The description of this system, in the next several sections, focuses on the image acquisition and processing parts as the author has been involved in developing the image processing software, and more importantly its application to the research described in this thesis. More details regarding the post processing and how the whole system functions can be obtained in[3].Figure 1-2 illustrates a simplified diagram of the closed loop weld process control system.

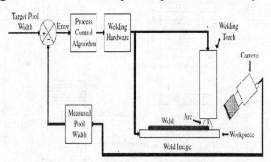

Figure 1-2   Closed loop weld process control

2   The Nios Integrated Real-time Image Processing System-Hardware

Based on SOPC technology, a Nios integrated real-time image processing system was developed and evaluated on the Nios development kit. In the next two chapters, a detailed description of this system is presented with emphasis on the hardware & soft system core. This chapter focuses on describing the hardware of this system.

2.1   Overview of the System Hardware Architecture

Following the guidelines described in Chapter 3 for implementing a real-time image processing system based on SOPC, the hardware architecture of SIPS was designed as shown in Figure 2-1 .

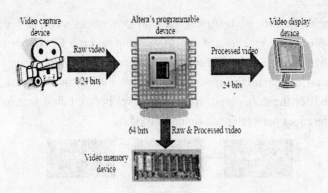

Figure 2-1　Block diagram of the hardware architecture of SIPS

2.2　Camera Interface Card (Custom Designed)

Signals from the CameraLink camera are a number of pairs of Low-voltage differential signalling (LVDS) data which contain the video data and timing signals. The Camera interface card, which was designed with Cadstar by the author and manufactured by PCB Train [10], mainly consists of the LVDS receivers and transmitters to convert the LVDS data streams into parallel MultiVolt I/O data which the FPGA can accept.

It also converts the control and configuration data driven from the FPGA into pairs of LVDS signals to either trigger the camera or configure the working mode of the camera.

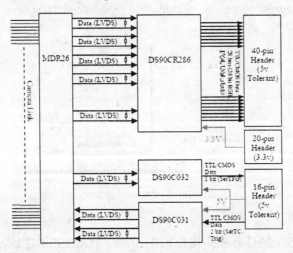

Figure2-2　Block diagram of the camera interface card

The main components on this interface card are a 3M™ Mini D Ribbon (MDR) connector [6], a 28-bit LVDS receiver modelled DS90CR286 [66], an LVDS quad CMOS differential line receiver modeled DS90C032 [9], an LVDS quad CMOS differential line driver modeled DS90C031 [68] and some decoupling capacitors and resistors. Appendix A shows the schematics of this interface card. Two PCB diagrams of it are shown in Appendix B and the pin assignments shown in Appendix C. There are 3 headers on the board to allow this interface card to plug in the Nios development board.

3 The Nios Integrated Real-time Image Processing System - Soft System Core

3.1 Overview of the System Core Architecture

In last Chapter, a detailed hardware description of this image processing system was presented. As described, the system core of this image processing system was synthesised and evaluated on the Altera's programmable device Apex 20K200E. This chapter therefore focuses on describing this soft system core in details. Based on the system level design methodology and the Nios processor system architecture described

3.2 Video Memory Controller

This video memory controller is used to drive the SDRAM device to buffer both raw video data which came from the video camera and the processed video data to be displayed. In order to ensure a lossless transfer, multiple bank operation is implemented.

This section, firstly introduces the main features of this memory controller, and then it describes the details of this memory controller. Finally a brief summary is given.

This video memory controller was designed to program the memory device to perform page read, page write, mode register set and internal auto-refresh operations. The SDRAM is controlled by bus commands [8]. There are several command functions such as Bank Activate command, Bank Precharge command, Precharge All command, Write/Read command, Burst Stop command, Mode Register Set command [6].However, it would slow down the system operations if all of these commands were inilialised by a separate Avalon transfer. Therefore this video memory controller has simplified this and only supports Avalon streaming read, Avalon streaming write &

Avalon mode register set operations. These operations are fulfilled on the SDRAM device by implementing a sequence of SDRAM commands. For example, when an Avalon streaming read request is initialised, the memory controller firstly sends out a Bank Activate command to open a specified row in a specified bank, and then a Page Read command is issued to continuously read data from the specific row, finally this Full Page Read is terminated by a Precharge command and the whole operation completes.

There are three sub-modules of this soft core which are the Avalon interface, SDRAM controller and SDRAM data path module. The Avalon interface module handles the data transfers with the Avalon bus and decodes the address, to drive the SDRAM controller to generate proper control signals and data to the SDRAM device for reading and writing. The SDRAM controller generates the actual SDRAM commands to the memory device. The SDRAM data path block handles the video data multiplexing.

In order to ensure the system is working properly, simulations and hardware tests for individual IP component associated with the hardware interface and the whole system are essential. This chapter therefore firstly focuses on discussing the test scheme that has been undertaken for the main IP components and the whole system. It then describes the software development which includes the general issues and the implementation of various image processing algorithms. A performance analysis is given for each of these image processing tests. Finally a summary is given for this chapter.

3.3 System Tests

Various tests have been undertaken for each video IP component with its dedicated hardware interface. The units under test include the video memory, Cache, video display, video capture and the whole system. In this section, it describes how all these tests were undertaken in botsimulation and hardware verification and the test results will be discussed. Furthermore, a special test given for the SMMAST-PCW will also be presented.

3.4 Simulations

The simulation scheme and results presented in this section are for the SOPC top module, which includes all video IP components and the Nios processor, Avalon bus module and other Altera provided IPs such as the SRAM, Flash, and Timer. The SOPC Builder generates all simulation instances for simulations. The actual simulations were done by using the simulation tool - ModelSim. Details of setting up simulation for Nios

processor design can be obtained in [9].

3.5 Full System Simulations Results and Discussions

As this system is aimed for doing general image processing, in order to examine the accuracy of it, a Sobel edge detector was applied into this simulation example. Details of the Sobel edge detector algorithm will be explained in section This example utilised the Quad-bank operation.In phase 1, the video starts to be captured into bank 0, as there is no valid data in the other banks, the display controller sends out data with values of zero. In phase 2, the operations in all banks are changed. Bank 0 starts to be processed and the processed data is put into bank 3. Video is continually being captured into bank 1. In phase 3, the video display moves to bank 3. This bank contains valid data which has just been processed. So in this phase, valid data is started to be sent to the display.Table 5-1 lists some pixel data used for simulation. These data are fed into the capture controller. So by comparing the processed data output on the display with the calculated results a judgement of the accuracy of image calculations and correctness of data transfer can be obtained.

Table 3-1 Full simulation data input sets

1	2	3	4	5	6
0x00	0x00	0x1C	0x38	0x54	0x70
0x00	0x00	0x45	0x8A	0xCF	0x14
0x00	0x80	0xEE	0x5C	0xCA	0x38
0x00	0x80	0x18	0Xb0	0x48	0XE0

Table3-2 lists the calculated results of the input data shown in Table 8-1 based on the Sobel algorithm. For example,

$$L2C2 = |L1C3 + 2 \times L2C3 + L3C3 - L1C1 - 2 \times L2C1 - L3C1| + |L1C1 + 2 \times L1C2 + L1C3 - L3C1 - 2 \times L3C2 - L3C3|$$

The output data simply takes the lowest 2 bytes of the calculated results. This is different from the actual implementation of the Sobel edge detector.

Table 3-2　Estimated full simulation data output sets

1	2	3	4	5	6
D/C	D/C	D/C	D/C	D/C	D/C
0x66	0x70	0XB8	0XB0	0XF8	D/C
0x0C	0xBE	0xDA	0xAA	0xBE	D/C

Note: D/C-Don't care

4　Conclusions

Vision based systems have been used in a wide range of applications. More and more applicants demand such systems with a compact size so that they can be placed close to applicants whilst offer high performance and the potential to be upgraded or optimized in future. Furthermore, commercial investors also urge to develop such a system quicker and more cost effective. Conversional desktop or embedded microprocessors based vision systems become difficult to meet these demands as they are either ponderous, bulky, timing consuming to develop, lack flexibility or are difficult to upgrade and optimise.

References

[1]　Muramatsu, S, Otsuka, Y, Takenaga, H, Kobayashi, Y, Furusawa, I, Monji, T, "Image processing device for automotive vision systems", Intelligent Vehicle Symposium, 2002 IEEE, 17-21 June 2002, Volume 1, pp 121-126.

[2]　J. Kang, R. Doraiswami, "Real-time Image Processing System for Endoscopic Applications", Electrical and Computer Engineering, 2003. IEEE CCECE 2003.Canada, -7 May 2003, Volume 3, pp 1469 - 1472.

[3]　C. Balfour, J. S. Smith and S. Amin-Nejad, "Feature correlation for weld imageprocessing applications", International Journal of Production Research, March 2004, Volume 42, pp 975-995.

[4]　Arnold, J.M, Buell, D.A, Hoang, D.T, Pryor, D.V, Shirazi, N, Thistle, M.R,"The Splash 2 processor and applications", Computer Design: VLSI in Computers and Processors, 1993. ICCD '93. Proceedings 1993 IEEE International Conference, 3-6 Oct 1993, pp 482-485.

[5]　Ikenaga, T., Ogura, T., "A DTCNN universal machine based on highly parallel 2-D cellular automata CAM²", Circuits and Systems I: Fundamental Theory and Applications, IEEE Transactions on, May 1998, Volume 45 Issue 5, pp 538-546.

[6] Sandler, M.B, Hayat, L, Costa, L, Naqvi, A, "A comparative evaluation of DSPs,microprocessors and the transputer for image processing", Acoustics, Speech, and Signal Processing, 1989. ICASSP-89., 1989 International Conference on,23-26 May 1989, Volume 3 pp 1532-1535.

[7] Raphaël Canals,Anthony Roussel,Jean-Luc Famechon, and Sylvie Treuillet, "A Biprocessor-Oriented Vision-Based Target Tracking System", Industrial Electronics, IEEE Transaction on, April 2002, Volume. 49, Issue 2, pp 500-506.

[8] Palacin, J., Sanuy, A., Clua, X., Chapinal, G.,Bota,S.,Moreno,M.,Herms,A.,"Autonomous mobile mini-robot with embedded CMOS vision system", IECON 02 [Industrial Electronics Society, IEEE 2002 28th Annual Conference of the],5-8 Nov. 2002, Volume 3, pp 2439 – 2444 An SOPC Based Image Processing System References September 2007 Fan Wu 204.

[9] Jamro, E, Wiatr, K, Inst. of Electron., AGH Tech. Univ. of Cracow,"Implementation of convolution operation on general purpose processors", Euromicro Conference, 2001. Proceedings 27th, 2001, pp 410-417.

CFS 调度算法交互性能分析与增强

余 飞 阳国贵

（国防科学技术大学，计算机学院，湖南，410072）

摘 要：CFS 算法具有较强的扩展能力，能较好地适应多种硬件平台，但研究发现，该算法在交互性方面存在明显不足。本文在深入分析 CFS 算法实现原理的基础上，对 CFS 算法以及 O(1) 算法的交互式性能进行对比分析，指出了 CFS 算法在进行交互式处理时存在的问题和不足，并提出了解决办法，测试结果显示，修改后的算法交互能力得到明显提高。

关键词：完全公平调度算法；O(1)算法；BFS 算法；交互性；性能评价

Interactive Performance Analysis and Enhancement of Completely Fair Scheduling Algorithm

Yu Fei，Yang Guogui

（Computer School，National university of defence technology，Hunan，410072，China）

Abstract: CFS scheduling algorithm has strong scalability and can adapt to a variety of hardware platforms.However,the study found that the interactive aspect of the algorithm has obvious shortcomings.Based on in-depth analysis of the algorithm's principle and comparing with the O(1) algorithm,this paper pointed out the problems and the insufficiency of the CFS algorithm when dealing with the interactive processes and proposed a solution,the testing results showed that the modified algorithm can significantly improve the interactive ability.

Key words: Completely Fair Scheduling (CFS), O(1) scheduler algorithm, Brain Fuck Scheduler(BFS) , Interactivity, Performance Evaluation

1 引言

　　过去的十年间，Linux 操作系统的调度算法经历了许多重要的变化，从最初的 O(n)算法到 2002 年的 O(1)算法，再到 2007 年的 CFS 算法，算法本身发生了根本性的变化，适应能力也得到了空前的增强。随着新硬件架构的出现以及网络应用的发展，给调度器的设计带来了巨大的挑战。目前这种挑战主要来自两个方面：一是多片多核架构的广泛应用，调度器面对的是由不同方式（如 SMP、NUMA）组织起来的多核众核处理器平台，如何增强调度器的可扩展性，发挥多处理器优势，提高系统吞吐率，成为商用服务器系统急需解决的重大难题；二是多媒体

基金项目：国家 863 计划项目（2008AA01A201）

应用的不断发展，用户对系统响应速度的要求也越来越高，大力提高交互式进程的响应速度成为桌面应用领域的主要需求。CFS 算法在扩展能力上较之早期的算法有了明显提升，使得 Linux 成为当前扩展能力最强的操作系统之一，不足的是，其交互性仍不能满足用户的需求。

本文分析了 CFS 算法的原理及其对交互式进程的处理方式，借鉴早期的 O(1)算法以及 2009 年出现的 BFS 算法思想，提出对 CFS 算法的改进方法，以提高该算法对交互式进程的响应速度。第二节介绍 CFS 调度算法的原理，第三节对 CFS 算法的交互性能进行测试，第四节在分析 CFS 算法不足的基础上，提出改进方法，第五节对论文进行总结与展望。

2 CFS 调度算法原理

CFS 根据进程权重分配 CPU 时间，其计算公式如下：

$$\text{timeslice}_i = \frac{w_i}{\sum_{j \in \varphi} wj} \times P \tag{1}$$

其中，W_i 为进程权重，φ 是队列中可执行任务的集合，P 为队列中所有任务执行一遍所耗费的总时间（以下简称轮转周期），其大小由队列中的进程数量决定：

$$P = \begin{cases} \text{sysctl\_sched\_latency} & \text{if } n > \text{sched\_nr\_latency,} \\ \text{sysctl\_sched\_min\_granularity} \times n & \text{otherwise} \end{cases} \tag{2}$$

sysctl_sched_latency, sched_nr_latency, sysctl_sched_min_granularity 的值可以由用户设定，系统预设为 20ms，5，4ms。CFS 采用红黑树来组织进程队列，它为每个普通进程分配了一个调度实体 se，每一个 se 对应红黑树上的一个节点，节点的键值为进程的虚拟运行时间（Virtual Runtime，VR），CFS 即通过 VR 来保证各进程执行时间的公平性。假设　是 nice 为 0 所对应的权重（即 1024），则进程 i 在执行了 t 单位的时间后其 VR 的值为：

$$VR_i = \frac{W_0}{W_i} \times t \tag{3}$$

将公式（1）代入公式（3）中可知进程在某一个周期 P 内执行完自己的时间片后 VR 值为：

$$VR_i = \frac{W_0}{\sum_{j \in \varphi} wj} \times P \tag{4}$$

由此可以看出，在固定的轮转周期 P 内，权重越大的进程分得的时间片越大，其 VR 值增长得越慢，在一个周期 P 结束时，队列中的每个进程都循环执行了一遍，并且 VR 值都相同。如果某一进程的 VR 值小于其它进程的 VR 值，则它将会被放到红黑树的左侧而得以运行。CFS 不将交互式进程和批处理进程区别对待，对于交互式进程，由于其单次运行的时间较短，睡眠时间较长，当它被唤醒时可能其 VR 值远小于红黑树中最左侧进程的 VR 值（min_vruntime），此时如果不对其 VR 值进行修正，则它将占用大量的 CPU 时间直至其 VR 值超过 min_vruntime，从而导致其它进程饥饿。因此调度器在唤醒一个进程后将其 VR 值设置为：

$$VR_i = \min\_vruntime - \frac{w0}{wi} \times sysctl\_sched\_latency \tag{4}$$

修正后，进程的 VR 值仍然小于当前树中所有进程的 VR 值，因此将被放置于树的最左侧而得以最快运行，从而提高了交互式进程的响应速度。

3　CFS 算法交互性能分析

一般来说，交互式进程的平均延迟时间应在 50～150ms [1]，否则将会降低用户体验。因此，各类算法在设计时都充分考虑了用户的需求。原有的 O(1) 算法采用启发式计算，该算法在大多数情况下有效，但一些经典的程序（如 fiftyp.c, thud.c 等）总能让它的交互性能下降。并且张科[2]等人通过研究发现 O(1) 算法存在误判，少数情况下会导致真正的交互式进程得不到及时响应。CFS 抛弃了 O(1) 算法中复杂的启发式计算[3]，将交互式进程与普通批处理进程同等对待，使得调度器的实现大大简化。

为了验证 CFS 在交互性方面对 O(1) 算法改进的有效性，本文使用 Interbench[4]测试工具对这两种算法的交互式性能进行测试。Interbench 可以测试调度器在不同的负载背景下对交互式进程的响应延时，这里选择两类不同的应用进行对比分析：一类是音频播放类应用，这种应用每间隔 50ms 发出一次请求，占用大约 5% 的处理器时间，测试结果如图 1 和图 2 所示。另一类是 X_window 类应用，它模拟的是用户进行桌面操作时的行为，用户的输入具有一定的随机性，测试结果如图 4 和图 5 所示。从测试的结果看，在音频类应用中，CFS 算法的延迟总体比 O(1) 算法低，并且 O(1) 存在最坏的情况，如在编译负载下最大延迟达到 19.6ms。在 X_window 类应用中， O(1) 算法的表现比 CFS 要好，CFS 的最大延迟达到 136ms，远远超过 O(1) 算法的 10ms。由此可以看出，CFS 对 O(1) 算法在交互性能方面的改进相对有限。正是由于 CFS 算法的交互性能不强，催生出了 BFS 算法，该算法将交互式进程单独列为一类进行调度。Taylor 等人[5]通过测试，认为在周转时间方面，CFS 优于 BFS，而 BFS 的调度延迟小于 CFS，且交互性相对要好一些。但 BFS 以损失扩展性为代价来提高交互性，难以被主流操作系统接受。

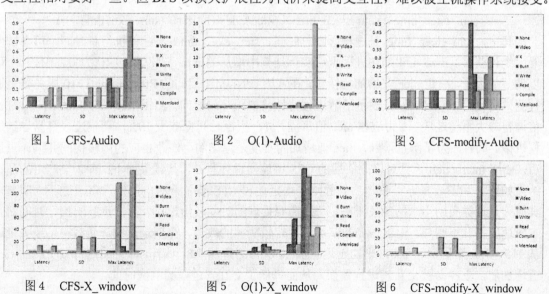

图 1　CFS-Audio　　　　图 2　O(1)-Audio　　　　图 3　CFS-modify-Audio

图 4　CFS-X_window　　　图 5　O(1)-X_window　　　图 6　CFS-modify-X_window

4　CFS 算法的不足及改进

CFS 算法的交互式处理存在较坏的情况。如运行队列中有 n 个可运行的进程，轮转周期可以由公式 2 计算得出，n 越大，轮转周期就越长。假设某一轮调度的时间分配如下图所示：

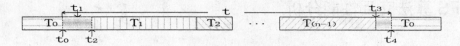

图 7　各进程运行情况

进程 T_0 在时刻 t_0 接收到用户操作，该操作需要 δ 单位时间进行处理，即运行到时刻 t_2 才能给出响应，但由于 T_0 剩余的时间不足 δ，处理器在时刻 t_1 进行进程切换，开始运行进程 T_1，则 T_0 剩下的操作只能推迟到下一轮循环中进行，即从 t_3 处继续运行，t_4 处给出响应结果。t_0 至 t_4 即为此次操作的响应时间 t，它的大小与轮转周期 P 有关。而 CFS 中，周期 P 是经常变化的，如果在进程 T_0 两次执行期间有多个进程产生或唤醒，按照 CFS 算法，新产生或唤醒的进程将会得到运行，并且唤醒的进程还会获得一定时间的补偿[6]。当系统中运行的进程数量较多时，一方面，周期 P 较大，另一方面，上述情况出现的可能性也较大，导致此次用户操作的响应变得不可预测。因此，CFS 将交互式进程与普通批处理进程同等对待的作法一定程度上损失了交互性。

为提高 CFS 算法的响应速度，本文实现了一个与 O(1)算法截然相反的方法。即通过跟踪进程的行为来鉴别计算集中类的进程，通过提高该类进程的 nice 值来增加交互式进程的运行机会，以间接实现交互式进程对计算集中类进程的抢占。这样做的好处有三个：一是计算集中类的进程容易鉴别，很难存在误判的情况；二是缩短轮转周期，使得上述较差情况下的响应时间 t 减小；三是该方法与 CFS 结合时，不会出现像 O(1)算法中被误判为交互式进程的 I/O 集中类进程驻留活跃数组，导致真正的交互式进程因运行时间超过阈值而被放入过期数组中长期得不到运行的情况。nice 值增加在调度函数 scheduler( )中进行，增加的条件由以下公式计算：

$$\text{sum\_exec\_time} > \text{sum\_sleep\_time} \times (\text{nice\_add} + 1)^2 \times f \quad (\text{sum\_exe\_time} > \tau)$$

其中，sum_sleep_time 是进程睡眠总时间，sum_exec_time 是进程执行总时间，可在调度器内统计获得，nice_add 是在进程调度实体结构中增加的 nice 变化量，默认为 0。f 是一个可以调节的因子，决定 nice 值增加的快慢，在八核 ccNUMA 架构的 PowerEdge T710 服务器上进行测试时使用 1000 的值，　表示了解进程特性需要跟踪的时间，测试中使用 100ms 的值。Nice 值调整最大不超过 3，因为进程 nice 值每提升 1，执行时间将减少 10%，调整过多容易导致进程饥饿。同时，为了防止误判，nice 值增加的难度是递增的。修改相应的内核代码并编译重启后，使用 Interbench 工具对修改前后的 CFS 调度器进行测试，其结果如下：音频类应用的测试结果如图 1 和图 3 所示，修改后的算法平均延迟较 CFS 有了一定的降低，但改进不太明显，其原因是该类应用请求的频度不高，每次需要处理的时间较短，减少背景负载的执行时间对其响应速度提升不明显，但 X_window 类应用有较明显的改进，在刻录及编译负载下，最大延迟从 115、136 降至 90、100，平均延迟也从 10.6、9.8 降至 7.8、6.7ms，说明当背景负载的 nice 值增加后，更容易被交互式进程替换，从而降低了交互式进程的响应时间。

5　结束语

本文通过对 CFS 算法进行改进，在一定程度上提高了 CFS 的交互性能，但仍不能保证交互式操作在可预期的时间内得到响应。随着桌面应用的不断发展，未来调度算法设计必须充分考虑交互式进程的需求，提高其对批处理进程的抢占能力，以降低系统的响应时间。

参 考 文 献

[1] Daniel P.Bovet,Marco Cesati. :Understanding the Linux Kernel. O'Reilly,2005.

[2] 张科,杨斌.Linux 内核交互式与非交互式判别算法的质疑，成都信息工程学院学报.2010,2(25) ,pp.157-161.

[3] C.S.Wong,I.K.T.Tan,R.D.Kumari,J.W.Lam.Fairness and Interactive Performance of O(1) and CFS Linux Kernel Schedulers.In:Information Technology,2008.ITSim2008.International Symposium on.Malasia:IEEE,2008:1-8.

[4] J. Abaffy and T,Krajčovič.: Benchmark Tool for Testing Latencies and Throughput in Operating Systems, Innovations in Computing Sciences and Software Engineering,2010,p. 557.

[5] Taylor Groves,Jeff Knockel,Eric Schulte.BFS vs. CFS – Schedular Comparison[R/OL]. [2011-5-20]. http://www.cs.unm.edu/~eschulte/data/bfs-v-cfs_groves-knockel-schulte.pdf

[6] 李云华.独辟蹊径品内核:Linux 内核源代码导读.北京:电子工业出版社,2009.

作者简介

余飞，1984 生，男，安徽省潜山县人，硕士研究生，主要研究领域为操作系统线程调度，yufei84@yahoo.cn，湖南长沙国防科技大学计算机学院六队，15874182682；

阳国贵，1964 生，男，湖南冷水江人，博士，研究员，主要研究领域为操作系统线程调度，csmydb@126.com。

CMMB 室内吸顶天线设计

陈隆耀　李增瑞　毛吉燕

（中国传媒大学，信息工程学院，北京，100024 ）

摘　要： 本文提出了一种能够工作在中国移动多媒体广播（CMMB）频带的室内吸顶天线，工作频率为 470MHz～860MHz。此天线形状简单，由印刷单极子和反射面底板组成，采用 50 欧姆的 SMA 接头对其进行馈电。仿真结果表明，在工作频带内其回波损耗均低于−10dB，有良好的辐射方向图。

关键词： 吸顶天线；单极子；中国移动多媒体广播

An Indoor Ceiling antenna for China Mobile Multimedia Broadcasting Application

Chen Longyao，Li Zengrui，Mao Jiyan

（ School of Information Engineering，Communication University of China，Beijing，100024，China ）

Abstract: An indoor ceiling antenna for China Mobile Multimedia Broadcasting application is proposed in this paper. The working band of this antenna ranges from 470MHz to 860MHz.This antenna which consists of printed monopole antenna and a reflector has a simple profile,and it is fed by using a 50Ω SMA connector. The simulated results show the return loss at each working band is less than −10 dB and the antenna radiation characteristic has a good direction.

Key words: indoor ceiling antenna, monopole, China Mobile Multimedia Broadcasting (CMMB)

1　引言

　　我国于 2006 年提出了具有自主知识产权的中国移动多媒体广播（China Mobile Multimedia Broadcasting，CMMB）系统[1]，该系统采用卫星广播和地面增补相结合的方式，为诸如手机、PDA、MP4 等小屏幕便携终端以及行驶中的车辆等高速移动终端提供电视广播和其他服务。

　　要实现移动接收、室内外全覆盖，必然要用到天线，然而，随着现代化城市的发展，高层建筑日益增多，天线所处的电磁环境日益复杂化，出现了一些在室内场馆或地下室等无信号覆盖的盲点区。因此，为了实现室内 CMMB 信号全覆盖，研究一种室内补点天线显得尤为重要。

　　在室内无线通信系统中，全向天线[2~4]发挥着重要的作用。水平全向天线指的是一种在水平面内均匀辐射的天线，它广泛应用于点对多点通讯、广播、数据传输、组建无线扩频网等领域。对于频率在 3.1GHz 到 10.6GHz 的频段覆盖，可以使用超宽带（UWB）天线[5,6]，这类天

基金项目：中国传媒大学 "211" 工程重点项目

线在很宽的频段内回波损耗低于−10dB，尺寸小，应用较广泛。但是对于 3GHz 以下通信频段，由于天线尺寸的限制，很难将 CMMB 频段（470 MHz～860MHz）做到较小尺寸。为了解决上述不足，本文利用 UWB 天线设计的一些特点，同时适当增大反射面底板面积，使天线能够在 CMMB 频段上的回波损耗均在可接受的范围内（$S_{11} < -10$dB），并且天线尺寸合理。

2　天线结构设计

传统的单极子天线结构简单，容易馈电，但是其工作频带很窄，无法满足 CMMB 的频带宽度。而 UWB 天线在非常宽的频带范围，都能表现出非常好的阻抗特性。本文结合两类天线特点，设计出的天线结构如图 1 所示。该天线的辐射面印刷在 $a×b$mm2、相对介电常数 ε_r=4.4 的介质板上，介质板厚度为 h=1.6mm。反射面底板为厚 1mm、边长 450mm 的铜板。天线由 50Ω SMA 接头从反射面底板穿孔处馈电。

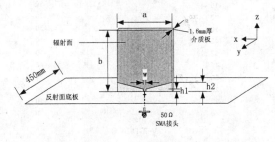

图 1　天线结构

3　仿真结果

首先，我们选择图 1 天线的参数如下：a=75，b=125，w=3，h_1=2，h_2=8.5（单位：mm）。

天线结构中参数的变化将会对频段位置、带宽有较大影响。图 1 中介质板的宽度 a 主要对谐振频带的频率范围有影响，如图 2 所示。介质板的高度 b 对谐振点位置有一定影响，如图 3 所示。辐射面切角高度 h_2 对谐振点位置和频带宽度影响较小，如图 4 所示。为满足频带宽度低频端覆盖 470MHz，选取 h_2=8.8mm。

对以上参数优化，最终确定最优的天线参数为：a=75，b=125，w=3，h_1=2，h_2=8.8（单位：mm）。图 5 给出了优化后天线回波损耗的仿真结果，表明此天线完全覆盖了 CMMB 频段（470 MHz～860MHz）。

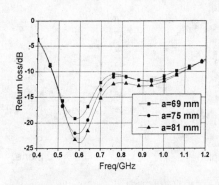

图 2　不同 a 下的回波损耗

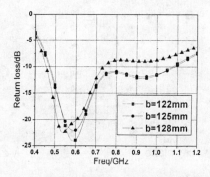

图 3　不同 b 下的回波损耗

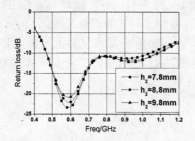 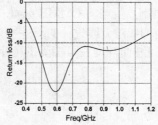

图 4　不同 h_2 下的回波损耗　　　　　　图 5　优化后天线回波损耗

　　图 6、图 7、图 8 分别给出了对天线进行仿真后得到的 530MHz，666MHz，754MHz 频率下的方向图，表明天线在 x-y 水平平面内基本具有全频带的辐射全向性。

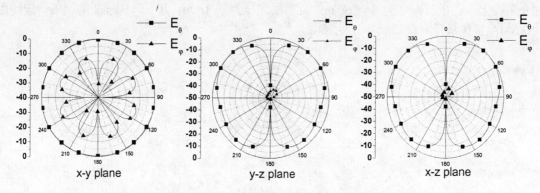

图 6　天线在 530MHz 的仿真辐射方向图

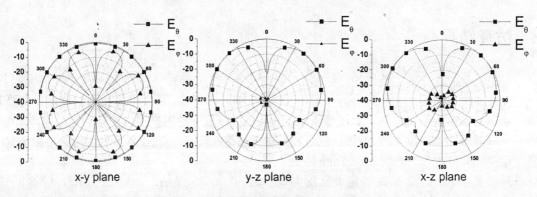

图 7　天线在 666MHz 的仿真辐射方向图

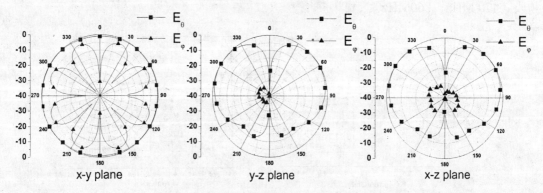

图 8　天线在 754MHz 的仿真辐射方向图

4 结果分析及结论

本文结合 UWB 天线的一些特点，设计了一种单极子吸顶天线，此天线经仿真表明能完全覆盖 CMMB 频段（470MHz～860MHz），具有较好的工作带宽（回波损耗均小于−10dB）。文中给出了天线的仿真方向图，基本符合单极子天线辐射图样，满足全向覆盖要求；同时也给出了 a，b，h_2 三个参数改变对天线回波损耗的影响。

参 考 文 献

[1] 解伟.移动多媒体广播系统与标准[J].现代电信科技.2008，(6)：22-29.

[2] Hsiao F R, Wong K L. Omnidirectional planar folded dipole antenna. IEEE Transactions on Antennas and Propagation, 2004.52(7): p. 1898-1902.

[3] Bancroft R, Bateman B. An omnidirectional planar microstrip antenna. IEEE Transactions on Antennas and Propagation, 2004.52(11): p. 3151-3154.

[4] Taylor R M. A broadband omnidirectional antenna. IEEE Transactions on Antennas and Propagation Symp, 1994.(2): p. 1294-1297.

[5] I. Makris, D. Manteuffel and R. D. Seager, Miniaturized reconfigurable UWB antennas for the integration into consumer electronic products, Antennas and Propagation, 2007. EuCAP 2007. The Second European Conference on, pp.1-6, 2007.

[6] Emmi Kaivanto, Printed UWB Antenna for Portable Devices. Antennas and Propagation Society International Symposium, pp.1-4, 2008.

作者简介

陈隆耀，1988 生，男，江西人，硕士研究生。主要研究方向：电磁辐射、散射与逆散射。电话: 15901193211，E-mail: cly@cuc.edu.cn

李增瑞，1963 生，男，博士，教授，博士生导师。主要研究方向：电磁辐射、散射与逆散射。E-mail: zrli@cuc.edu.cn

毛吉燕，1987 生，女，吉林人，硕士研究生。主要研究方向：电磁辐射、散射与逆散射。电话: 15010189693，E-mail: maojiyan@cuc.edu.cn

Design and simulation of Satellites Communication Protocol

Wu Yangpu, Feng Wenquan

(Electronic Information Engineering Institute, Beijing University of
Aeronautics Astronautics, Beijing, China)

Abstract: Due to long-link delay, high bit-error-rate , asymmetric bandwidth and time-varying topology, terrestrial network protocols cannot be applied in satellite network directly. In this paper, a protocol based SCPS protocols is proposed and a satellite network adaptable RTO (retransmission time-out) scheme is designed. By using off-line routing algorithm, dynamic routing is achieved. Simulaiton results show the high performance of satellite network data transmission.

Key words: satellite communication, dynamic routing, reliable transmission

1 Introduction

SCPS (Space Communication Protocol Specification) developed under the Consultative Committee for Space Data System(CCSDS) standards process, is a standardized protocol to solve space communication problems. SCPS focuses on the reliable transfer of information between space mission end systems and it has been utilized in the Department of Defense (DoD) community successfully for years.

In the paper a communication protocol suiting satellite network is designed according to SCPS-NP[1] and SCPS-TP[2]. This protocol has a high performance in high-bit-rate dynamic network and the performance improvements are validated through simulation. The rest of the paper is consist of 4 parts----protocol design, simulation background, simulation results and conclusion.

2 Protocol Design

The protocol designed in the paper could support transport layer functions and network layer functions.

2.1 Transport Layer Design

Transport layer can provide reliable end to end data transmission. In this layer the main problem is to handle with packet loss. This design focused on dealing with two cases of packet loss:

（1）Packet loss caused by high error rate

（2）Packet loss caused by disconnection or dynamic changed in the network topology

The most difference between SPCS-TP and TCP protocol is the mechanism used to deal with packet loss. Network congestion is the default reason for packet loss in TCP protocol, when packet loss happens TCP protocol will start congestion control algorithms. But in space environment packet loss is mostly caused by bit errors rather than network congestion. Therefore the mechanism used in TCP protocol would reduce data transmission efficiency and lower end-to-end data throughput in space environment. In SCPS-TP a mechanism named SNACK is introduced to deal with this kind of packet loss. The principle of SNACK scheme is to remain data transmission rate and transmit the loss packet to the receiver again, so that the end-to-end data throughput would not be affected in the bad way.

The disconnection could be a short-term disruption cause by device switches or a long-term link failure due to satellite antenna failure. Disconnection and network topology dynamical changes will cause some momentary interruption of communication links, in this paper a satellite network adaptable RTO (retransmission time out) mechanism is designed for this situation.

In satellite network adaptable RTO mechanism, the sender satellites will stop sending data for a short time before the network topology changes. This can prevent packet loss due to dynamic changes in the network topology. Meanwhile, if the time of data retransmission using the same path exceeds a certain limit, cancel communication connection in the path and build a new communication link. The newly built connection could avoid the use of links used before, so that long-term failure link would be avoided effectively. Taking into account the short-term disconnection, waiting a certain time interval before data retransmission could wait for the connection re-established and avoid sending a large amount of data into the network in a short time.

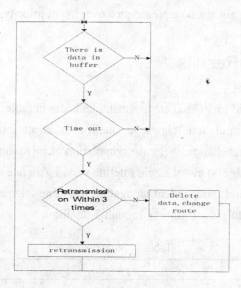

Fig.1 RTO mechanism

2.2 Network Layer Design

SCPS-NP specifies a protocol to meet the needs of current and future space missions. It supports communication environments with static, highly managed communication through fully connectionless communication with dynamic routing. In addition, SCPS-NP provides alternative routing options and flexible routing table maintenance program and SCPS-NP has a good adaptability on dynamic topology network.

Many LEO/MEO offline routing algorithms, based on inter-satellite links, have been raised by domestic and foreign scholars who made use of the regularity of satellite movement [3-7]. In the simulation, dynamic routing is achieved by using traditional off-line routing algorithm. The following characteristics of satellite movement are used:

（1）predictability and

（2）periodicity

（3）the number of satellites are fixed

Divide a satellite running period into a number of small time topology time slice, so the dynamic network topology could be considered as plenty of fixed topology. Use Dijkstra algorithm to calculate the routing tables corresponding to each short time topology. These routing tables are stored in each satellite, a new routing table is accessed when the topology changes.

However, the offline routing algorithm has its limitations which cannot be overcome. Because offline routing cannot adjust to current network state very well, when an unpredictable disconnection occurs a large number of network connection could interrupt and network performance could significantly drop. To deal with this situation and guarantee the data transfer performance, alternate routing tables are used in the satellite.

Besides, According to importance, data transmitted in satellite network can be divided into different priority. In network layer, in accordance with predefined priority, data transmission order is arranged. High-priority data always take precedence over lower priority data to be processed.

3　Simulation and Results

Simulation is completed in VC 6.0 environment, and data in table 1 were transmitted in the test. In the beginning of the simulation, choose a satellite to inject integrity information and EOP parameters to the whole constellation. After the completion of injection all the satellites would entry independent navigation mode and every single satellite would generate a set of navigation data per 60 seconds. During injecting and independent navigating real-time telemetry information generated by the satellites would be sent to ground station through 3 satellites.

Table 1　network data

Name	Priority	Delay constraints
Remote commands	1	10secs
Integrity information	2	10secs
EOP parameters	3	5mins
Navigations information	4	5mins
Telemetry information	5	5mins

In this study, delay is an important protocol performance criterion, for the value can reflect whether the transmission strategies used in the protocol are effectively applied to satellite networks. The simulation results are shown in Figure 2 to Figure 5.

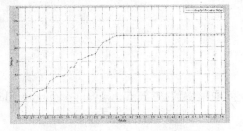

Fig.2   delay of Integrity information

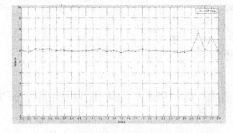

Fig.3   delay of EOP parameters

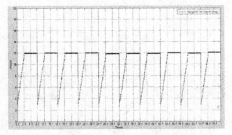

Fig.4   delay of Navigation information

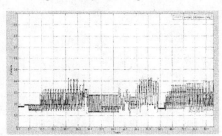

Fig.5   delay of Telemetry information

These experimental results showed that in the simulated space communication environment our protocol can still meet various data's transmission needs and complete space communication tasks successfully.

4   Conclusion

The communication protocol presented in the paper can work well in the satellite network and the simulation results showed that the time delay requirement is satisfied and the protocol can fulfill space communication task successfully. It is meaningful for the design of space communication protocols.

References

[1]   CCSDS.SPACE COMMUNICATIONS   PROTOCOL SPECIFICATION (SCPS)----NETWORK PROTOCOL. Washington, DC 20546, USA. CCSDS Secretariat.1999.

[2]   CCSDS.SPACE COMMUNICATIONS PROTOCOL SPECIFICATION (SCPS)----TRANSPORT PROTOCOL. Washington, DC 20546, USA. CCSDS Secretariat.2006.

[3]   Markus Werner, Cecilia Delucchi, Hans-Jorg Vogel. ATM-based routing in LEO/MEO satellite networks with inter satellite links. IEEEE, 1997.

[4]   Markus Werner, A dynamic routing concept for ATM-based satellite personal communication networks. IEEE, 1998.

[5] STURZA M, A Architecture of the TELEDESIC satellite system. IEEE, 1995.

[6] Chang H S, Kim B H, Lee C G, Topological design and routing for low-earth orbit satellite networks. IEEE. 1995

[7] Vidyashankar V Gounder. Ravi Prakash. Hosame,   Abu-Amara Routing in LEO-based satellite networks. IEEE. 1995.

作者简介

吴阳璞　女，1988 年，四川，硕士，主要研究空间通信协议，E-mail: wuyangpu@hotmail.com

HSCM:P2P 网络中的热点缓存机制

龙海建　王　博　陈剑勇

（深圳大学，计算机与软件学院，深圳 518060）

摘　要：本文首先阐述 P2P 系统低效的搜索和路由机制以及就该问题所提出的缓存机制的弊端，继而根据网络中关键字分布普遍存在着热点的现象，提出基于节点行为的热点缓存机制 (Hot Spots Caching Mechanism，HSCM)。通过对 Chord 算法的仿真显示，该机制的应用可以有效地减少热点请求的响应时间和所需的通信量，明显提高了 P2P 系统的性能。

关键词：热点缓存；对等网络；哈希表

HSCM:Caching Mechanism in the P2P Network

Long Haijian，Wang Bo，Chen Jianyong

（College of Computer and Software Engineering, Shenzhen University, Shenzhen, 518060）

Abstract: The traditional P2P applications consume a lot of network bandwidth resource because a large number of communicating messages are transmitted continuously on the network to maintain the P2P overlay network. Based on the hot spots principle in the network, we propose a simple and effective caching mechanism called Hot Spots Caching Mechanism(HSCM) which stores the key and IP address of the responsible node of the key. With this method, the query node can get the latest information of the key. HSCM can be implemented to most of the structured P2P algorithms in a distributed environment to reduce the communicating message and the time delay. We implement the HSCM to the Chord algorithm to evaluate the performance of the HSCM. Our simulation results shows that the HSCM can significantly reduce the traffic of communicating message with the small cache space in every hop.

Key words: Peer to Peer (P2P), Distributed Hash Table (DHT) , Hot Spots Caching Mechanism (HSCM)

1 引言

随着网络的发展和个人计算机性能的提升，作为一种新兴的互联网技术，P2P 突破了传统 C/S 的限制和瓶颈，成为当今热门的研究对象。网络上的资源虽然丰富，但较为分散，因此如何快速而准确地查找到资源节点，是结构化 P2P 网络搜索协议的重心所在[1,2]。

在结构化 P2P 网络中，目前应用最广的是 DHT 技术，它以索引的形式记录所有的资源。

基金项目：国家自然科学基金(60703112)

整个网络所有资源的索引可以形成了一张大的哈希表，而每个节点按照一定的规则各维护一张小哈希表，特定的资源由特定的节点管理。每个节点需要维护具有特定联系的邻居节点列表。这样在网络中查找特定资源就只需要在一张哈希表中查找对应的关键字索引即可。在本文中，我们把 Key 的后继节点称为目标节点，把存储含有 Key 文件的节点称为资源节点。

过去的理论根据覆盖网的网络拓扑结构和路由策略的不同，建立的不同的搜索协议，解决了在分布式环境中如何快速而准确找到目标节点的问题。但是为了找到目标节点，查询消息在覆盖网中需要经过 $O(\log_2 N)$ 或 $O(dN^{1/d})$ 步路由。这就导致了大量的查询信息和节点路由表维护信息在网络中多次转发，占据了网络的大量带宽资源，增加底层网络的通信量和增加查询的延迟[3,4]。本文提出基于 Chord 协议的热点缓存机制，明显减少维护 P2P 网络所消耗的带宽资源。

2　基于 Chord 协议的热点缓存机制

2.1　关键字热点分布

网络中热点关键字分布规律即关键词的流行程度往往符合 Zipf_like[5]分布，我们系统中模拟的查询关键字序列的分布情况如图 3-1 所示：查询关键字序列是由符合 Zipf_like 分布的函数产生。其中，函数 Maxint(x)是求不大于 x 的最大正整数。参数 c 是常量，在我们的实验中取 c=10,000。参数 d 可以调节关键字的分布情况,叫做关键字分布因子。Gauss 是高斯函数产生的双精度的高斯随机数，这些随机数服从标准正态分布。

$$f(d, gauss) = Maxint[\sqrt{(\frac{c}{d} \times gauss)^2}] \tag{1}$$

2.2　算法步骤

我们依据前面介绍的热点关键字的分布情况，从发起查询节点入手（简称发起节点），提出热点缓存机制 HSCM，在不增加网络开销的前提下，通过给节点增加一个热点缓存，来减少 P2P 系统网络开销的目的。HSCM 对 Chord 算法改进的具体细节如下（节点 N_k 中的下标 k 是节点的实际地址的哈希值，即节点的 ID，后面的 N_x、N_y 等也一样）：

在我们的系统中，Key 关键字列表，即<key,values>按照 Chord 的方法发布在目标节点上，用 N_k 表示。（N_k 是 Successor (key)）。节点 N_k 的地址为<IP(k), Port (k)>。若发起节点 N_x 查询 key 成功，会在自己的缓存中存放目标节点地址，即<Key,IP(k),Port(k)>。

该算法从发起节点的 cache 开始查找，如果并未查找到即将查询信息按照 Chord 协议的方式传送到下一个节点进一步查询；中间节点如果在 cache 中找到相应记录，则对 cache 信息进行更新，新查询的热点关键字所代表的优先级设为最高，其余关键字查询优先级降一级；若中间节点并未查询成功，则将此查询按照 Chord 协议传送到下一个节点；至于目标节点收到查询请求之后，需要将步跳数的信息返回给发起节点，进行 cache 更新。

采用该方法，网络中含有关键字 key 文件的资源节点地址若有变更，Chord 协议只会对目标节点 N_k 中的<Key value>进行更新。由于 N_x 的缓存中存放<Key, IP(k), Port (k)>，而不是<key, value>，可以确保后续发起节点所获得的<key, value>都是最新的。

热点缓存单元由 HotSpot[]、Count[]两部分组成。HotSpot[i]是用来存放目标节点地址<Key,

IP(k), Port(k)>，记录着热点关键字的索引信息所在的目标节点的地址。数组元素 Count[i] 的值是相关热点关键字的优先级，优先级越高的值越小，相反，值越大就表示优先级越低。

热点缓存中的信息是不断被更新的，初始的时候关键字的优先级取值为 0，以后 Cache 中若有关键字被更新一次，该关键字的 Count[i] 的值为 0，所有其它关键字的 Count[i] 的值就增加 1.当缓存容量满了以后，我们采用最少使用替换算法（LRU）进行更新。也就是缓存中 Count[i] 值最大所对应的 key 被替换。新关键字进入缓存后优先级最高，其 Count[i] 设为 0。

3　仿真与分析

为了验证我们上面所设计的 HSCM 的效果，我们将对 Chord 原系统和包含 HSCM 的改进系统进行模拟仿真，并统计查询的平均步跳数。我们仿真模拟平台是：Window XP+Peersim1.0.2+jDK 1.5.0_04。实验进行查询模拟时，网络中每个节点都会进行一次查询，在这个过程中会对每次查询的步跳数进行统计。为了得到准确的数据，我们每个仿真都会重复 100 次。每运行完一次后计算出一个平均值

$$\text{AverageHops[i]} = \frac{1}{n}\sum_{j=1}^{n} X_j ,\quad （X_j \text{是完成一次查询的步跳数}） \qquad (2)$$

然后在上次查询的基础上（缓存和节点信息是上次查询后的情况）再进行仿真。这样做是为了使系统先运行一段时间，使系统和网络都趋向稳定。我们对最后的 25 次运行结果进行统计求最终的平均值

$$\text{AH} = \sum_{i=76}^{100} \text{AverageHops[i]} \qquad (3)$$

这样得到的结果能比较准确地反映系统的实际性能。

为了对改进后的系统进行分析，我们设参数

$$R = [1 - \frac{\text{AH}_{改进前}}{\text{AH}_{改进后}}] \qquad (4)$$

作为衡量改进后系统性能好坏的标准。

以下是网络规模、缓存容量和热点分布比率综合变化时，使用 HSCM 的性能参数统计：通过图 4-1 可以看出，当缓存容量越大，网络规模大越时，热点缓存机制的作用越明显。

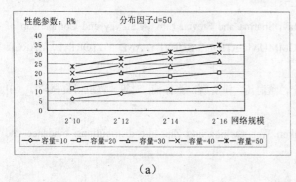
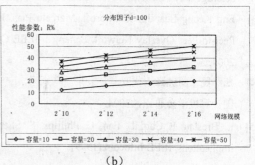

(a)　　　　　　　　　　　　　　　　(b)

图 4-1 (a)(b)分别是 d=50,100 时网络规模及缓存容量综合变化对系统的影响

在上图中，分别是在 d=50 和 d=100 的情况下来统计在网络规模和缓存容量综合变化下的系统运行情况。由于后者的热点相对前者更集中，热点比率较高，因此其运行的情况比前者好。由此可见，HSCM 在热点比例高，网络规模大，缓存容量大的情况下性能更优。

上述的仿真结果显示：HSCM 机制不仅显著的加快了热点查询路由，而且具有好的扩展性。对于改进后的系统，首先，当网络中热点关键字越集中时，查询它的次数就越多，网络中存有关键字后继节点的地址信息也就越多，在缓存中命中的概率也越大，查询的平均步跳数也会更少。因此当热点越集中时，性能参数 R 就越大。能达到 20%或更高，这意味着能减少 20%或更多的查询信息量。其次，当网络规模越大时，所需要的中间转发次数越多，若关键字查询在中间节点命中（在缓存中查询到），就意味着就减少了越多的中间节点转发次数。因此，随着网络规模的扩大，性能参数 R 也会越大。根据这两点，可见改进后的系统不仅对热点关键字的查找有较好的性能而且具有高度的可扩展性。在大规模的应用中效果更好。

改进后系统增加的开销很小，相对传统的 Chord 算法，我们仅仅在节点处增加了一个热点关键字的缓存单元。这个开销完全由单个节点自己独立完成缓存的创建和更新，不需要主动的和其它节点进行交流信息。这样不会增加网络开销，容易实现。

5　结束语

本文结合现实生活中查询的热点现象，提出了一种简单高效的基于节点行为的热点缓存机制。模拟仿真表明这种缓存机制具有良好的可扩展性和高效的查询路由功能。适合于大规模的 P2P 网络应用。热点关键字缓存和动态的更新策略使缓存内容具有很高的命中率和一致性。在不增加网络开销的情况下，仅在网络节点处增加一个小容量的热点缓存单元，可以加快查询请求的响应、提高缓存命中率和减少查询请求的平均路由次数。由此有效地降低 P2P 系统对网络带宽资源的消耗。

参 考 文 献

[1] 凌波，周水庚，周傲英. P2P 信息检索系统的查询结果排序与合并策略. 计算机学报, 405-414, 2007.

[2] Yuh-Jzer Joung *, Jiaw-Chang Wang. Chord²: A two-layer Chord for reducing maintenance overhead via heterogeneity . Computer Networks. 51 (2007) 712–731.

[3] Eng Keong Lua, Jon Crowcroft, Marcelo Pias, Ravi Sharma and Steven Lim. A Survey and Comparison of Peer-to-Peer Overlay Network Schemes. IEEE COMMUNICATIONS SURVEY AND TUTORIAL, MARCH 2004.

[4] 郑纬民，胡进锋，代亚非，袁泉，马永泉，宁宁，董海涛，洪春辉，张桦楠. 对等计算机研究概论[J]. 中国计算机学会通讯，2004.

[5] L. Breslau, P. Cao, L. Fan, G. Phillips, S. Shenker, Web caching and Zipf-like distributions: evidence and implications, IEEE Infocom.(1999).

Hybrid Integration for Range Migration Target based on Time-frequency Method

Li Pin，Ni Jing

（Nanjing Research Institute of Electronics Technology, Nanjing, 210039）

Abstract: The detection ability of range migration target is a key factor related to radar system. Based on time-frequency analysis method, coherent integration is realized first in this paper, and then combined to binary time-frequency images; a hybrid integration algorithm for range migration target is proposed. This algorithm can not only avoid envelope compensation and Doppler ambiguity estimation, but also reduce SNR requirement for detection. The simulation results show the efficiency of the algorithm.

Key words: target detection, range migration, time-frequency analysis.

1 Introduction

With the development of high-speed and stealth technology, ordinary signal processing methods can't meet detection demands for battlefield, especially high-speed target and small RCS target. Increasing integration time [1~2] is an effective way to improve radar detection ability, but coherent integration methods require target in the same range-gate, which limits the time of coherent integration.

Lots of work has been done to solve integration problem of range migration target. Most experts use non-coherent integration method to improve SNR, which also bring out envelope compensation and range division problems; some experts use keystone transform to achieve coherent integration [3], but this method is restricted by velocity ambiguity and acceleration; other experts utilize targets' linear character in range-time plane [4~5], use Hough transform to achieve coherent integration, but this algorithm is not only based on detection processing twice, but also depend on SNR. In this paper, target motion model is introduced first, then a new algorithm is present, which not only use time-frequency method to realize target coherent integration and non-coherent integration, but also complete target detection with the projection of binary image; finally, simulations are taken to show the efficiency of the algorithm.

2 Echo Model of Motion Target [6]

Relative movement between target and radar is usually ignored in signal processing, but to high-speed target or small RCS target, integration time is long enough that relative movement can cross several range-gates.

Suppose radar transmission signal is LFM (linear frequency modulation) pulse:

$$a(t) = \mathrm{Re}\,ct\left(\frac{t}{T_0}\right)e^{j\pi Kt^2}$$

Where t is the time of transmission pulse, T_0 is the pulse width, K is the LFM coefficient. The spectrum of $a(t)$ can be expressed by

$$A(f) = \mathrm{Re}\,ct\left(\frac{f}{KT_0}\right)e^{-j\frac{\pi f^2}{K}}$$

Suppose there is a point target of uniform motion, the echo can be expressed by

$$s(t,n) = a(t - \tau_n)e^{-j2\pi f_c \tau_n}\,e^{j2\pi f_d t}$$

Where n is the number of pulse, f_c is the carrier frequency, f_d is the Doppler frequency, $\tau_n = 2\dfrac{R_0 + vnT}{c}$ is the delay time of nth pulse, R_0 is the initialize range, v is the velocity, T is the PRF, the frequency spectrum after pulse compression is

$$X(f,n) = \mathrm{Re}\,ct\left(\frac{f - f_d/2}{KT_0 - f_d}\right)e^{-j2\pi(f+f_c)\tau_n}\,e^{-j2\pi f_d \tau_n}\,e^{-j2\pi f\frac{f_d^2}{K}}\,e^{-j\frac{\pi f^2}{K}}$$

Corresponding time-domain signal can be expressed by

$$x(t,n) = (KT_0 - f_d)\sin c\left((KT_0 - f_d)(t - \tau_n + \frac{f_d}{K})\right)e^{j\pi f_d(t - \tau_n + \frac{f_d}{K})}\,e^{-j2\pi(f_c + f_d)\tau_n}\,e^{-j\frac{\pi f_d^2}{K}}$$

The envelope of $x(t,n)$ is a sinc function, and the location of peak value is $\tau_n - \dfrac{f_d}{K}$.

Obviously, different transmission pulse has different time delay; and the location of peak value shift, called range migration.

3   Hybrid Integration and Target Detection

Infected by target motion, the location of target peak value after pulse compression is not in the same range gate, a new algorithm is present in this paper, and the flow chart shows as follow.

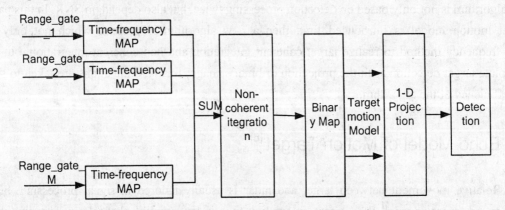

Fig.1   time-frequency integration and target detection flow chart

3.1　Range Gate Division

Suppose target integration time is T_s, then max integration pulse number is

$$N\_\max = T_s \times PRF$$

Suppose sampling frequency is f_s, target's max velocity is $V_{\max}$, then the number of pulse number in the same range gate is

$$N\_range = \frac{c \times PRF}{2f_s \times V_{\max}}$$

The number of range-gate can be expressed by

$$M = T_s V_{\max} \frac{2f_s}{c}$$

3.2　Time-Frequency Integration[7]

Range gate is divided to gain max number of pulses energy by coherent integration. Time-frequency window is N_range, and $nf = ceil(\log_2(N\_range))$　$N_{FFT} = 2^{nf}$, then

$$S_i = \begin{bmatrix} fft(x(t_i,1:N\_range)) \\ \vdots \\ fft(x(t_i,N_t:N\_\max)) \end{bmatrix}_{N_{FFT} \times N_t} \qquad i = 1,2 \cdots M$$

Where S_i is the time-frequency image of i-th range gate, and $N_t = N\_\max - N\_range + 1$.

3.3　Non-Coherent Integration

Moving target may cross several range gates, but Doppler information is focused in the time-frequency plane. For uniform motion target, the energy is focused in the same frequency-gate, non-coherent integration can be realized by

$$S_{sum} = \sum_{i=1}^{M} |S_i|$$

3.4　Linear Projection and Detection

Target energy of all range-gates concentrates in the same frequency-gate by step 3, and binary time-frequency image can be advanced through background estimation. 1-D projection to frequency axis can gain energy of all pulses, and detection can be done.

4　Simulation

Suppose transmission signal is LMF pulse, PRF is 125Hz, bandwidth 800KHz, sampling frequency 1MHz, target velocity 950m/s, max pulse number is 120, Fig.2 shows pulse compression result of a single pulse, and SNR is −4dB. Fig.3 is the result of coherent integration results of 120 pulses at range 1999, SNR is about 8dB, which is far less than theoretic result (16.8dB), when target don't have range migration.

Combine to analysis is chapter 3, 120 pulses cross $M = 6$ range gates, then $N\_range = 20$, $N_{FFT} = 32$.

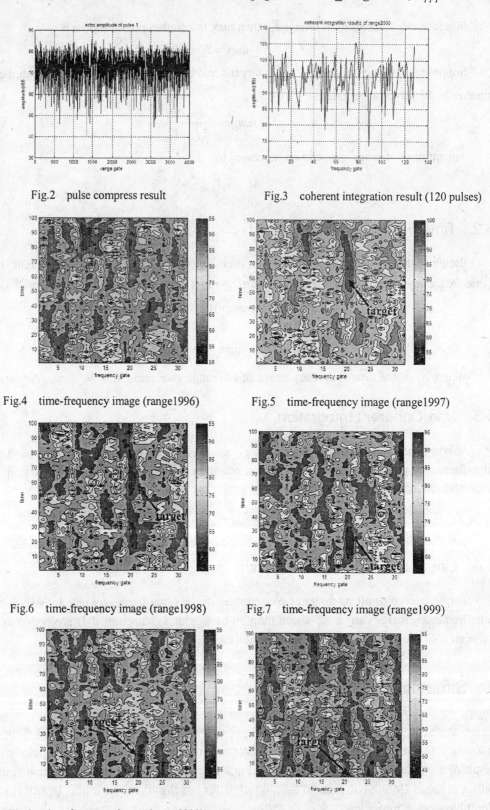

Fig.2　pulse compress result

Fig.3　coherent integration result (120 pulses)

Fig.4　time-frequency image (range1996)

Fig.5　time-frequency image (range1997)

Fig.6　time-frequency image (range1998)

Fig.7　time-frequency image (range1999)

Fig.8　time-frequency image (range2000)

Fig.9　time-frequency image (range2001)

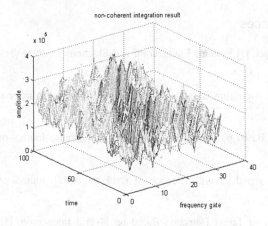

Fig.10   non-coherent integration result

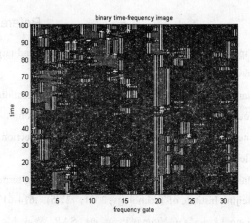

Fig.11   binary time-frequency image

Fig4～9 show the time-frequency images of range-gate 1996—2001. It's clear that target energy separate in these images, and the SNR in a single image is too low to detect.

Fig.10 is the non-coherent integration result of all range-gate, after background noise estimation, binary time-frequency image shows target energy distribution in fig11. It's not hard to find out that energy in frequency-gate 20 is much greater than other frequency-gates.

After 1-D projection to frequency axis, Fig.11 can be transformed to Fig.12, and all target energy is concentrated in frequency-gate 20. Compared to Fig.3, target detection can be improved by SNR.

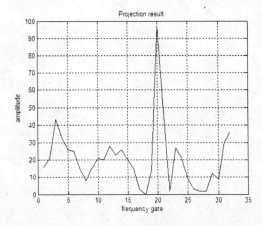

Fig.12   projection result by uniform motion model

5   Conclusion

A hybrid integration algorithm based on time-frequency analysis for high-speed and low RCS target is present in this paper. This algorithm achieves integration for range migration target, it not only avoid envelope alignment, but also keep away from target Doppler ambiguity. Yet accelerate target may bring high side-lobe in projection result, and then target detection may be impacted, this work will be developed in further study.

References

[1] Yiping Sun, Lingen Lu. Detection of range spread target. [J] Systems Engineering and Electronics, 1994, 8: 36-45.

[2] Nan Zhang, Ran Tao, Yue Wang. A Target Detection Algorithm Based on Scaling Processing and Fractional Fourier Transform. [J]. Chinese Journal of Electronic, 2010, 38 (3): 683-688.

[3] Shunsheng Zhang, Tao Zeng. Weak Target Detection Based on Keystone Transform. [J]. Chinese Journal of Electronic, 2005, 33 (9): 1675-1678.

[4] Hai Li, Siliang Wu, Li Mo. A method for long-term signal integral detection of weak targets.[J]. Journal of Beijing Institute of Technology, 2001, 21(5): 614-617.

[5] Gang Li, Jia Xu, Yingyu Peng, etc. SAR Weak Moving Target Detection Based on Hybrid Integration. [J]. Chinese Journal of Electronic, 2007, 35 (3): 576-579.

[6] Shunjun Wu, Xiaochun Mei. Radar signal processing and data processing technique. [M]. Publishing house of Electronics Industry. Beijing, 2008.

[7] Xianda Zhang. Modern signal Processing.[M]. Publishing house of Tsinghua University. Beijing, 2002.

Ka 波段 FMCW 雷达的实现

侯　伟　苗俊刚

（北京航空航天大学，电子信息工程学院，北京，100191）

摘　要：调频连续波（FMCW）雷达具有优良的距离分辨率和测距精度，在高精度近距离测距上比其他体制的雷达具有明显的优势。随着微波集成电路技术快速的发展，使 FMCW 雷达的实现变得容易，因此有关 FMCW 雷达研究工作成为热点。FMCW 雷达主要应用在导弹制导、成像、导航、侦查等军用和民用领域。本文提出一种适用于近距离测距 FMCW 雷达的设计方案，并通过仿真验证可对小目标进行探测。

关键词：调频连续波；PLL；超外差

The realization of FMCW radar on Ka band

Hou Wei，Miao Jungang

（Electronic information Engineering college，BUAA，Beijing，100191，China ）

Abstract: The frequency modulated continuous wave (FMCW) the radar has the fine distance resolution and the range finder precision, has the obvious superiority on the high accuracy short distance range finder compared to other system's radar. Along with the integrated microwave circuit technology fast development, causes the FMCW radar to realize becomes easy, therefore the related FMCW radar research work becomes the hot spot. FMCW radar main application in missile guidance, image formation, guidance, detection and so on military and civil domain. This article proposed that one kind is suitable for the short distance range finder FMCW radar's design proposal, and may carry on the survey through the simulation confirmation to the small goal.

Key words: The frequency modulated continuous wave, PLL, Super-heterodyne

1　引言

　　调频连续波雷达容易产生大带宽信号，可实现极高的距离分辨率。FMCW 雷达接收机本质上是窄带滤波器结构，与相同信号带宽和距离分辨力的脉冲雷达相比，FMCW 雷达的等效噪声带宽要低很多，因此 FMCW 雷达的灵敏度极高，可探测小目标。FMCW 雷达信号占空比接近 100%，低峰值功率即可满足脉冲雷达数千瓦峰值功率相应检测能力的要求。由于雷达处于寂静工作状态，使雷达具有很难被敌方侦察设备截获的性能，即低截获概率(LPI)性能。

　　考虑目前国内硬件工艺水平和雷达实现成本，本文提出了一种工作在 Ka 波段 FMCW 雷达的设计方案。为了降低雷达成本，不选择直接数字合成方式，而采用锁相环电路形式生成线性调频连续波。该 FMCW 雷达工作频率为 36–36.5GHz，发射功率为 13dBm，作用距离 300m，能够探测出大小为 10cm 的目标。

文章第 2 部分介绍 FMCW 雷达的实现方案。第 3 部分是对雷达系统的整体仿真。

2 FMCW 雷达设计

2.1 锯齿形调频连续波

对于锯齿形调频连续波的发射信号波形参数主要有调制带宽和重复脉冲时间。

系统主要参数的选择：

（1）由于发射形式是 LFMCW，波形调制方式是锯齿波，接收机的中频频率：

$$f_{IF} = \frac{2B}{cT} R$$

其中 B 为雷达信号带宽，c 为传播速度，T 为雷达发射的重复脉冲时间，R 为传播距离。选择合适的中频频率主要是考虑信号处理部分实现的方便。本设计中，重复脉冲时间取 1ms。如图 1 所示。

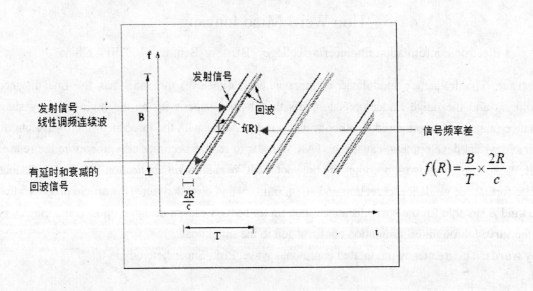

图 1　FMcw　测距原理

2.2 接收机参数

对于接收机参数主要有灵敏度、噪声系数和增益。

系统主要参数的选择：

（1）根据雷达方程，目标的回波功率：$P_r = \frac{P_t G^2 \lambda^2 \sigma}{(4\pi)^3 R^4 L}$

其中，σ 为目标 RCS，λ 为波长，G 为天线增益，L 为传播损耗，R 为传播距离，P_t 为发射功率。G=32dBi，σ =0.01 m^2，L=1，R=30m~300m，P_t 为 10dBm，λ =0.0083m。故接收机的灵敏度为−120dBm。

（2）接收机系统的级联噪声系数可以表示为：

$$F_n = F_1 + \frac{F_2 - 1}{G_1} + \frac{F_3 - 1}{G_1 G_2} + ... + \frac{F_n - 1}{G_1 G_2 \cdots G_{n-1}}$$

由于 G 表示增益，故接收机的噪声系数主要取决于第一级的噪声系数，而接收机的第一级通常为 LNA。本系统的噪声系数为 3dB。

2.3　FMCW 雷达前端设计

FMCW 雷达的工作频率为 36～36.5GHz，500MHz 的带宽可实现较高距离分辨率。雷达尺寸要小和成本尽可能低是设计目的。该雷达能够探测出 RCS=−20dBsm 的目标，因此其灵敏度要高。雷达模块的框图如图 2 所示。其中，驱动电路产生 9GHz 的 FMCW 信号，经过 4 倍频模块耦合到发射天线。本设计的收发天线采用两个，满足隔离度要求，雷达接收采用一次变频。硬件电路采用集成电路，主要为：VCO、PLL、倍频器、LNA、混频器等，各模块放置在陶瓷基板上并使用微带线连接。VCO 的输出频率为 9～9.125GHz。

驱动电路由参考频率源给 PLL 锁相电路提供高精度参考频率，VCO 与 PLL 组成反馈回路，VCO 的 2 分频信号输入到 PLL，使得 PPL 的输出到 VCO 的电压线性增加，从而 VCO 输出的频率也线性增加，即产生线性调频波。图中省略了环路滤波器。倍频电路中加入放大器和衰减器，其目的是一方面满足各模块对输入功率的要求，另一重要方面起到各模块间隔离的作用。另外，接收天线到 LNA 之间的馈线应该尽可能的短，减少噪声对系统性能的影响。为了达到较高的作用距离和分辨率，要求天线具有较强的方向性。单脉冲技术可以提高雷达的这些性能，采用方位角平面内测定目标的幅度比较单脉冲天线。

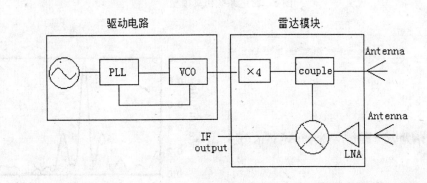

图 2　雷达射频收发模块

3　雷达整体仿真

雷达系统仿真通过软件 ADS 完成。

发射信号要满足要求的同时，其相位噪声应尽可能的小，仿真结果如图 3 所示。输出信号的相位噪声在 1kHz 处为−104dBc。接收机的增益仿真结果如图 4 所示。

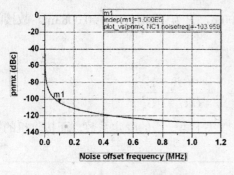
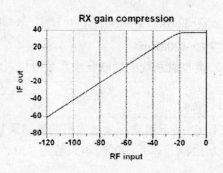

图 3　相位噪声仿真的结果　　　　　　　　　图 4　增益仿真结果

　　雷达系统级仿真加入 VCO 相位噪声的影响，仿真模拟探测小目标，如图 5 所示。仿真结果显示雷达中频输出在 500kHz 的功率为-46.6dBm，通过 FFT 处理后并对幅度归一之后可明显看出雷达探测出目标的存在，结果如图 6 所示。

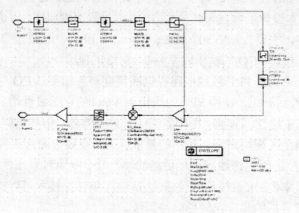

图 5　雷达系统仿真模型

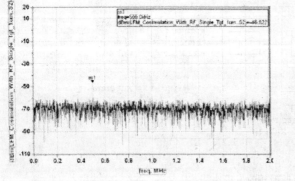
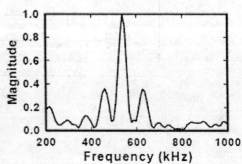

图 6　雷达系统仿真结果

4　结束语

　　工作频率在 36GHz 的 FMCW 雷达系统设计和仿真验证。它能够在其作用范围内探测出 RCS=-20dBsm 的目标。今后的工作是雷达的生产和性能测试。

参 考 文 献

[1] 戈稳.雷达接收机技术[M].北京：电子工业出版社，2005.

[2] 胡来招.雷达侦察接收机技术[M].北京：国防工业出版社，2000.

[3] K．Mazouni,A.Kohmura,S.Fututsumori.77GHz FM-CW Radar for FODs detection[J] Proceedings of the 7th European Radar Conference.

[4] 郑新，李文辉等.雷达发射机技术[M]. 北京：电子工业出版社，2006.

[5] Toshiya Mitomo, Naoko Ono, Hiroaki Hoshino, Yoshiaki Yoshihara. A 77 GHz 90 nm CMOS Transceiver for FMCW Radar Applications[J]. IEEE JOURNAL OF SOLID-STATE CIRCUITS, VOL. 45, NO. 4, APRIL 2010.

作者介绍

侯　伟，男，1986 生，籍贯:北京 主要研究方向:毫米波雷达　邮箱:power_heart@126.com

苗俊刚，男，1963 生，籍贯：北京 职务：主任 主要研究方向：微波遥感理论与技术、电磁散射与辐射测量技术、微波毫米波成像技术和微波天线技术研究 邮箱：jmiaobremen@tom.com

K 波段辐射计定标方法研究

聂军平

（北京航空航天大学，电子信息工程学院，北京，100191）

摘　要：阐述了一种新的辐射计定标方法，并作了误差分析。这种定标方法是以晴空大气本身作为冷源进行定标，克服了在 K 波段时使用液氮定标时液氮温度不够低的缺点，提高了定标的精度，而且在使用中既经济又方便。

关键词：辐射计；定标；误差分析

K band radiometer calibration method research

Nie Junping

(School of Electronics and Information Engineering，Beijing University of Aeronautics and Astronautics，Beijing，100191，China)

Abstract: This article expounds a new radiometer calibration method，and gives some error analysis。This calibration method is based on clear sky itself as cold source，and overcome the disadvantage of temperature low enough when useing the liquid nitrogen as cold source for K band radiometer calibration。It raises the calibration precision，and in use already economy and convenient。

Key words:radiometer，calibration，error analysis

1　引言

　　定标是微波辐射计进行绝对测量的重要步骤之一，通过定标可确定辐射计的输出电压与输入噪声温度之间的线性关系式。由于定标精度直接影响测量精度，因此提高定标精度成为了绝对测量研究的主要课题。用于观测大气的毫米波辐射计通常用已知辐射亮温的参考负载来进行定标。通常使用的定标方法为液氮定标，然而在 K 波段，在晴空时天顶亮温通常低于 50K，超过了使用液氮进行两点定标的线性范围，因此在该频段使用液氮定标就不精确了，对此可采用 Tip 定标法。Tip 定标需用辐射计测量两个或两个以上不同仰角的数据，通过调整系统所需的单个定标参数值直到系统的输出符合已给出的物理关系来实现的。Tip 定标是把特殊的辐射计方程和大气辐射传输理论结合起来定标的。在此所使用的微波辐射计为北航电磁工程实验室自行研制的 80 通道 K 波段微波辐射计。

2 Tip 定标的基本原理

Tip 定标方法基于以下原理：天空各角度方向的归一化大气不透明度相等。归一化大气不透明度的定义为：t=τ/α，其中 α 为大气质量因子（与测量角度 θ 有关），τ 为大气不透明度。在定标过程中通过测量两个或两个角度以上的辐射计电压输出数据，由辐射计方程 T=G(V-Vr)+Tr（其中 Tr，Vr 分别为热源的辐射温度与其对应的辐射计输出电压）可得各角度的大气辐射亮温 Tb(θi,G)，从而再由大气辐射温度 Tb 与大气不透明度 τ 的关系式：

$$\tau_v(\theta) = \ln(\frac{T_{mr,v}(\theta) - T_{bb}}{T_{mr,v}(\theta) - T_b(\theta)})$$

（其中 T_{mr} 和 T_{bb} 分别为大气平均辐射温度和宇宙背景辐射亮温（T_{bb}=2.75K））可得各角度的归一化大气不透明度 t_i(θ,G)，而因各角度的归一化大气不透明度 ti 值相等从而可求出 G 值。而实际上由于辐射计系统误差和测量的各种误差，得出的各 ti 值可能不会相等，在此只要求得使各 ti 值间偏差最小的 G 值即可。

3 定标的误差分析

在该定标中，定标误差主要包括理论假设误差和辐射计系统误差两部份。前者包括了大气平均辐射温度的不确定和大气质量因子与角度关系的不确定，后者包括了辐射计的角度转动误差，系统的随机噪声和天线结构的影响。

3.1 大气平均辐射温度的影响

大气平均辐射温度 Tmr 在得到大气不透明度 τ 与天空亮温 Tb 间的关系起着重要作用。通常 Tmr 认定为一个常数，它由气象因素决定。它的不确定波动范围的标准差如表一所示大概为 15K（以下数据由北京地区往年气象资料计算得出）。而为了减小 Tmr 的波动范围，可按季节对其分类并采用地面空气温度来预测大气平均辐射温度的方法，其具体做法为：通过往年的气象数据计算得到每天的大气平均辐射温度 Tmr 值，从而找出大气平均辐射温度与地面大气温度的线性回归关系，确定其回归系数 a,b,即 Tmr=aT0+b，从而测得地面表层大气温度就可预测 Tmr，如表 2 和表 3 所示，这种预测方法相对于认定其为一常值来说减半了 Tmr 值的误差。

表 1　各频率和各质量因子所对应的大气平均辐射温度与其标准差

Airmass	Tmr	STD	Tmr	STD	Tmr	STD	Tmr	STD	Tmr	STD
Freq	18.85	18.85	20.45	20.45	22.05	22.05	23.65	23.65	25.25	25.25
1	271.1	12.7	272.7	12.9	273.2	13.0	273.5	13.3	272.6	13.3
1.5	271.6	13.0	273.4	13.5	274.3	13.8	274.6	14.1	273.4	13.9
2	272.0	13.3	274.1	14.0	275.4	14.7	275.6	14.9	274.3	14.5
2.5	272.4	13.6	274.9	14.6	276.6	15.7	276.7	15.8	275.1	15.2
3	272.9	14.0	275.6	15.2	277.7	16.6	277.7	16.8	275.9	15.8

表2 夏季由表面温度预测大气平均辐射温度的线性系数与其预测的标准差

Airmass Freq	a,b 18.85	STD 18.85	a,b 20.45	STD 20.45	a,b 22.05	STD 22.05	a,b 23.65	STD 23.65	a,b 25.25	STD 25.25
1	260.7 1.038	4.7	262.6 1.023	5.0	263.4 1.004	5.5	263.1 1.052	5.3	261.9 1.072	5.1
1.5	260.7 1.070	5.0	262.6 1.081	5.4	263.2 1.102	6.1	263.0 1.141	5.9	261.9 1.136	5.6
2	260.8 1.098	5.2	262.5 1.143	5.8	263.1 1.198	6.7	262.9 1.233	6.6	261.8 1.205	6.1
2.5	260.7 1.070	5.7	262.6 1.081	6.8	263.2 1.102	8.6	263.0 1.141	8.3	261.9 1.136	7.3
3	260.7 1.070	6.2	262.6 1.081	7.9	263.2 1.102	10.4	263.0 1.141	10.1	261.9 1.136	8.5

表3 冬季由表面温度预测大气平均辐射温度的线性系数与其预测的标准差

Airmass Freq	a,b 18.85	STD 18.85	a,b 20.45	STD 20.45	a,b 22.05	STD 22.05	a,b 23.65	STD 23.65	a,b 25.25	STD 25.25
1	260.3 0.837	4.8	261.7 0.866	5.0	262.3 0.867	5.2	262.3 0.883	5.1	261.4 0.872	5.0
1.5	260.5 0.848	4.9	262.0 0.886	5.2	262.7 0.900	5.4	262.7 0.914	5.4	261.7 0.895	5.2
2	260.7 0.858	5.0	262.3 0.906	5.3	263.2 0.929	5.6	263.2 0.941	5.6	262.1 0.915	5.4
2.5	260.5 0.848	5.1	262.0 0.886	5.5	262.7 0.900	6.0	262.7 0.914	6.0	261.7 0.895	5.7
3	260.5 0.848	5.2	262.0 0.886	5.8	262.7 0.900	6.4	262.7 0.914	6.4	261.7 0.895	5.9

3.2 大气质量因子与角度关系的不确定

在球形大气模型中，考虑地球曲率与大气折射的影响，大气质量因子与角度的关系为

$$\alpha = \alpha_0 - H\alpha_0(\alpha_0^2 - 1)/r_e$$

其中 α_0 为在水平大气模型中的质量因子（$\alpha_0 = 1/\sin\theta$）。各频率所对应的等效高度 H 值的计算也分为夏冬两季，其值如表四、表五所示。

表4 夏季各频率所对应的等效高度

F(GHZ)	18.05	18.85	19.65	20.45	21.25	22.05	22.85	23.65	24.45	25.25
H（Km）	3.54	2.38	2.80	2.82	2.48	2.44	2.72	3.29	3.02	2.27

表5 冬季各频率所对应的等效高度

F(GHZ)	18.05	18.85	19.65	20.45	21.25	22.05	22.85	23.65	24.45	25.25
H（Km）	3.64	3.22	3.93	2.79	2.76	3.11	3.32	4.27	4.03	3.36

3.3 辐射计角度转动误差、系统的随机噪声等影响

对于辐射计的角度转动指示误差，采取取双边对称角度补偿的方法可以显著的减小其影响。而对于系统随机噪声可进行多次定标采取时间平均减小其影响。

4 结论

图1和图2分别为所测的天顶亮温图与天空各频率各角度的亮温图，从图一中可以看出在22.23GHZ 时的水汽峰，图二中横坐标为角度，纵坐标为频率，从图中也很好的反映出了横向亮温两边高中间低，纵向亮温两边低中间高的特点。因此在 K 波段采用 Tip 定标方法是能够满足辐射计测量需要。

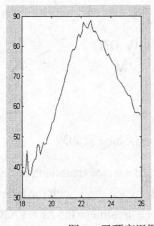

图 1　天顶亮温图

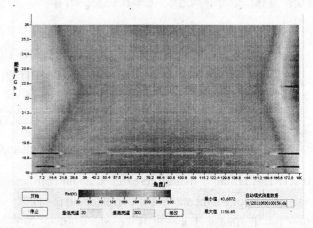

图 2　天空各频率各角度亮温图

参 考 文 献

[1] 张祖荫，林士杰，微波辐射测量技术及应用. 北京: 电子工业出版社，1995.

[2] 应国玲，周长室，陈怀迁，微波辐射计. 北京: 海洋出版社，1992.

[3] M.schneebeli and C.matzler, "A calibration scheme for microwave radiometers using tipping curves and kalman filtering," IEEE Trans.Geosci.Remote sens,vol.47,no.12,DEC.2009.

[4] Y.Han and E.R. Westwater, "Analysis and improvement of tipping calibration for ground-based microwave radiometers," IEEE Trans.Geosci.Remote Sens,vol.46,no.8,pp.2323-2336,Aug.2008.

作者简介

聂军平（1989），男，江西吉安，硕士，主要从事辐射计定标的研究，n_j_p@126.com

PCB 表面处理及阻焊防腐能力研究

辜义成　任尧儒

（东莞生益电子有限公司，广东东莞，523039 ）

摘　要： 本文主要通过分析腐蚀状况，设计几种测试图形，对不同表面处理进行试验制作，并设计沉银、沉金、化学镍钯金、喷锡等不同表面处理试验板分别做盐雾腐蚀测试和硫化腐蚀测试，研究评估各种不同表面处理耐腐蚀的能力及优劣；同时通过对比，研究提升表面处理耐腐蚀能力，为客户选择表面处理做参考。

关键词： 腐蚀；沉银；沉金；化学镍钯金；喷锡

Research about corrosion capability on the PCB surface treatment and S/M

Gu Yicheng，Ren Yaoru

（ Dongguan Shengyi Electronics Ltd，Dongduan,Guangdong,China,523039 ）

Abstract: This article is mainly researched about corrosion on the PCB surface treatment and S/M; by analysing the phenomenon of the corrosion on the PCB，and we designed those with the different function test figures and the PCB boards with the different surface treatment(Im-Ag、ENIG、ENEPIG、HASL etc.); then do the accelerated salt spray test and do the clay test，reasearching or evaluating the prevent the corrosion capability for the different surface treatment; at the same time，by contrast the test result，researching and improving the capability to different surface treatment; and making a reference for customer designing and selecting surface treatment.

Key words: Corrosion, Im-Ag; ENIG, ENEPIG, HASL

1　引言

　　PCB 表面处理最基本的目的是保证良好的可焊性或电性能。由于自然界的铜在空气中倾向于以氧化物的形式存在，不大可能长期保持为原铜，因此需要对铜进行其他处理，即 PCB 的各种表面处理；

　　电子电器在较差的恶劣环境使用后，此类设备，相应地表现出耐腐蚀的能力问题日益突出；在 PCB 表面，部份产品在恶劣环境的影响下，在功能焊盘或线路面，可能会出现表面腐蚀问题，从而造成电器设备达不到设计使用寿命，产生故障或导致设备提前报废；因此，PCB 表面耐腐蚀能力，是关系到最终电子产品的使用寿命的主要因素之一；因此开展 PCB 表面处理及S/M 防腐能力提升研究是必要的；达到提升 PCB 表面处理及 S/M 防腐能力，提高产品的竞争能力，提升行业技术发展。

（1）例1：电子设备在恶劣环境使用后，在PCB表面易产生腐蚀物质，如图1～2：

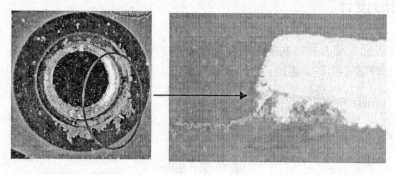

图1　表观图　　　　　　　　图2　切片图

说明：上图为最终电子设备在较恶劣环境下使用后，PCB表面被腐蚀情况的表观图和切片图；在焊盘周边出现了长出的腐蚀物质，如此，则严重降低了设备的使用寿命，甚至造成设备报废。

（2）例2：绿油破损露铜，曝露在恶劣环境使用后，表观露铜处极易长出腐蚀产物，如图3～4

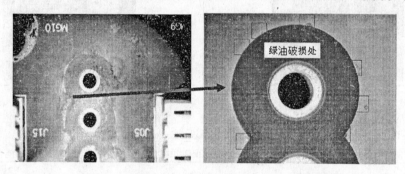

图3　表观图　　　　　　　　图4　表观图

说明：上图为最终电子设备在较恶劣环境下使用后，PCB表面被腐蚀情况的表观图；在绿油破损露铜处，长出了较严重的腐蚀物质。

（3）例3：电子设备在恶劣环境使用后，过孔连接焊盘长出了腐蚀物质，如图5～6。

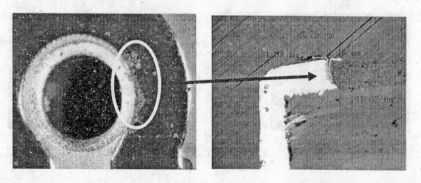

图5　表观图　　　　　　　　图6　切片图

说明：上图为最终电子设备在较恶劣环境下使用后，PCB表面被腐蚀情况的表观图和切片图；在焊环处，长出了较严重的腐蚀物质。

2 试验图形设计

针对 PCB 表面处理方式防腐能力，从前期调研的腐蚀分析，其腐蚀主要发生类别为：
A、非贴装导电过孔焊盘腐蚀；B、阻焊露铜处表面腐蚀；C、贴装过孔连接点焊盘腐蚀；
D、其它，表面处理后线路面或焊盘铜面腐蚀等。

根据调研分析中，腐蚀主要发生在上述类别中，故针对此，主要设计以下图形进行研究：
（1）非贴装导电孔、贴装导电过孔及阻焊塞孔设计

表1　设计图形一

设计图形一	
图形设计	阻焊开窗设计（蓝色、黑色为阻焊覆盖）
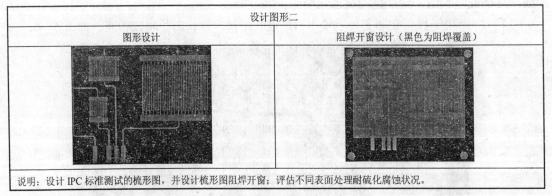	
说明： ① 设计孔径为 0.3mm ,PITCH 设计为 0.8 的过孔； ② 主要为三种设计，一种为贴装过孔设计，一种为非贴接过孔设计、一种为阻焊塞过孔； ③ 设计密集孔，主要评估不同设计过孔焊盘经不同表面处理后耐腐蚀能力，同时评估过孔阻焊塞孔耐腐蚀能力。	

（2）结路图形设计：设计标准的 SIR 梳形图

表2　设计图形二

设计图形二	
图形设计	阻焊开窗设计（黑色为阻焊覆盖）
说明：设计 IPC 标准测试的梳形图，并设计梳形图阻焊开窗；评估不同表面处理耐硫化腐蚀状况。	

（3）铜面设计

表3 设计图形三

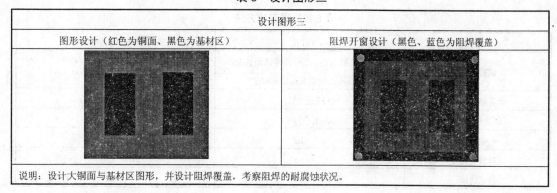

设计图形三	
图形设计（红色为铜面、黑色为基材区）	阻焊开窗设计（黑色、蓝色为阻焊覆盖）

说明：设计大铜面与基材区图形，并设计阻焊覆盖，考察阻焊的耐腐蚀状况。

3 腐蚀测试方法

3.1 盐雾腐蚀测试方法及要求

表4 测试评价标准

序号	测试项目	测试方法	评价标准
1	金属表面盐雾测试	GB/T 10125-1997	GB/T 6461-2002
2	阻焊盐雾测试	《人造气氛腐蚀试验---盐雾试验》	《金属基体上金属和其他覆盖层经腐蚀试验后的试样和试件的评级》

注：标准简介

性能评级标准：GB/T 6461—2002《金属基体上金属和其他覆盖层经腐蚀试验后的试样和试件的评级》

表5 保护评级（R_P）与外观评级（R_A）

缺陷面积 A/%	评级 R_P 或 R_A	缺陷面积 A/%	评级 R_P 或 R_A	
无缺陷	10	2.5<A≤5.0	4	R_P：表示覆盖层保护金属免遭腐蚀的能力。腐蚀包括腐蚀斑点、鼓泡以及因基体金属腐蚀而造成的其他缺陷。数值越大，抗腐蚀能力越强。
0<A≤0.1	9	5.0<A≤10	3	
0.1<A≤0.25	8	10<A≤25	2	R_A：描述试样的全部外观，包括由暴露所导致的所有缺陷。数值越大，抗腐蚀能力越强。
0.25<A≤0.5	7	25<A≤50	1	
0.5<A≤1.0	6	50<A	0	
1.0<A≤2.5	5			

表5 外观评级（R_A）

破坏程度主观评价：	覆盖层破坏类型的分类		
vs=非常轻度	A 覆盖层损坏所致的斑点和颜色变化		
s=轻度	B 很难看见，甚至看不见的覆盖层腐蚀所致的发暗		
m=中度	C 阳极性覆盖层的腐蚀产物		
x=重度	D 阴极性覆盖层的腐蚀产物		
	E 表面点蚀	F 碎落、起皮、剥落	G 鼓泡
	H 开裂	I 龟裂	J 鸡爪状或星点状缺陷

（3）试方法

表6 盐雾测试方法

项目	标准规范	实际测试方法.参数状态
试验方法	中性盐雾试验 NSS、乙酸盐雾试验 AASS、铜加速乙酸盐雾试验 CASS	中性盐雾试验 NSS
盐雾箱内温度	35℃±2℃	35℃
氯化钠浓度	50g/L±5g/L	50g/L
pH 值	6.5～7.2	6.6
试样放置角度	15°～30°	20°～30°
测试时间	2h～1000h	96h

3.2 硫化腐蚀测试方法

目前，业界在 PCB 表面镀层及阻焊硫化腐蚀测试方面没有具体统一标准；一般均采用，在一定的空间，保持一定的环境下，化学方法模拟释放出 H_2S 气体的方法；现采用以下硫化腐蚀测试方法：

Ⅰ.取一洁净干燥的玻璃干燥皿，放置在抽风口处；

Ⅱ.将待测试板放入干燥皿中，均匀放置，板与板不能接触；

Ⅲ.在干燥皿中放入一杯温度为 50℃～80℃ 的热水（模拟设计干燥皿中一定的湿度）；

Ⅳ.取一烧杯，放入 100g 硫铁矿粉末，将烧杯预先放进干燥皿中（后续待加 HCL）；

Ⅴ.在干燥皿磨口处涂上凡士林，便于后续保持密封效果；

Ⅵ.准备 2mol 的浓度为 10% 的盐酸；

Ⅶ.将 2mol 的浓度为 10% 的盐酸，迅速加入盛有硫铁矿的烧杯中后，快速将玻璃干燥皿盖子盖上，防止产生的 H_2S 气体扩散至室内；

Ⅷ.每周观察一次表面状况，3 周后取出测试样片。

4 测试结果

4.1 盐雾腐蚀测试结果

4.1.1 不同表面处理耐盐雾腐蚀表观状况

表7 不同表面处理盐雾腐蚀结果

位置	沉银板 微蚀 2.0μm/cycle，银厚 0.3μm	评级	沉银板 微蚀 1.0μm/cycle，银厚 0.3μm	评级	沉银板 微蚀 1.0μm/cycle，银厚 0.15μm	评级	沉银板 微蚀 2.0μm/cycle，银厚 0.15μm	评级
大金属面位置		3		1		3		0

位置	沉银板（正常控制）	HASL板	ENEPIG	ENEPIG+封孔剂
	3	2	0	3
密集线路位置	5	5	0	1
密集线路位置	5	/	4	0
过孔位置	8	7	7	1
过孔位置	10	10	10	0
阻焊位置	10	10	10	10
阻焊位置	10	10	10	10
位置	沉银板（正常控制）	HASL板	ENEPIG	ENEPIG+封孔剂
大金属面位置	2	10	7	8
大金属面位置	5	10	/	7
密集线路位置	5	10	7	8
密集线路位置	5	10	7	8

过孔位置		4		10		8		8
		7		10		8		8
阻焊位置		10		10		10		/
		10		10		10		10

	WF+ENIG+封孔剂		WF+ENIG		ENIG+WF		/	
大金属位置		6		6		6		/
密集线路位置		6		6		6		/
		7		6		6		/
过孔位置		7		7		6		/
		7		6		7		/

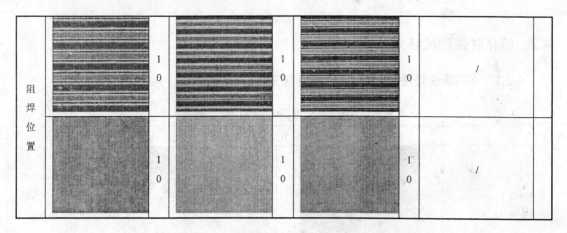

盐雾腐蚀性能评级小结

试样	沉银板 微 2/厚 0.3μm	沉银板 微 1/厚 0.3μm	沉银板 微 1/厚 0.15μm	沉银板 微 2/厚 0.15μm	沉银板 (0.15-0.508um)	HASL 板
R_P/R_A	3/2 m E	1/1 x A	0 /0 x A	0 /0 x A	2/2 m A	10/10 vs B
试样	ENEPIG	ENEPIG+封孔剂	WF+ENIG+封孔剂	WF+ENIG	ENIG+WF	
R_P/R_A	7/7 vs B	8/8 vs B	7 /7vs B	6/6 vs B	6/6 vs B	

① 银厚 0.15μm 腐蚀面积超过 50%，R_P 评级为 0

② 银厚 0.30μm 腐蚀面积介于 5%～20%，R_P 评级为 1～3

③ HASL、ENIG、ENEPIG 表面处理金属表面无腐蚀，R_P 评级为 10.

④ DSR330-S50-99G 常规阻焊，阻焊覆盖金属无腐蚀，R_P 评级为 10

4.1.2　测试结果

① 不同表面处理，耐盐雾腐蚀抵抗能力顺序为：

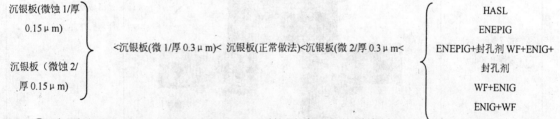

② 表面处理 Im-Ag、ENIG、ENEPIG 不能通过 96h 盐雾腐蚀测试，表面处理 HASL 能够通过 96h 盐雾测试；

③ 焊 TAMURA　DSR-330 S50-99G(绿)能够通过 96h 盐雾测试；

④ 正常 ENIG、ENEPIG 与增加封孔剂处理的 ENIG、ENEPIG 对比，在耐盐雾腐蚀方面差别不大，均不能通过 96h 盐雾测试。

4.2 硫化腐蚀测试结果

4.2.1 不同表面处理 Undercut 位腐蚀状况

表8 不同表面处理硫化腐蚀 undercut 位状况

	PICTURE		说明
微蚀量 1.0um/cycle、银厚 0.15um			沉银表面处理,在孔盘角位阻焊 undercut 处因贾凡尼效应易发生铜腐蚀形成空洞现象 0
微蚀量 1.0um/cycle、银厚 0.30um			沉银表面处理,在孔盘角位阻焊 undercut 处因贾凡尼效应易发生铜腐蚀形成空洞现象;银厚越厚,腐蚀越大。
微蚀量 2.0um/cycle、银厚 0.15um			沉银表面处理,在孔盘角位阻焊 undercut 处因贾凡尼效应易发生铜腐蚀形成空洞现象 0
微蚀量 2.0um/cycle、银厚 0.30um			沉银表面处理,在孔盘角位阻焊 undercut 处因贾凡尼效应易发生铜腐蚀形成空洞现象;银厚越厚,腐蚀越大。
HASL		/	HASL 表面处理,Undercut 位覆盖良好,没有发现腐蚀物

	PICTURE		说明
OSP	 UnderCut位已有腐蚀物	/	OSP 表面处理，Undercut 位已存在有腐蚀物
先 ENIG 后阻焊	 阻焊与ENIG镀层浮离	/	先 ENIG 后阻焊，由于阻焊与沉金面结合较差，经回流老化后，阻焊与 ENIG 镀层易浮离；但 Undercut 处没有腐蚀物；
ENIG+封孔剂	 UnderCut被镍金覆盖	/	ENIG+封孔剂，镍金镀层覆盖住阻焊 Undercut，Undercut 处没有腐蚀物
正常 ENIG	 UnderCut被镍金覆盖	/	正常 ENIG，镍金镀层覆盖住阻焊 Undercut，Undercut 处没有腐蚀物
ENEPIG	 UnderCut被镍钯金覆盖	/	ENEPIG，镍钯金镀层覆盖住阻焊 Undercut，Undercut 处没有腐蚀物

① ImmAg 表面处理板受贾凡尼效应影响，阻焊 UnderCut 位存在腐蚀；银厚越厚，腐蚀越大；

② 对于 HASL 镀层可完全覆盖至铜面；且没有腐蚀物产生；

③ ENIG/ENEPIG 由于其反应为氧化-还原沉积，镍金/镍钯金层可完全覆盖 UnderCut；

④ 对于 OSP，由于属有机膜，UnderCut 并不能保护非常完全，也发生了腐蚀；

⑤ 对于 ENIG/ENEPIG 镀层，经回流老化后，由于孔盘应力作用，在 SMD 过孔转角位及孔盘表面，易出现一些微裂纹，硫化测试时，微裂纹处会生产处一些腐蚀产物（如下面表面图）。

4.2.2　硫化测试表面腐蚀状况

表 9　硫化测试表面腐蚀状况

	PICTURE		说明
微蚀量 1.0um/cycle、银厚 0.15um		/	表面存在较多腐蚀

微蚀量 1.0um/cycle、银厚 0.30um		/	表面存在较多腐蚀
微蚀量 2.0um/cycle、银厚 0.15um		/	表面存在较多腐蚀
微蚀量 2.0um/cycle、银厚 0.30um		/	表面存在较多腐蚀
Im-Ag(正常控制+Postdip)		/	经硫化测试后，会存在变色；但可阻止腐蚀产物"爬行"。
OSP		/	表面存在较严重腐蚀
先 ENIG 后阻焊			表面出现一些轻微腐蚀现象
ENIG+封孔剂			表面出现一些轻微腐蚀现象
ENIG			表面出现一些轻微腐蚀现象

| 沉金面出现腐蚀典型图 | 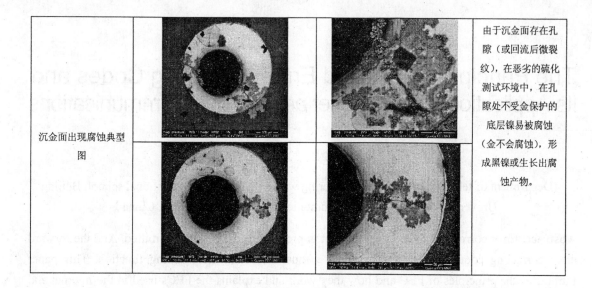 | 由于沉金面存在孔隙（或回流后微裂纹），在恶劣的硫化测试环境中，在孔隙处不受金保护的底层镍易被腐蚀（金不会腐蚀），形成黑镍或生长出腐蚀产物。 |

5 结束语

总之，测试 PCB 的各种表面处理中，Im-Ag、ENIG、ENEPIG 不能通过 96h 盐雾腐蚀测试；而 HASL 能够通过 96h 盐雾测试；各种表面处理经过硫化测试，试验得出镀层本身抗腐蚀性能优劣顺序为：HASL > ENEPIG > ENIG > ImmAg(postdip) > ImmAg≈OSP

作者简介

辜义成，男，1976 年 9 月生，南昌大学化工专业本科毕业，工学学士，技术职称：工程师，2005 年加入东莞生益电子有限公司，目前在研发中心工作，负责印制电路板先进技术研发。E-mail：yicheng.gu@sye.meadvillegroup.com

The Principle of Forward Error Correcting Codes and Its Application in the Internet and Wireless Ommunications

Li Mengli，Song Wei

(Department of telecommunication engineering with management, International school, Beijing University of Posts and Telecommunications, Beijing, 102209, China)

Abstract: Error correction codes are important in protection data being transmitted. And the forward error correcting codes (FECs) has becomes a most important error-coding function. This paper introduces the principles of FEC and how they work and explains the FECs used in the Internet and Wireless communications.

Key words: FECs, Trellis, Internet communications, Wireless communications

1 Introduction

This paper concerns error control, or more generally with increasing the robustness of data transmission in the presence of channel perturbations such as noise. One approach is the use of error-detection coding, in which errors are detected and a re-transmission requested via some return, or feedback, channel. This is the technique widely used in computer networks, and corporate into the data link layer of the OSI stack. However, here we focus on forward error correction (FEC) coding, shown in Fig. 1, which is able to correct transmission errors even without a feedback channel. [1]

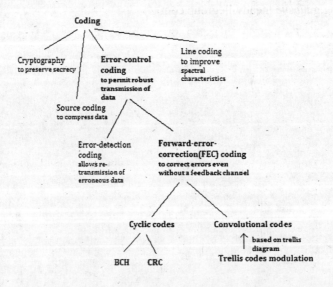

Fig.1 A taxonomy of coding

2 Principle of FECs

Shannon showed that the method by which this capacity increaser can be achieved, paradoxically, is by the addition of redundant information to the transmitted data. This is done in such a way that the wanted information can be reconstructed from the received data, despite the corruption introduced by the channel. For a binary system this is done by inserting additional bits, called checked or parity bits, into the transmitted data. These check bits are obtained from the information bits by an appropriate algorithm. [2]

Consider, for an example, a 2 bit message, to which three check bits are added.

There are four possible messages, giving rise to four possible 5 bit encoded blocks, called code words. As shown in Fig. 2.

Information bits		Checked bits
00	000	
01	110	
10	011	
11	101	

Fig.2 code words of 5-bit encoded blocks

Suppose the second of these is transmitted, but an error occurs in the second bit, so that it is received as 00110. This error can be detected, because the resulting word is not one of the permitted code words. It can also be corrected, by comparing the received word with each of the code words in turn. It differs in one place from the second codeword, but in two or more form each of others, and thus the decoder can correctly select the codeword 01110 as the intended one.

The number of places in which two words differ is characterized as a 'distance' between them, called the Hamming distance. In these terms the operation of the decoder is to select the codeword closest in Hamming distance to the received word. As shown in the Fig. 3

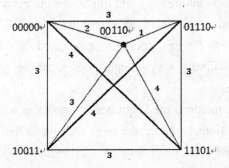

Fig. 3   Hamming distances for example above

The distance between codewords is also a useful measure of the error correcting power of the code. Errors in a transmitted word will 'move' the received word a Hamming distance d equal to the number of errors, as shown in Fig. 4. Provided this distance is less than halfway to the nearest alternative codeword, the decoder will still select the correct codeword. Thus the code will always correct a maximum number of errors:

$$t < \frac{d_{min}}{2}$$

where d_{min} is the minimum Hamming distance between any pair of code words. In the example 1, d_{min} is 3, so the code will indeed always correct single errors. Note that the inequality is strictly less than, since if the received word is exactly halfway between two codewords, the receiver will not be able to select the correct word reliably.

The cost of this error-correction capability, apart from the increased complexity of the receiver, is the need to transmit additional check bits in addition to the information bits. These additional bits constitute redundancy. Clearly, because of this redundancy a code can transmit information only at a rate somewhat lower than would be possible over the uncoded channel. [3]

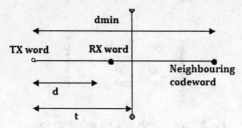

Figure 4   hamming distance

3   Different Types of FECs' Applications in Wireless Communications

3.1   Example of Deep Space Communications (Cyclic Block Codes Application)

One of the most extreme applications of radio communications is communication with deep space missions such as the Voyager mission to Saturn and Uranus. Free space path loss over the distance (several hundred million kilometers), and limitations on transmit power, are such that power efficiency of the communication system is of the utmost importance. (The inverse square law implies that a coding gain of 6dB due to the FEC coding scheme can double the range of the mission.) For the return link (spacecraft to Earth), very complex codes can be used, since powerful decoding hardware is available to Earth.

Until very recently these missions used concatenated codes in which once again Reed-Solomon codes formed the outer code. Here, however, the inner code was a half-rate convolutional code, with constraint length 7. Outer Reed-Solomon codes were used with block length 63-511 (symbol size 6-9 bits). Convolutional codes also produce error bursts at the inner decoder output, and so once again an interleaver is used between the inner and outer encoder/decoder.

3.2   Example of Voiceband Modems (Trellis Coded Modulation Application)

The application gives the initial impetus for the development of trellis coded modulation was the voiceband modem: the device that allows digital services like FAX and Internet access over a conventional telephone line. This is designed to handle speech signals of trather restricted quality, and has a bandwidth extending from 200Hz TO 3.4KHz. As such it is clear that to achieve data rates greater than about 2.4kbits^{-1} requires multilevel modulation techniques. This was an ideal application for trellis coded modulation. [4]

4 Conclusion

The basic function of error coding is reducing the number of reception errors in a digital communications system. Comparing the three types of FECs coding, analyzing the strengths and shortcomings of them and their applications in real life, we get a deep understanding of FECs.

References

[1] Massey, J.L. (1974) Coding and modulation in digital communications. In Proceedings of the International Zurich Seminar on Digital Communications, March, pp. E2(1)-(4). [principle] Glover, I.A. and Grant, P.M. (1998) Digital Communications, Prentice-Hall.

[2] C.E. Shannon. A mathematical theory of communication. USA Bell Systematic Technical Journal. Vol.27. July-Oct. 1948:379-423, 623-656.

[3] J.K.Wolf. Efficient Maximum Likelihood Decoding of Linear Block Codes. IEEE Trans. Inform. Theory. Vol24. 1978,1:76-80.

[4] Underbock, G. (1978) Trellis coded modulation with redundant signal sets, Part I: Introduction, Part II: State-of-the art. IEEE Communication Magazine, 25(2): 5-11, 12-2.

YC 门限群签名方案分析及改进

彭 娅

（广州大学华软软件学院，网络技术系，广州，510990）

摘 要：Yuan-Lung Yu 和 Tzer-Shyong Chen 提出的门限群签名方案不能抵抗内部成员的联合攻击，任何门限个成员联合可得到群私钥，从而不负责任地产生一个有效的群签名；改进的方案调整了私钥生成方法，其安全性基于求解离散对数问题的困难度，能抵御群内成员的联合攻击，具备可跟踪性。

关键词：门限签名；门限群签名；合谋攻击；离散对数；安全性

Cryptanalysis and improvement of YC Threshold group signature scheme

Peng Ya

（Department of Network Technology，South-china Institute of
Software Engineering GZU，Guangzhou，510990）

Abstract: A threshold group signature proposed by Yuan-Lung Yu and Tzer-Shyong Chen could not resist the attack when some members conspired, any threshold members conspired to get group private key and forged a valid signature by irresponsible; By changing the way of key generation, the impoved scheme made the process of attack faced the difficulty of elliptic curve discrete logarithm, the impoved scheme that is based on the discrete logarithm problem can resist conspired attack, and it is contented of undeniable or unforgeability.

Key words: threshold signature, threshold group signature, conspired attack, discrete logarithm, security

1 引言

群签名方案允许组中合法参与者以群的名义签名，具有签名者匿名、只有权威才能辨认签名者等多种特点，在实际中有非常广泛的应用[1]。在一个群签名方案中，任意一个成员可以以匿名的方式代表群体对消息进行签名。与其他数字签名一样，该群签名可以采用群公钥来验证。门限群签名是群签名的推广，一般的(t,n)门限群签名是指群内的 t 个或更多成员联合可代表群组签名，且签名成员的身份可查；而任何少于 t 个成员的联合则不能代表群组签名。这种签名技术结合了群签名和门限特性，签名的权力由多个成员掌握，具有门限签名的特点，但不能将门限签名和门限群签名等同起来。一般来说，门限群签名应具备以下性质[2]：

（1）正确性：所有诚实的授权子集产生的签名必须能够通过验证；

（2）不可伪造性：只有群体中的合法成员才可以生成有效的部分签名；

（3）门限特性：只有当签名人数不小于门限值时，才可以生成有效的门限群签名；

（4）匿名性：签名的验证者不知道该签名是群体中哪些成员签署的；

（5）不可链接性：只能群管理员才能判断两个门限群签名是否由相同的授权组所签；

（6）抗陷害性：任何小组不能假冒其他小组生成门限群签名；

（7）可跟踪性：发生纠纷时可以追查出签名组成员的真实身份；

（8）抗联合攻击：任何小组不能产生不可跟踪的有效门限群签名。

与其他签名体制一样，门限群签名也需要寻求一个合适的密码体制作为其实现途径。自 Desmedt 和 Frankel 于 1991 年提出(t,n)门限群签名以来[3]，门限群签名得到了广泛研究[4-8]。结合门限群签名和椭圆曲线密码体制的优点，Yuan-Lung Yu 等人在文献[9]中提出了一个基于椭圆曲线离散对数问题的门限群签名方案，该方案具有较高的效率，且部分签名的验证和群签名的验证采用相同的协议，一定程度上减少了系统开销。但该方案无法抵御群内成员的合谋攻击，即当有门限个恶意成员联合时，可代表群进行签名，但群管理员无法追踪参与签名的成员的身份；本文通过改变私钥的生成方法，使得当门限个成员合谋时，无法产生一个不可追踪的群签名。

2 YC 方案简介

YC 门限群签名方案由 CA(可信中心)选择系统参数和分发相关子密钥。整个方案由三个阶段组成：初始化、门限群签名的产生、门限群签名的验证。

2.1 初始化阶段

（1）CA 产生并公布系统参数：

CA 选择 $GF(p)$ 上阶为 q 的椭圆曲线密码系统 E：$y^2=x^3+ax+b(\bmod p)$，且公布如下系统参数：$\{E,p,q,h,G,x_i(1\leqslant i\leqslant n)\}$。

其中 p 为大素数，$p+1-2p^{1/2}<q<p+1+2p^{1/2}$，$a,b\in Z_p$，$4a^3+27b^2\neq 0(\bmod p)$；$h$ 是单向哈希函数；G 是椭圆曲线上阶为 n 的生成元；x_i 为群成员 U_i 的身份信息。

（2）CA 秘密选择 t-1 次多项式 $f(x)$：

$f(x)=a_{t-1}x^{t-1}+\cdots+a_1x+a_0(\bmod n)$ 当 $i\in[1,t-1]$ 时，$a_i\in[1,n-1]$；其中 $f(0)=a_0$ 为群私钥，由群管理员 GM 保存；$f(x_i)$ 为群成员 U_i 的私钥。

（3）CA 计算 $N=-Y=-f(0)G$，$N_i=-Y_i=-f(x_i)G$，分别作为群公钥和群成员 U_i 的公钥，并将其公开。

2.2 门限群签名产生阶段

假定现有一个群需签名消息 m，不失一般性，设群内成员 U_1，U_2，…，U_t 可代表该群体为消息 m 产生一个有效的群签名。这个过程由个体签名、个体签名验证及合成(t,n)门限群签名等三部分组成。

（1）每个成员 U_i 选取随机数 $k_i(1 \leqslant k_i \leqslant n-1)$，通过自己的私钥 $f(x_i)$ 为消息 m 产生部分签名：

$$R_i=(x_{Ri},y_{Ri})=k_iG$$

$$r_i=x_{Ri}(\bmod n)$$

$$s_i=k_i+f(x_i)[\prod_{j=1,j\neq i}^{t}(-x_j)/(x_i-x_j)]h(m)(\bmod n)$$

成员 U_i 公开 R_i，将个体签名 (r_i,s_i) 送给签名合成者 DC。

（2）DC 收到 (r_i,s_i) 后，通过以下等式检验个体签名的正确性：

$$D_i=(x_{Di},y_{Di})=s_iG+h(m)N_i[\prod_{j=1,j\neq i}^{t}(-x_j)/(x_i-x_j)]$$

$$D_i=x_{Di}(\bmod n)$$

判断 $d_i=r_i$ 是否成立，若成立，则接受 (r_i,s_i) 为有效的签名，否则签名无效。

（3）若所有的个体签名通过验证，DC 为消息 m 产生群签名 (r,s)。DC 首先收集参与签名成员的 $R_i=(x_i,y_i)$，并计算

$$R=\sum_{i=1}^{t}R_i=(x_R,y_R)$$

$$r=x_R(\bmod n)$$

$$s=\sum_{i=1}^{t}r_is_i(\bmod n)$$

则门限群签名为 (r,s)。

2.3　门限群签名验证阶段

任何接收者 V 收到 (r,s) 后，可用群公钥验证该签名的真实性。验证过程如下：

（1）接收者 V 首先计算 $S=\sum_{i=1}^{t}r_is_i(\bmod n)$，并判断 $S=s$ 是否成立，如果成立则进行下一步的检验，否则签名无效。

（2）计算

$$L=(x_L,y_L)=sG+h(m)N$$

$$L=x_L(\bmod n)$$

判断 $l=r$ 是否成立，若成立，则 (r,s) 是消息 m 的有效签名；否则，签名无效。

3　YC 门限群签名方案的缺陷

YC 方案不能抵抗联合攻击，即任意 t 个成员合谋可以伪造有效的群签名，而群管理员无法知道参与签名的成员身份。设 t 个成员构成的小组为 $I=\{I1,I2,\cdots,It\}$，伪造过程如下：

（1）I 中各成员 Ii 把私钥 f(xi)发送给某个成员，设为 T(T∈I)，则 T 可通过 Lagrange 插值法重构 t-1 次多项式

$$F(x)= \sum_{i=1}^{t} (f(xi) \prod_{j=1,j\neq i}^{t} (x-xj)/(xi-xj))(\bmod n)$$

（2）通过该多项式，T 可计算 $F(0)=f(0)(\bmod n)$ 及 $F(x_i)=f(x_i)(\bmod n)(i=1,2,\cdots,n)$。

（3）由此，这 t 个成员能够掌握其他所有成员的私钥 $f(x_i)$ 及群私钥 $f(0)$。于是他们可以任意选择随机数 $k(1\leqslant k\leqslant q-1)$，令 $K=kG=(x_K,y_K)$，伪造签名 (r',s')。其中的 r' 和 s' 分别计算如下：

$$r'=x_K$$

$$s'=k+f(0)h(m)$$

该签名可以通过验证，验证过程的正确性证明如下：

$$L'=(x_{L'},y_{L'})=s'G+h(m)N$$
$$=kG+f(0)h(m)G+h(m)N$$
$$=kG+(-N)h(m)+h(m)N$$
$$=kG=(x_k,y_k)$$

因此，该方案中任意 t 个成员合谋能产生一个有效的门限群签名，一旦发生争执，群管理者也无法打开签名，也就无法追查签名的执行者，该方案不满足可追查性。

4 改进方案及分析

4.1 对 YC 方案的改进

为解决 YC 方案中的不可追查性，改进如下：

（1）在系统初始化阶段，对群成员的公私钥对以及群公私钥对的计算方式改进如下，其中系统参数的选择同 2.1 节。

CA 秘密选择 $t-1$ 次多项式 $f(x)$：$f(x)=a_{t-1}x^{t-1}+\cdots+a_1x+a_0(\bmod q)$，当 $i\in[1,t-1]$ 时，$a_i\in[1,n-1]$；计算 $(x_v,y_v)=f(0)G=a_0G$，令 $v=x_v$ 为群私钥，由群管理员 GM 保存，$N=-Y=-vG$ 为群公钥；计算 $(x_{vi},y_{vi})=f(x_i)G$，令 $v_i=x_{vi}$ 为群成员 U_i 的私钥，$N_i=-Y_i=-v_iG$ 群成员 U_i 的公钥；将群公钥和群成员公钥公开。

（2）群签名的产生过程

① 每个成员 U_i 选取随机数 $k_i(1\leqslant k_i\leqslant n-1)$，通过自己的私钥 v_i 为消息 m 产生部分签名：

$$R_i=(x_{Ri},y_{Ri})=k_iG$$

$$r_i=x_{Ri}(\bmod n)$$

$$s_i=k_i+v_i[\prod_{j=1,j\neq i}^{t} (-x_j)/(x_i-x_j)]h(m)(\bmod n)$$

成员 U_i 公开 R_i，并将个体签名 (r_i,s_i) 送给签名合成者 DC。

② DC 收到 (r_i,s_i) 后，通过以下等式检验个体签名的正确性：

$$D_i=(x_{Di},y_{Di})=s_iG+h(m)N_i[\prod_{j=1,j\neq i}^{t} (-x_j)/(x_i-x_j)]$$

$$d_i=x_{Di}(\bmod n)$$

判断 $d_i=r_i$ 是否成立，若成立，则接受 (r_i,s_i) 为有效的签名，否则签名无效。

③ 若所有的个体签名通过验证，DC 为消息 m 产生群签名 (r,s)。DC 首先收集参与签名成

员的 $R_i=(x_{Ri}, y_{Ri})$，并计算

$$R=\sum_{i=1}^{t}R_i=(x_R, y_R)$$

$$r=x_R(\bmod n)$$

$$s=\sum_{i=1}^{t}s_i(\bmod n)$$

则门限群签名为(r,s)。

（3）群签名验证过程

任何接收者 V 收到(r,s)后，可用群公钥验证该签名的真实性。接收者计算 $L=(x_L, y_L)=sG+h(m)N$，判断 $x_L=r$ 是否成立。若成立，则(r,s)是消息 m 的有效签名；否则，签名无效。

4.2 改进方案的安全性分析

这是一个具有(t,n)门限特性的群签名方案，需要 t 或 t 个以上的参与者才能代表某群体签名。对于外部攻击者而言，该方案是安全的：一方面如果某攻击者企图通过群公钥 $N=-vG$ 来得到群私钥 v，其困难性相当于椭圆曲线上离散对数问题的困难性，如果企图通过群成员 U_i 的公钥 $N_i=-v_iG$ 来得到群成员 U_i 的私钥 v_i，其困难性相当于椭圆曲线上离散对数问题的困难性；另一方面，如果攻击者企图伪造一个个体签名，并能通过验证，仍将面临椭圆曲线上离散对数问题。

对于内部成员而言，改进后的方案能阻止恶意的 t 个成员联合攻击。仍设 t 个成员构成的小组 $I=\{I_1, I_2, \cdots, I_t\}$，在改进的方案中，若 I 中各成员 I_i 把私钥 v_i 发送给某个成员 $T(T \in I)$，T 企图通过构造多项式来计算群私钥和群中其他成员的私钥是不可能的。

这是因为，T 要构造 $F(x)=\sum_{i=1}^{t}(f(xi)\prod_{j=1,j \neq i}^{t}(x-xj)/(xi-xj))(\bmod n)$，则必须知道至少 t 个 $f(xi)$，但是 t 个成员的联合，也只能让 T 得到 t 个 vi，而 $vi=f(xi)G$，要想通过 vi 来得到 $f(xi)$ 是不可能的，因为这将面临解椭圆曲线上离散对数困难性。

5 总结

本文对 Yuan-Lung Yu 和 Tzer-Shyong Chen 提出的门限群签名方案进行了详细的密码学分析，指出该方案中任意 t 个成员合谋能产生一个有效的门限群签名，即不具备可追查性。对此文中进行了改进，通过改变私钥的生成方法，使得当 t 个成员合谋时，仍然无法得到群私钥和群成员的私钥，因此，改进后的方案解决了 YC 方案中 t 个成员联合攻击获取系统参数并伪造群签名的问题，具有椭圆曲线离散对数困难性。

参 考 文 献

[1] 杨义先,孙伟,钮心忻.现代密码学新理论[M].科学出版社,2002.

[2] GL.Wang. on the Security of the Li-Hwang-Lee-Tsai Threshold Group Signature Seheme[J]. Information Seeurity and Cryptography- ICISC2002,LNCS 2587 , P.J.Lee and C.H.Lim eds. , PP.75-89 , Berlin:Springer-Verlag,2003.

[3] Desmedt Y, Frankel Y. Shared Generation of Authenticator Sand Signatures[M]. In：Crypto'91,LNCS 576.Berlin:Springer.

[4] 黄梅娟,张建中.一种安全的门限群签名方案[J].计算机应用研究.2006(6):116-117.

[5] 甘元驹,黎群辉.基于因式分解的可证实的门限群签名方案[J].铁道学报,2003,25(3):69-72.

[6] 王明文,朱清新,卿利,廖勇.无可信中心的(t,n)门限 RSA 数字签名体制[J].华科技大学学报(自然科学版).2006,34(6):33-35.

[7] 王斌,潘皓东,李建华.一种安全的(t,n)门限群签名方案[J].上海交通大学学报.2002(9):1333-1336.

[8] 李兵方,茹秀娟.基于 ID 的门限群签名方案[J].科学技术与工程.2011(16):3812-3814.

[9] Yuan-Lung Yu , Tzer-Shyong Chen .A efficient threshold group signature scheme，Applied Mathematics and Computation,167 (2005) 362－371.

大功率短波发射机顺序控制逻辑原理剖析

罗金华　丁　健　刘　海

（国家广电总局 831 台）

摘　要：本文对 TSW2500 型 500KW 短波发射机控制系统的核心 YCS04 板原理进行了比较深入的分析，对线路原理功能进行了较详细说明。

关键词：短波发射机；顺序控制器板 YCS04；微控制器板 SCS01；EPLD

1　前言

TSW2500 型 500KW 短波发射机是目前世界上最先进的短波发射机之一，成为我局的大功率短波发射机的主力机型，具有高功率、高稳定性、高自动化等优点。发射机的控制系统一方面按照正确的顺序开、关发射机；另一方面在发生故障时，进行必要的封锁保护。它由三部分构成：中央控制系统（ECAM/ECOS）、顺序控制器（SC）和马达控制器（MC）。

控制系统的用户界面是由基于 VEM 总线技术的系统 ECAM/ECOS2 来控制，通过 ECAM/ECOS2 与 SC 之间的 RS422 串行接口来输入指令。用户通过 ECAM/ECOS 键盘和显示器进行操作；它不仅显示发射机的所有重要参数，还会显示运行故障和操作历史记录。当电源合上时，SC 和 MC 将自动从控制系统母板（VCS01）上读取发射机型号等信息，然后进行自适应调整，并将状态信息发送到 ECAM/ECOS。

在控制器模式（Controller-Mode）下，可以通过 YCS04 面板上按键输入指令，进行开关机操作，面板上的 LED 显示窗显示相关信息。当关闭控制器模式时，则是由基于 VEM 总线技术的高层系统 ECAM/ECOS 来控制，通过 ECAM/ECOS 与 SC 之间的 RS422 串行接口来输入指令。

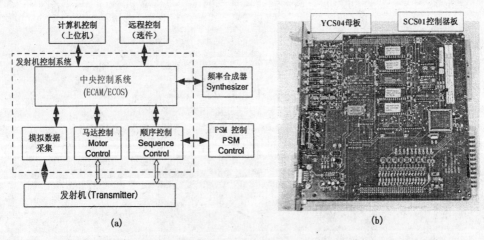

图 1（a）发射机控制系统方框图　（b）顺序控制器板 YCS04 实物照片

2 顺序控制器板 YCS04 原理分析

顺序控制器板 YCS04 由母板和微控制器板（SCS01）组成，见图 1。微控制器板 SCS01 通过用户对发射机的操作和故障信息进行监控；硬件逻辑保护与软件保护相互独立，它们之间是并行关系，硬件逻辑保护功能通过 EPLD 间硬件连线、比较器和触发器来实现。

2.1 顺序控制器板 YCS04

YCS04 的输入输出信号取自或送至如下电路板：数据采集板 YCS03、模拟信号板 YCS06/YCS07、输出板 YCS02。YCS04 与 PSM 控制系统的通信是通过 RS422 串口和一个硬件连线端口来实现。

（1）译码电路

逻辑芯片 EPLD（A1）按下表范围进行译码，CSn 为各芯片的片选信号，A1 为电可擦可编程逻辑器件（5C060），CS1 信号用于显示单元 SCS02。见图 3 。

（2）显示单元

显示单元设计成一个独立的内嵌式电路板，主要由 SCS02 电路板、A1 和 A2 组成，可显示 4 位数字或字符。A1、A2 为 4 位数字或字符显示模块，型号为 HDLO-2416（Philippines），主要包括：RAM、ASCII 解码器和 LED 驱动电路。SCS02 板插在 YCS04 板的插座 X5 上。

（3）D/A 转换器

D/A 转换器（A15…A20，型号为 AD7226）具有数据锁存功能。这些 D/A 转换器（8 位）的参考电压 为 10 V（由 A14 输出 2.5 V 参考电压，经 A34 和 V60 处理后放大到 10V）。每一 D/A 通道的信号呈线性变化，变化范围为 0 V…10.0 V，由不同地址的字（8 位）控制，0H 对应于 0 V，FFH 对应于 10.0 V。见图 2。

译码器 A1 输出的片选信号（CS5…CS10），直接作为的写信号 WR。D/A 转换器的模拟输出信号 da x 与相关模拟输入值（AN x，如 IAV1、VAV2 等，YCS06/07 板来）送到比较器（A35…A40）中相比较，滞后量约为 50 mV。比较器输出信号通过外接上拉电阻提供 5V。比较器的输出送到 A23（EPM5128，高性能 MAX5000 系列可擦可编程逻辑器件 EPLD）。

表1 模拟通道的有效地址

模拟输出	IC, Pin	地址	相关模拟输入	相应比较器输出
da1	A15,2	600H	AN1	COMP1
da2	A15,1	601H	AN2	COMP2
da3	A15,20	602H	AN3	COMP3
……				

（4）模拟输入

控制器板 SCS01 中 A/D 转换器的 8 个模拟输入（ACH0…ACH7）通过多路复用器(A11、A12)进行扩展。控制器板 SCS01 上的 P1.0，P1.1，P1.2 对两个多路复用器进行控制。多路复用器(A11、A12)的模拟输出信号送至电压跟随器（A34，放大倍数为 1）。见图 2。

表2 端口 P1 编码控制表

Input	P1（1.0，1.1，1.2）			Output	相应的比较器
AN1	0	0	0	ACH0	COMP1
AN2	0	0	1	ACH0	COMP2
AN3	0	1	0	ACH0	COMP3
AN4	0	1	1	ACH0	COMP4
……					

（5）输入和输出端口

I/O 芯片 A4…A8 地址被定义为位方式（8 位），A4/A5 和 A6/A7 也可定义为字方式（16 位）。A4…A8 均为 82C55（CMOS 可编程外围接口）。A4 端口 A 即为 PA（A4）

表3 端口地址分配

I/O	地址	I/O	FF	HW（硬件）功能
A4 端口 A	1000H	输出		面板按键的指示灯(ON…OFF 等)
A4 端口 B	1002H	输入	x	内部输入
A4 端口 C	1004H	输出		输出到保护逻辑 A24
……				

表中 FFx 表示对应的 I/O 端口的输入端前面加置了数据脉冲寄存器（A21，A22，A27）。输入信号中出现短暂的 0 信号将会寄存在寄存器中，直到信号可读为止。 PA(A6)和 PA(A7）的前置数据脉冲寄存器已经集成在比较器逻辑(A23)电路中。控制器 SCS01 输出的信号 REF（P1.7）可以给寄存器（A21、A22、A27）清零。参见图4—YCS04方框图 1。

数据总线提供了一个扩展 I/O 功能，用于数据采集。每个读、写周期可并行传送 8 位数据。总线控制由软件通过 A8 的 I/O 信号来完成（数据 8 位，由缓冲器 A9 双向传输；地址 4 位，WR*，RD*，由缓冲器 A10 输出）。"Out-Reset"信号可以复位数据采集的输出信号。"FF- Reset"可以对数据脉冲寄存器清零。见图 3。

（6）逻辑保护

逻辑保护由 2 片 EPLDs（A23、A24，型号 EPM5128）实现，与软件保护是完全独立的体系，它对发射机的运行状态进行实时监控。软件保护由微控制器板 SCS01 实现，SCS01 由一个通用微处理器（intel 80C196KB/KC）及外围电路组成。

比较器逻辑保护通过对 A23（EPLD）编程来实现。比较器的输出信号经 EPLD A23 处理后，转换成多组 CPL-xxx 信号，每组 CPL-xxx 相与。瞬态电流保护信号 xx-T 也送到 A23（EPLD）中。

A23 的两个延时输出 Del1 和 Del2，用来抑制干扰信号对比较器输出的影响，Delay1 用于水流接点监信号测延时，Delay2 用于风量接点监测信号延时。

开机逻辑保护由 A24（EPLD）实现， A24（EPLD）主要由输出触发器构成。这样，就可根据软件设定的顺序来的开启和关闭它们。只有所有低一级触发器触发后，高一级触发器才会触发。当比较器逻辑保护 A23 的输入信号或外部输入信号发生故障时，输出触发器会被复位。

（7）PSM 接口

SC 与 PSM 控制系统通过一个串行接口 RS422 进行通信。出于安全考虑，它们之间还有若干条连到逻辑保护的硬件连线。微控制器 SCS01（RXD--数据接收，TXD--数据发送）内部的串行接口通过 A28 将信号转换到 RS422 电平，A28 是差分驱动/接收器，型号为 SN75179BP。数据传输参数设置如下：9600 波特率进行、8 个数据位、无奇偶校验、2 个停止位。传输的数据有数据位和地址位之别。地址字节及其关联数据先发送，这样 127 个数据字节（7 位）分别传送到对应的位置。

2.2 微控制器板 SCS01

微控制器板 SCS01 由一个通用微处理器（intel 80C196KB/KC）及外围电路组成。外围电路包括：内部存储器（RAM 和 EPROM）； 串行接口 ；A/D 转换器的输入滤波器。

Intel MCS-96 系列的 80C196KB 型微控制器用作处理器（A1）。80C196KC 型也可使用，但其扩展功能未用。

（2）振荡器

振荡器由处理器内置芯片和一块外置的 12 MHz 石英晶振（G1）组成。

（3）复位逻辑模块

若电源电压低于 4.55V，复位逻辑模块 A4 就发出一个复位脉冲。其它复位信号有：RESET-IN*，串行监视接口的 INIF*，或按键 K1 的复位脉冲。复位脉冲宽度由 A4 的外围电容 C42 决定，大约为 0.3 秒。

处理器也可在 RESET*脚产生一个复位脉冲（由软件控制，内部看门狗进行回应）。输出 RESET 和 RESET*可用来复位硬件。

（4）解码电路

A21（EPLD）用于对访问存储器、串行接口模块的总线进行解码，并对用户地址、数据总线进行解码。Chip Enable（芯片允许）信号为：

CS0：用于监控程序的 EPROM

CS1：用于用户程序的 EPROM 或 RAM

CS2：供用户使用的 RAM

CS3：用于中央控制系统（ECAM）接口的 UART（通用异步发送电路）

CS4：用于监控接口的 UART

地址/数据总线由寄存器（A2，A3）为外围设备解码。总线地址 A-A0...A-A15 和数据 D-AD0...D-AD15 可用于外围设备解码。

（5）模拟输入

处理器内部的 A/D 转换器需要一个+5V 的参考电压（VREF，ANGND），这个参考电压来自 YCS04 上的专用板（A14、A34）提供。8 个模拟输入端 ACH0...ACH7 的输入电平范围为 0～+10V。模拟输入端 ACH0...ACH7 的信号是来自 YCS06/07 板的 VfilV1、VfilV2、VaV1、IaV1、Prev、Pfwd 等信号（参见 YCS04 方框图（1））。

（6）二进制 I/O

处理器的 I/O 端口 HSI0...HSI3，HSO0...HSO3，P1...P1.7，P2.0...P2.7 直接传输至 YCS04 母板对应的端口上。HSI0...HSI3（用于灯丝、黑灯丝、高压计时，来自 YCS03 板），P1.0...P1.2 用于对两个多路复用器（A11/A12）进行控制。（参见 YCS04 方框图（1））。

（7）存储器

A10、A11（EPROM，每个 32K*8）用于存储监控程序。

存储器 A12、A13（每个 32K*8）用于存储用户程序。测试时，可 A12、A13 把设为 RAM

（插入跳线 JP2，JP3，JP6，发射机上采用此跳线设置），用户程序可由监控软件通过监控接口加载。

通常把 A12、A13 设为 EPROM（插入跳线 JP1，JP4，JP5），用户程序存储在 A12、A13 中，这样可以进行监控操作，但不能修改用户程序。用户也可以使用存储器（A14，32K*8）。

（8）串行接口

ECAM/ECOS 的串行接口，包括 UART 控制器（A15）和驱动器/接收器（A17、A18），符合 EIA 标准 RS-422-A。A17、A18 为差分驱动/接收器，型号为 SN75179BP。A15、A16 为异步串口控制器，型号为 P82510。

RS232 监控接口，包括一个相似的 UART 控制器（A16）和 RS232 驱动器/接收器（A19，型号 MAX232EPE），符合 EIA 标准 RS-232C，使用了一个 9 针 D 形连接头 DB9（X5），直接连接到 YCS04 前面板上（Monitor）。该接口软件位于监控程序的 EPROM(A10、A11)中。

3 结束语

通过对大功率短波发射机控制系统核心 YCS04 板原理分析、对硬件线路原理功能的详细说明，为从软件上进一步分析发射机顺序控制逻辑关系做了铺垫，由于篇幅所限，软件控制逻辑关系在此就不作分析，希望对于加深对发射机控制系统原理的认识和掌握，提高驾驭进口 TSW2500 型 500KW 发射机的能力，能有所帮助。

4 附录

附图 2 顺序控制器 YCS04 线路功能框图(1)
附图 3 顺序控制器 YCS04 线路功能框图(2)
附图 4 控制器 SCS01 方框图

参 考 文 献

[1] THALES.TSW2500 型 500kW 短波发射机技术简介,瑞士: THALES 公司,2003.
[2] 江国强.PLD 在电子电路设计中的应用.北京:清华大学出版社,2007.

作者简介

罗金华，男，1962、4，浙江义乌，高级工程师，广播影视工程技术，国家广电总局无线局 831 台，副总工程师，13858985831
丁 健，男，1974、8，江西丰城，高级工程师，广播影视工程技术，国家广电总局无线局 831 台，台长，13967903810
刘 海，男 1968、9，安徽，工程师，广播影视工程技术，国家广电总局无线局 831 台，工程师，13868926222，工作单位：国家广电总局无线局 831 台，通讯地址：浙江省兰溪市 103 信箱 321106

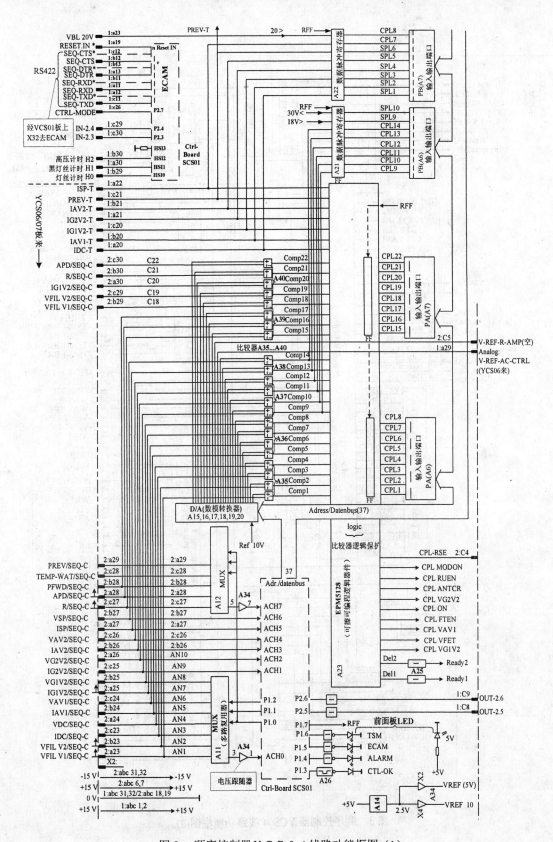

图 2　顺序控制器 Y C S 0 4 线路功能框图（1）

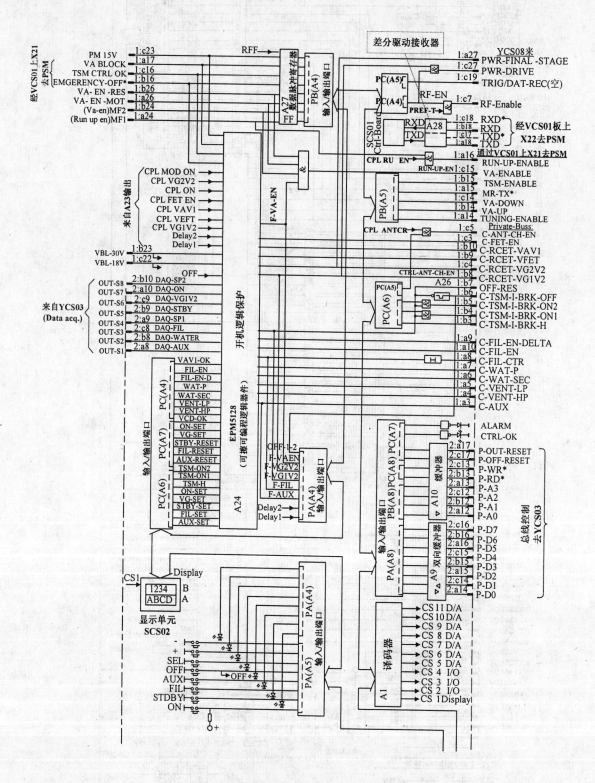

图 3　顺序控制器 YCS04 线路功能框图(2)

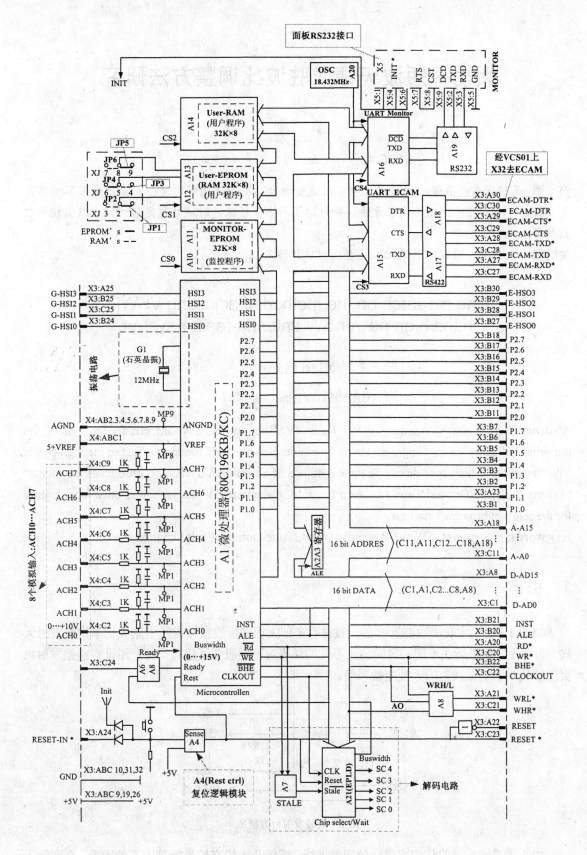

图 4 控制器 SCS01 方框图

大功率短波天馈线驻波比调整方法研究

肖　刚

（国家广电总局九五一台，河北，050407）

摘　要： 天馈线系统驻波比指标对大功率短波发射台站发射机的稳定运行和播出效果影响非常大。本文讨论了三种驻波比调整方法，并介绍了网络分析仪的时域故障定位方法，以供相关台站参考。

关键词： 大功率；短波；驻波比；调整；时域故障定位

The research on the method of adjusting VSWR in the high-power SW antenna-feeder system

Xiao Gang

（ABRS 951，Hebei，050407）

Abstract: The Voltage Standing Wave Ratio (VSWR) of the SW antenna-feeder system has important influence on the long-term stable operation capacity and broadcast effect of the high-power SW transmitter. This paper discusses three methods of adjusting VSWR, and introduces the method of using the Time-Domain Fault Location function of the network analyzer, it is only for reference for the relevant broadcast stations.

Key words: high-power, SW, VSWR, adjustment, Time-Domain Fault Location

1 引言

如图 1 所示，大功率短波发射台一般设有多部大功率短波发射机及多副大功率短波发射天线，为了使发射机能在不同的时间使用不同的频率对不同服务区进行广播，还设有能把发射机灵活转接到不同天线上的天线交换系统。

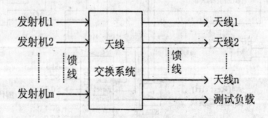

图 1　短波发射台方框图

由于天馈线系统的驻波比指标分别受天线、馈线及天线交换系统等因素的影响，在实际工作中常常会遇到因为部分频率驻波比太高而使反射功率偏大，并相应使高末级电子管的屏极损耗增加，使播出效果变差，严重时还会使发射机频繁保护而无法正常稳定运行。而且由于损耗的增加，会影响到价格昂贵的大型电子管和真空电容的正常使用寿命。

因此，有必要对大功率短波天馈线系统驻波比的调整方法进行研究，使调整便捷、有效。

2　驻波比调整方法研究

以下介绍常用的几种大功率短波天馈线驻波比调整方法。

（1）用λ/4测量线测量

如图2为用λ/4测量线测量的示意图。测量线从钩子到热耦电流表接线端的长度为工作波长的四分之一加1cm。测量时，要求发射机开机在低功率运行，可利用热耦电流表的量程决定发射机要开出功率的大小，或由发射机输出功率选择热耦电流表的量程。

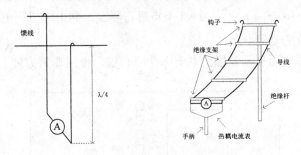

图2　λ/4测量线测量的示意图

开启发射机，在低功率状态运行，按图2所示将测量线的小钩搭挂在短波平衡馈线上，并沿馈线推进，找出馈线上电压的波腹点和波节点，由热耦电流表读取数据，找出读数的最大值 $V_{\max}$ 和最小值 $V_{\min}$，其比即为驻波比：$VSWR = \dfrac{V_{\max}}{V_{\min}}$。

λ/4测量线法在测量不同的频率需要更换不同的λ/4测量线，对工作在单频或双频的天线驻波比调整兼顾效果好，而对于目前广泛使用的宽频段同相水平天线的驻波比调整则有局限性，且调整中需要加高压，对人员安全造成威胁。

（2）网络分析仪频域测量

测量前选定所需测量的频率范围，校正开路、短路以及用标准负载对测量系统进行校准。校准后，将被测馈线与网络分析仪连上，则可以从仪器上分别选择测量反射损耗、反射系数以及阻抗等参数，测试结果将在仪器的显示器上读出或通过打印机打印出来。

频域测量法的驻波比曲线直接显示在屏幕上，较为直观，但无法对引起驻波比变差的位置进行有效定位，需要根据丰富的实践经验，并结合其它测量方法对驻波比较大的频率进行调整。

（3）网络分析仪时域故障定位

测量前选定时域测量方式，并按所测天馈线通路的情况设定测试长度，在一般测量精度时只需进行校正开路和短路即可，若要求测试精度高时，还需要接标准负载进行校零。校准后，将被测天馈线通路与网络分析仪连上，由仪器利用测出的频域反射系数自动进行运算后得到时域故障定位测试图。从图上可以直观地看到整个测量距离内从测试起点到终点的各个距离反射系数的大小；也可以分别选择测量反射损耗、反射系数以及阻抗等参数，测试结果将在仪器的显示器上读出或通过打印机打印出来。

由于可以从时域切换到频域，故驻波比曲线也可以直接显示在屏幕上，较为直观。同时在时域故障定位中，可以直观地指导调整工作，对反射系数较大处的天馈线进行针对性的调整，调整后还可切换到频域观察结果，如还不符合要求则再返回时域继续进行故障定位及调整。

通过比较上述所列的几种常见测量调整方法，可以看出在馈线所连的宽频天线频段范围内，使用时域故障定位法可以快速方便地定位天馈线通路上引起驻波比变差的位置，并以此为依据有的放矢，可进行精确的进行调整，大大缩短调整时间，使调整安全、快速。

3 时域故障定位仪器操作方法

测量使用的仪器是 PNA3268D 型单测试通道矢量网络分析仪，测试频率范围为 0.001～120MHz。该仪器采用的时域故障定位法是窄带频时域转换方法，从设定的 f_0 开始，依次按 $f_0 + \Delta f$、$f_0 + 2\Delta f$、……$f_0 + n\Delta f$ 共 $n+1$ 个点进行测试，利用端口测出频域反射系数进行运算后得到时域故障定位的功能[1]。

如图 3 所示为仪器前面板示意图，共有 6 个操作键，使用非常方便。

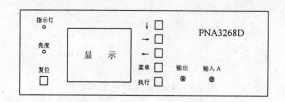

图 3　网络分析仪前面板的示意图

当开机时或按〖复位〗键后，网络分析仪显示的是主菜单。如图 4 所示为主菜单的示意图，左面为一阻抗圆图，右面即菜单。若菜单上第一项显示为《频域》，则需按〖↓〗键把光标移到菜单上第一项《频域》项下面，再按〖→〗键使出现《时域》，则仪器进入时域工作状态。若再按〖→〗键，则又出现《频域》，则仪器进入频域工作状态。

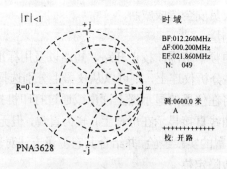

图 4　主菜单的示意图

图 4 中，《BF: 12.26MHz》表示将起始频率(Beginning Frequency) 设定为 12.26MHz，《ΔF: 0.2MHz》表示频距为 0.2MHz （ΔF 根据测试距离的设定而变化)，《EF: 21.86MHz》表示将终止频率（Ending Frequency）设定为 21.86MHz，《N: 49》表示测试点数 N 为 49（N 不直接受控，且测试点数最多为 81 个），《测：600 米》表示设定的测试距离为 600 米。《校：开路》表示即将开始作相应的开路校正。

图 5 为不同测试距离时的各项指标。测试距离在时域主菜单中已预设好了，若不合适可按需要重新选定，将光标移到《测：600 米》下，按〖→〗或〖←〗键即可改变。

测试距离(米)	模糊距离(米)	分辨力(米)	参考精度(毫米)
1200	1500	25	±400
600	750	12.5	±200
300	375	6.25	±100
120	150	2.5	±40
60	75	1.25	±20
30	37.5	0.63	±10
12	15	0.25	±4
6	7.5	0.13	±2
3	3.75	0.06	±1

图 5　不同测试距离时各项指标的示意图

设定测试距离后，频距ΔF 将自动设置；然后再依次设定起始频率 BF 和终止频率 EF，测试点数 N 也会自动设置，则可以开始进行三项校正了。按要求将仪器连线接好后，使电桥测试端口开路或接开路器，按〖↓〗键使光标停在《校：开路》下，此时按〖执行〗键，仪器进入开路校正状态，右下角频率在变动，直到扫完一遍为止，此时出现《校：短路》。在电桥测试端口接上短路器，再按〖执行〗键，仪器进行短路校正，右下角频率一直变动，扫完一遍后，画面改成直角坐标，说明校正已完成可以进行时域测量。一般只作两项校正，若所测反射极小或使用了单端转差分的差分头时，就需要按〖菜单〗键并选择《频域》，切换到频域后再进行校零，之后再选择《时域》就可切换回时域进行时域测量。如图 6 所示为校零操作的示意图。

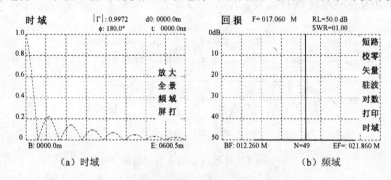

图 6　校零操作的示意图

图 6（a）为时域模式，其中的《放大》功能可以放大四倍进行观察，《全景》功能则恢复，《屏打》功能可将屏幕显示从随机的打印机输出。在图 6（b）为频域模式，选《矢量》功能可在阻抗圆图上观察测试结果，选《驻波》功能可以观察驻波比的测试结果，选《对数》功能可观察回损的测试结果，选《打印》功能可对测试数据打印输出。

在进行时域测量时出现直角坐标，此时右上角出现变动的频率数字，说明此时正在进行频域测量，测完后数字消失，仪器进入时域计算与显示，光点将由左向右逐点点出在给定测试距离内从头到尾(即全景)的各个距离上的反射系数的大小。 垂直坐标有 Γ= 1，Γ= 0.25，Γ= 0.05三档，可按〖↓〗键进行选择。

如图 7 为放大四倍的时域测试结果示意图，分三屏显示了所测的总长约 410 米的某段天馈线通路上的反射系数的大小，其中第四屏 444.8 米~600 米的数据无需观察。在直角坐标的上方可以读出光标所在的测试参数，|Γ| 表示反射系数的大小，d0 表示光标的距离测试起点的电长度，Φ 表示反射角（开路性质故障 Φ 在 0°左右，短路则在 180°左右），t 表示延时；在直角坐标的下方可以读出测试的起止距离，并给出了反射系数最大点所对应的测试距离 dMAX。

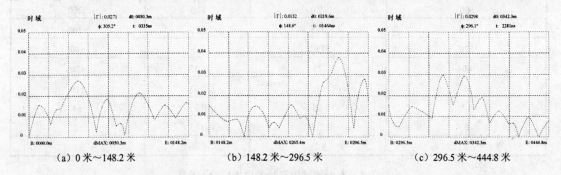

(a) 0 米~148.2 米　　　(b) 148.2 米~296.5 米　　　(c) 296.5 米~444.8 米

图 7　时域测试结果的示意图

其中，电长度与所测电缆的机械长度之间存在一定的比例，介质填充少的接近 1。必要时可以用一段电缆测试电长度后与机械长度相比即可。在利用反射电桥测试 50Ω 同轴线时测试距离应选为待测电缆几何长度的 1.5 倍以上，在利用差分电桥测试 300Ω 平衡馈线时测试距离应选为待测电缆几何长度的 1 倍以上。

可以选择《屏打》功能将时域测试结果打印输出，还可以通过照相或手工记录的方式将曲线的关键点数据如峰谷、峰顶及拐点的数据记录。如图 8 所示为利用 Excel 和 Visio 软件的绘图功能，将某段天馈线通路调整前的时域测试结果绘出，并标注出反射系数较大的峰顶点以便于后期的分析原因及驻波比调整需要。

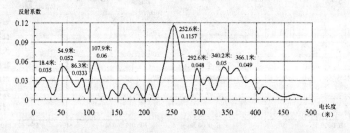

图 8　时域测试结果的示意图

图 7 为调整结束后所测的时域测试结果，图 9 为切换到频域所测的驻波比结果。可以选择《打印》功能将频域测试结果打印输出。在对仪器升级改造后，还可以按〖执行〗键将测试结果存入移动 U 盘，方便后期用专用软件对测试结果进行观察。

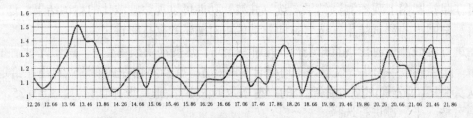

图 9　频域测试驻波比的结果

需要注意的是，在开始测试中由于插接电缆需一定时间，不容易对上完整的测试周期，需要耐心等下一个测试周期，也可在时域显示期间按〖菜单〗键进入暂停状态下进行插接（小反射时必须如此），接好后再执行。此时显示的仍为上次测试的结果，须等到下一个测试周期才能观察到最新的测试结果。也可按〖菜单〗键，选《频域》测试，需要时再回时域。

4　时域故障定位实际测试方法

（1）测试接线方法

如图 10 所示为利用网络分析仪时域故障定位功能，并结合大功率短波天馈线系统的实际情况，对驻波比进行调整时的三种接线示意图。

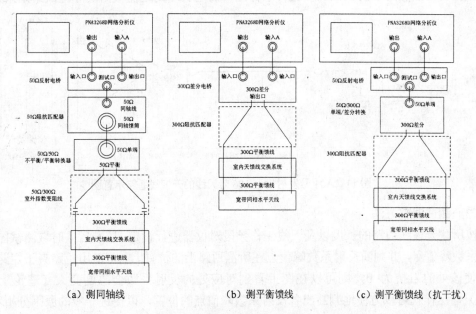

（a）测同轴线　　　　　　（b）测平衡馈线　　　　　（c）测平衡馈线（抗干扰）

图 10　时域测试的连线示意图

在图 10（a）中，由于网络分析仪 50Ω同轴测试线 N 型接头与发射机 9 英寸 50Ω同轴馈筒间机械尺寸相差太大，若用开口夹子线的形式连接则会带来测试误差，尤其在高频端的误差更大，因此定购了专用的 50Ω/50Ω阻抗匹配器，将机械尺寸分级进行过度，实现阻抗的匹配连接。

同样，在图 10（b）中，由于网络分析仪 300Ω差分电桥的平衡输出信号的机械尺寸（间距约 20mm）与 300Ω平衡馈线（间距有 500mm、400mm 两种）的相差太大，因此定购了专用的 300Ω/300Ω阻抗匹配器，将机械尺寸逐渐加宽进行过度，实现阻抗的匹配连接。图 10（c）中将 300Ω差分电桥替换为抗干扰型短波 50Ω反射电桥，并使用单端/差分转换电桥将 50Ω单端信号转换为 300Ω差分信号，再通过 300Ω/300Ω阻抗匹配器实现与 300Ω平衡馈线的匹配连接。可见，图 10（c）的测试方法因具有一定能力的抗干扰能力而更适合测试 300Ω天馈线系统；若将抗干扰型短波 50Ω反射电桥替换图 10（a）中的 50Ω反射电桥，则图 10（a）的测试方法也具有一定能力的抗干扰能力，因而更适合测试 50Ω同轴馈筒及其后面所连接的天馈线系统。

（2）测试调整准备

测试调整前需要明确所测天馈线通路的整体情况。目前使用的发射天线是在短波波段广泛应用的 HR4/4 型宽频段同相水平天线，天馈线交换系统采用的是特性阻抗为 300Ω的平衡式室内交换开关，主馈线采用的是特性阻抗为 300Ω 的 2×12 线双笼型平衡馈线。主馈线通过 150Ω/300Ω 主馈线变阻器与两路特性阻抗为 300Ω 的 2×8 线双笼型平衡水平分馈线连接，并与天线幕实现阻抗匹配连接。发射机输出阻抗为不平衡 50Ω，通过平衡转换器和阻抗变换器将阻抗转换为平衡 300Ω 后，实现与天馈线的阻抗匹配连接。

如图 11 所示为 A04 号发射机上 106 号天线的天馈线通路示意图。标号 1~9 间为 300Ω 主馈线，从 0 米处开始经过 9 个馈线杆后与 106 号天线连接，其中在第 1、2、3、4、9 处为馈线跳笼，在第 5、6、7、8 处为馈线吊杆。第 10 处为一路转二路馈线复合杆，第 11 处为左右水平分馈线的馈线吊杆、第 12 处为上引线馈线跳笼。HR4/4 型天线幕有四层水平天线振子，通过大、小硬馈和之间的分馈线 1、分馈线 2 与第 12 处的上引线跳笼连接。根据图纸及实际测量的数据将各点所对应的机械长度进行了标注，而电长度则还需根据实际测试结果来判断。

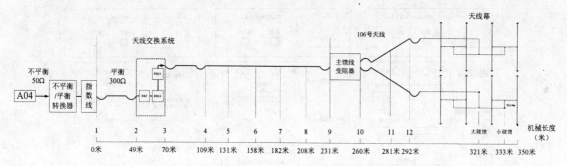

图 11　A04 号发射机上 106 号天线的天馈线通路示意图

（3）测试调整方法

按所测天馈线通路的长度以及天线工作频段对仪器进行设定，校准后从时域测试图中查找反射系数峰值点，并判断反射系数峰值点在所测通路上的位置。也可以用短路夹子短路某处馈线，使该处的阻抗为 0，则可以在图上看到对应处的反射系数会急剧变大（理论上应该为 $\Gamma=1$），这样就可以方便地判断出各反射系数峰值点的位置，以便进一步的原因分析和调整。将各反射系数峰值调整小后再返回频域观察驻波比，直到驻波比得到改善为止。

用时域故障定位法测试时，理论上要求反射系数的大小应低于 0.01，但一般在实际使用中，反射系数的大小低于 0.03 就认为该处的馈线基本调整合适，此时对应的插入驻波比小于 1.06。但如果测试整个天馈线还存在有部分频率驻波比偏大的情况时，则还需要对引起反射系数较大处进行仔细调整，尽量将反射系数峰值点调低。

测试中，可以先进行总体测试，观察当前的状况，再根据情况进行分段测试调整。图 8 所示为图 11 中的天馈线通路的时域测试图，对比机械长度可以看出第 1 至 4 处、第 10 处以及天线幕上存在多处较大的反射系数峰值点。则可以将第 9 处的跳笼断开，接上 300Ω 平衡负载后从第 1 处开始测试，只测试主馈线 1~9 间的性能，一般通过微调主馈线的双笼之间的间距达到微调阻抗实现匹配的目的，从而使反射系数峰值点得以降低，驻波比得到改善。

同样，在测试天线时也可以分段进行测试。例如，将第 10 处的双跳笼断开，在主馈线变阻器末端各接 1 个 300Ω 平衡负载后从第 9 处开始测试，即：只测试主馈线变阻器的性能；在将主馈线变阻器调整合适后，先恢复第 10 处双跳笼中的与左水平分馈线连接的跳笼，并将第 12 处对应处的上引线跳笼断开改接 300Ω 平衡负载，只对第 10 处双跳笼和左水平分馈线进行测试调整；同样，对第 10 处双跳笼和右水平分馈线进行测试调整。若有必要还需要登高上天线幕进行调整。调整各段后，还需恢复连接，再从第 9 处测试整个天线的驻波比，若合格后还需要恢复连接并从第 1 处复查整个天馈线通路，如果驻波比未得到明显改善，则还需要重新进行调整，将各反射系数峰值点尽可能地调低，使阻抗更加匹配，则驻波比将得到改善。

图 7 和图 9 为调整后的结果，可以看出，通过对主馈线、主馈线变阻器（四阶梯阻抗变换器[2]）、左右水平分馈线、天线幕进行调整后，各反射系数峰值点明显降低，且驻波比均低于 1.54，达到验收标准，且多数频率的驻波比还低于 1.3，调整效果非常明显。

（4）天馈线故障预防方法

通过定期测试或根据发射机驻波比、反射功率越限的告警提示来及时安排测试，并与正常状态时所测试的时域故障定位测试图进行对比。如果发现某处位置的反射系数峰值明显变大，就能够及时发现天馈线通路中存在的事故隐患。尤其能检测到存在于天线交换系统的馈筒内以及高空天线幕上存在的事故隐患。而这类事故隐患用传统的测试方法是很难检查出来的，且如果未能及时得到处理时，往往会引发长时间的停播故障，使发射机无法正常工作。

5 结束语

综上所述几种方法可见，将网络分析仪时域故障定位应用于大功率短波天馈线驻波比的调整上具有非常快速、直观的特点，可以发现影响整个天馈线系统的驻波比指标的原因，而且调整中不需要发射机开机来测试，非常安全，值得推广。

通过定期测试或根据发射机驻波比、反射功率越限的告警提示来及时安排测试，能够对整个天馈线系统的状况了如指掌，及时、准确的发现天馈线系统中存在的故障隐患，将以往的被动处理故障变为主动预防检修，可以大大降低因天馈线系统故障而引发的长时间重大停播事故发生，提升设备维护水平和科技含量，完成传统测试方法难以完成的任务。

同时，通过快速测试和调整，可以尽可能地降低驻波比，使大功率短波发射机的反射功率和高末电子管的屏极损耗下降，既增强了发射机的播出效果，又有利于发射机的长期稳定运行，可取得良好的社会效益和经济效益。

参 考 文 献

[1] 胡树豪，实用射频技术. 北京：电子工业出版社，2004.

[2] Devendra K. Misra（著），张肇仪，徐承和，祝西里（译），射频与微波通信电路—分析与设计（第二版）. 北京：电子工业出版社，2005.

作者简介

肖刚，男，1974 年 4 月生，江西省吉安市人，工程师（中级），主要研究方向为电子与通讯，广电行业，电子邮箱：xiaogang_2004@sohu.com

大功率广播发射机房一键代播控制系统的设计与应用

魏亮华

（国家广播电影电视总局五六一台，南昌，330046）

摘　要：近几年，有备份发射设备的大功率广播发射机房越来越多，当发射机房设备发生故障时，需要启用备份设备进行代播。为了能快速有效的恢复播音，为了能缩短停播时间；我们充分利用现有资源和信息化的手段，开发研制了大功率广播发射机房一键代播控制系统，并取得了良好的应用效果。

关键词：大功率；广播；发射机房；一键代播；控制系统

One key replace broadcasting control system design and application in high power radio transmission room

Wei Lianghua

（561 Station of the state administration of Radio Film and Television，Nanchang，330046）

Abstract: In recent years, more and more high power transmission room with backup transmitting equipment, when transmission room equipment fault, need to enable backup equipment and replace broadcasting. In order to the rapid and effective resume broadcasting, in order to shorten the time off the air; We make full use of the present resources and information method, developed one key replace broadcasting control system in high power radio transmission room, and has obtained the good application effect.

Key words: high power, radio, transmission room, one key replace broadcasting, control system

1　引言

　　国家广播电影电视总局无线电台管理局（以下简称无线局）担负中央人民广播电台、中国国际广播电台、中央电视台、部分省市广播电视节目的传输和发射任务；是把党和国家的声音传入千家万户，把中国的声音传向世界，把反动有害的声音压下去的骨干力量。在无线局的各基层台站中，有上百个大功率中短波广播发射机房，我们对设备的维护总方针是不间断、高质量、讲效率、重安全，对播音任务的停播时间都是按秒计时的。机房内的专业设备虽然是高科技、高技术的产物，具有高精度、高可靠性；但由于功率大、电压高、电磁环境恶劣，设备时常会出故障，要做到不间断高质量的播出，就必须要做到及时准确的对故障进行处理。

　　大功率中短波发射机房与普通调频发射机房和小功率中短波发射机房有所不同，其设备体积大、价格昂贵，拥有的备份设备少，一般都处于一备多的状态，所以当机房内有设备发生故障时，需要通过人工手动倒备份恢复播音，使广大人民群众收听到完整的广播节目。由于这些设备目前都是独立运行的，当某一发射机出现故障时，需要人工进行倒换天线、切换节目源和切换频率，开启备份发射机，这一系列操作都需要在设备故障后，第一时间快速反应，准确操作，才能确保播音在最短时间恢复。虽然我们都是专业技术人员，但人员的素质和水平大相径庭，特别是一些边远地区或高原地区的人员；而且设备是全天候运行的，无法预测设备出故障的时间，很多故障都在凌晨或夜间出现，人员的思想状态和精神状态都处于疲劳期。为了简化流程，以人性化的开发思路设计了广播发射机房一键代播控制系统，帮助技术人员准确无误的操作，极大限度的减轻了技术人员的劳动强度，提高了工作效率，缩短了停播时间。

2 一键代播控制系统设计

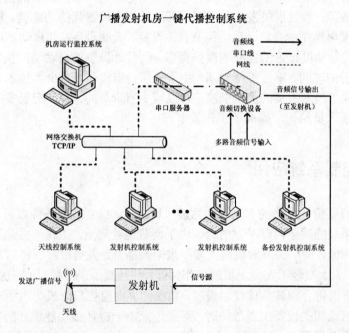

图1 一键代播控制系统结构图

如图1所示，一键代播控制系统主要由天线控制系统、发射机控制系统、音频切换设备和机房运行监控系统组成。系统安全级别要求高，整个系统采用内部专网，与外网物理隔离，各系统间通过 TCP/IP 协议的自定义接口规范进行通讯，即使在内部网络中，外人也很难直接控制发射设备。由于广播发射机房在传输发射信号时，各设备之间是环环相扣的，信号源、发射机、天线是一个有机的整体，当某一设备出现问题时，可能会牵涉到整个链路的设备倒换；如果信号源或天线没有切换到位，也就没有按要求播出，同样也算停播。比如当某一发射机出现故障时，必须把此发射机对应的天线和信号源切换至备用发射机，然后再按要求开启备用发射机，这样才能把我们想播的节目发送到想播的地方，才算完成故障后的代播。

发射机控制系统实现对发射机的运行监测和控制，系统能独立完成自动按运行图开关机、自动调谐、自动倒频、故障处理和数据上传，通过网络通讯接口，可实现计算机远程控制发射机的功能。天线控制系统实现对机房内天线交换开关的控制和监测，系统能独立完成自动按运行图倒换天线、故障报警和状态上传，通过网络通讯接口，可实现计算机远程控制天线交换开关的状态，从而实现各发射机对应的天线控制。音频切换设备可通过串行接口进行控制，计算机通过串口服务器对音频切换设备远程控制，实现对备用发射机信号源的控制。

机房运行监控系统使用微软最新最稳定的 Microsoft.NET 开发平台和 SQL Server 数据库进行开发，提升了系统的稳定性、可靠性和通用性。系统主要分为 5 大功能模块：界面动态生成模块、多线程与接口模块、一键代播功能模块、任务调度管理模块和系统参数设置模块。与各子系统通过以太网交换机进行数据交换，程序中设置了多个自定义接口参数，方便不同应用系统间的连接和通讯，数据格式采用统一的内部接口规范，实现整个机房内所有发射设备的监测和控制。其一键代播功能键被设计在机房运行监控系统中，由其对其他控制系统和设备发出控制命令，并通过数据交换，实现一键代播的整个监控过程。系统还设计开发了恢复代播功能，当故障设备维修好后，还可在空闲时间通过一键恢复功能，恢复原有设备的正常工作。

在广播发射机房中，最重要也是故障率最高的设备就是发射机，音频信号通过发射机进行调制，传送到天线进行发射。由于其功率大、电压高、电流大，辐射和干扰也很大，设备长期运行时就容易发生故障。当发射机发生故障时，可通过点击一键代播功能键，机房运行监控系统立即向各子系统发出控制命令，自动切换节目源设备、天线设备；并启动备用发射机进行代播；由于计算机的传输速度比人的操作速度快得多，而且计算机能自动监控执行状态，所以能大大缩短整个倒备份的时间，缩短停播时间。由于只需一键操作，减少了技术人员在突发事件时的操作步骤，减轻了技术人员的劳动强度；可以减少值班员的人数，把更多的人安排到设备的维护当中，优化了人员结构，提高了工作效率。

3　一键代播控制系统应用

本系统适合于有备份发射机的大功率中短波发射机房，特别适合条件艰苦、人员劳动强度较大的地区。目前系统应用于西藏某发射台，由于西藏地处高原，工作条件艰苦，设备稳定性较差，人员工作效率低，而广播发射机房大多要求全天播音，人员很难保持时刻清醒敏捷的头脑；使用本系统后，大大减轻了人员上班的工作强度，并且减少了停播时间，优化了人员结构，提高了工作效率。下面将介绍其具体使用说明，系统主界面监控整个机房内所有发射设备的运行情况，当某发射机或相关设备出现故障时，可通过点击一键代播功能键，倒备用设备进行播音，整个过程只需两步即可：

1）点击故障设备编号

发射机房一键代播系统在部署时，会把所有备份设备信息存储到程序中，当某发射设备发生故障时，就点击其对应的设备编号，如果系统检测到有相同设备的备份，就会显示一键代播按钮。

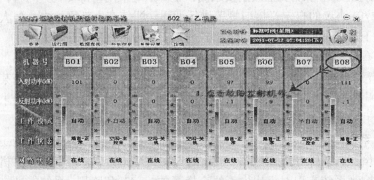

图 2　一键代播控制系统主界面

2）点击[一键代播]功能键

当点击一键代播功能键后，系统自动启动一键代播流程，自动下发所有控制命令，实现自动代播，并会有操作提示和反馈信息。

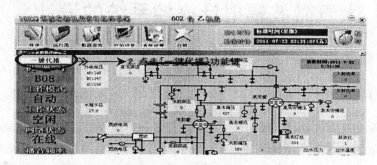

图3 一键代播功能键

点击[一键代播]功能键后，计算机将根据当前播音任务给各子系统发控制指令，自动切换节目源信号，自动倒换天线，自动控制发射机开出播音频率，并自动监控播音情况。通过计算机控制不仅准确可靠，而且大大缩短了操作时间，减少了停播时间。

4 结束语

我国的无线广播传输事业，在党的第三代领导人的密切关怀下，从无到有，从弱到强，经过了十年的"西新工程"建设，无线广播传输与发射事业进一步发展壮大。当前无线局拥有的发射功率、播出时间、占有频率和播出节目套数均居世界第三位。

总之，时代在进步，科技在发展，当前无线事业又开始了新一轮的改革与发展，从模拟到数字，从手动到自动，从有人值班到无人值班；大功率广播发射机房的运行模式也将从人工手动控制，到现在计算机自动运行和一键代播控制，到未来的无人值守全自动运行。

参 考 文 献

[1] 周春来，广播电视自动监控技术. 北京: 中国广播电视出版社，2009.

作者介绍

魏亮华，男，1982年9月出生，江西南昌人，国家广播电影电视总局五六一台，工程师，主要研究方向为电子通讯及计算机控制，联系方式：13879186036，0791-88262289，通讯地址：江西省南昌市洪都中大道209号561台（南昌市3027信箱），邮编：330046，电子邮箱：abrs561wlh@163.com

大气微波辐射计操控系统的设计

吴 贤

（北京航空航天大学，电子信息工程学院，北京，100191）

摘 要： 根据地基大气微波辐射计的工作方式，设计了一种大气微波辐射计的操控系统。该操控系统能够通过远程操控和现场操控的方式对辐射计的数据采集进行控制。它采用基于 ARM9 的 AT91SAM9261S 片上系统作为主控制器，并在嵌入式 Linux 操作系统上实现了操控程序的开发。经过测试表明，该系统能够自动地进行测量与定标，易于操纵并且能长期稳定地运行。

关键词： 大气微波辐射计；操控；ARM；LINUX

Design on Manipulation System of Atmospheric Microwave Radiometer

Wu Xian

（School of Electronic and Information Engineering，Beihang University，Beijing，100191，China）

Abstract: According to the work maner of ground-based atmospheric microwave radiometer, a manipulation system for the atmospheric microwave radiometer is designed. It can control the data acquisition of the radiometer by both remote and on-site manipulation. It utilizes ARM9-based SOC AT91SAM9261 as the main controller and implements the manipulation program on the embedded Linux operating system. The test indicates that the system can finish the meansure and calibration tasks automatically, in addition, it is easy to operate and able to work steadily.

Key words: radiometer, manipulation, ARM, LINUX

1 引言

辐射计是一种测量物质热电磁辐射的高灵敏度接收机[1]。近年来，地基大气微波辐射计在气象研究领域的应用越来越广泛，它专门用于测量大气微波频段的电磁辐射。通过数据采集设备测量大气微波辐射所得到的亮温数据，可以反演出完整的大气廓线，如对流层剖面的温度、湿度和液态水含量，对研究地区天气和气候情况，实时监测天气变化具有非常大的作用。大气微波辐射计的操控系统是控制辐射计进行测量与定标的操纵平台，并且需要对采集的数据进行存储与管理，要求其具有操纵方便、自动化程度高和工作稳定的特点。

2 大气微波辐射计的工作方式

大气微波辐射计工作于室外环境，不论天气好坏，一般都需要长时间地进行工作，其测量过程一般按照预设的工作模式自动进行，不需要过多进行人工干预。目前，已面市的大多数大气微波辐射计都采用计算机远程操控的方式进行工作。根据大气微波辐射计工作的特点，采用远程操控的方式是较好的选择，然而在某些不方便携带计算机的场合，又要求能够对辐射计进行现场操控。本文设计了一种正在研制的大气微波辐射计的操控系统，该操控系统可采用计算机远程操控或利用人机接口现场操控的方式对辐射计的数据采集进行控制。系统的结构如图1所示，计算机远程操控采用以太网接口实现，人机接口包括一个触摸屏与一个4x4键盘。测量过程采集的数据可通过以太网接口存储到远程计算机，也可通过USB口直接存储到移动存储设备中。

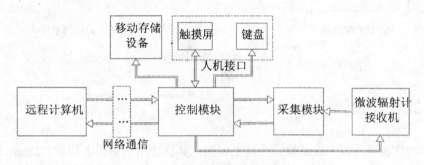

图1　操控系统的基本构成

3　系统的硬件设计

大气微波辐射计操控系统的硬件部分采用基于ARM9的片上系统AT91SAM9261S作为主控制器。AT91SAM9261S是一款高性能的片上系统，它的主时钟频率工作在190MHz，运算速度可达210MIPS[2]，并且具有丰富的外设资源(主要用于数据采集模块)，包括了USB host控制器，可用于实现挂载移动存储设备的接口。对于操控系统，主要是实现辐射计与远程计算机通信的以太网接口以及用于现场操作的触摸屏与键盘的接口。

AT91SAM9261S自身没有以太网控制器，因此需要外接以太网控制器以实现以太网接口。这里采用的是DM9000A网卡芯片，它内部集成了快速以太网MAC控制器，一个10/100M自适应PHY和4K双字SRAM，具有低功耗、单电压供电和高处理性能的特点[3]。DM9000A与AT91SAM9261S的连接方式如图2(a)所示，利用AT91SAM9261S的外部总线接口与DM9000A相连进行以太网接口的扩展，其信号线是两对差分信号线TXO±和RXI±，分别用于发送和接收数据，两对信号线经过一个变压隔离器后接到RJ45物理接口上，以防止插拔网线时产生的冲击电流对芯片的损害。

AT91SAM9261S片内集成了LCD控制器，能够实现LCD显示的接口。4x4键盘和触摸屏控制器通过TI公司生产的TSC2301芯片实现。TSC2301具有一个4线触摸屏接口和一个4x4键盘接口[4]，可通过AT91SAM9261S的SPI总线接口进行连接扩展。人机接口的电路连接如图2(b)所示。所使用的液晶屏面板为具有触摸检测部件的TFT LCD模块，屏幕尺寸可根据需要进行适当地选择。

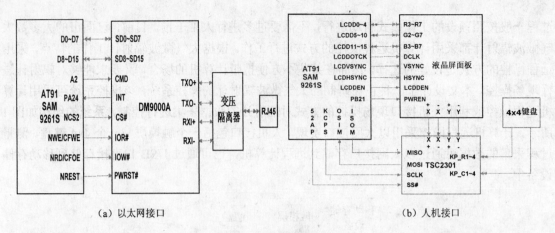

（a）以太网接口　　　　　　　　　　　　　　　　　（b）人机接口

图 2　接口的硬件实现

4　系统的软件设计

系统的软件在嵌入式 Linux 操作系统上实现，其程序结构如图 3 所示。Linux 内核源码已经支持 AT91SAM9261S 芯片，编译内核[5]时选择相应的处理器即可。设备驱动程序包括 DM9000A 网卡芯片和 TSC2301 芯片的驱动程序，其中 DM9000A 的驱动程序在内核源码中可以找到，TSC2301 的驱动程序则可通过开源社区提供的补丁获得。给内核源码打上补丁，并在编译时选中相应的驱动程序就可实现对这两个设备的支持。下面主要是实现运行在 Linux 用户空间的辐射计操控程序和运行在 PC 上的远程控制软件的设计。

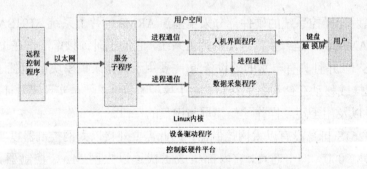

图 3　系统的软件结构

辐射计操控程序既要负责控制模块与远程计算机的数据通信，又要提供用户操作界面与响应用户操作，同时还需对数据采集进行控制。由于这些任务相对独立，对实时性要求不同，因此采用模块化设计，在不同的进程中实现，当系统不工作时，所有进程处于阻塞状态，不消耗 CPU 资源。进程间采用 IPC 机制[6]进行通信，主要用到消息队列和共享内存的方式。远程操控采用 Client-Server 的模式，远程控制程序作为客户端，服务子程序作为服务器端，通过 Socket 套接字实现网络连接的建立和数据的传输。现场操控由人机界面程序实现，界面分为操控界面和设定界面，操控界面为基于 Framebuffer 的图形界面，设定界面采用基于 ncurses 的字符型界面，两种界面都不会占用系统过多的资源。人机界面程序具有两个线程，一个用于响应键盘和触摸按键的输入，一个用于维护和更新界面。远程操纵和现场操纵采用预定的指令对数据采集程序进行控制，为了保证数据采集的实时性和辐射计工作状态对两种操控方式的一致性，由服务子程序的一个线程对采集的数据和工作状态进行管理，对于采集的数据可以传送到远程计算机或以文件的形式写入移动储存设备，工作状态则发给人机界面程序显示，也可发送给远程计算机。服务子程序和人机界面程序的主线程的程序流程分别如图 4(a)和 4(b)所示。

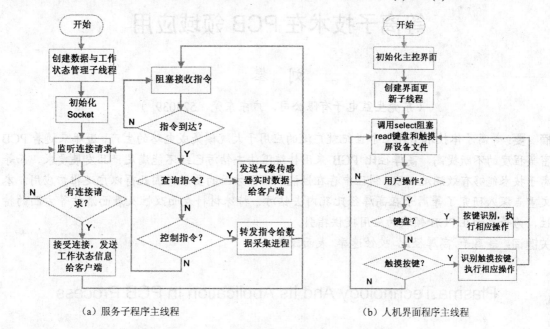

（a）服务子程序主线程　　　　　　（b）人机界面程序主线程

图 4　程序流程图

远程控制程序采用 VC 的 MFC 程序架构开发，实现了用于发送操纵指令的操纵界面以及接收并处理控制板传回的数据的功能。

5　结束语

本文设计的大气微波辐射计操控系统实现了远程操控和现场操控两种方式对辐射计测量和定标的控制。经过测试表明，该系统能够自动地进行测量与定标，易于操纵并且能够长期稳定地运行。该操控系统的软硬件结构适用于类似的应用场合，具有较高的实用价值。

参 考 文 献

[1]　F.T.乌拉比，R K.穆尔，冯健超. 微波遥感. 北京: 科学出版社，1988.

[2]　AT91SAM9261S Datasheet. Atmel Corporation. *2008*.

[3]　DM9000A Data Sheet. DAVICOM Semiconductor, Inc. 2006.

[4]　TSC2301 Datasheet. Texas Instruments Incorporated. 2004.

[5]　Robert Love. Linux 内核的设计与实现. 北京: 机械工业出版社，2006.

[6]　Neil Matthew, Richard Stones. Linux 程序设计. 北京: 人民邮电出版社，2010.

作者简介

吴贤，1986，男，福建漳州人，硕士研究生，主要从事嵌入式系统设计方面的研究。Email: huntwx@sina.com

等离子技术在 PCB 领域应用

刘 攀

（东莞生益电子有限公司，广东东莞，523039）

摘 要：等离子体技术早在上个世纪就广泛的应用于大规模集成电路的生产，近年来随着 PCB 密集程度的不断提高，高厚径比 PCB 采用传统湿法去钻污已经不能满足产品发展要求，而等离子技术能够有效满足 PCB 制程中存在性能和环保方面的要求，因此得以广泛推广应用。本文重点深入研究了等离子在高厚径比孔内去钻污、特殊材料表面改性及表面清洁等方面的特性，为等离子在 PCB 领域的应用提供指引。

关键词：等离子 高厚径比 咬蚀速率 表面改性

Plasma Technology And Its Application In PCB Process

Liu Pan

（Dongguan Shengyi Electronics Ltd，Dongduan,Guangdong,China,523039）

Abstract: Plasma is defined as the fourth state of matter. Given its nature, the plasma state is characterized by a complexity vastly exceeds that exhibited in the solid,liqiud,and gaseous state. By continually increasing energy to matters. electrons are stripped from atoms which eventually become plasma. In the state of plasma, it obeys in Colombia's law; and because of plasma's self-consistent motions, plasma are rampant with instabilities, chaosity,and nonlineatities. This article analyzed the application of plasma in desmear、surface property changing and surface cleaning.

Keywords: Plasma, High aspect ratio, Etch rate, Surface property changing

1 研究背景

等离子技术用途非常广泛．从我们的日常生活到工业、农业、环保、军事、宇航、能源、天体等方面，它都有非常重要的应用价值，目前常见的包括：

（a）等离子切割 在工业上的应用有等离子切割机，等离子切割配合不同的工作气体可以切割各种氧气切割难以切割的金属，尤其是对于有色金属（不锈钢、铝、铜、钛、镍）切割效果更佳；其主要优点在于切割厚度不大的金属的时候，等离子切割速度快，尤其在切割普通碳素钢薄板时，速度可达氧切割法的 5~6 倍、切割面光洁、热变形小、几乎没有热影响区。

（b）等离子弧 离子气被电离产生高温离子气流，从喷嘴细孔中喷出，经压缩形成细长的弧柱，其温度可达 18000~24000K，高于常规的自由电弧，如：氩弧焊仅达 5000~8000K。由于等离子弧具有弧柱细长，能量密度高的特点，因而在焊接领域有着广泛的应用。

（c）低温等离子体 一些特殊的化学元素形成一个宏观温度并不高，但电子温度可达到摄氏几万度的低温等离子体，这时，物质间会发生特殊的化学反应，因此可用来研制新的材料. 如在钻头等工具上涂上一层薄薄的氮化钛来提高工具的强度、制造太阳能电池、在飞机的表面上涂一层专门吸收雷达波的材料可躲避雷达的跟踪（即隐形飞机）……这些被称为等离子体薄膜技术.

（d）等离子电视 施加电压利用荧光粉发光成像的设备。薄玻璃板之间充填混合气体，施加电压使之产生离子气体，然后使等离子气体放电，与基板中的荧光体发生反应，产生彩色影像。

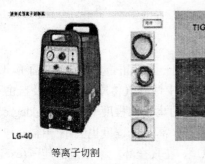 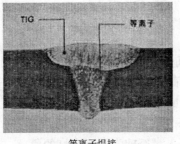 

等离子切割　　　　　　　　　　等离子焊接　　　　　　　　　等离子电视

图 1　等离子应用图示

近年来，随着电子产品密集化程度的提高，在 PCB 制造领域，面对 PCB 板厚径比的不断提升，传统的湿法制程已经逐渐无法满足高厚径比生产板的制程要求，同时在环保方面也面临较大挑战，而等离子处理技术以其特有的省能源，无公害，时间短，效率高，材料表面处理的均匀性好等特点，在 PCB 领域里得以快速推广应用，目前等离子体在 PCB 领域应用主要包括：①等离子去钻污 ②特殊材料表面改性 ③等离子表面处理等，本文着重从等离子原理及上述三个应用方面进行深入研究分析。

2　等离子原理

PLASMA（又称等离子）起源于 20 世纪初期，随着高科技的发展，现大量应用在电路板钻孔后孔内清洁工序，传统的湿法高锰酸钾除胶渣工艺因有液体张力等原因，在现有电路板小孔，密孔，肓孔（Blind Via）等产品加工后常有残留胶渣（smear）。所以等离子清洁的干式制程受到瞩目。

等离子体系统由五大部分组成：真空腔、气源、真空泵系统、射频电源和电极。真空腔是等离子体处理的工作室；气源供给等离子体工艺所需的工作气体，供 PCB 板处理的常见气体是氧气、氮气、氢气、四氟化碳和氩气；真空泵系统提供等离子体处理所需的低压，达到去除表面和真空腔中挥发性副产物目的；射频电源提供气体电离，产生等离子体所需的能量；电极则转移射频能量给真空腔中的气体。目前等离子主要是感应耦合式等离子工作原理，如下图，线圈上加一高频电源，当线圈电流发生变化时，由安培定律 H ＝ J ＋ 0(E/t) 知，可产生变动磁场，同时由法拉第定律 E ＝ － 0(H/t) 知此变动之磁场会感应一反方向电场，并加速电子与线圈电流相反的二次电流。下图为等离子实际工作中的照片。

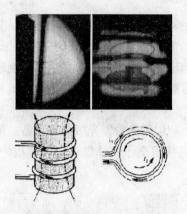

图 2 等离子工作图示

等离子是继固体，液体，气体之后，物质的第四态，它是一团带正，负电荷之粒子所形成的气体，正常情况下，正，负电荷总数相等；等离子中还含有中性的气体原子，分子及自由基。至于整团气体粒子中，正离子（或电荷）所占的比例，则定义为离子化程度（ionization degree），所以等离子产生方式的不同，压力，电源供应器之功率不一，离子化程度也会不一样。

所有等离子都会发光（glow），原理类同日光灯的原理，在真空环境下激发态粒子(excited state, X*)返回基态（ground state, X）时，将其能量以光子的形式放出来所造成。

$$RX^* \rightarrow RX + h\nu$$

等离子内组成复杂，工作时内部反应也极为繁杂，包括有气体分子之激发（excitation），解离（dissociation），离子化（ionization），结合（recombination）等作用，可能发生的反应：

表 1 等离子反应过程化学方程式

A 电子		B 电离	
$e+A \rightarrow A^+ +2e$	电离	$A^+ +B \rightarrow A+B^+$	电子交换
$e+A \rightarrow A^* +e+A+h\lambda$	激发	$A^+ +B \rightarrow A+B^+$	弹性散射
$e+ A^* \rightarrow 2e+A^+$	阴极电离	$A^+ +B \rightarrow A^+ +B^+ +e$	电离
$e+A \rightarrow e+A$	弹性散射	$A^+ +B \rightarrow A^+ +B^* +e \rightarrow A^+ +B+h\lambda$	激发
$e+AB \rightarrow e+A+B$	分裂	$A^+ +e+B \rightarrow A+B$	重组
$e+AB \rightarrow 2e+A^+ +B$	离解电离	$A^+ +BC \rightarrow A^+ +B+C$	分裂
$e+AB \rightarrow A^- +B$	裂解吸附	$A+BC \rightarrow C+AB$	化学反应
$e+A^+ +B \rightarrow A+B$	重组		

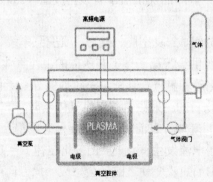

图 3 等离子过程原理图

3 等离子去钻污

孔内去胶渣也是目前等离子在行业中应用较多,较广的工艺。孔内胶渣是指在电路板钻孔工序（机械钻孔及镭射钻孔）中因高温造成高分子材料熔融在孔壁金属面的焦渣，而并非机械钻孔加工造成的毛边，毛刺。此胶渣也是以碳氢化物为主，等离子中的离子或自由基可轻易反映成挥发性的碳氢氧化合物，最后由抽真空系统带除。所以等离子过的孔壁，在电镀后做切片时会有一定的胶内蚀，在 IPC-6013A 标准里，内蚀深度不能超过 5um。见下图，切片孔内胶层内蚀实物图及等离子前后除胶模拟图：

采用常规的超粗化药水（代号 A、国产）是一种独具特色的高效弱碱清洁调整剂，特别适用于铁氟龙材料 PCB 板孔壁及电荷调整，并有去除有机物的作用，可大幅度提高 PCB 板孔壁吸附催化剂的能力，使 PCB 板一次沉铜合格率达 95% 以上。药水可重复利用，工艺相对较简单，钻孔后可直接进行药水浸泡，依赖药水化学作用改善孔壁性能，浸泡时间相对较短，约 8-10MIN，浸泡后直接磨板，然后除油插架进行沉铜。

等离子设备（代号 B、进口设备；代号 C、国产设备）在去钻污、表面改性及其他应用方面进行详细研究。

在 HDI 板的应用中，因小孔径大都用激光钻孔，钻污较多，等离子在此后工艺的应用更为广范。见下图，激光钻孔后等离子前后效果图及切片：

3.1 咬蚀前后孔内表观结果分析

表 2　不同处理咬蚀效果汇总表

类型	高厚径比孔　12∶1	激光孔　0.8∶1	铁氟龙板孔　5∶1
处理前	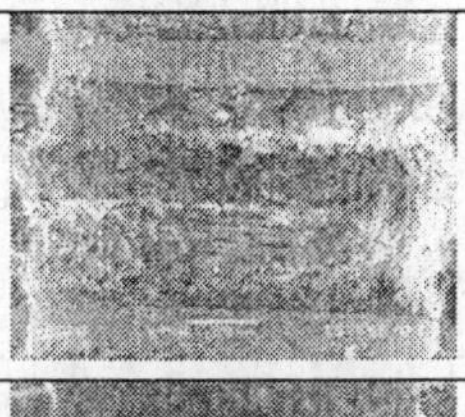	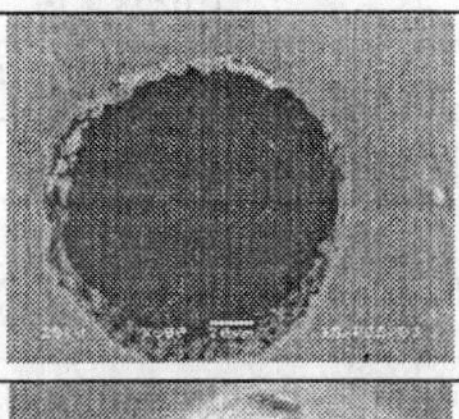	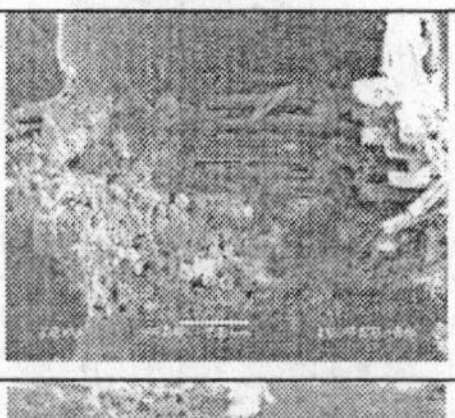
超粗化药水 A 处理后			
等离子设备 B 处理后		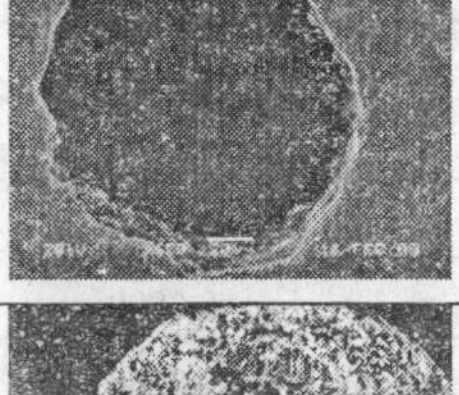	
等离子设备 C 处理后			

从 SEM 图片看, 超粗化药水、B/C 等离子设备处理的孔壁清洗效果均较好,其中 C 等离子设备咬蚀强烈,激光孔咬蚀严重；B 等离子设备咬蚀温和，性能较好；超粗化药水咬蚀相对较小，只能在表面轻轻微蚀一层（见激光孔 SEM 图）。

3.2 咬蚀量测试

（1）测试方法

表3 咬蚀量测试方法

编号	处理方法	咬蚀量测试方法	咬蚀量计算方法	备注
1	粗化药水处理	将咬蚀片完全浸置于药水中静泡 10MIN	通过前后重量差计算咬蚀量大小,公式如下：咬蚀理(mg/cm2)=[M(咬蚀前)-M(咬蚀前)]/S(咬蚀片面积)	咬蚀片垂直浸于药液中
2	B 等离子处理	将咬蚀片等离子处理 25MIN		咬蚀片垂直放置
3	C 等离子处理	将咬蚀片等离子处理 30MIN		咬蚀片垂直放置

（2）测试结果

表4 咬蚀量测试结果

板材/序号		咬蚀量(mg/cm2)		
		粗化药水	B 等离子处理	C 等离子处理
S1141	1	0.0445	0.3130	1.1385
	2	0.0400	0.2635	0.6170
	3	0.0425	0.3035	0.7560
	4	0.0460	0.3755	1.2525
	5	0.0356	0.3120	0.8310
	6	0.0350	0.3130	1.0615
	平均	0.0406	0.3134	0.9428
	均匀性	86.5%	82.1%	72.3%
S1000	1	0.0530	0.1660	0.8260
	2	0.0480	0.1605	0.8645
	3	0.0450	0.2100	0.8380
	4	0.0515	0.2885	0.6524
	5	0.0365	0.2025	0.8455
	6	0.0360	0.2850	0.7775
	平均	0.0450	0.2188	0.8007
	均匀性	81.1%	70.7%	89.2%
EG-150T	1	0.0890	0.3360	1.4030
	2	0.0760	0.2150	1.5220
	3	0.0725	0.2270	1.6120
	4	0.0560	0.2570	1.0535
	5	0.0850	0.3245	1.5475

	6	0.0890	0.2025	1.4750
	平均	0.0779	0.2603	1.4355
	均匀性	78.8%	74.4%	87.8%
RO4350	1	0.0085	0.3115	0.801
	2	0.0080	0.3385	0.767
	3	0.0055	0.2605	0.799
	4	0.0070	0.3000	0.7
	5	0.0060	0.3035	0.8725
	6	0.0075	0.3060	0.7705
	平均	0.0071	0.3033	0.785
	均匀性	78.8%	87.1%	93.6%
E.V(铁氟龙)	1	0.0350	0.1080	0.096
	2	0.0210	0.1165	0.087
	3	0.0230	0.1000	0.076
	4	0.0215	0.0935	0.078
	5	0.0175	0.1095	0.0985
	6	0.0200	0.0895	0.0775
	平均	0.0230	0.1028	0.0855
	均匀性	62.0%	86.9%	88.3%

备注：（1）因 A 药水处理后，质量有所增加，烘烤时间由原 0.5H 提升至 2H 后，质量仍无变化，再经过酸洗和乙醇洗后，质量仍无变化，因此本文采用增重法评估 CS-66A 咬蚀效果,其它均采用失重法评估。

（2）均匀性=1-[（最大值）—（最大值）]/（平均值*2）

将以上粗化药水、B/C 等离子设备咬蚀量及蚀刻均匀性结果进行汇总，结果如下如示：

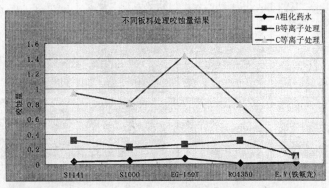

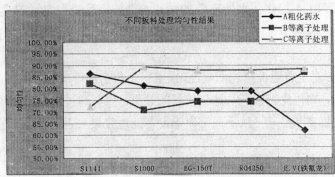

图4 不同板料处理结果

由图可知：

① 粗化药水咬蚀量较小，蚀刻均匀性较差；

② B 等离子设备咬蚀相对较温和，其中 S1141 咬蚀量值与湿法去钻污咬蚀量范围一致，均匀性在 70% 以上；

③ C 等离子设备咬蚀过于强烈，咬蚀量太大，其中 S1141 咬蚀量达 0.9mg/cm2，远远超过规定范围（以 S1141 板材作为标准测试片,其范围：0.2-0.6 mg/cm2）；因咬蚀量较大，其蚀刻均匀性相对"较好"；

④ 铁氟龙板材咬蚀量对比结果:C 等离子设备对 S1141/EG-150T/RO4350/S1000 板材咬蚀大,而对于铁氟龙板材咬蚀却较小,可见 C 等离子设备咬蚀量受板材影响较大;相比较而言,B 等离子设备性能较稳定,其咬蚀量受板材影响较小。

3.3 咬蚀前后咬蚀片表观结果

表5 不同板材处理后 SEM 图

类型	RO4350 特殊板材 （高 TG 低 DK）	EG-150T 普通 FR4 板材 （普通 TG）	S1000 普通 FR4 板材 （普通 TG）	E.V(铁氟龙) 特殊板材 （高 TG 低 DK）	S1141 普通 FR4 板材 （普通 TG）
处理前	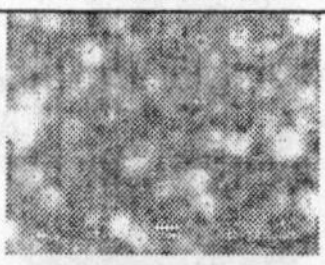	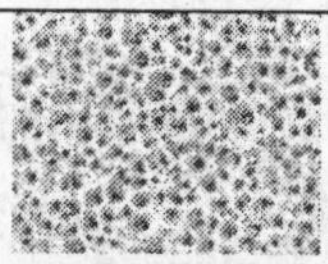	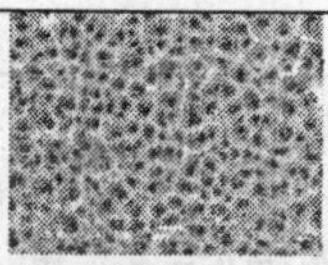		
超粗化药水 A 处理后	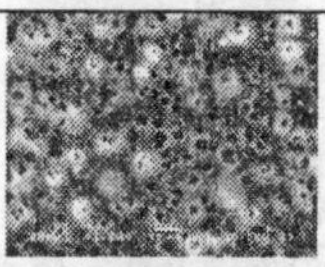	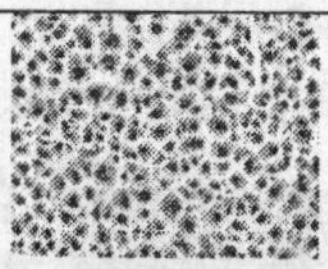	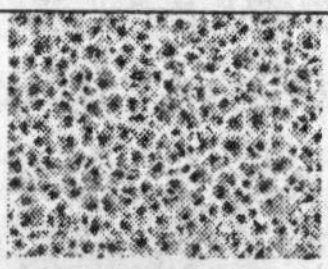	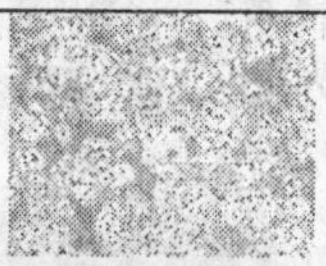	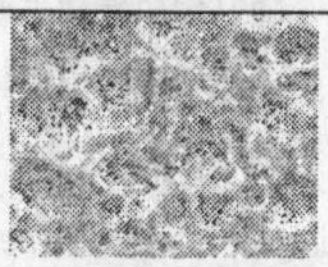
等离子设备 B 处理后	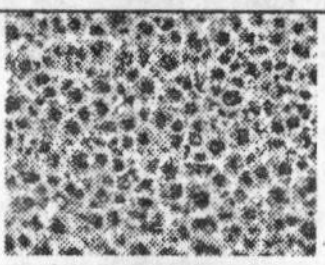	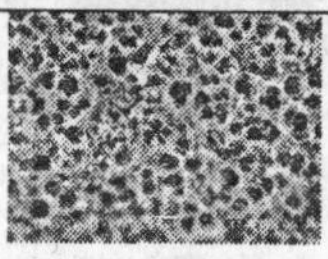	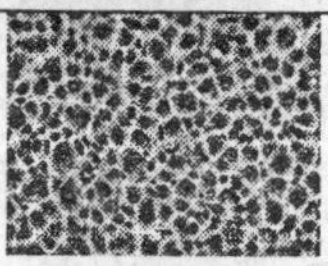	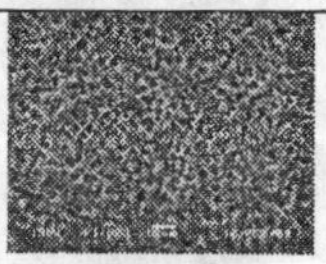	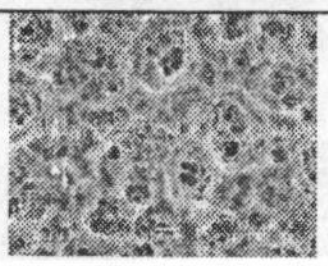
等离子设备 C 处理后	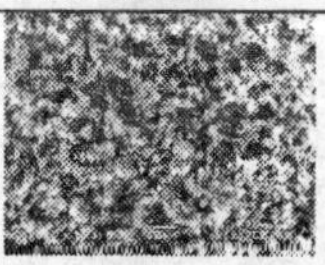	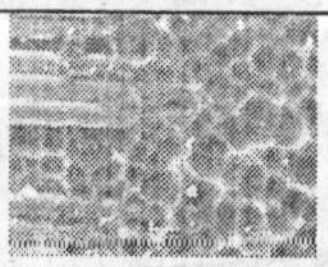	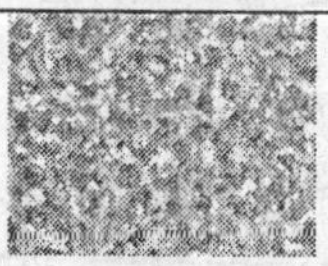	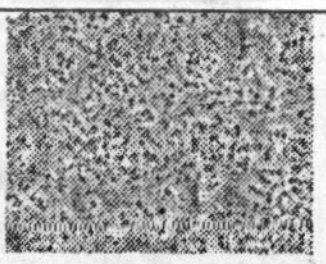	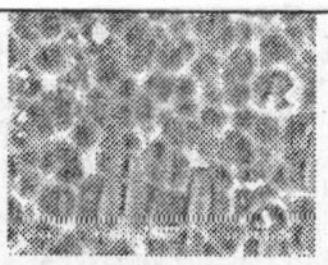

从 SEM 图片可知,A 粗化药水处理后,咬蚀片咬蚀较轻且较为均匀;B 等离子设备处理后咬蚀适中且较均匀;C 等离子设备处理后,除铁氟龙板材外,其它所有咬蚀片咬蚀较严重,且表面均露出纤维。

从中不难看出:对于普通板材表面咬蚀,采用粗化药水及等离子设备都能达到较好的效果,而对于特氟龙板材,则粗化药水无法达到较好的效果,只有通过等离子系统处理后,才能在表面形成较为均匀的蜂窝状结构;从不同等离子设备处理效果来看,B 设备在处理效果上要明显优于 C 设备。

3.4 背光稳定性

表6 背光稳定性测试结果

序号/工艺	测试板	切片制作	背光级数	结果
A 粗化药水	高厚径比孔	铣板边大孔,磨后作背光	8.5 级	返工处理
	激光孔板	冲板边通孔,磨后作背光	10 级	正常生产
	铁氟龙板孔	冲板边通孔,因板材颜色较深,采用显微镜观察	9 级	正常生产
B 等离子设备	高厚径比孔	铣板边大孔,磨后作背光	10 级	正常生产
	激光孔板	冲板边通孔,磨后作背光	10 级	正常生产
	铁氟龙板孔	冲板边通孔,因板材颜色较深,采用显微镜观察	9 级	正常生产
C 等离子设备	高厚径比孔	铣板边大孔,磨后作背光	9.5 级	正常生产
	激光孔板	冲板边通孔,磨后作背光	10 级	正常生产
	铁氟龙板孔	冲板边通孔,因板材颜色较深,采用显微镜观察	9 级	正常生产

由上表得知,经过 March/Reborn 等离子设备处理后,背光级数均较好,可见孔壁已形成一定的粗糙度,使得沉于孔壁的化学铜与孔内基材结合力较好;相比而言,因 CS-66A 药水难以在高厚径比孔内交换,孔壁改善效果较差,导致背光级数达不到9级。

3.5 加厚铜后孔内表观分析

表7 加厚铜后孔内表观汇总表

类型	高厚径比孔 12:1	激光孔 0.8:1	铁氟龙板孔 5:1
参数	脉冲:48MIN*16ASF	2#PPTH:48MIN*16ASF	2#PPTH:48MIN*16ASF
超粗化药水 A 处理后	孔内铜层分布均匀,无镀瘤	无镀瘤	孔壁很粗糙,镀瘤很严重
等离子设备 B 处理后	孔内铜层分布均匀,无镀瘤	无镀瘤	镀瘤较相对较轻微
等离子设备 C 处理后	孔内铜层分布均匀,无镀瘤	无镀瘤	孔壁较粗糙,镀瘤较严重

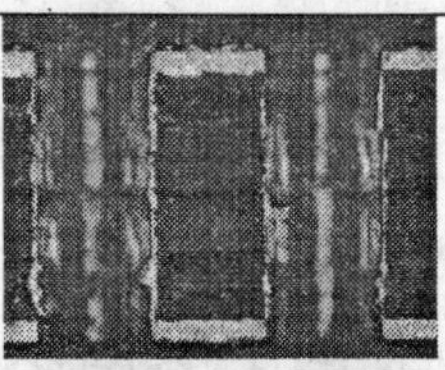

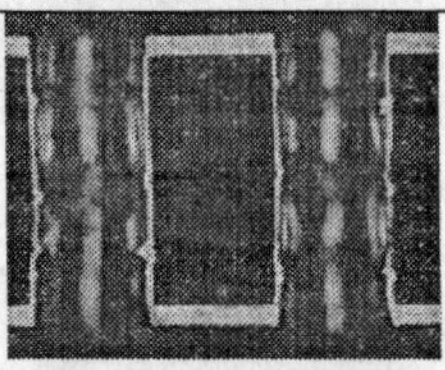

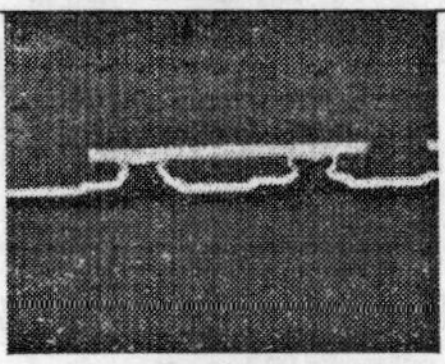

测试过程将一块铁氟龙板切割成三份，分别进行 A 粗化药水、B/C 等离子处理，加厚铜后通过 SEM 观察孔内微观结构，结果见上图片，由图可知，孔内镀瘤程度为：A 粗化药水>B 等离子处理> C 等离子处理。除铁氟龙材料板处,其它材料板孔内均无镀瘤。

3.6 应力测试

表8 热应力测试结果汇总表

类型	高厚径比孔 12：1	激光孔 0.8：1	铁氟龙板孔 5：1
超粗化药水 A 处理后	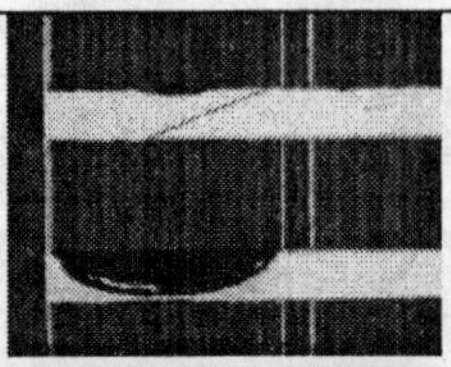		
等离子设备 B 处理后		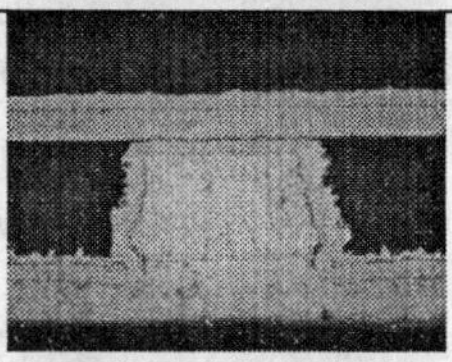	
等离子设备 C 处理后	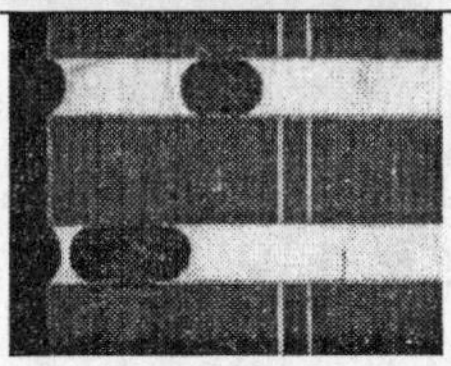	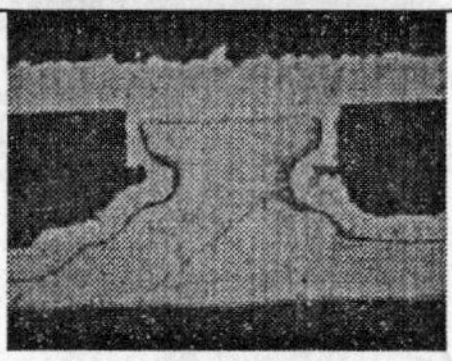	

从热应力图片可知，A 粗化药水、B/C 等离子设备处理后的高厚径比孔，1 次和 3 次热应力后均未出现爆孔；所有激光孔和铁氟龙孔 1 次热应力后均未爆孔。3 次热应力后,所有板孔均未出现爆孔。

由此可见，采用等离子去钻污能够有效解决化学药水处理过程中存在的 均匀性差、成本高、特殊板材无法处理的问题，同时通过背光测试和可靠性测试均能满足要求。

4 等离子表面改性

带有极性基团的分子，对水有大的亲和能力，可以吸引水分子，或溶解于水。这类分子形成的固体材料的表面，易被水所润湿，这种特性就是物质的亲水性。

亲水性指分子能够透过氢键和水形成短暂键结的物理性质。因为热力学上合适，这种分子不只可以溶解在水里，也可以溶解在其他的极性溶液内。

随着数字信息时代的到来，对高频通信、高速传输和通讯高保密性的要求越来越高。作为电子信息科技产业必不可少的配套产品，PCB 要求基材有低介电常数、低介质损耗因素、耐高温性等性能，满足这些要求的高频基材有很多，如聚苯醚、氰酸脂、聚丁二烯等，其中较常用的是聚四氟乙烯（PTFE）。

PTFE 在较广泛的各种环境中具有优良的电性能，该树脂介电常数低，介电强度高，并且随电流强度和电信号频率的变化，电性能基本稳定不变。PTFE 具有非常高的耐热性能，特殊的耐化学性能，优异的挠曲性能、低的吸湿性能和半阻燃性能。但是，由于 PTFE 的强耐腐蚀性，几乎没有溶剂能溶解它。基材表面难以粗化、润湿，所以沉铜工序和阻焊工序的前处理较难控制。

探究 PTFE 材料难以被水润湿的原因有：表面能低（31～34 达因/厘米），接触角大；结晶度大，化学稳定性好，PTFE 的溶胀和溶解都要比非晶高分子困难；PTFE 结构高度对称，属非极性分子，而水润湿在 PTFE 表面是由范德华力（分子间作用力）所引起的，范德华力包括取向力、诱导力和色散力。对于非极性高分子材料表面不具备形成取向力和诱导力的条件，只能形成较弱的色散力，因而对水的润湿性能很差。为了提高 PTFE 表面的润湿性能，人们主要从表面改性出发进行研究。从表面改性的角度来提高 PTFE 的润湿性能，之前在 PCB 行业应用的方法主要是：钠-萘络合物化学处理。但是这种方法对环境和人身的危害都比较大。而用低温等离子体技术对 PTFE 进行表面改性处理，其结果能使氟塑料的接触角平均降低 25 度左右，粘结强度提高 3～4 倍，而且等离子体技术的应用有多种优点：属干式处理，省能源，无公害，时间短，效率高；材料表面处理的均匀性好；材料表面能改善的同时，基体性能不受影响。利用低温等离子体技术对 PTFE 进行表面改性主要原理是，在低气压下气体放电，产生电离的气体在电场下获得能量，成为高能粒子，为 PTFE 表面引入大量活性亲水基团（如：-OH、-NH$_2$ 等），从而明显改善 PTFE 表面的接触角和表面能。图 5 是 PTFE 改性前后表面的变化：

Plasma 处理前   Plasma 处理后

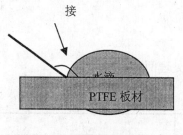 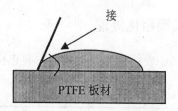

差的表面润湿性   好的表面润湿性

低的表面能   高的表面能

大的接触角   小的接触角

图 5　改性前后 PTFE 材料表面的变化

表 9　表面改性常用测试方法

测试方法	测试结果	备注
水滴法	活化后直接进行滴水测试，水滴铺展开，亲水性较好	采用水滴法，需要滴水仪设备测试润湿角，测试过程较为复杂，并需要具有一定技术的专业人员进行设备操作
达因笔法	采用 comna-plus 48 型笔进行测试，没有聚油，亲水性较好	达因法较为直观，操作性强，测试结果容易判断

5 PCB制程中其他应用

5.1 等离子除胶

线路板常规制程上完绿油后做显影成像，此工序在做精密BGA时会出现绿油显影不净，或有绿油残留时，也可通过等离子的方法做一次表面的清洁动作。针对FPC而言，在经压制，丝印等高污染工序后同样会有细小残胶留于铜面，在后续表面处理时造成漏镀，异色等问题，同样等离子可去除表面残胶，根据材料与工艺及客户要求的不同，基本可去除表面直径大小约5um的胶状物。另外针对图形电镀过程的夹膜问题也能做相应的改善：

处理前	处理后
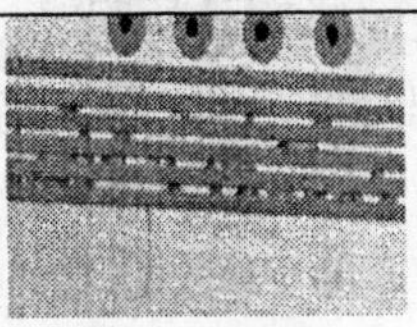	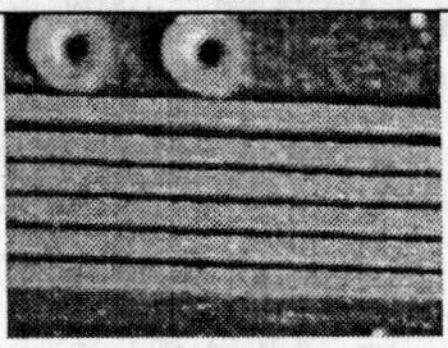

图9 等离子处理夹膜效果图

5.2 表面粗化处理

等离子表面粗化处理技术主要包括沉铜前处理和绿油前处理两个方面：

5.2.1 沉铜前处理：

不做处理	粗化药水处理	等离子处理

整板剥离	无剥离	无剥离

图10 沉铜前等离子粗化效果图

上述测试均在8H内沉铜,加厚铜参数48min*16ASF,采用3M胶带测试剥离情况。该特性主要应用于阶梯槽位置沉铜层结合力改良。

5.2.2 特殊板料绿油前处理（等离子处理后12H内完成）

正常磨板处理	粗化药水处理	等离子处理

剥离	无剥离	无剥离

图11 等离子应用于绿油前处理图示

6 总结

通过等离子实际应用研究，可以得出以下结论：

（1）等离子设备主要性能包括咬蚀量、咬蚀均匀性、咬蚀后微观结构、结合力可靠性等方面。采用等离子去钻污能够有效解决化学药水处理过程中存在的均匀性差、成本高、特殊板材无法处理的问题，同时背光测试和可靠性测试均能满足要求。

（2）等离子具有表面改性作用，能够降低特殊材料的表面张力，增强其清水性，改良其可加工性能。

（3）由于等离子的表面粗化作用，等离子在沉铜、绿油前处理制程中均可用于改善结合力。

参 考 文 献

[1]　冯祥芬，谢涵坤，张菁　低温等离子表面处理技术在生物材料中的应用　东华大学理学院　2000.

[2]　赵化桥，等离子化学与工艺，中国科技大学出版社，1993.

[3]　Francke K P.Miessner H.Rudolph R　Plasma catalytic processes for environmental problems 2000.

作者简介

刘攀，　1982 年 11 月 28 日 TGD ，工程师，主要从事 PCB 化学沉铜、脉冲电镀及直流电镀技术方面的研究及工艺控制工作，东莞生益电子有限公司，通讯地址：广东省东莞市万江区莞穗大道 413#，邮编：523039，电话：13532335606，传真：0769-22282960，E-mail：pan.liu@sye.meadvillegroup.com

低重频隐身目标长时间相参积累

汪文英 郭汝江 田巳睿

（南京电子技术研究所，南京，210039 ）

摘 要：隐身目标等目标具有高速运动和 RCS 较小的特点，对隐身目标检测需要采用长时间积累的方法来提取目标信息。本文针对低重频条件下的隐身目标检测提出了一种新的长时间积累方法。首先提出了一种基于 K-邻相关积累的目标速度和加速度测量方法。然后利用速度和加速度测量值进行二次相位补偿之后采用 Keystone 相参积累进行小目标检测。仿真实验表明该方法有效降低目标加速度产生二次相位的影响和以及速度读高模糊下小目标检测的计算量。

关键词：隐身目标检测;Keystone;K-邻相关

Stealth target Detection with Low PRF

Wang Wenying，Guo Rujiang，Tian Sirui

（Nanjing Research Institute of Electronics Technology，Nanjing，210039，China ）

Abstract: A novel stealth target detection method is proposed with low PRF. Firstly, we proposed K-adjacent correlation based method to obtain target velocity and acceleration. Then we compensate secondary phase by the detected acclearation and use Keystone transform for coherent integration. Simulation results show that this method is effective to reduce the effect of secondary phase and decrease the computatonal cost for stealth target detection.

Key words: Stealth Target Detection, Keystone, K- Adjacent Correlation

1 引言

隐身目标等目标具有高速运动和 RCS 较小的特点，对隐身目标检测需要采用长时间积累的方法来提取目标信息。基于 Radon 和 Hough 等变换的 TBD 非相参积累方法在信噪比比较低时效果不明显。然而，目标复杂运动增加了长时间相参积累的难度。首先，由于目标高速运动造成的目回波标峰值在快时间的距离单元上走动；其次，回波信号的非线性相位使得目标的多普勒频谱展宽，降低了信噪比。因此，为提高目标检测性能，需要分别对目标的距离单元走动和多普勒展宽效应进行补偿。

基于 Keystone 变换的相参积累方法[ ]通过慢时间与快时间频谱的解耦合有效矫正跨距离单元走动。然而在低重频条件下，目标速度模糊度高，Keystone 变换需要对速度模糊度进行搜索[2]，从而显著提高算法的计算量。而且如果目标加速度比较大，会出现在积累时间内出现跨模糊度问题，此时 Keystone 变换无法实现跨距离单元走动的有效矫正。

因此，本文提出了一种基于 K-邻相关的长时间相参积累方法，首先通过 K-邻相关积累获得目标的速度和加速度信息。根据速度和加速度信息对目标回波进行补偿。然后通过 Keystone 变换进行相参积累。通过 K-邻相关测量出的加速度信息，能够有效解决跨模糊度和多普勒展宽的问题，显著提高了积累的信噪比得益。而且通过测量获得的速度信息可以使得 Keystone 变换能够对少数几个模糊度进行搜索，从而显著降低计算量。仿真实验表明通过本文提出的 K-邻相关积累方法能够有效提高高速小目标检测信噪比得益和计算速度。

2 目标回波分析

假设雷达发射的线性调频(LFM)信号：
$$S(t, t_m) = p(t) \exp\left(j 2\pi f_0 (t + t_m)\right) \tag{1}$$

其中 $p(t) = A rect\left(\dfrac{t}{T_p}\right) \exp\left(j\pi b t^2\right)$，$rect(u) = \begin{cases} 1 & |u| \leq \frac{1}{2} \\ 0 & |u| > \frac{1}{2} \end{cases}$ 为矩形脉冲包络，f_0 是中心频率，Tp 是脉宽，b 是调频率，t 是快时间，t_m 是慢时间。

设目标 A 到达雷达的距离为 $R(t_m)$，则回波时延为 $t_d = 2R(t_m)/C$，其中 C 为光速。回波可表示为

$$S_r(t, t_m) = \sigma_A rect\left(\frac{t - t_d}{T}\right) \exp\left[j\pi b(t - t_d)^2\right] \exp\left(-j 2\pi f_0 t_d\right) \tag{2}$$

其中，σ_A 为点目标 A 的 RCS 值。假设目标运动方向与雷达实现有一定的角度 θ，并作初始速度为 V，加速度为 a 的匀加速运动。

$$S_r(t, t_m) = p\left[t - t_0 - 2(v_r/C)t_m - (a_{eq}/C)t_m^2\right] \exp(-j\phi_0) \exp(-j 2\pi f_d t_m) \exp(-j\pi K_a t_m^2) \tag{3}$$

其中 $v_r = V\cos\theta$，$v_{cr} = V\sin\theta$，$a_r = a\cos\theta$，$a_{cr} = a\sin\theta$，$a_1 = v_{cr}^2/R_0$，$w_1 = v_{cr}a_{cr}/R_0$，$w_2 = v_r v_{cr}^2/R_0^2$。$t_0 = 2R_0/C$，$\phi_0 = 2\pi f_0 t_0$ 为目标初始位置产生的恒定相位，$f_d = f_0 2v_r/C$ 为目标径向运动产生的多普勒频率，$K_a = 2f_0 a_{eq}/C$ 为目标运动造成的方位向信号的等效调频率。

3 K-邻相关积累

在 Keystone 变换中需要预先知道目标运动的模糊度，对于如隐身飞机等非合作目标，需要对模糊度进行搜索。这就显著加大了算法的计算量。不仅如此，对于低重频雷达当目标高速运动时，在积累过程中回波速度模糊度会发生变化，也就是发生了跨模糊度问题，此时 Keystone 变换将会距离矫正失败。因此本文设计了一种 K-邻相关的方法测出粗精度的速度和加速度。

K-邻相关法利用相距 K 个脉冲的回波信号的相关性提取目标信号的运动特性。针对 $R(t, t_m, K)$ 在 t_m 域做 FFT 变换，就能够将 K-邻相关回波转换到慢时间频谱，实现相参积累。

$$R(t, f_m, K) = \frac{1}{2\pi} b T_p Sa\left(\frac{t - \left(\frac{2\Delta R_K}{C}\right)b T_p}{2}\right) T_J \cdot Sa\left(\frac{2\pi(f_m - 2\Delta f_d)T_J}{2}\right) \exp\left(j 2\pi f_0 \frac{2(v_0 KT + 0.5 a K^2 T^2)}{C}\right)$$

而 $R(\tau, t_m, K)$ 在慢时间域的峰值为目标在 KT 时间里多普勒偏宜量 $\Delta f_d = \dfrac{at_m KT}{C}$ 的两倍。总而言之，K-邻相关后，R-D 图上的峰值，能够推出目标的速度和加速度。

4 仿真分析

仿真分析了低重频条件下载频为 500Mhz,带宽 B 为 5Mhz,脉宽 T_p 为 100us;脉冲重复频率 Prf 为 20Hz.目标高速运动 2000m/s 条件下，目标分别作加速度 a 在 $10m/s^2$,$20m/s^2$ 下的 K-邻相关积累（K=100）测速，峰值如图 1 所示，测速结果如表 1 所示。

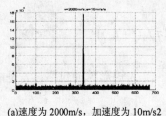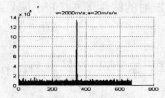

(a)速度为 2000m/s，加速度为 10m/s2   (b)速度为 2000m/s，加速度为 20m/s2

图 1 k-邻相关测速度

表 1 速度测量

真实值(m/s)	2000(a=10 m/s²)	2000(a=20 m/s²)
测量值(m/s)	1980	2018
误差(%)	1%	1%

仿真分析目标分别作加速度 a 在 $0m/s^2$,$5m/s^2$ 下的 K-邻相关积累（K=1）测加速度，如图 2 所示，在多普勒维当目标加速度越大时，K-邻相关积累后峰值偏离 0 点越远。通过峰值便宜多普勒中心的距离可以测出目标的加速度如表 2 所示。

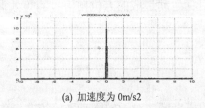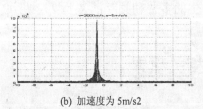

(a) 加速度为 0m/s2   (b) 加速度为 5m/s2

图 2 k-邻相关测加速度

表 2 加速度测量

真实值(m/s²)	0	5	10	20
测量值(m/s²)	0	4.7619	10.4762	20
误差(%)	0%	−4.762	4.762%	0%

如图 3(a)为加速度为 20 时通过 Keystone 进行跨距离单元校正时相参积累图，Keystone 校正后的回波信号和校正后相参积累信号。可以看出有跨多普勒单元走动和跨模糊度等问题在加速度较大时 Keystone 变换后并不能实现能量有效积累。图 3(b)为通过 K-邻相关后对加速度进

行补偿在进行 Keystone 变换的积累图。如前三种情况相比分别获得 14.7146dB 的信噪比得益。

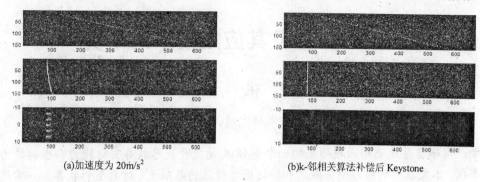

(a)加速度为 20m/s²   (b)k-邻相关算法补偿后 Keystone

图 3 k-邻相关补偿后 Keystone 相参积累

5 结束语

本文针对低重频隐身目标提出了一种相参积累的检测算法，首先通过 K-邻相关的方法检测目标的加速度和速度，进而对回波相位进行补偿，然后通过 Keystone 相参积累方法进行隐身目标检测的方法。这种方法能够补偿掉加速度对多普勒展宽和跨多普勒单元的问题因而提高检测的信噪比得益，而且由于事先检测出目标粗略的速度，因而能够大大降低隐身目标检测的计算复杂度。

参 考 文 献

[1] 王俊，张守宏. 微弱目标积累检测的包络移动补偿方法[J]. 电子学报，2000，28(12)：56-59.

[2] Li Y. ，Zeng T., Long T., et a1. Range Migration Compensation and Doppler Ambiguity Resolution by Keystone Transform[C], International Conference on Radar， Shanghai，China,2006：1-4.

[3] 余吉，许稼，汤俊，彭应宁，基于 Keystone 变换的改进雷达目标长时间积累[J]，雷达科学与技术，2008,6(6),454-458.

[4] 王盛利，李士国，倪晋麟，张光义，一种新的变换-匹配傅里叶变换[J]，电子学报，2001, 29(3)，403-405.

[5] 张顺生，曾 涛，基于 keystone 变换的微弱 El 标检测[J],电子学报，2005, 33(9)，1675-1678.

[6] 李海，吴嗣亮，莫力. 微弱信号长时间积累的检测方法[J]. 北京理工大学学报，2001，21(5)：614-617.

[7] 王俊，张守宏，杨克虎. 利用自适应子波变换提高弱运动目标的检测性能[J]. 电子学报，1999，27(12)：80-83.

[8] Mo Li，Wu Siliang，Li Hai，Radar detection 0f range migrated weak target through long-term integration[J]. Chinese Journal 0f Electronics，2003，12(4):539-544.

电磁隐身及其应用技术的研究

张 杰

（南京电子技术研究所，南京，210039）

摘 要： 电磁隐身是电磁问题研究的一个新领域,是提升武器装备突防能力和生存能力的重要技术手段。本文在解析电磁隐身概念和综述国外情况的基础上,对典型的装备——雷达的电磁辐射隐身技术进行了分析和必要的仿真,阐述了研究的方向与方法。

关键词： 电磁隐身；雷达；辐射控制

Electromagnetic Stealth and its Research on Application Technology

Zhang Jie

（NRIET，Nanjing，210039，China）

Abstract: Electromagnetic stealth is a new domain in the field of electromagnetism research, which is the important technical means. Based on interpreting the conception of electromagnetic stealth, this paper aims at the typical radar equipment to analyze and necessarily simulate its technology for electromagnetic radiation stealth, and shows clearly research ways and means.

Key words: electromagnetic stealth, radar, radiation control

1 引言

随着现代军事科学技术的发展,特别是伴随着微电子技术和信号信息处理技术等相关学科的进步,与雷达、通信等军用装备相关的电子干扰与抗干扰已经成为了未来战场争夺的焦点之一,造成该类电子系统的应用环境日益恶化,非常容易受到敌方侦察设备的侦察和随之而来的干扰,甚至是直接的攻击。基于针对战场各方面环境复杂化的现状,共同促成了电磁隐身概念的提出及其技术的发展。尤其作为新一代体制代表的多功能有源相控阵系统,不仅要有远的作用距离、高的灵敏度和大的信息容量,而且还必须具有电磁隐身特征,才能在保障其基本战术性能的前提下,有效增强对抗敌方侦察和随之而来的干扰的能力,以取得在未来战场上的主动权；否则,还是延续传统的观念单纯通过依赖增大相控阵系统的辐射功率和增加相控阵天线的孔径来提高作用距离只会使自身更容易暴露。

在现代军事装备中,雷达（包括有源或无源体制）可以准确测定千里之外的目标,有"千里眼"之称。其中,有源体制雷达探测的原理是主动地把电磁波辐射出去,然后根据接收物体反射（散射）回来的电磁波来发现目标并测定其相关信息；而无源体制则不需要自身辐射电磁信号,仅接收可能的、潜在的目标发射或反射（散射）第三方辐射的电磁波来工作。

基于上述概念的阐述，一方面，飞机等重要军事目标要实现常规的雷达隐身，其核心问题就是使飞机的雷达回波无法被侦察雷达探测到，即降低目标的雷达散射截面（RCS）。另一方面，我们也看到，飞机作为一种复杂的高科技电子系统，必然在执行任务的过程中自觉或不自觉地向外界辐射电磁信号，而这些恰恰成了性能越来越高的电子侦察系统（无源雷达）探测的目标，稍不注意就可能会暴露自己，招致干扰甚至打击。

综合这两个方面的情况，最近几年，电磁隐身的反雷达探测技术应运而生并获得了发展。应该讲，电磁隐身不是特指某一项技术，而是一个技术群（集合）。该类技术的应用可以使得系统很难被发现和攻击。电磁隐身已成为未来先进装备性能，尤其是隐身性能的重要方面，具体包括平台电磁隐身和搭载电子设备电磁隐身两个方面。一方面，平台电磁隐身的核心是其低雷达散射截面设计；另一方面，平台电子设备是一个很强的辐射源和散射源，电子设备选装、电子设备使用、天线与天线罩及机体一体化设计、战术运用、作战方式选择等各个方面综合决定了机载电子设备隐身性能的优劣。因此，对未来平台及其搭载的电子装备进行剖析，找出影响其电磁隐身性能的各种要素，探讨相关减缩方法具有重要意义[1-5]。本文将集中在雷达的电磁辐射隐身控制的范畴。

2   国外研究发展概况

现代意义上的隐身技术研究最早始于 20 世纪 70 年代中期，一直以来都受到发达国家的高度重视，是当前军事高技术领域中一个特别令人瞩目的课题。美国十分重视该技术的研究，在电磁隐身技术领域处于绝对领先地位。

时至今日，世界军事装备已经进入隐身的时代，尤其是先进战斗机的隐身能力几乎就是隐身时代的标志。这一特征已成为研制下一代战斗机的尺子，很多国家都以此为标准来发展自己未来的战斗机。作为隐身战斗机的缔造者，继 F-117 之后美国又相继推出了 F-22 战斗机和 F-35 战斗机。其优越的低可观测性、高空气动力效率和大载荷于一身，大大提升了战斗机的生存能力、突防能力和纵深打击能力。其电磁隐身能力的直接体现就是两型战斗机分别配装的 APG-77 和 APG-81 有源相控阵雷达的优异的低可观测性或低截获概率。

俄罗斯继前几年高调亮相了苏-47 和米格 I. 44 两款技术验证机后，新一代的 T-50 方案也初漏端倪。由于这些都是高度敏感的项目，目前公开的资料非常有限，如等离子体隐身技术、屏蔽伪装技术等，很难获得相关详细资料。

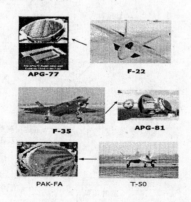

图 1   F-22、F-35，T-50 及其相控阵雷达

由于电磁隐身能力作为隐身战斗机的独特优势和雷达电磁隐身技术的新颖性，在各方看来都是讳莫如深的秘密，对外界公开的信息少之又少；同时，该技术的有效性验证和水平估计与无源侦收对象的性能直接相关，而这方面的内容在国内外也都是非常敏感的重要信息。因此，目前的研究主要通过查阅公开的教科书文献等资料来开展，可以作为原理分析、原理验证和方法研究的手段。

3 实现的技术方法

（1）雷达电磁辐射多维参量的平衡方法分析

基于对雷达隐身基本概念和评价方法的分析研究，通过综合雷达探测性能与隐身性能，包括截获因子、截获概率等之间的关系，寻求各参量之间的平衡[1, 2]。

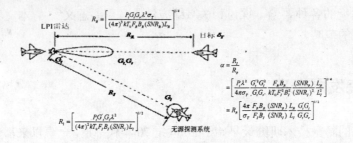

图 2 雷达电磁辐射多维参量的平衡设计示意图

如上图所示，以截获因子为主要表征的雷达隐身指标为例，在满足雷达与目标之间的距离方程制约关系下，将雷达与无源探测系统之间的截获方程纳入平衡分析的研究内容，通过综合三者之间的关系判断关键的参量，以归纳设计规律和提出合适的平衡实现方法。

（2）雷达最低辐射能量控制方法设计

雷达搜索和跟踪等工作任务中的辐射功率/时间自适应控制研究是基于雷达工作性能和射频辐射约束寻找最优解的过程。通过最优解的寻找和验证，得到辐射功率/时间的控制时机和可调区间，获得雷达最低辐射能量的控制方法。

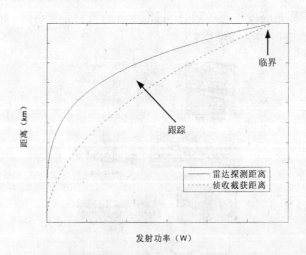

图 3 雷达电磁辐射能量控制方法仿真分析示意图

（3）雷达空域辐射控制方法设计

当已知无源探测系统位置的先验知识时，通过波束零陷对准无源探测系统，主瓣对准目标的约束，设计波束形状，如图 4（a）所示。当未知无源探测系统位置时，可以假设无源探测系统在空域内均匀分布，通过雷达工作性能和隐身性能约束，寻找截获概率最小的波束形状和波束扫描方式[1]，如图 4（b）所示。

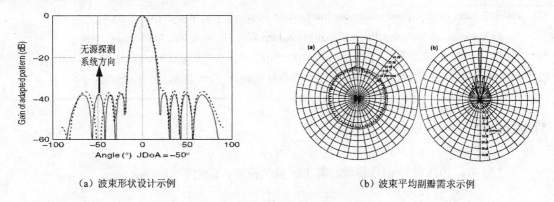

（a）波束形状设计示例　　　　　　　　　　　　　　（b）波束平均副瓣需求示例

图 4　空域辐射控制方法设计

（4）雷达隐身信号波形设计研究

分析归纳雷达信号波形隐身性能的原理，以及隐身波形具有的脉内脉间调制规律，在保证设备性能的前提下，针对特定的任务或无源探测系统，分别从脉内调制、脉间调制两方面进行隐身波形的设计[1,3]。脉内调制时，对 FSK 与 PSK 相融合产生 FSK/PSK 的复合调制信号为典型信号开展研究。该类型的信号可以达到较大的时宽带宽积，获得较高的距离分辨力和速度的分辨力；同时，由于其形式复杂，也增加了无源探测系统检测识别的难度，提高了抗干扰性能。

脉间调制规律的研究可以通过脉间变频等方式开展[1]，如下图所示：

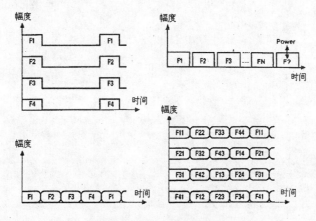

图 5　脉间调制示意图

3　结束语

电磁隐身是电磁问题研究的一个新领域，特别涉及到作战平台及其搭载的电子装备的隐身问题更是电磁研究的重点和难点。本文在解析电磁隐身概念和综述国外情况的基础上，对典型的电子装备——雷达的电磁辐射隐身技术进行了分析，指明了研究的方向与方法。后续将在此基础上进一步予以深化。

参 考 文 献

[1] Lynch Jr D. Introduction to RF Stealth[M]. North Catolina：Science Technology Publishing Inc，2004.

[2] Phillip E Pace. Detecting and classifying low probability of radar[M]. Artech House, 2004.

[3] Nadav Levanon, Eli Mozeson. Radar Signal[M]. A John Wiley & Sons, Inc., Publication. 2004.

[4] 王德纯. 宽带、超宽带雷达对抗与反对抗性能分析[J]. 电子工程信息. 2003，5: 13-15.

[5] 陈国海. 先进战机多功能相控阵系统综合射频隐身技术[J]. 现代雷达，2007，29(12): 1-4.

作者简介

张杰，男，1978年，山西黎城，高工，雷达技术，zjhf1978@sohu.com。

歌唱音准特征研究及其在歌曲点播评分系统中的应用

郭　宁　王志强　利驿飞

（深圳大学 计算机与软件学院，广东 深圳 518060）

摘　要：音准问题是影响歌唱艺术审美效果的关键因素。本文综合乐理的音乐感知与语音信号处理技术，提出半音轨迹算法并将其应用于歌曲点播评分系统中。实验结果表明，半音轨迹能够准确和实时地描绘歌唱者演唱声音和歌曲原唱特征的曲线，它容易反映两者音准的相似程度，从而给出的评分标准是有效的。

关键词：音准；音高；半音轨迹；歌曲点播评分系统；特征值

Research on singing intonation features and its application on song-on-demand marking system

Guo Ning，Wang Zhiqiang，Li Yifei

（School of Computer and Software, Shenzhen University, Shenzhen 518060, China）

Abstract: Intonation problem is a critical factor which affects the aesthetic appreciation of singing. Combining perception of intonation in music theory and speech signal processing technology, algorithm of Semitone trace based on intonation is proposed in this paper, which is already applied to Song-on-demand marking system. According to the result of the experiments carried out, semitone trace is exactly characterizing the singer singing and Singing original sound in real time. It's easier to present the similarity between them so that the marking of singing is efficient.

Key words: Intonation, Pitch, Semitone trace, Song-on-demand marking system, Eigenvalue

1　引言

　　在音乐艺术实践活动中，音准、响度、节奏、旋律、音色和颤音等都是影响音乐演奏质量的重要因素。其中音准问题是近年来主要研究热点之一，包括乐器音准的研究[1]、音乐教学中对音准问题的探究[2]、音乐感知心理的研究[3]等等。歌唱艺术作为一种重要的主流音乐艺术表现形式，其音准是歌唱艺术中最基本的也是最为关键的要素。如何正确认识和区分歌唱音准是一个相对复杂的问题，需要从乐理的音准方面和音乐心理学中音准感知方面进行研究。目前，对歌唱音准研究的文献已有不少，如文献[4]是从音乐艺术的角度讨论了歌唱艺术中出现的音准问题及其影响；文献[5]根据音乐的旋律、节奏等音乐特征实现了较有效的哼唱检索；文献[6]

基金项目：深圳市科技计划资助项目(200741)

提出采用高斯混合模型对流行音乐中的伴奏部分和歌唱部分进行智能检测，以便于音乐检索、分类和旋律提取等。

近几年来计算机网络歌曲点播系统在社会中不断涌现，并且迅速商业化于 KTV 行业中。歌曲点播评分系统是一种具有对歌唱者演唱能力进行评分功能的系统，加入评分功能的主要目的在于为歌唱者增添更多的唱歌乐趣。目前，许多歌曲点播评分系统已提交并申请专利，如专利号为 CN200310120590.3 的卡拉 OK 评分装置与方法，专利号为 CN97101979.7 的卡拉 OK 评分设备等。这些系统都是从信号处理的角度，提取语音信号特征值，然后进行相似度计算从而给出评分，并未从乐理出发考虑音高、节奏和时值等音准问题，且不具备实时评分功能。

本文对歌唱艺术中的音准问题进行了深入研究，综合语音信号处理技术和乐理音乐感知两方面的知识，提出半音轨迹及其在歌曲点播评分系统中的应用。本文第 2 部分从乐理的角度论述音准方面的知识，第 3 部分从语音信号处理的角度分析歌唱音准的特征，第 4 部分结合乐理和语音信号处理两方面的知识提出半音轨迹算法，第 5 部分阐述歌曲点播评分系统实现方案以及 MatLab 仿真结果。结果表明半音轨迹算法能准确并实时地描绘歌唱者演唱声音和歌曲原唱的特征，易于反映两者音准的相似程度。

2 乐理音准的认知

2.1 音准及其影响因素

歌曲点播评分系统是提供歌唱者演唱并给出评价分数的系统，所以该音准是指歌唱的音准。歌唱音准泛指歌唱活动中发生的实际演唱音高偏离乐曲规定音高的一切跑音现象[4]。

影响歌唱音准的主要因素有以下 4 个方面：①由于人耳的频率分析能力较差导致错误的音高感，即先天性音高感知能力差；②心理原因导致歌唱者演唱时偶尔出现音的偏高或偏低，如缺乏自信、怯场、情绪等；③歌唱环境的影响和干扰；④发声技巧原因导致音高失准，如歌唱时呼吸、换气和声区等控制不好。所以，歌唱的音准主要是指音高的准确与否，所谓"走音"和"跑调"都是指歌唱时音调没有唱准，音高的准确度不够。

2.2 音高与频率

歌唱音准既包含物理音高准确性的含义又包含乐理音高(心理音高)的变化[7]。对于物理音高，其表现为频率（Hz），当歌唱者演唱的音高符合原唱音高或与其保持一致时，则音准，否则音不准。即音准是基于某个标准音高并与其接近的程度，不同律制有不同的标准。对于乐理音高，反映了歌唱者的思想感情，不同的人有不同的音高感知心理，同一个人在不同的时候音高感知心理也不同。

音高是乐理中的重要概念之一。音高是指音的高低，是由发音体在每秒钟内振动次数的多少来决定的。音高与频率有着直接的关系，振动频率大，音则高，振动频率小，音则低。一般人的耳朵所能听到声音的频率范围是 16～20000Hz，大于 20000Hz（超声）和小于 16Hz（次声）的振动，一般不能被人耳所接受。而音乐艺术的频率范围则更小，如音域最宽的钢琴，其最低音频率为 27.5Hz，最高音频率为 4000Hz 左右。人类歌唱音高范围是男生的音高范围约在 31～72 半音，对应的频率是 50～523Hz。女生的音高范围约在 45～83 半音，对应的频率是 110～1000Hz。

3 歌唱音准特征分析

3.1 歌唱音准特征参数的选取

在语音信号处理中，特征参数的选取至关重要，目前常用的主要特征包括：短时平均能量、基音周期（基频倒数）、语音短时谱或 BPFG 特征、线性预测系数、共振峰频率及 LPC 倒谱、Mel 倒谱系数等，其中基频[8]参数（也称为音高特征）是语音信号重要的参数之一，它描述了语音激励源的重要特征，在许多领域有着广泛的应用。由于发声器官生理方面的差异，男性和女性的基频范围不同，一般地，男性的基频范围为 50～250 Hz；女性的基频范围为 120～500 Hz[9]。

歌唱音准最根本的影响因子是音高，故基频参数在歌曲点播评分系统中对歌唱评分的影响最为重要。此外，基频保持不变的一段时间称为时值，对歌曲点播评分系统的音准问题也有一定的影响，如歌唱中的拖长音现象。

3.2 音准特征的提取

语音信号是非平稳的，因此必须在一个短的时间窗内处理语音信号，提取语音信号的特征。根据处理域的不同，语音基频的提取可分为时域算法、频域算法、统计方法 3 类。时域算法包括过零率、峰值率、自相关函数法和平均幅度差函数法（AMDF）等，频域算法有基于滤波器的算法、倒谱法（如 Mel 倒谱）、多分辨率法和离散小波变换法等，统计方法是将每一个输入帧都分到一组类中的一个，代表信号的基频估计，将概率最大的基频值作为最终的估计值，如文献[10]利用概率密度函数的一种统计特征估计技术。除此之外，还有一些其他方法，如文献[11]使用基频的跟踪方法应用于音乐信号，根据基频的连续性对基频提取进行了改进。

本文在基频提取的基础上结合音乐乐理知识和语音信号处理技术提出半音轨迹，准确并且实时描绘了反映歌唱者演唱声音和歌曲原唱特征的曲线，用于反映两者音准的相似程度。

4 半音轨迹算法

4.1 预处理

在获取歌唱语音和原唱语音半音轨迹之前，需对语音信号进行预处理，分帧、加窗和去噪等一系列预处理过程是提取语音信号特征的前提。其中，常用的窗函数有矩形窗、汉明窗等。本文采用频域分析方法，所以窗函数选用汉明窗，见计算公式（1）。

$$w(n) = 0.54 - 0.46\cos\left(\frac{2\pi n}{N-1}\right) \tag{1}$$

此外，半音轨迹还需要基频参数，所以需要对分帧后的语音信号进行 FFT 变换转到频域，从而提取其基频数据。

在提取基频时可能会产生误差，误差产生的原因是：歌唱语音的辅音和气音，会产生一些频率较高的干扰值。同时自相关法采用相对固定的削波阈值，造成倍频和半频现象。为了减少基频误差对系统的影响，本文对提取的基频信息做平滑处理，具体方法是：

① 结合人声歌唱音高范围，超过 1000Hz 和低于 50Hz 的基频视为错误提取的基频。

② 用中位数滤波去除倍频和半频对系统的影响[12]，即对将进行平滑的点左右各取 1 个样点，取这两点的中点作为测试点，比较测试点与被平滑的点，当两者之差大于某一阈值时，则用测试点取代原来的点，否则平滑的点不变。通过反复实验，确定平滑效果较好的阈值。

4.2 二频段化处理（低频能量比）

二频段化处理是指对语音信号 FFT 变换后进行二频段化，由于人的基频范围为 50～500Hz，若基频超出此范围的为非人声。从计算机的麦克风采集的歌声及原唱歌声信号在 44.1KHz 以下，故将频域范围二段化称为二频段化处理。基频范围为 50～500Hz 的能量与整帧的能量比值称为低频能量比，通过求取低频能量比并设定阈值以判断语音含有噪音的大小以及是否静音，低频能量比高的语音帧为正常人的歌唱声音，低频能量比低的语音则为噪声或静音。

二频段化处理主要是针对歌唱系统中原唱停顿的静音部分，主要表现在半音轨迹的凹陷部分曲线。二频段化处理的过程如图 1 所示。

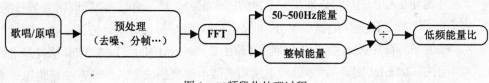

图 1   二频段化处理过程

4.3 半音轨迹与基频

音准是基于某个标准音高并与其接近的程度，而 A4 音（440Hz）就是标准音，是国际通用的标准高度。其它各种音都是对 A4 音进行升高或降低整数个半音产生的，半音是相邻两音之间的音程。半音与频率的转换关系如计算公式（2）[8]。

$$Semitone = 69 + 12 * \log_2 \left(frequency / 440 \right) \qquad (2)$$

其中：Semitone 表示半音，frequency 表示频率，440Hz 是标准音高 A4 音。

人声歌唱的基频范围为 50～500Hz，对应的半音范围为 31～71，在此范围内存在 41 个半音间隔。对于一帧语音信号，进行 FFT 变换和二频段化后，选取有效语音在其频率为 50～500Hz 内按半音间隔分割成 41 段，并求得每段能量，选取能量最大者的频率作为基频。

通过公式（2）将基频转换成相应的半音，半音随音频帧的推移成变化曲线，称为半音轨迹。半音轨迹不仅反映了语音信号基频的变化趋势，而且反映了歌唱的节奏与时值，能够实时地准确有效地描述了歌唱的语音特征。半音轨迹算法的流程图，如图 2 所示。

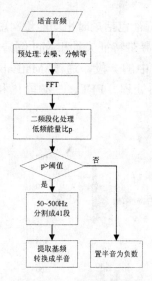

图 2 半音轨迹算法流程图

对于音准的研究，文献[13]提出了声调模型的参数描述，用[*H,B,I,R,D*]分别表示音域上限、音域下限、调值中心的基线、调域、调型时长；文献[14]进一步完善了声调模型，提出了音高基频规格化参数 SPiS（Syllable Pitch Stylized Paraments），用[*B,H,N1,N2,F,E*]分别表示基频最小值、基频最大值、基频最小值位置、最大值位置、基频起始值与终止值。本文结合半音轨迹，提出半音规格化参数 Semi-PiS（Semitonal Pitch Stylized Paraments）。该参数能较好地反应了半音轨迹的特征，且提取简洁，非常适合于实时计算。

Semi-PiS 参数对半音轨迹的描述如下：Ln（半音轨迹曲线的极小值个数）、Hn（半音轨迹曲线的极大值个数）、N1（半音轨迹曲线的最小值位置）、N2（半音轨迹曲线的最大值位置）、W1（半音轨迹曲线的最少值波谷宽度）、W2（半音轨迹曲线的最大值波峰宽度）。他们共同构成矢量：P=（Ln,Hn,N1,N2,W1,W2）。

5 系统实现与仿真结果

判断歌唱者演唱准与不准（比较原唱）是歌曲点播评分系统的关键问题，为此本文基于歌唱音准特征提出了半音轨迹应用于歌曲点播评分系统中，以音准为评分依据来评价歌唱者的演唱能力。歌曲点播评分系统的实现方案如图 3 所示。

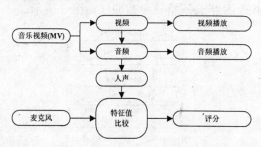

图 3 歌曲点播评分系统实现方案

图 3 中 MV 是一种能在计算机播放的音乐视频（Music Video），既包含视频也包含音乐。系统需提取 MV 中的音乐信息，并通过消除伴奏获取原唱中的伴音信号。特征值比较模块是特

征值计算和匹配模块，其中时域特征包括短时平均能量、短时过零率、线性预测系数等，频域特征主要包括 LPC 倒谱系数、临界带特征矢量和 Mel 倒谱系数等。

实验截取流行歌曲《童话》中的一段，通过 MatLab 编程对原唱语音信号和歌唱者演唱声音分别进行提取，并进行预处理、FFT、二频段化和分割段等处理后，得到半音轨迹如图 4 所示。

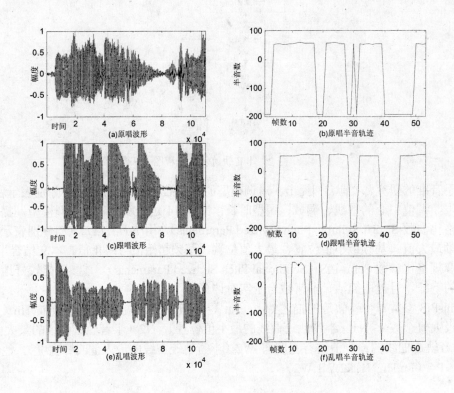

图 4　原唱、跟唱、乱唱的三种半音轨迹

图 4(a)(c)(e)的 3 个波形由上至下分别对应的是原唱波形、歌唱者跟唱波形、歌唱者乱唱波形；(b)(d)(f)的 3 条曲线分别是(a)(c)(e)语音波形对应的半音轨迹，横坐标表示帧数，纵坐标表示半音数。图中凹陷部分曲线表示停顿静音、气音或噪声。由图 4 的半音轨迹可以看出，跟唱的半音轨迹与原唱的半音轨迹相似度非常高，而乱唱的半音轨迹则与原唱和跟唱的偏差很大。下面画出三种波形的 Semi-PiS 半音规格化参数曲线如图 5 所示。

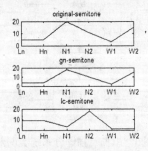

图 5　原唱、跟唱、乱唱的三种半音格式化参数曲线对比

图 5 横坐标表示 Semi-PiS 半音规格化参数，纵坐标表示其对应的值。由图中 Semi-PiS 参

数曲线可以看出，跟唱的 Semi-PiS 参数与原唱的 Semi-PiS 参数相似度非常高，而乱唱的 Semi-PiS 参数则与原唱和跟唱的偏差很大。

为了验证半音轨迹和 Semi-PiS 参数的有效性，将半音轨迹和 Semi-PiS 参数应用于歌曲评分系统，并设计一个实验。实验采集五男五女共 10 人的演唱音频数据，录音人均没有音乐背景知识，测试者从流行音乐歌曲库中自选一首曲目，系统录音采样率为 44.1KHz，16bit 量化。按照音准对测试演唱进行主观评分，主观评分为十分制。为了更好地比较主客观评分的结果，将主观评分的结果从十分制映射到百分制，比较结果如图 6 所示。

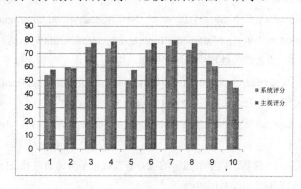

图 6　系统评分与主观评分的比较

图 6 横坐标表示 10 位测试者，纵坐标表示相应的分数，每列左侧柱形条表示系统评分，右侧柱形条表示主观评分。由图中可以看出评分系统的分数接近主观评分。

因此，半音轨迹及其对应的 Semi-PiS 参数对于歌曲点播评分系统的音准评分非常适用，将该方法应用于实际的歌唱评分系统中，亦取得较良好的效果，评分客观准确，且具备实时评分的功能。

6　结束语

经过深入研究歌曲点播评分系统的音准问题，从乐理角度分析了歌唱音准的影响因子——音高，提取了与音准相关的基频特征，并提出了半音轨迹算法及相应的 Semi-PiS 音准规格化参数来表征歌唱者与原唱语音，实验结果实时准确地描绘了歌唱者演唱声音和歌曲原唱的半音轨迹，以此作为描述两者音准的相似程度，从而给出评价分数。

该算法不足之处是半音轨迹易受歌唱歌曲速度影响，若结合统计方法，歌曲点播评分系统的评分依据将更能满足音准要求，但统计方法会失去系统的实时性。另外，音色和颤音也是实际歌唱评分要考虑的因素，因此综合音高、音色和颤音等指标的歌曲点播评分系统将是今后研究工作的方向之一。

参 考 文 献

[1] 黄晨星. "音准"与"音准感"——论小提琴单音音阶练习的"音准规格" [J].沈阳音乐学院学报, 2010, 1:206-210.

[2] 耿涛. 竹笛吹奏中的音准控制技术研究[J]. 星海音乐学院学报, 2009, 9(3):116-118

[3] Albrecht Schneider, Klaus Frieler. Perception of Harmonic and Inharmonic Sounds: Results from Ear Models [J].

Computer Music Modeling and Petrieval. Genesis of Meaning in Sound and Music, 2009, 5493: 18-44.

[4] 臧学娜. 歌唱艺术中的音准问题[J]. 声乐研究, 2009, 4:64-65.

[5] 包先春，戴礼荣. 哼唱检索系统中一种有效的旋律匹配方法[J]. 计算机仿真，2008，25(4)： 298-300,304.

[6] 李丽娟，叶茂，赵欣. 基于高斯混合模型流行音乐中歌唱部分的智能检测[J]. 小型微型计算机系统, 2009, 5(30):1017-1020.

[7] Christopher Plack, Richard Fay, Andrew Oxenham, et al. Pitch - Neural Coding and Perception [M]. United Sates of America, 2005, 24.

[8] Ruiz-Reyes N, Vera-Candeas P, Muñoz J E, et al. New speech/music discrimination approach based on fundamental frequency estimation [J]. Multimedia Tools and Application, 2009, 41(2): 253-286.

[9] 张杰，龙子夜，张博等. 语音信号处理中基频提取算法综述[J]. 电子科技大学学报, 2010, 39:99-102,126.

[10] Patro H, Senthil Raja G, Dandapat S. Statistical feature evaluation for classification of stressed speech [J]. International Journal of Speech Technology, 2007, 10: 143-152.

[11] James W. Beauchamp. Analysis, Synthesis, and Perception of Musical Sounds[M]. Modern Acoustics And Signal Processing, 2007:90-121.

[12] 成新民，蒋天发，李祖欣. 一种基于数学形态学的语音基音轨迹平滑的改进算法[J]. 武汉理工大学学报（交通科学与工程版），2010, 34(5):1065-1068.

[13] 苏伟. 基于普适计算的交互汉语学习系统[D]. 北京交通大学, 2007.

[14] 赵欢, 谭华. 多维关联规则在汉语韵律模型研究中的运用[J]. 计算机工程与应用, 2007, 43(34):223-225,242.

互联网基础资源管理分配的现状和存在问题

崔学民

（工业和信息化部电子科学技术情报研究所，北京市 750 信箱，100040）

摘　要： 互联网的基础资源主要包括 IP 地址、域名和根服务器。对这些基础资源的占有数量和管理能力决定了一个国家互联网发展的自主能力和发展潜力，起到了至关重要的作用。由于互联网起源于美国，美国一直在互联网的发展中起着核心作用，互联网基础资源的管理和分配也一直由美国来主导。互联网基础资源的管理和分配存在着不平等因素。

关键词： 互联网，基础资源，ICANN，互联网名称与数字地址分配机构，IP 地址，根服务器

互联网的基础资源主要包括 IP 地址、域名和根服务器。对这些基础资源的占有数量和管理能力决定了一个国家互联网发展的自主能力和发展潜力，起到了至关重要的作用。由于互联网起源于美国，美国一直在互联网的发展中起着核心作用，互联网基础资源的管理和分配也一直由美国来主导。目前，全球共有 13 台根域名服务器，其中 10 台设置在美国本土。截至 2011 年 8 月 31 日，BGP 的 IPv4 地址空间报告显示美国拥有的 IP 地址数量为 15.3 亿个，约占全部 IP 地址的 35.7%。这些情况表明，互联网基础资源的管理和分配存在着不平等因素。

1　互联网基础资源管理与分配发展历程

互联网在 20 世纪 90 年代之前一直是一个为军事、科研服务的试验性网络。20 世纪 90 年代初，互联网的主要技术和应用都基本确立下来，用户数量和网络规模开始急剧扩张。这时的互联网是由美国国家科学基金会（National Science Foundation，NSF）来建设和管理的，NSF 代表美国政府与网络解决方案公司（Network Solutions inc.，NSI）签订了协议，将互联网顶级域名系统的注册、协调与维护的职责都交给了 NSI。而互联网的地址资源分配则交由互联网号码分配机构（Internet Assigned Numbers Authority，IANA）来分配，由 IANA 将地址分配到 ARIN（北美地区）、RIPE（欧洲地区）和 APNIC（亚太地区），然后再由这些地区性组织将地址分配给各个网络服务提供商（Internet Service Provider，ISP）。美国政府通过 IANA 和 NSI 来管理和分配互联网的基础资源。

伴随着互联网络的商业化，NSI 逐步将域名的注册与管理权这一通过契约取得的合同权利转变为由美国政府授予的自然垄断权力，不仅自 1995 年秋季起开始向域名申请收费，而且还试图对其所维护的域名数据库主张知识产权权利，尤其在 1996 年 NSI 融资 6000 万美元在纳斯达克市场上市后，其伴随网络经济的热潮每年从域名注册中获得的逾 1 亿美元的巨额利润更是引来了国际社会的非议和美国司法部及欧盟委员会的反垄断调查。

随着互联网的全球性发展，越来越多的国家对由美国独自对互联网进行管理的方式表示不满，强烈呼吁对互联网的管理进行改革。鉴于此，美国政府于 1997 年 7 月 1 日公布了《全球电子商务框架方案》，并责成美国商务部以既增进竞争，又促进国际社会共同参与的方式对域

名管理体系进行改革。

美国商业部在 1998 年初发布了互联网域名和地址管理的绿皮书，认为美国政府有对互联网的直接管理权，因此在它发布后遭到了除美国外几乎所有国家与地区的反对。随后于 6 月 5 日发布了"绿皮书"的修改稿"白皮书"。白皮书提议由美国政府授权给一个中立的机构来管理互联网。在此背景下，1998 年 10 月，美国成立了一个非盈利性的国际组织——互联网名称与数字地址分配机构（The Internet Corporation for Assigned Names and Numbers，ICANN）。ICANN 行使 IANA 和 NSI 的职能，成为互联网基础资源管理和分配的全球最高机构。ICANN 同美国商务部签署了"联合项目协议"（Joint Project Agreement，JPA），协议规定由 ICANN 承担管理工作，但美国商务部拥有对 ICANN 的否决权。2005 年 6 月美国商务部宣布："不管 ICANN 是否满足条件，美国都将继续控制互联网根服务器"。

2009 年 9 月 30 日，ICANN 声称从 10 月 1 日起，新的"完全承诺"协议将取代原"联合项目协议"。根据"联合项目协议"，有关互联网可靠性、透明性的定期评估报告将送交美国政府审批。而依据新的"完全承诺"协议，此类报告将由一个国际委员会审批，美国商务部仅保留监督权和与其他委员同样的投票权。该委员会代表来自全球 100 多个国家，并由 ICANN 管理顾问委员会主席提名。"完全承诺"协议受到了各界好评，这也说明，ICANN 向真正的全球性互联网管理机构又迈进了一步。

2　ICANN 的职能

ICANN 是一个集合了全球网络界商业、技术及学术各领域专家的非营利性国际组织，是互联网基础资源管理和分配的全球最高机构，ICANN 的主要职能是协调互联网的三组唯一标识符（IP 地址、域名系统、协议端口和参数号）的分配和指定，管理根域名服务器，协调互联网相关的政策制定。

2.1　ICANN 负责全球 IP 地址的管理和分配

互联网是一个庞大的全球性系统，在网络中的每台设备（例如计算机、网络打印机等），都有一个能唯一标识该计算机的编号地址，这就是 IP 地址。ICANN 是 IP 地址的中央资料库，从该资料库中向区域性注册机构分配 IP 地址，区域性注册机构再转而向网络服务商分配 IP 地址。所有的 IP 地址都由 ICANN 下属的区域互联网注册管理机构（Network Information Center，NIC）负责统一分配，目前全世界共有 5 个正在运作的 NIC，它们分别是：

（1）美洲互联网号码注册管理机构（American Registry for Internet Numbers，ARIN），管理北美和部分加勒比地区事务。

（2）欧洲 IP 资源网络协调中心（RIPE Network Coordination Centre，RIPE NCC），管理欧洲，中东和中亚地区事务。

（3）亚太互联网络信息中心（Asia-Pacific Network Information Centre，APNIC），管理亚洲和太平洋地区事务。

（4）拉丁美洲及加勒比地区互联网地址注册管理机构（Latin American and Caribbean Internet Address Registry，LACNIC），管理拉丁美洲和部分加勒比地区事务。

（5）非洲互联网号码注册管理机构（African Network Information Centre，AfriNIC），管理非洲事务。

我国申请 IP 地址要由中国互联网络信息中心（CNNIC）通过 APNIC 向 ICANN 申请，APNIC 的总部设在澳大利亚布里斯班。

图 1　NIC 分布

　　目前使用的 IP 地址，主要是基于 IPv4（Internet Protocol version 4）协议的地址。ICANN 在 2010 年 5 月份曾对 IPv4 地址提出预警，尚未分配的 IPv4 地址仅剩 3 亿个，不足 8%，按照现有速度，它将于 2011 年 9 月耗尽。

2.2　ICANN 负责全球域名系统的管理和域名分配

　　域名的形式一般是以若干个英文字母或数字组成，由 "."分隔成几部分，如 "baidu.com"就是一个域名。一些国家和地区也在开发本民族语言构成的域名，如中文、韩文、阿拉伯文域名。目前阿拉伯文、俄文、中文等非拉丁文域名都已经启用。域名可分为不同级别，包括顶级域名、二级域名等。顶级域名又分为两类：一是国家顶级域名（national top-level domain names，nTLDs），目前 200 多个国家都按照 ISO3166 国家代码分配了顶级域名，例如中国是 ".cn"，美国是 ".us"，日本是 ".jp"等；二是国际通用顶级域名（international top-level domain names，iTDs），例如表示美国工商企业的 ".com"，表示美国网络提供商的 ".net"，表示美国非盈利组织的 ".org"等。这是使用最早也最广泛的域名。二级域名是指顶级域名之下的域名，在国际顶级域名下，它是指域名注册人的网上名称，例如 "ibm"，"yahoo"，"microsoft"等；在国家顶级域名下，它是表示注册企业类别的符号，例如 "com"，"edu"，"gov"，"net"等。

　　在实际使用和功能上，国际域名与国家域名都是互联网上具有唯一性的标识，但在最终管理机构上，域名是由 ICANN 负责注册和管理的。在我国，国家域名由中国互联网络信息中心（CNNIC）负责注册和管理。在国家顶级域名下注册的二级域名均由该国家自行确定。例如，顶级域名为 "jp"的日本，将其教育和企业机构的二级域名定为 "ac"和 "co"，而不用 "edu"和 "com"。我国把二级域名划分为 "类别域名"和 "行政区域名"两大类。

表 1　顶级域名（Top Level Domain）分类

分　类	常见域名举例
国家和区域顶级域名	cn（中国）
	us（美国）
	uk（英国）
	lık（我国香港特区）
	tw（我国台湾省）

分　类	常见域名举例
通用顶级域名	com（美国公司企业）
	net（美国网络服务机构）
	org（美国非营利性的组织）
	int（美国国际组织）
	edu（美国教育机构）
	gov（美国政府部门）
	mil（美国军事部门）

2.3　ICANN 管理着根域名服务器

域名服务器将便于我们记忆的域名，解析成互联网可以识别的 IP 地址。目前互联网上存在大量的域名服务器，共同构成一个互联网域名解析系统，并且大多数域名解析工作都可以就近解决。域名解析是多级层次的，根域名服务器是域名解析的最顶层，是互联网域名解析系统中最高级别的域名服务器，是域名解析中最基本也是重要的一层。

根域名服务器共 13 台，编号为从 A-M。目前的分布是：主根域名服务器 1 个，放置在美国加利福尼亚的杜勒斯，由美国 VeriSign 负责运营维护。其余 12 个为辅根域名服务器，有 9 个放在美国，分别由 8 个不同的军事与教育机构运营维护（2 台由美国军方使用，1 台由美国国家航空航天局使用），其余 3 台分别放在在英国、瑞典和日本。根域名服务器是最高层次的域名服务器，也是最重要的域名服务器。因为不管是哪一个域名服务器，在进行域名解析时其数据都来源于根域名服务器，当遇到自身无法解析的域名时，也最终要求助于根域名服务器。

表2　根域名服务器列表

名称	管理单位	地点	IP 地址
A	VeriSign inc.	美国（弗吉尼亚州）	198.41.0.4
B	Information Sciences Institute	美国（加利福尼亚州）	192.228.79.201
C	Cogent Communications	美国（弗吉尼亚州）	192.33.4.12
D	University of Maryland	美国（马里兰州）	128.8.10.90
E	NASA Ames Research Center	美国（加利福尼亚州）	192.203.230.10
F	Internet Systems Consortium, Inc.（ISC）	美国（加利福尼亚州）	192.5.5.241
G	U.S. DOD Network Information Center	美国（俄亥俄州）	192.112.36.4
H	U.S. Army Research Lab	美国（马里兰州）	128.63.2.53
I	Autonomica	瑞典（斯德哥尔摩）	192.36.148.17
J	VeriSign, Inc.	美国（弗吉尼亚州）	192.58.128.30
K	RIPE NCC	英国（伦敦）	193.0.14.129
L	ICANN	美国（弗吉尼亚州）	199.7.83.42
M	WIDE Project	日本（东京）	202.12.27.33

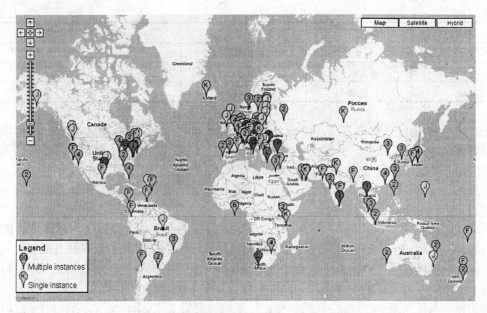

图 2　根域名服务器与镜像服务器分布图

注：图片来自 http://www.root-servers.org。字母表示根服务器的名称，例如 K 表示 K 根域名服务器或 K 根的镜像。数字表示该位置有根域名服务器或镜像服务器的数量。例如 3 表示此处有 3 台根域名服务器或镜像服务器。

我国已引进了三台根域名服务器的中国镜像，对于".com"和".net"的域名已不再由境外的服务器提供域名解析。这可以在一定程度上提高国内互联网的安全性，加快国内用户域名解析的速度。但镜像服务器是由技术持有方进行日常的维护和管理，因而域名解析的数据最终还会汇总到根域名服务器上，无论在我国境内设立多少镜像服务器，提高的也只是我国网民访问网页的速度。

3　互联网基础资源管理和分配存在的问题

3.1　IP 地址分配不均衡

截至 2011 年 8 月 31 日，BGP 给出的全球 Ipv4 地址数量排在前十位的国家或地区如表 2 所示。

表 2　Ipv4 地址数量前十名

排名	国家或地区	Ipv4 地址数量	占所有 Ipv4 地址的比例
1	美国	1533939968	35.71%
2	中国大陆	331669760	7.72%
3	日本	202091264	4.71%
4	韩国	112219648	2.61%
5	德国	95852280	2.23%
6	法国	84321792	1.96%
7	英国	83488128	1.94%

排名	国家或地区	IPv4 地址数量	占所有 IPv4 地址的比例
8	加拿大	79944960	1.86%
9	澳大利亚	47544320	1.11%
10	巴西	44369408	1.03%

互联网中 IP 地址是有限资源，IP 地址如何分配直接关系到各国的切身利益，而各国申请 IP 地址都需经 ICANN 批准。美国已经占据了约 15.1 亿多个 IP 地址，相当于每个美国人拥有约 5 个地址，其他国家的 IP 地址却少得可怜。虽然我国大陆已经跃居 IP 榜上的第二名，但总数上距离美国相差很远，只占全球的 6.02%，人均平均数更是少的可怜，远远不能满足我国网络发展的需要。

IPv4 地址即将用尽，基于 IPv6 的下一代互联网技术的演进成为全球关注的焦点。IPv6 的推广和部署会引起 IPv6 下域名系统根服务器的调整，这就为打破过去互联网基础资源被少数国家主导的局面提供了可能。为争取互联网的话语权，世界各国都在积极启动 IPv6 网络建设，力争在下一代互联网中占有一席之地。欧盟委员会制定了在 2010 年年底前，实现 25% 的企业、政府机关和个人使用 IPv6 网络协议的目标；日本政府制定了 "e-Japan" 战略，明确了 IPv4 向 IPv6 过渡的时间表和路线图，全面部署实施 IPv6 产业发展。美国为了保住现有的优势，采用了以军事为先导的 IPv6 发展策略。

由于我国网民数量众多，增长迅速，IPv4 地址数量很快将会面临无法满足需求的境况。届时，运营商、用户和设备提供商将有一系列不良连锁反应。要解决网络地址的问题，需要尽快过渡到以 IPv6 为基础的下一代互联网，以利于整个互联网的发展。我国虽然于 2003 年 8 月就启动了下一代互联网工程，但进展仍需加快，现状令人担忧，应尽早采取措施，避免错失在下一代互联网发展布局中的话语权。

3.2 域名分配不平等，域名系统存在安全问题

从 VeriSign 2011 年第 1 季度的域名行业报告（The Domain Name Industry Brief）中可以看到，全球注册登记的顶级域名共有 2.098 亿个，同比增长了 1.53 亿，增长约 7.9%，比 20109 年第 4 季度增加了 450 多万个，增长约 2.2%。其中注册登记的国家顶级域名数量增加 817 万个，比 2010 年第 4 季度增加了 2.1%。登记注册的 ".com" 和 ".net" 域名依然增长迅猛，新增加了 830 万个，总数达到了 1.08 亿个，在总体数量和增长速度上都遥遥领先其他的顶级域名。2011 年第 1 季度全球域名数量结构图见图 3。

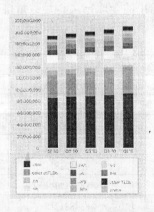

图 3　2011 年第一季度域名数量结构图

域名系统最初是由美国政府管理和分配的，目前的顶级域名的管理和分配仍旧保留着美国政府的色彩，美国政府当初设置域名分类时，是按照美国自己的标准进行的，美国的教育、军事等部门的顶级域名是与其他国家的顶级域名在一个等级上，注册为".com"的域名是美国的公司和企业网站，注册为".gov"的域名是美国的政府机构网站，注册为".net"的是美国的网络服务机构，而注册为".cn"的是中国的顶级域名，注册为".de"的是德国的顶级域名。从 VeriSign 的报告中不难看出，美国公司企业和美国的网络服务机构的域名数量远远大于其它所有国家顶级域名的数量，在数量上占有绝对优势。互联网具有全球特性，从域名上把美国的一些部门与其他国家和联合国等国际组织放在一个级别，显然是非常不公正的，这也容易让人有错觉。

ICANN 利用其在互联网基础资源管理中的地位，不但可以出售并登记域名，还可以把某些网址从互联网中取消。假如 ICANN 删去根域名服务器上代表欧盟的域名".eu"，欧盟马上就会成为"网上孤岛"。比如 2003 年伊拉克战争期间，在美国政府的授意下，伊拉克顶级域名".iq"的申请和解析工作被终止，所有以".iq"为后缀的网站都无法访问，伊拉克这个国家竟然在互联网世界里被消灭了。在塔利班政权统治阿富汗期间，ICANN 将".af"为后缀的域名管理权授予前流亡政府，后来又于 2003 年转交给由美国支持的阿富汗过渡政府。另外，ICANN 作为全球互联网的管理机构，仅每年的注册域名收入就达到了 10 亿美元，为美国的税收做出了巨大贡献，它的职责早已超出了非营利组织的范围。

3.3 根域名服务器管理中存在安全隐患

根域名服务器是互联网运行的"中枢神经"，谁控制了根域名服务器，实际上就等于谁掌握了全球互联网基础资源的最终控制权。目前，在提供域名解析的多级服务器中，处于最顶端的 13 个根域名服务器（Root Server），均由 ICANN 统一管理。中国的顶级域名 CN 的信息记录就保存在根域名服务器中。辅根域名服务器会定期从主根域名服务器上更新数据，中国国家层面的域名服务器也会定期从根域名服务器上更新数据，相应的，省级服务器也要重新更新数据，如果在特殊情况下需要使某一个国家的互联网陷于瘫痪，只需中断根域名服务器对这个国家顶级域名的解析即可。

3.4 ICANN 依然没有脱离美国商务部

互联网起源于美国的阿帕网，在 ICANN 成立之前，互联网的基础资源是由美国政府通过 IANA 和 NSI 来管理和分配的。ICANN 成立之后就与美国商务部签署了 JPA 协议，协议规定美国商务部拥有对 ICANN 的否决权，这说明，美国商务部是 ICANN 的实际控制者。美国商务部从 2003 年开始就一直说要放弃对 ICANN 的管理权，但直到 2009 年 9 月 30 日，美国商务部与 ICANN 新的"完全承诺"协议的签订，才放弃了对 ICANN 的否决权，这是整个互联网的进步，互联网基础资源管理向真正的全球化迈进了一大步。但是，"完全承诺"协议中有这样一条："任何一方在提前 120 天向对方发出书面通知之后，都可以终止本协议声明。"这说明美国政府对 ICANN 的控制依然保留了很大的回旋余地，关系依旧暧昧。

ICANN 虽然是非营利性的国际组织，但它本质上仍是一个美国的公司，是遵照美国加利福尼亚州法律成立的组织，美国政府与其签订的协议也可以被美国政府取消，依据美国国内法律，美国政府有权要求美国的信息服务提供者在政府需要的时候，为政府解除信息服务所设的加密限制，ICANN 当然也不会例外。

3.5 互联网基础资源管理和分配发展方向

一直以来，国际上很多国家和地区都希望互联网基础资源的管理和分配能够做到公正和民主，这种呼声在 2005 年 12 月 16 日的突尼斯信息峰会上变得更加明确和强烈，关于互联网基础资源由谁管理，怎样管理成为最具争议的问题。我国希望互联网基础资源能够交给一个国际组织来管理，这个观点也得到了欧盟、印度、巴西等国家和地区的支持。

2010 年 6 月 8 日，我国政府的《中国互联网状况》白皮书中指出：我国主张发挥联合国在国际互联网管理中的作用。我国支持建立一个在联合国框架下的、全球范围内经过民主程序产生的、权威的、公正的互联网国际管理机构。互联网基础资源关系到互联网的发展与安全。各国都有参与国际互联网基础资源管理的平等权利，应在现有管理模式的基础上，建立一个多边的、透明的国际互联网基础资源分配体系，合理分配互联网基础资源，促进全球互联网均衡发展。

虽然 ICANN 一直标榜自己的全球特性，但其作为美国的一个公司的本质是一直没有更改的。互联网基础资源是全球性的，也只有在联合国框架下，在全球范围内经过民主程序产生的、权威的、公正的互联网国际管理组织，才有可能在互联网基础资源的管理与分配方面做到公平和透明，并以此促进全球互联网的均衡发展。

参 考 文 献

[1] 中华人民共和国国务院新闻办公室，中国互联网状况白皮书，2010 年 6 月 8 日

[2] Douglas E.Comer ，计算机网络与因特网（原书第 5 版），机械工业出版社：于芳-译，2009 年 6 月 1 日

[3] BGP，IPv4 Resource Allocations，http://bgp.potaroo.net/iso3166/v4cc.html

[4] VeriSign Internet Infrastructure ，The Domain Name Industry Brief：Volume 8 - Issue 2 - may 2011

[5] The root zone，http://www.root-servers.org

[6] Number Resources，http://www.iana.org/numbers

[8] JOINT PROJECT AGREEMENT BETWEEN THE U.S. DEPARTMENT OF COMMERCE AND THE INTERNET CORPORATION FOR ASSIGNED NAMES AND NUMBERS

[9] AFFIRMATION OF COMMITMENTS BY THE UNITED STATES DEPARTMENT OF COMMERCE AND THE INTERNET CORPORATION FOR ASSIGNED NAMES AND NUMBERS

作者简介

崔学民，工业和信息化部电子科学技术情报研究所，联系电话：88686074 ，13501398514，通信地址：北京市石景山区鲁谷路 35 号电子一所 7 层（100040）

基于 ICE 中间件的卫星遥测数据处理系统

王 刚 赵 琦

（北京航空航天大学 电子信息工程学院，北京 100191 ）

摘 要：卫星业务的增加导致大量的卫星遥测数据需要解析，从而对遥测数据处理机的性能提出了更高的要求。IceGrid 提供了分布式集群的功能，通过负载均衡方式来保证大数据量的遥测数据的负载分担，最终在不升级硬件设备的基础上，实现高速卫星遥测数据的正常处理。本文以某卫星遥测数据处理终端服务器为背景，采取分布式部署方式，利用了 IceGrid 负载均衡服务，最终有效地实现了卫星遥测数据的正常解析，并与单服务器节点进行了性能比较，结果体现了基于 Ice 中间件的卫星遥测数据处理系统的优势。

关键词：IceGrid ；负载均衡 ；遥测数据处理 ；Round-Robin

A Satellite Telemetry Data Processing System Based on ICE Middleware

Wang Gang，Zhao Qi

（ School of Electronics and Information Engineering ,Beijing University of

Aeronautics and Astronautics ,Beijing 100191 , China ）

Abstract: As satellite business increasing in recent years, a large number of satellites remote sensing data needs to be parsed, thus developing a high-performance telemetry data processor is necessary. IceGrid provides a distributed cluster of features, by way of load balancing to ensure that large amount of telemetry data can be shared at each load terminal. A satellite telemetry data processing system can meet these requirements without upgrade hardware. This paper take a satellite telemetry data process terminal as the background, with Distribute deployment using IceGrid load balancing service and ultimately greatly improve the efficiency of satellite telemetry data processing.

Key words: IceGrid, load balancing, data processing, round-robin

1 引言

随着信息化时代计算机技术的发展，计算机网络中的信息流量、数据流量和计算强度剧增，简单地依靠提高单节点计算机得性能已经不能满足如今的要求。于是，负载均衡机制应运而生。负载均衡有两方面的含义：首先，大量的并发访问或数据流量分担到多台节点设备上分别处理，减少用户等待响应的时间；其次，单个重负载的运算分担到多台节点设备上做并行处理，每个节点设备处理结束后，将结果汇总，返回给用户，系统处理能力得到大幅度提高。

中间件技术[6]成为构建分布式应用系统的重要支撑技术，它能够解决网络分布计算环境中多种异构数据资源的互联共享问题。 网络通信引擎（Internet Communications Engine ，ICE）是由 ZeroC 公司研究实现的一种心的高性能的对象中间件平台。IceGrid 是 Ice3.0 版本新推出的一个功能，属于 ICE 分布式计算一项重要服务。IceGrid 实际上是一系列组件的结合，形成了一套强大的文件分发、负载均衡、快捷部署等解决方案。IceGrid 中提供了负载均衡的功能。

2 负载均衡策略

2.1 常见负载均衡策略

设计负载均衡算法的目的是为了更好地解决集群的负载分配问题， 它的好坏直接影响了集群向外提供服务能力的大小。不好的算法，会导致集群的负载失衡，从而降低集群的工作效率。负载均衡算法的主要任务是决定如何选择下一个集群结点，将一个用户的服务请求转发给它。当前，主要的负载均衡算法有随机算法、轮转算法、加权轮转算法等[1,3,5,7]。

2.2 IceGrid 负载均衡策略

ICE Grid 提供了四种基本的负载均衡策略，分别为随机分配型、自适应型、轮询调度型、优先级型。下面分别对各种策略进行介绍[8,9]。

● 随机分配类型（Random）：该类型是随机地在备选的对象适配器中选取当前的一个终端作为分配对象，这种情况下注册表不考虑系统负载。

● 自适应型（Adaptive）：自适应型负载均衡策略是在一定的响应时间间隔里面通过分析系统当前载荷选择负载最少的对象适配器作为处理终端，这种是 ICE 提供的唯一的利用采样间隔方式来实现负载均衡的类型。

● 轮转型（Round Robin）：轮询调度算法的原理是每一次把来自用户的请求轮流分配给内部的服务器，从 1 开始，直到 N（服务器的个数），然后重新开始循环。算法的优点是其简洁性，它无需记录当前所有的连接状态，所以它是一种无状态调度。

● 优先级型（Orderd）：优先级负载均衡按照目标的优先级来选取相应的对象适配器，这种分配方式可以从复制集群里面指定优先选取的对象适配器。

3 基于 ICE 中间件的卫星遥测数据处理系统设计

3.1 卫星遥测数据处理系统

本文以某卫星遥测数据处理系统的设计为背景，应用 ICE 中间件 IceGrid 服务中的负载均衡对整个系统展开设计。该系统主要包含的模块有：卫星遥测数据接收模块、注册表模块、遥测数据处理终端节点模块。如图 1 所示。

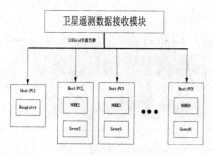

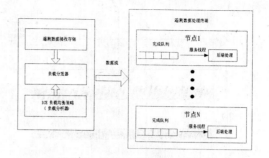

图 1　卫星遥测数据处理系统拓扑图　　　　图 2　卫星遥测数据处理系统逻辑图

卫星遥测数据接收模块：与前端设备进行通信，获取遥测原码，将接收到的数据包存入临时缓存，如图 2 所示，通过 IceGrid 提供的负载均衡策略由负载分发器将遥测数据原码发送到合适的节点。

遥测数据处理终端：将接收到的遥测数据包解包，按照配置文件实现将遥测原码解析为可识别的遥测物理量，并将这些解析好的物理量作存储或者是转发工作。

注册表（registry）模块：解决为 ICE 定位服务的间接代理问题。

该系统将选用轮询调度（R-R）负载均衡策略来分发接收到的数据包。如图 2 所示，该策略的优点是实现比较简单，卫星遥测数据接收模块无需返回各个子节点的运行状态。

3.2　IceGrid 服务部署

IceGrid 采取使用配置文件的形式来实现应用的部署，下面介绍需要配置的两种文件类型。

➢ 服务程序部署文件：利用部署描述符（XML 格式），描述了我们整个应用上的节点信息。需要配置的元素主要有应用标签、结点标签、应用程序、适配器应用等。

➢ config 配置文件：config 配置文件包括注册表配置说明，客户端配置说明，服务器端配置信息，Config 是应用部署中必备的文件，各个模块需要配置的信息都不相同。

3.3　性能评价方法

本文为了验证负载均衡优势，将卫星遥测数据处理系统单独运行在一台主机上进行卫星数据的接收和处理，用来测试该主机在高数据传输速率下的性能；另外一种就是本文提到了利用 IceGrid 服务提供的负载均衡策略来实现分布式处理。

3.4 性能评价指标

负载均衡性能评价指标本文将采用以节点的 CPU 使用率、内存使用率作为衡量条件。CPU 使用率以及内存使用率测试方法在文献[2],[4]中给出具体公式。测试节点能够保存节点所在主机的 CPU 使用率、内存使用率的数据记录，方便测试结束后对测试数据进行分析。

4　结果测试分析

分布式软件接收模块接收的遥测数据速率是 7.68Mbps，分别对单机运行的软件与分布式软件进行 CPU 使用率和内存使用率的记录，然后将记录按照时间绘制曲线图（测试记录大约 15 分钟），如图 3、图 4 所示：

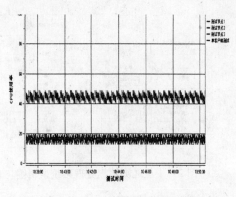

| 图 3　CPU 利用率曲线图 | 图 4　内存使用率曲线图 |

　　图 3 所示的 CPU 利用率曲线图可以看出单客户端测试曲线 CPU 利用率在 40~50 之间分布，而利用负载均衡后，数据处理终端节点 CPU 利用率曲线不到 20%。图 4 所示的内存利用率曲线则更加明显，单机处理软件内存使用率最高达到了 90%，而采用负载均衡方案后，每个子节点利用率只有不到 50%。测试结果表明，基于 ICE 中间件负载均衡策略的遥测数据处理软件对测试机器的配置要求较低，从而验证了通过普通配置测试设备的集群，可以补偿升级目前高性能硬件设备的限制。

5　结束语

　　本论文通过利用基于 ICE 中间件服务负载均衡策略，完成了一款卫星遥测数据处理软件的设计，并对其处理能力进行了测试，结果优于单机处理软件。然而，本文只是采用了 IceGrid 服务负载均衡策略的轮询调度方式，这样就对数据处理终端各节点的主机配置要求一致。IceGrid 中还提供了其它多种负载均衡策略，每种策略都存在一定的优势，对测试节点的一致性要求比较灵活，可以成为未来本文的拓展方向。

参 考 文 献

[1]　高昂，穆德俊. Web 集群的区分服务与负载均衡策略研究[J]. 北京：电子与信息学报，2011.3.

[2]　郭玲玲，范友贵.基于中间件的动态负载均衡策略的研究[J]. 北京：计算机应用与软件，2010.9.

[3]　王荣生，杨际祥.负载均衡策略研究综述[J]. 沈阳：小型微型计算机系统，2010.8.

[4]　赵明阳，张育萍，谷青范. 基于负载均衡的实时 CORBA 调度服务设计[J]. 北京：计算机技术与发展，2011.3.

[5]　何骏，熊伟，陈莘等.基于数据库集群的动态负载均衡研究与实现[J]. 北京：网络与通信，2011.3.

[6]　王博.Ice 中间件关键技术的研究与实现[D].西安：西安电子科技大学，2006.1.

[7]　周宝莲，刘甫.服务器负载均衡技术研究[J].湖南：计算机与数字工程，2010.4.

[8]　 Michi Henning and Mark Spruiell. Distributed Programming with Ice. Revision 3.4,June 2010

[9]　ZeroC, Inc. Differences between Ice and CORBA. http://www.zeroc.com/IceVsCORBA.html.

作者简介

　　王刚，男，1986 年 8 月 13 日生，山西介休市人，研究生，北京航空航天大学，邮箱：05213075@bjtu.edu.cn，联系电话：13488781527 联系地址：北京航空航天大学众恒课题组，100191

基于 IEEE1588V2 高精度时钟同步方法

刘　旭　王祖林　冯文全

（ 北京航空航天大学 电子信息工程学院，北京 100191 ）

摘　要: 如何在大温度变化环境中保证同步系统的高精度同步 已经成为高精度同步面临的主要课题 本文基于 IEEE1588V2 高精度时间同步协议对该课题进行了研究 对 IEEE1588V2 同步方式和实际系统中存在的问题进行了剖析，根据分析结果针对现场环境中存在的大温度变化情况提出了采用最小二乘拟合算法对温度的影响进行补偿,通过采用握手机制以及对测量数据进行处理，有效减弱了各种因素的影响，并结合基于 CPU 定时器构造的高精度时钟，实现了高精度的时钟同步。

关键词: IEEE1588V2; 时间同步; 线路延时; 最小二乘拟合

Study on time synchronous algorithm based on IEEE 1588V2

Liu Xu，Wang Zulin，Feng Wenquan

(School of Electronics and Information Engineering, Beihang University， Beijing 100191, China)

Abstract: With the rapid development of network technology, the synchronization of different devices in a distributed system is getting more and more important. In high precision clock synchronization systems, temperature caused drift has a fatal effect on synchronization accuracy and the synchronization compensation is a major subject to reach higher timing precision. IEEE 1588v2 and synchronization compensation were deeply studied ,a algorithm was proposed to reduce the influence of temperature change. Test results show that the proposed algorithm have remarkable effect to reduce temperature cased drift and guarantee higher synchronization precision of the system.

Keywords: PTP time compensation, IEEE 1588V2, time synchronous, delay

1　引言

目前，许多应用系统都是建立在分布式网络环境上，此时，如果没有一个统一的、准确的时钟，这些应用很难正常地协调工作和运行。特别在分布式控制系统中，考虑到实时性的调度和控制，对时间统一的要求就更为严格。但当系统处于大温度变化环境时，由于时钟晶振的温度特性会导致时钟频率漂移，导致系统的同步精度下降。同时在航空、航天等很多控制领域的实际工况下设备所处的环境温度变化相当频繁[1]。在这种情况下，如何保证系统的高精度同步已成为亟需解决的问题。

本文针对在大温度变化情况下，如何保证设备的高精度同步进行探讨。同时结合 IEEE1588V2 高精度时间同步协议进行同步系统的研究和分析。首先介绍了 IEEE1588V2 的同步原理，然后对 IEEE1588V2 同步算法及同步过程中影响同步精度的因素进行了深入的探讨，同时在实际应用系统对 IEEE1588V2 协议进行了实现和分析。

2 时间同步原理说明

IEEE 1588v2 协议又称 PTP（Precision Time Protocal）采用主从时钟方案，周期发布时钟。接收方利用链路的对称性进行时钟偏移量测量和延时测量，实现主从时钟的频率相位和绝对时间的同步[2~3]。整个同步过程分为两个阶段：偏移测量阶段和延迟测量阶段。

时钟同步的第一阶段是时钟偏移的测量，即修正主时钟从时钟之间的时间偏差。在此阶段，主时钟每隔一定的周期发布一个同步报文(默认情况下为每 2 秒发送一个同步报文)到所有与主时钟处于同一 PTP 通信路径内且在同一个域中的从时钟，如图 2 所示。

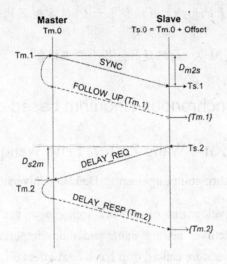

图 2　PTP 同步过程

在同步报文之后，主时钟将发送一个与该同步报文相关联的跟随报文 Follow Up 此跟随报文包含了一枚时间戳，它描述了与之相关联的同步报文的准确发送时间。从时钟根据同步报文和跟随报文中的信息来计算主从时钟之间的时间偏差 Offset。偏移量的计算公式如式(1)：

$$Offset=Ts1-Tm1-Delay \tag{1}$$

为了提高修正精度，可以把延迟测量考虑进来，该过程是这样的：从时钟向主时钟发送延迟请求报文，并在该报文中加入发送时间戳 Ts2，主时钟对接收数据包打上一个时间戳 Tm2，然后在延迟响应报文中把接收时间戳送回到从时钟[4~6]。根据发送时间戳和主时钟提供的接收时间戳 Tm2，从而计算出从时钟与主时钟之间的传播延迟时间 Delay，其计算公式为：

$$Delay=Tm2-Ts2+Oftset \tag{2}$$

因此，从时钟利用 4 个时间戳中的时间 Tm1，Tm2，Ts1,Ts2，就可以计算出主从时钟之间的时间偏移和传输延迟。

3 时钟同步的影响因素

影响同步性能的因素[7~8]主要有如下几点：

（1）通信信道的对称程度，包括报文在两个方向上的传输延迟以及延迟在较长一段时间内是否是一个常量

（2）网络延时及抖动：时钟同步的精确性还取决于网络的延迟抖动。因此时钟同步的精确性与网络的拓扑结构密切相关。在进行时钟同步的过程当中，点对点的连接可以提供主时钟和从时钟之间最佳的同步精度。然而，集线器的引入会产生网络延迟的抖动，但是这种抖动产生的网络延迟大概为300到400纳秒，因此在网络负载较低的情况下，对于时钟同步精度的影响是比较小的。根据实际 PTP 系统的组建情况，在同步网络中可能会引入具有存储—转发功能的中间设备，比如交换机。它对网络延迟的影响取决于网络负载的情况低负载或者没有网络负载的情况下，交换机对于报文处理的时间很短，一般为 2 到 10 微秒再加上报文接收的时间，并且其产生的抖动延迟较低，大概为 0.4 微秒。然而，随着网络负载的增加，网络延迟的抖动会进一步加剧。

（3）时钟的晶振漂移以及稳定性

4　最小二乘拟合数据处理算法

根据以上的论述，并结合 IEEE 1588 V2 协议时钟同步机制，可设计出一种性能可靠的时钟同步方案，采用最小二乘拟合算法对数据进行处理，利用拟合后的时间差值对时钟进行校正得到高精度的时间同步。所得拟合曲线如图（4）所示。

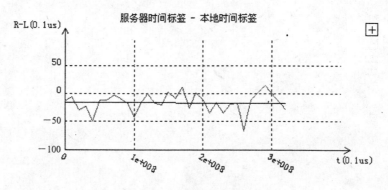

图4　时间同步曲线

从图（4）的测试结果中可以看出，可以看出系统可以随时迅速地跟踪主时钟的速度对本地时钟运行速度进行调整，与主时钟保持了高精度的同步。实现了主从时钟微秒级的高精度同步精度。当同步系统环境温度发生大的波动时整个系统的同步精度几乎不受温度变化的影响，使同步系统的同步精度大幅度地提高。这表明通过对数据进行过滤和拟合处理，有效解决了各种因素对时钟同步精度造成的影响。

5　结论

文中在 IEEE 1588 V2 协议的基础上加入了最小二乘拟合算法，保证了系统在大温度变化环境中的同步精度。该算法为大温度变化环境下的高精度时间同步提供了一个极具价值的解决方案。

参 考 文 献

[1] Packet Delay Varition Management for a better IEEE 1588v2 performance，2009．

[2] IEEE Std.1588~2008，IEEE Standard for a Precision Clock Synchronization Protocol forNetworked Measurement and Control Systems[S]，2008.

[3] An Enhanced IEEE 1588 Time Synchronization Algorithm for Asymmetric Communication Link using Block Burst Transmission.

[4] 黄云水，冯玉光．IEEE1588 精密时钟同步分析[J]．国外电子测控技术，2005，24(9)：9-12.

[5] 杨海东，邓勇 网络时间同步技术研究[J]．计算机工程与设计,2008,29(21)：5447-5450.

[6] 吉顺平，陆宇平.一类工业以太网络通信协议的设计与性能分析[J].小型微型计算机系统，2008，12(12)：2224-2228.

[7] 李晗 PTN 承载高精度时间同步协议技术研究[A]   中兴通讯，2010.

[8] 桂本垣，刘锦华．IEEE1588 高精度同步算法的研究与实现[J]．电光与控制，2006，13(5)；90-94.

基于 Linux 操作平台的 IC 设计网络与服务管理

刘海涛　刘　静　邓　青　张　浩　谢书珊

（南京电子技术研究所，南京，210039 ）

摘　要： 本文从设计应用和数据安全角度分析了 IC 设计中特定的网络与服务管理需求，以一个设计实例详细介绍了一种在 Linux 操作平台下 IC 设计网络与服务管理的配置方法，最后对该方法进行了总结与展望。

关键词： IC 设计；Linux；网络与服务

Administrations of Network and Service for IC Designs based on Linux Operating Platform

Liu Haitao, Liu Jing, Deng Qing, Zhang Hao, Xie Shushan

（Nanjing Research Institute of Electronics Technology，Nanjing，210039）

Abstract: This paper analyses the especial requirements in the administrations of network and service for IC designs from design applications and datas security, and introduces a configuration method for the IC Designs network and service based on Linux operating platform. The conclutions and expectations for this method are shown at last.

Key words: IC designs, Linux, network and services

1　引言

集成电路（Integrated Circuit，IC）产业属于高科技产业，其产品应用覆盖了几乎所有现代化科技领域。我国在相关领域的设计与生产能力与美国、欧洲、日本及中国台湾都有着较大差距[1]，特别在尖端应用领域的技术限制与产品禁运，大大制约了我国相关科技与产业发展。最近十年，随着我国经济和科技发展，对 IC 芯片的国产化要求越来越高，IC 产业在我国迅速发展，产值呈现快速提升的状态，对我国科技发展与经济建设都具有重大意义。

一款 IC 芯片通常包含多个子电路，需要多人合作在统一平台上设计完成。目前 Cadence、Mentor、Synopsis 等公司都开发有 IC 芯片设计平台，大多基于 Linux 操作系统。实现 Linux 操作平台下的 IC 设计网络管理，对提高 IC 设计效率，保证设计数据的安全性具有重要意义。各平台开发公司都有各自的设计平台管理软件，需要支付不菲的费用才能使用。目前国内大部分 IC 设计公司还都是人数少于 100 人的小企业[2]，对于这类企业，如何低成本、高效率的实现 IC 设计网络管理就显得十分重要。

基金项目：江苏省科技支撑计划（DE2010008）

2 网络服务需求

对于设计团队而言，不论采用何种设计平台、何种设计软件，一般会具有以下设计网络服务管理需求。

（1）IC 设计需要一个基本的工艺设计文档（Process Design Kit，PDK），又称工艺库。完成一个 IC 芯片设计项目，必须使用统一的 PDK 文件。

（2）为保证各设计人员设计数据的安全性与同一项目组的内部沟通，由网络管理员进行操作，配置所有设计成员对其他任何设计人员设计文件的读写权限。

（3）对于 IC 设计团队而言，若无法配备高性能服务器，设计网络要能确保每个设计人员在本机进行设计仿真；若加配了高性能服务器，设计网络要能同步过渡至服务器上，设计人员能够通过登录服务器进行各自的设计仿真。

综上所述，一个三人的 IC 设计网络如图 1 所示。

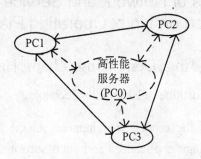

图 1 IC 设计网络拓扑

3 网络服务管理

3.1 PDK 共享与管理

为满足设计团队使用统一的 PDK 文件，可以采用两种方式：为每台设计 PC 安装相同的 PDK；设计团队网络共享同一个 PDK。

第一种方法的优点在于设计人员的 PDK 相互独立，设计工作可独立进行；缺点在于当设计人数较多，设计文件需要更新时，管理员需要对每一台设计 PC 重新进行 PDK 配置，工作量较大。第二种方法优点在于所有有关 PDK 的操作，管理员只需针对共享 PDK 进行操作而减少了工作量；缺点在于配置共享 PDK 的 PC 必须始终开机，以供其他设计 PC 进行调用。

对比两种方法，考虑到一般 IC 设计团队人数较多，所以共享 PDK 更适合 IC 设计网络。为共享 PDK 配置一台普通 PC（PC0），如图 1 所示。该 PC 不仅可作为 PDK 的主机，也能作为整个设计团队所有设计文件的主机，还可与配置高性能服务器实现同步过渡，这在 3.3 中会有进一步论述。

在设置 PDK 的访问权限时，可以通过以下步骤进行配置，假定 PDK 已经安装在 PC0 上，路径为/PDK_path/PDK_filename，PC0-PC3 的 IP 分别为 ip0-ip3。

1. 修改 PC0 上的/etc/exports 文件，假设需要 PDK 对于 ip1 和 ip3 只读访问，对于 ip2

不可见，则在 exports 中写入：

```
/PDK_path/PDK_filename    ip1(ro)
/PDK_path/PDK_filename    ip3(ro)
```

表示所列 ip 终端只读（read-only）访问，未列 ip 不可访问。

2. 在 PC0 上任意终端窗口（terminal），输入

```
/etc/rc.d/init.d/nfs    restart
```

使步骤 1 中配置生效。

3. 在 PC1 上创建与 PC0 上 PDK 相同路径、相同文件名的文件/PDK_path/PDK_filename，此时 PC1 上/PDK_path/PDK_filename 内为空。

4. 修改 PC1 上的/etc/fstab 文件，写入：

```
ip0:/ PDK_path/PDK_filename    /PDK_path/PDK_filename    nfs    defaults    0    0
```

5. 进入 PC1 的/PDK_path，用 root 账户输入

```
mount PDK_filename
```

完成 PC1 上 PDK_filename 与 PC0 上 PDK_filename 的关联。

6. 在 PC3 上重复 3-5，完成 PC3 上的 PDK 关联。

配置完毕，实现 PC1、PC3 对 PC0 上 PDK 的调用，即 PDK 共享，而 PC2 则无访问权限。如果 PC0 关机，则所有与 PC0 的关联都不可用，重新开机并运行步骤 2 后，即可恢复。

以上操作只有 root 账户可以进行，即只有管理员具有配置权限。

3.2　设计数据管理

为实现设计数据的统一管理与调用，便于对各个设计人员间的读写访问进行配置，所有的设计文档原始数据也存放于主机 PC0，由管理员配置各设计人员对所有设计文件的读写权限。

假定有一个 IC 设计项目 PRO，由 PC1、PC2、PC3 三个设计人员合作完成，每个人对自己的设计数据可以任意读写，对同一项目内部其他设计数据只读访问。

为实现与配置高性能服务器后的同步过渡，首先在 PC0 上利用菜单 Users and Groups 为设计人员 PC1-PC3 创建各自的账户和密码，假设 PC0 上设计人员账户名是 USR1-USR3。然后按下列步骤进行设计数据管理配置。

（1）用 root 账户在 PC0 上建立一个项目 PRO，在 PRO 下建立三个设计人员各自的文件夹，并把各自文件夹的属主与组改为各自账户，设计人员的设计数据放置在各自的文件夹中。以在根目录下建立 PRO，其下建立 PRO_USR1 为例：

```
mkdir  -p  /PRO/PRO_USR1
chown  -R  PC1 /PRO/PRO_USR1
chgrp  -R  PC1 /PRO/PRO_USR1
```

同法建立/PRO/PRO_USR2，/PRO/PRO_USR3。

（2）Linux 是以 id 来区分多用户访问，在 PC0 上输入 vi /etc/passwd，其中列举出本机上所有用户名对应的用户 id，假定 USR1-USR3 分别对应 id1-id3。

（3）修改 PC0 上的/etc/exports 文件，以针对/PRO/PRO_USR1 为例，PC1 对该文件夹具有读写权限，PC2、PC3 只读，则在 exports 中写入：

```
/PRO/PRO_USR1      ip1(rw,all_squash,anonuid=id1,anongid=id1)
/PRO/PRO_USR1      ip2(ro)
/PRO/PRO_USR1      ip3(ro)
```

同法配置 PRO_USR2 和 PRO_USR3。

（4）运行/etc/rc.d/init.d/nfs   restart 使步骤 3 中配置生效。

（5）在 PC1 建立相同路径文件夹/PRO/PRO_USR1，/PRO/PRO_USR2，/PRO/PRO_USR3。

（6）修改 PC1 的/etc/fstab 文件，写入：

```
ip0: /PRO/PRO_USR1    /PRO/PRO_USR1   nfs   defaults   0   0
ip0: /PRO/PRO_USR2    /PRO/PRO_USR2   nfs   defaults   0   0
ip0: /PRO/PRO_USR3    /PRO/PRO_USR3   nfs   defaults   0   0
```

（7）进入 PC1 的/PRO，用 root 账户输入

```
mount PRO_USR1
mount PRO_USR2
mount PRO_USR3
```

完成 PC1 上 PRO 下所有文件夹与 PC0 上对应文件夹的关联。

（8）在 PC2、PC3 上重复 5-7，完成所有设计文件夹关联。

至此，完成了设计团队设计数据管理配置，并能根据不同时期的不同需求，对所有设计数据进行相关配置管理，包括读写、只读与不可访问。

3.3　服务器登录访问

当设计团队配有高性能服务器后，服务器可以完全替代 PC0，既能作为数据服务器，也可以作为仿真服务器。设计人员可以在各自 PC 终端，通过 3.2 中创建的用户名和密码登录服务器上进行设计仿真。由于 PDK 和设计数据管理配置时，本地路径与服务器配置路径相同，所以登录到服务器后，可以直接进行相应设计仿真，不必再进行路径的修改，实现了配置服务器后的同步过渡。每个设计人员可以在本机和服务器上独立仿真，提高了设计效率。

4　总结与展望

高效、便捷的 IC 设计网络与服务管理，对提高整个设计团队的工作效率，保证设计团队的数据安全，维护设计网络的系统稳定有着重要意义。本文介绍的网络与服务管理方法，基于 Linux 指令操作，优点是不增加任何软硬件成本，并且在配置服务器后，每个设计人员拥有个人设计 PC 与服务器两个仿真平台，支持多任务并行仿真，提高工作效率；不足之处在于指令

操作的可视化与交互性不足。由于 Linux 操作平台的开放性，在允许条件下，可以开发相应的脚本程序，简化相应的网络与服务管理操作流程，进一步提高 IC 设计网络与服务管理水平。

参 考 文 献

[1] 高广阔，过星辰. 我国区域 IC 设计产业竞争力实证研究. 科技管理研究，2010,6.

[2] 王莹.我国本土芯片业及技术发展探寻——2010 无锡 ICCAD 年会报道. 电子产品世界，2011,18(1).

[3] 刘忆智等.Linux 从入门到精通. 北京：清华大学出版社，2011.

基于 RSS 源的网上公文订阅

林佳利　刘　晔

（深圳大学，计算机与软件学院，深圳，518000）

摘　要：RSS 源被大量应用于网上新闻、博客、论坛，它在信息聚合、个性化及效率等方面存在优势，本文关注网上办公公文存在的缺点，结合 RSS 技术的优势，以深圳大学网上公文通为例，实现基于 RSS 源的公文通知订阅。

关键词：RSS；XML；网上公文；信息聚合

Online Document Subscribed Based on RSS Feeds

Lin Jiali，Liu Ye

（College of Computer Science and Software Engineering，Shenzhen University，Shenzhen，518000）

Abstract: RSS feeds are widely used in online news, blog and forum, There are advantages in personalization, information syndication and efficiency. Attention to the shortcomings of online office documents and combined with the advantages of RSS technology. Here achieve Shenzhen University online document subscribed by RSS feeds.

Key words: RSS, XML, Online document, Information Syndication

1　引言

目前网上办公的核心应用包含各类公文通知的发布，往往一个单位中存在着较多的部门信息发布源，较大的信息量与浏览者实际只需要关心少量部门的通知形成了矛盾，一方面浏览者需要花费较多的时间筛选通知，同时又容易错过较重要的通知，导致不能及时获知。就此存在的问题，结合 RSS 技术在信息聚合、个性化使用及高效率等方便的优势实现基于 RSS 源的公文通知订阅。

RSS[1]（Really Simple Syndication）是一种使用 XML[2] 文件规范格式将内容推送至其他网站或阅读软件的技术。使用户有可能对多个网站的内容进行统一聚合浏览，及时获得更新信息。除此，阅读软件常为用户增加了包括分享，转发，标记，收藏等更多的附加功能。同时由于 RSS 文件数据量小，加载速度快，使其可方便的在手机，平板电脑等移动设备上被浏览。RSS 源只为用户提供内容，具体的浏览方式由用户采用的终端及阅读软件决定。

2 RSS 源文件

RSS 源为网络上可访问的指向某一固定链接的 URL 地址，通常保存为静态的 XML 文件，也可以为动态语言开发的 asp，php，jsp 等文件，此文件在用户请求时同步产生 RSS 源。采用 XML 的缺点是文件需间隔一定时段生成或手动更新生成，信息实际更新并非同步，好处是获得较快的响应速度及较低的服务器运算开支。采用动态文件作为 RSS 源则出现相反的情况，随时内容同步更新和较大的服务器开支。实际应用时，可根据站点订阅人数的情况，选择适当的方式作为 RSS 源。

RSS 使用一种简单的自我描述的语法，但需遵循 XML 规范的严格声明及标签要求。目前 RSS 存在三个版本规范，即 RSS 0.91，1.0 及 2.0。此文采用目前广为应用的 RSS 2.0 版本。图 1 为一个简单的 RSS 文件[3]的代码。

```
<?xml version="1.0" encoding="UTF-8" ?>
<rss version="2.0">
<channel>
      <title>RSS Title</title>
      <description>This is an example of an RSS feed</description>
      <link>http://www.someexamplerssdomain.com/main.html</link>
      <lastBuildDate>Mon, 06 Sep 2010 00:01:00 +0000 </lastBuildDate>
      <pubDate>Mon, 06 Sep 2009 16:45:00 +0000 </pubDate>
      <ttl>1800</ttl>

      <item>
            <title>Example entry</title>
            <description>Here is some text containing an interesting description.</description>
            <link>http://www.wikipedia.org/</link>
            <guid>unique string per item</guid>
            <pubDate>Mon, 06 Sep 2009 16:45:00 +0000 </pubDate>
      </item>

</channel>
</rss>
```

图 1　一个简单的 RSS 文件[3]的代码

RSS 文件第一行声明该文档使用的 XML 版本及采用的编码方式，第二行为 RSS 的版本号。紧接<channel>标签，该标签通过<title>、<description>、<link>三个必需要标签说明该订阅源的名称，描述，链接信息，其他如<copyright>版权资料、<image>在阅读软件端订阅后显示一个图像作为该订阅源的标记，<pubDate>内容最后发布日期等更多标签则为可选择项。<item>标签开始进入内容部分，该标签可多个，必须包含<title>标题、<description>描述、<link>链接三个标签，可选项包括<pubDate>最后发布时间，<comments>连接到有关此项目的注释，<author>作者的电子邮件地址等。

3 RSS 源的实时生成

考虑到深圳大学的公文通系统使用人数在 3000 人左右，本例采用基于 PHP 实时生成 RSS 的方式完成网上公文的按部门分类订阅源，通过读取部门编号取得该部门的信息及所发布的内容。图 2 为生成 RSS 源流程图。

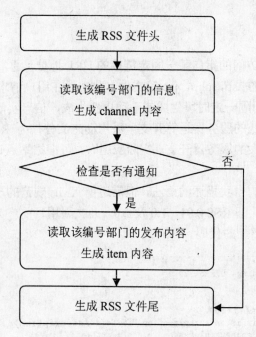

图 2　生成 RSS 源流程图

在 PHP 生成 RSS 的代码中,通过参数接收不同部门的编号,获得对应的$rss_title,$rss_link, $rss_description 值,输出至<channel>标签的子标签中。

```
header("Content-type: application/xml;charset=".$charset."");
echo"<?xml version=\"1.0\" encoding=\"".$charset."\"?>\n".
  "<rss version=\"2.0\">\n".
  "    <channel>\n".
  "        <title>".$rss_title."</title>\n".
  "        <link>".$rss_link."</link>\n".
  "        <description>".$rss_description."</description>\n".
```

继续通过部门的编号循环读取<item>标签生成所需数据库中记录的标题$article_title,链接 $article_link , 全文 $article_description 及其他标签。此处需要注意若 $article_title 或 $article_description 变量中包含小于(<)或大于(>)等 XML 中预定义使用的字符时,将会影响到文档的结构。因此需加入特殊标签 CDATA[4]使标题及描述中的文本被解析器忽略,从而保证 RSS 文件格式的完整性。

```
while ($row) {
    echo "<item>\n";
    echo "    <title><![CDATA[".$article_title."]]></title>\n";
    echo "    <link>http://www.szu.edu.cn/board/view.asp?id=".$article_link."</link>\n";
    echo "    <description><![CDATA[".$article_description."]]></description>\n";
    echo "    <author>".$article_author."</author>\n";
    echo "    < category >".$article_category."</ category >\n";
    echo "    < pubDate >".$article_pubDate."</ pubDate >\n";
```

```
    }
```

最后生成 RSS 文件尾内容，输出闭合标签。

```
    echo"    </channel>\n";
        echo "</rss>";
```

4 应用效果

完成 RSS 源的开发后，将其发布至服务器上，生成唯一指向该订阅源的链接。用户通过阅读软件即可进行订阅。谷歌阅读，有道阅读为常用的在线阅读器，亦可通过 FeedDemon，周博通资讯阅读器等桌面软件进行订阅。图 3 为 Google Reader[5]订阅效果。

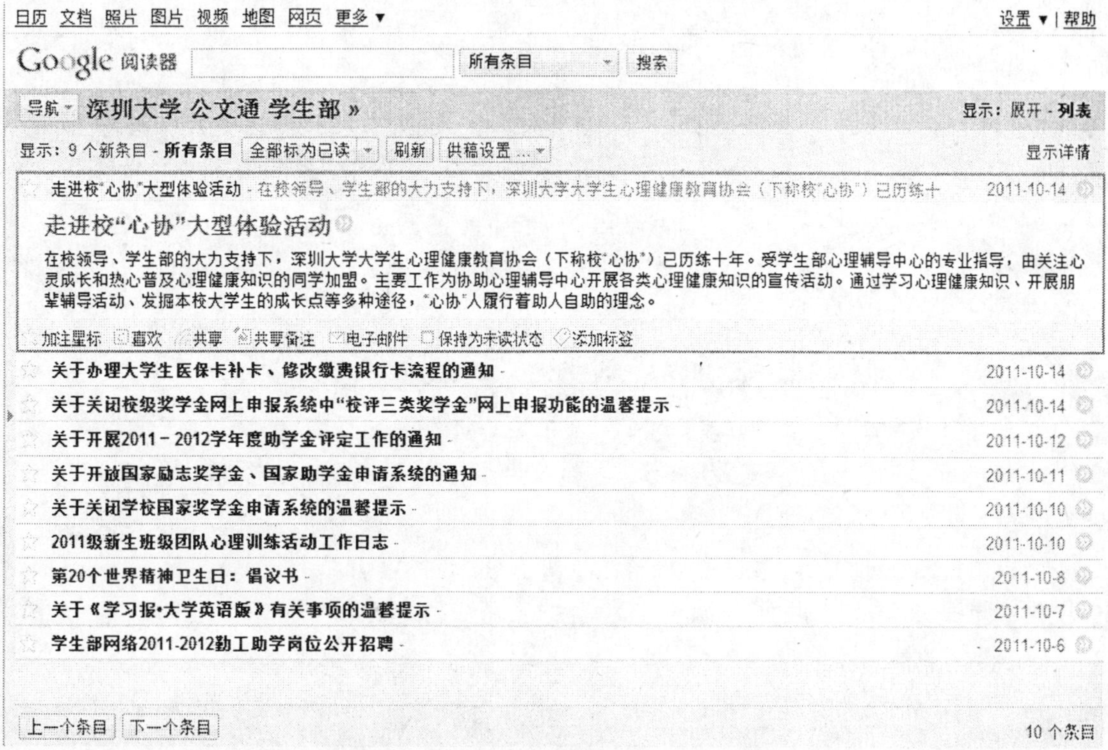

图 3　Google Reader[5]订阅深圳大学公文通学生部发布的信息

5 结束语

互联网技术日渐成熟多样，不断有新的技术出现，本例正是应用成熟的 RSS 技术解决了在工作中遇到的实际问题，提高了工作效率。该源已被越来越多的人使用，效果良好。

参 考 文 献

[1] 百度百科 RSS，http://baike.baidu.com/view/1644.htm，2011-10-04.

[2] 百度百科 XML，http://baike.baidu.com/view/63.htm，2011-10-04.

[3] Wikipedia RSS，http://en.wikipedia.org/wiki/RSS，2011-10-04.

[4] Wikipedia CDATA，http://en.wikipedia.org/wiki/CDATA，2011-10-05.

[5] Google Reader HELP，http://www.google.com/support/reader/?hl=zh-CN，2011-10-05.

基于 SET 协议改进的移动支付安全协议

张亭亭[1]　苏垚昀[2]　崔树成[3]

(1.北京航空航天大学 电子信息工程学院, 北京 100191;

2.北京融合创科技有限公司北京 100045;

3.航天股份有限公司北京航天金卡分公司 北京 100097)

摘 要: 移动设备的广泛使用带来了移动支付业务发展的契机。但是，移动支付要想获得普遍认可，还存在着很多问题，如隐私保护机制的完善、移动设备计算能力等。现有移动支付协议中，最常用的是安全套接口层（SSL）协议与安全电子交易（SET）协议。但两者均使用公钥加密机制，很大程度上限制了移动设备的计算能力。本文基于 RFID 技术手机设备提出了一种改进的 SET 协议，在满足安全性的基础上，不仅使用了对称加密算法来降低设备计算量，还通过设置伪 ID 更好地保证了用户隐私。

关键词: 移动支付；SET 协议；对称加密；伪 ID；安全；

Modified SET Protocol for Mobile Phone Payment

Tingting Zhang[1], Yaoyun Su[2], Shucheng Cui[3]

(1.School of Electronics and Information Engineering, Beijing University of Aeronautics and Astronautics, 100191; 2.Beijing fusion and technology Co., LTD, Beijing 100045; 3.Aerospace Information Co., Ltd. Beijing Branch ASGCC, Beijing 100097)

Abstract: The wide spread use of handheld devices offers an opportunity for mobile payment. However, some issues exist for the widespread acceptance of mobile payment such as: privacy protection, limited capability of mobile devices and etc. Now, the most universal security protocols are Secure Electronic Transaction (SET) protocol and Secure Socket Layer (SSL) protocol. They both use public key encryption mechanism, which largely constrains capability of the mobile devices. This paper based on RFID mobile phone proposes an modified SET protocol to minimize the extensive computations of SET protocol through replacing time consuming public key encryption and decryption algorithms by symmetric key cryptography. The protocol is safe as SET protocol, while also guarantees better user privacy by setting up pseudo ID in the process of authentication.

Key words: mobile payment, SET protocol, symmetric key cryptography, pseudo ID, security

1 引言

移动支付是指通过移动设备（手机、PDA 等）实施的交易[1], 可分为远程支付和近程支付。

远程支付[2]以短信、WAP、USSD 等方式提起业务，不受地理位置的约束。近程支付则是利用红外线、蓝牙、射频识别技术等实现的面对面的交易支付。目前，国内外利用 RFID 实现手机近程支付的主要技术有：NFC、RF-SIM、SIMpass。其中 NFC 技术要求更换机具，成本较高；SIMpass 及 RF-SIM 技术均是在手机 SIM 卡中集成 RFID 技术，用户仅需更换 SIM 卡即可实现手机近程支付功能。移动支付的服务能力[3]，一方面取决于设备尺寸、输入设备、内存以及 CPU 等硬件设备，另一方面取决于传输所用的网络技术、服务所占用的带宽等网络性能。由于手机尺寸及存储量等限制，手机支付安全协议对计算量的要求更为严格，SET 协议无法直接用于手机支付业务。所以，本文在 SET 协议基础上，提出适用于手机近程支付的改进的 SET 移动支付安全协议，该协议不仅满足支付安全性，而且还能显著降低计算量。

2 SET 协议

SET 协议主要参与方为用户（W）、商户（M）、支付网关（PG），发卡行及收单行等。协议中其他符号的意义[6-7]如表 1 所示：

表 1　协议符号意义

符号	意义	符号	意义
MR	RFID 手机支付读写器	MDB	商家 RFID 手机支付数据库
T	RFID 手机卡	R, r	读写器或手机卡产生的随机数
ID	手机伪识别号	Query	请求信息
PinitReq	购买初始化请求消息，包含用户银行卡公司名、银行卡识别号等信息	PinitRes	购买初始化响应消息，包含交易识别号、商家数字证书等信息
Preq	购买请求消息，包括购买信息和支付信息	$\{X\}_k$	使用密钥 K 加密消息
Pres	购买响应消息	$\{X\}_{k^{-1}}$	使用密钥 K 解密消息
Pubp	P 的公钥	privp	P 的私钥
DCp	P 的数字证书	SK	会话密钥
OM	支付信息	PM	订购信息
K(p, q)	P,Q 的共享密钥	H(X)	消息 X 的单向 hash 函数
Authreq	认证请求消息	Authres	认证响应消息

根据电子支付的基本安全要求[8]：订购信息和支付信息的保密性；鉴别持卡人是合法用户；鉴别商家的真实性。所以，SET 协议在设计使用加密来保证信息的保密性；使用数字签名来保证每一个接收的订购和支付信息的内容与发送信息的内容是匹配的；使用数字证书保证对持卡人的账号验证以及确保商家的合法性；使用特定的协议和消息格式来提供可互用性。SET 协议的流程包括三个请求和三个响应[3]：

（1）W—M：PinitReq

$\{PinitReq\|\{H(PinitReq)\}_{privw}\|DCw\}_{SK}, . \{SK\}_{pubm}$

商户收到用户发送的购买初始化请求信息，该信息被用户设备随机产生的会话密钥加密。商户收到信息后，首先使用商户私钥解密会话密钥，之后使用本次会话密钥解密整条购买初始化请求消息，得到完整的 PinitReq。

（2）M—W：PinitRes

为使 W 能够读取商户信息，该信息需非对称解密两次，对称解密一次。

（3）W—M：Preq，包括加密支付信息、购买信息以及验证消息：

$$\{OM\|\{H(OM)\}_{privw}\|DCw\}_{SK1}, \{SK1\}_{pubm}$$

$$\{PM\|\{H(PM)\}_{privw}\|DCw\}_{SK2}, \{SK2\}_{pubpg}$$

$$\{H(OM)_{privw}, \{H(PM)_{privw}, \{H(H(OM))\|H(PM))\}_{privw}$$

商户收到消息后，仅可解密购买信息，并验证购买信息的完整性，不能获得支付信息。

（4）M—PG：AuthReq

$$\{PM\|\{H(PM)\}_{privw}\|DCw\}_{SK2}, \{SK2\}_{pubpg}$$

支付网关可获得支付信息，并对用户的支付信息验证后，完成收单银行及发卡银行之间费用的账号划拨。

（5）PG—M：AuthRes

支付网关通知商户，费用划拨成功与否，以便商户及时为用户提供商品或服务。

（6）M—W：Pres

用户收到商户的购买响应信息以后，协议完成。为使 W 能够读取商户信息，该信息需非对称解密两次，对称解密一次。

3 改进的 SET 协议

3.1 改进的 SET 协议

在改进的 SET 协议中，初始化条件为：手机中存储 ID、用户证书等信息；商户数据库中存储用户 ID、商户证书等信息；支付网关存储支付网关证书、所有商户证书及 ID 对应的用户证书和用户信息，并能够生成共享密钥；认证机构向合法用户、商户及支付网关分发证书。

所以，改进的 SET 协议流程如下所述：

（1）MR—T：R, Query

（2）T—MR：H(ID\|R\|r), r

（3）MR—MDB：H(ID\|R\|r), R,r

商户数据库联网移动运营商查询信息，若数据库中存在匹配的 ID 号，说明手机卡合法。之后数据库生成会话密钥请求，包括用户 ID、支付网关证书等信息，并发送给支付网关。

（4）MDB—PG：KeyReq

商户数据库向支付网关发送密钥请求信息。

（5）PG—MDB：DCm, DCw, $\{K(m,pg)\}_{pubm}, \{K(w,pg)\}_{pubw}$

支付网关向商户数据库发送商户、支付网关的共享密钥，以及用户、支付网关的共享密钥。

（6）MDB—MR：$\{r\}_{ID}, \{K(w,m)\}_{pubw}, \{K(w,pg)\}_{pubw}$

商户读写器使用用户公钥加密商户和用户的共享密钥，并发送给用户。同时发送给用户的还有用户公钥加密的用户和支付网关的共享密钥。

（7）MR—T：$\{r\}_{ID} \oplus R, \{K(w,m)\}_{pubw}, \{K(w,pg)\}_{pubw}$

用户验证 ID，确认商户读写器的合法性。同时获得交易会话共享密钥。

（8）T—MR：PinitReq

$$\{PinitReq\|\{H(PinitReq)\}_{privw}\}K_{(w,m)}$$

（9）MR—MDB：PinitReq

$\{PinitReq\|\{H(PinitReq)\}_{privw}\}K_{(w,m)}$

用户发送的购买支付请求信息通过合法读写器发送给商户数据库。

（10）MDB—MR：PinitRes

（11）MR—T：PinitRes

（12）T—MR：Preq，包括加密支付信息和购买信息：

$\{OM\}_{K(w,m)},\{H(OM)\}_{K(w,m)},\{H(PM)\}_{K(w,m)},\{H(H(OM)\|H(PM))\}_{K(w,m)}$

$\{PM\}_{K(w,pg)},\{H(OM)\}_{K(w,pg)},\{H(PM)\}_{K(w,pg)},\{H(H(OM)\|H(PM))\}_{K(w,pg)}$

（13）MR—MDB：Preq

$\{OM\}_{K(w,m)},\{H(OM)\}_{K(w,m)},\{H(PM)\}_{K(w,m)},\{H(H(OM)\|H(PM))\}_{K(w,m)}$

$\{PM\}_{K(w,pg)},\{H(OM)\}_{K(w,pg)},\{H(PM)\}_{K(w,pg)},\{H(H(OM)\|H(PM))\}_{K(w,pg)}$

商户没有用户和支付网关的共享密钥，不能解密支付信息，只可能获得用户的购买信息。

（14）MDB—PG：AuthReq

$\{PM\}_{K(w,pg)},\{H(OM)\}_{K(w,pg)},\{H(PM)\}_{K(w,pg)},\{H(H(OM)\|H(PM))\}_{K(w,pg)}$

支付网关获得用户的支付信息，并验证其合法性，完成支付划拨，存储支付信息。

（15）PG—MDB：AuthRes

（16）MDB—MR：Pres

（17）MR—T：Pres

手机获得购物响应消息后，本次交易过程结束。

3.2 改进的 SET 协议安全性分析

改进的 SET 协议不仅同 SET 协议一样能够实现购买信息、支付信息获取方的分离，很好的保证用户隐私安全，同时也满足支付协议的四个基本安全性能[8]。

（1）消息保密性：改进的 SET 协议会话消息使用将单向 hash 函数、对称加密以及非对称加密相组合的方式，对消息进行加密操作，保证了消息的秘密性。

（2）消息完整性：在支付会话中，支付消息以及购买消息的完整性通过对消息生成单向 hash 函数，并与收到的单向 hash 函数相比较来实现。若两者相同，说明消息无改动，否则，消息完整性被破坏。

（3）交易方的相互认证：改进 SET 协议交易方的相互认证包括三方面的认证。手机卡与商户读写器的合法性的认证，通过手机卡与读写器之间发送的随机数与 ID 的计算值是否存在相同的接收值来实现；商户和支付网关的相互认证以及用户和支付网关的相互认证，在共享密钥的建立过程中使用数字证书实现，在支付会话过程中，使用共享密钥实现。

（4）交易的不可否认性：改进的 SET 协议通过数字证书、数字签名以及共享密钥的使用保证交易的不可否认性。另外，交易发生争议时，交易双方还可通过支付网关、商户数据库以及用户手机收据证实交易情况。

此外，由于 SIM 卡集成了 RFID 技术，手机终端既可实现移动通信也可实现射频通信，虽然其进一步拓宽了手机的应用领域，但也带来了一定的安全隐患。射频通信是一种开放的通信环境，并且这种开放的通信环境很容易受到攻击者的攻击，因此，利用集成 RFID 技术的手机进行支付时，RFID 空中接口成为交易过程中较为薄弱的环节。改进的 SET 协议很好的考虑了这一问题，其能够抵抗多种空中接口攻击形式（如重放、位置隐私、去同步化等），很好的保障用户的支付安全。

3.3 改进的 SET 协议性能分析

SET 协议及改进的 SET 协议中手机加解密的计算次数的比较如表 2。

表 2　协议改进前后加解密情况比较

指令	SET 协议	改进的 SET 协议
读写器-卡认证过程	无	1 次 hash 运算，1 次异或运算 1 次对称解密，2 次非对称解密
PinitReq	2 次非对称加密，1 次对称加密	1 次对称加密
PinitRes	2 次非对称解密，1 次对称加密	1 次对称解密
Preq	5 次非对称加密，2 次对称加密	8 次对称加密
Pres	2 次非对称加密，1 次对称解密	1 次对称解密

网络交易中为保证消息的安全性一般使用三种不同加密方法[9]：对称加密、非对称加密、hash 函数。在加密相同的文件（如一个 1137B 文件）时，对称加密所用时间最多的为 DES 算法的 178ms，最少的为 IDEA 的 13ms；非对称加密使用时间最多的是 RSA-2048 的 9800ms，最少的为 RSA-512 的 340ms；而 hash 算法中用时最长的为 MD2 的 15.8ms，最少的为 SHA-1 的 0.2ms。所以，使用非对称加密耗时最短的算法，对称加密及 hash 函数耗时最长的算法，对改动前后的协议进行计算可得原协议用时至少为改进协议的 1.64 倍。另外，非对称加密方式的计算复杂程度远远大于对称加密和 hash 函数方式。由此可知，改进的 SET 协议在获得更高安全性（包括抵抗重放，保证位置隐私、前向安全性等）、降低计算复杂度的情况下，还有效减少了计算时间。

4　结论

本文在充分研究 SET 协议的基础上，对 SET 协议进行了一定程度的改进，并对改进协议进行了安全性及性能分析。其中，改进的 SET 协议两大创新点：

1.使用对称加解密替换了非对称加解密，显著降低了计算量；

2.增加了卡-读写器的双向认证过程，可完成手机近程支付的安全通信。

参 考 文 献

[1] Mahmoud Reza, Hashemi Elahe Soroush, A Secure m-Payment Protocol for Mobile Devices, Electrical and Computer Engineering Conference, Canadian, May 2006, Page(s): 294–297.

[2] Yuli FU, Qi FU, Scheme and Secure Protocol of Mobile Payment Based on RFID, 2009 3rd International Conference on Anti-counterfeiting, Security, and Identification in Communication, 20-22 Aug. 2009,Hong Kong,pp. 631–634.

[3] Sabrina M. Shedid Mohamed Kouta, Modified SET Protocol for Mobile Payment: An Empirical Analysis, 2010 2nd International Conference on Software Technology and Engineering(ICSTE), San Juan, Puerto Rico, USA.

October 3-5. Page(s): V1-350 - V1-355.

[4] Wei LIU, Chenglin ZHAO, Wei ZHONG, Zheng ZHOU Feng ZHAO, Xiaoji LI, Jielin FU1'2 KyungSup Kwak The GPRS Mobile Payment System Based on RFID,Communication Technology,27-30 Nov. 2006 pages1-4.

[5] Keunwoo Rhee1,Jin Kwak, Seungjoo Ki, and Dongho Won,Challenge-Response Based RFID Authentication Protocol for Distributed Database Environment, D. Hutter and M. Ullmann (Eds.): SPC 2005, LNCS 3450, Springer-Verlag Berlin Heidelberg 2005. pp. 70-84.

[6] A. Fourati, H. Ben Ayed, F. Kamoun, and A. Benzekri, "A SET Based Approach to Secure the Payment in Mobile Commerce." 27th Annual IEEE Conference on Local Computer Networks (LCN'02), pp. 136.

[7] S. Friis-Hansen, and B. Stavenow, "Secure Electronic Transactions-The Mobile Phone Continues." Ericsson Review, no. 4, 2001. http://www.ericsson.com/aboutlpublications/review/200 I 04/files/2001041.

[8] 安全协议理论与方法 范红，冯登国 科学出版社 2003.

[9] C. Lamercht, A. Van Moorsel, P. Tomlinson, and N. Thomas, "Investigating the Efficiency of Cryptographic Algorithms in Online Transactions." International Journal of Simulation, vol. 7, no.2.

[10] M. Hassinen, "An Open, PKI-Based Mobile Payment System." Emerging Trends in Information and Communication Security, Freiburg, 2006.38.

[11] 张立军，陈信刚.基于移动网的 RFID 安全接入机制研究.南京:南京邮电大学，2008.4.

[12] A. Fourati, H. Ben Ayed, F. Kamoun, and A. Benzekri, "A SET Based Approach to Secure the Payment in Mobile Commerce." 27th Annual IEEE Conference on Local Computer Networks (LCN'02), pp. 136-140Nov 2002.

[13] J. Hall, S. Killbank, M. Barbeau, and E. Kranakis, "WPP: A Secure PaymentProtocol for Supporting Credit- and Debit-Card." International Conference on Telecommunications, Romania, Bucharest, June 4-7, 2001.

[14] H. Wang, and E. Kranakis, "Secure Wireless Payment Protocol." International Conference on Wireless Networks, pp. 576-582, 2003.

作者简介

张亭亭，女，1985 年 11 月，祖籍山东临沂，北京航空航天大学研究生，研究方向：RFID 空中接口安全性，邮箱：ztt851008@163.com

苏垚昀，男，1974 年 9 月，湖南邵阳，高级工程师，研究方向：智能卡、物联网传感器、远程监控，邮箱：suyaoyun@gmail.com

崔树成，男，1975 年 04 月，祖籍吉林长春，工程师，研究方向：RFID、信息安全及移动支付，邮箱：cuishucheng@263.net

基于 SSIM 的斯诺克图像质量评价

刘书琴　毋立芳　陈圣奇　刘　健

（北京工业大学，电子信息与控制工程学院，北京，100124）

摘　要： 随着斯诺克训练辅助系统的广泛应用,涉及大批量图像的处理问题。图像质量评价算法计算图像与标准图像的偏差,便于系统对图像的后续处理。本文提出一种基于结构相似度（SSIM）的斯诺克图像评价算法，斯诺克图像质量包括两个因子度量: 质量因子（DSSIM）和颜色色差因子（DCOLO）。质量因子能度量台球球面的质量变化，颜色色差因子能度量图像中台球的颜色色差。最后算法给出总体评价 IQA-Ball。实验证明，本文提出的方案对图像质量评价结果与主观评价有很好的一致性。

关键词： 斯诺克;　图像质量评价;　结构相似度;　质量因子;　颜色色差因子

Snooker Image Quality Assessment Based on SSIM

Liu Shuqin，Wu Lifang，Cheng Shengqi，Li Jian

(School of Electronic Information and Control Engineering, Beijing University
of Technology,Beijing　100124, China)

Abstract: With the development of Snooker training system, a large number of images need to process. It requires Image quality assessment(IQA) for Snooker video. In this paper，we propose an approach to Snooker image IQA using structural Similarity (SSIM). Our IQA involves the quality factor (DSSIM) and color factor (DCOLO). Experimental results show that the proposed approach is consistent with the subjective assessment.

Key words: Snooker, image quality assessment, structural similarity, quality factor, color factor

1　引言

近年来，图像处理技术发展迅速，其应用领域也不断扩展，训练辅助系统不断出现。斯诺克作为一种体育运动，深受大众喜爱。这项运动也有很多国际职业比赛。斯诺克辅助系统也应运而生。系统中会涉及大量图像的处理，但由于采集图像环境、硬件和主观因素影响，部分采集图像的质量不够理想。筛选一定质量的图像，成为一个迫切需要解决的问题。运用图像质量评价算法，对斯诺克图像做出评价，是一个非常有意义的研究方向。图像质量评价方法可分为两大类，主观评价方法和客观评价方法。主观评价方法是人眼去观察图像得到评价值。主观评价方法最能体现图像的质量，是一种可靠，精确的评价方法。如果待评价图像数量很大，主观评价方法的效率会很低，评价成本很高。它不适用于实时系统和大数量图像系统。客观评价方法具有简单,实时，可重复，易集成等优点，受到学者和应用者的喜爱。它在图像处理系统和算法研究中起着很重要的作用。客观评价方法可分为全参考评价方法，半参考评价方法和无参考评价方法。全参考评价方法需要原始图像的信息参与评价待测图像。半参考评价方法只需要原始图像的部分信息，如图像特征等。无参考评价方法不需要原始图像，就可以对待测图像进行质量评价。人是图像的最终受体，客观评价与主观评价结果的一致越来越受到关注，且可作为一种客观评价方法好坏的衡量指标[1]。最简单的客观评价方法有均方误差（MSE）、信噪比（SNR）或者峰值信噪比（PSNR）。这三种方法都是基于像素级的方法，即通过对比图像像素上的变化，对待测图像评价。2004 年 Zhou WANG 从图像的结构概念出发提出基于结构相似度的图像质量评价方法（SSIM）[2]。2005 年 Hamid 等从信息论的角度出发，通过计算原始图像与失真图像之间的互信息对图像质量进行度量，提出了信息保真度准则(IFC)和视觉信息保真度(VIF) [3]。2011 年 EUROGRAPH(European graphics conference)中，Yong-Jin Liu[4]等结合质量评价算法 SSIM 和人类视觉特性，提出图像重定向新算法。近年 SSIM 的改进算法层出不穷，结构相似性理论是一种不同于以往模拟 HVS 低阶的组成结构的全新思想，与基于 HVS 特性的方法相比，最大的区别是自顶向下与自底向上的区别。SSIM 没有从像素层面来估计图像质量，而是直接估计图像在结构方面的变化，能较准确感知图像中的噪音和其它变化。

为了更好的为斯诺克辅助系统提供图像数据，本文提出针对斯诺克图像的质量评价算法。应用 SSIM 算法对斯诺克图像进行质量评价,与主观质量评价进行对比，算法性能良好。

论文后续内容安排如下：第二部分介绍基于结构相似度的图像质量评价算法和色差计算公式，第三部分介绍斯诺克图像质量评价算法，第四部分实验并对实验数据进行分析，给出实验结果，最后总结本文。

2 结构相似度算法和色差计算公式

2.1 结构相似度算法

结构相似度理论是由 Zhou Wang 于 2004 年提出,结构相似性理论认为，自然图像信号是高度结构化的，即像素间有很强的相关性，特别是空域中最接近的像素，这种相关性蕴含着视觉场景中物体结构的重要信息.结构相似性理论是一种不同于以往模拟 HVS 低阶的组成结构的全新思想。这一新思想的关键是从对感知误差度量到对感知结构失真度量的转变。它没有试图通过累加与心理物理学简单认知模式有关的误差来估计图像质量，而是直接估计两个复杂结构信号的结构改变，从而在某种程度上绕开了自然图像内容复杂性及多通道去相关的问题。

结构相似度是由三个因素构成：结构因子，亮度因子和对比度因子。把均值，标准差函数，协方差分别作为亮度，对比度，结构相似度的估计。标准图像信号和待测图像信号分别为 x,y。SSIM 的计算公式如下[5]。

$$SSIM（x,y）=[l(x,y)^{\alpha}][c(x,y)^{\beta}][s(x,y)^{\gamma}] \tag{1}$$

α＞0，β＞0，γ＞0 是亮度、对比度和结构因子的权重. $l(x,y),c(x,y),s(x,y)$ 分别是亮度函数，对比度函数和结构函数。

$$l(x,y)=\frac{2u_x u_y+C_1}{u_x^2+u_y^2+C_1} \tag{2}$$

$$c(x,y)= \frac{2\sigma_x\sigma_y+C_2}{\sigma_x{}^2+\sigma_y{}^2+C_2} \tag{3}$$

$$s(x,y)= \frac{\sigma_{xy}+C_3}{\sigma_x\sigma_y+C_3} \tag{4}$$

C_1，C_2，C_3 是为了避免分母为 0.取$\alpha=\beta=\gamma=1$，$C_3=\dfrac{C_2}{2}$ 时,SSIM 可简化为：

$$SSIM(x,y)= \frac{(2u_xu_y+C_1)(2\sigma_{xy}+C_2)}{(u_x{}^2+u_y{}^2+C_1)(\sigma_x{}^2+\sigma_y{}^2+C_2)} \tag{5}$$

Zhou wang 的论文中,图像从左上角到右下角以 8*8 的子图像移动,分别计算待测图像与原图像的每个子图像 SSIM 值，最后对整幅图像求平均，这个平均值是整幅图像的 SSIM 值，如式 6 所示，其中 M 是子图像的数量。.SSIM 图(SSIM Map)由这些子图像的 SSIM 值构成。子图像的 SSIM 是局部区域图像质量的直观反应。

$$MSSIM(X,Y)= \frac{1}{M}\sum_{j=1}^{M}SSIM(x_j,y_j) \tag{6}$$

2.2 色差计算公式

RGB 颜色空间是图像处理算法中使用最广泛的一种色彩模式。(R, G , B)表示颜色的三刺激值。有两组刺激值分别用(R_1,G_1,B_1), (R_2,G_2,B_2)表示 ，色差公式用欧式距离表求为[6]：

$$COL= \sqrt{(R_1-R_2)^2+(G_1-G_2)^2+(B_1-B_2)^2} \tag{7}$$

其中 COL 表示两组刺激值之间的色差距离。

3 基于 SSIM 的斯诺克图像质量评价算法

斯诺克图像质量评价能够为斯诺克辅助系统提供参考数据，便于系统后期的工作。针对斯诺克辅助系统的特点，影响斯诺克图像质量的主要因素是噪声、光照均匀度和相机质量，造成台球台面图像质量差和台球颜色偏差。本文提出基于台球图像内容分析的方法，用质量因子（DSSIM）和颜色色差因子（DCOLO）分别度量台球台面图像质量和台球颜色，最后综合得出质量评分 IQA_BALL，为了更好体现诺克台球图像的质量，IQA_BALL、DSSIM 和 DCOLO 取值范围都是 0-1，且取值越接近 1，质量越好。

3.1 质量因子（DSSIM）

质量因子（DSSIM）主要度量台球台面图像的质量。台球台面图像的质量主要由台球台面的噪声和光照不均影响。DSSIM 能有效度量台面图像的噪声和光照不均。实现步骤如下。

（1）对台面图像分割台面边缘。

（2）把台面图像以 n*n(n=16,32,64,128,256,512…)窗口连续分离成图像块,计算任意两个图像块之间的 SSIM（R，G，B）值。

（3）把台面图像以 2n*2n(n=16,32,64,128,256,512…)窗口连续分离成图像块,计算任意两个图像块之间的 SSIM（R，G，B）值。

（4）重复步骤 2）直到分离到台面图像大小的一半。

（5）统计台面图像所有像素 R，G，B 各色调所占的比例，按照 R，G，B 值的比例求得三个比例系数分别为 C_R，C_G，C_B。把前面求得的 SSIM（R，G，B）值先求平均得到 AVG-SSIM（R，G，B），再加权比例系数，得到 DSSIM。

$$AVG\text{-}SSIM（R，G，B）= \sum_{i=0}^{n} SSIMi(R,G,B) \tag{8}$$

$$DSSIM = C\_R * AVG\text{-}SSIM（R）+C\_G * AVG\text{-}SSIM（G）+C\_B * AVG\text{-}SSIM（B） \tag{9}$$

其中 n 是图像总图像块。

3.2　颜色色差因子（DCOLO）

颜色色差因子（DCOLO）度量台球的颜色色差。具体步骤如下：

（1）先对台球图像进行预处理，得到台球图像各个球图像坐标值，分别计算台球的 8 种颜色，得到 8 组 RGB 值。

（2）用色差计算公式计算每种颜色球的 RGB 和标准 RGB 数据的值。这里的标准 RGB 数据是通过统计得到的人眼认为质量最好的台球 RGB 值。通过色差公式得到 8 组 d_{color_i} (i=0,1,2,…7)值。

（3）通过颜色色差函数，计算出颜色色差因子。颜色色差函数如下：

$$DCOLO = \frac{\sum_{i=0}^{7} C_i d_{color_i} + R}{\sqrt{\sum_{i=0}^{7} C_i^2} * \sqrt{\sum_{i=0}^{7} d_{colori}^2} + R} \tag{10}$$

其中，C_i 为常数，i=(0,1,2,…7)且 $\sum_{i=0}^{7} C_i = 8$，R 是常数，保证分母不为 0。

最后综合质量因子和颜色色差因子得到台球图像的质量 IQA_BALL。

$$IQA\_BALL = DSSIM * DCOLO \tag{11}$$

4　实验结果和结论

本文选取 6 幅图像，每幅图像大小为 1392×816，如图 1 所示。

为了验证斯诺克图像质量评价算法的性能，分别对 6 幅图像进行主观评价，并给出主观评价质量评分。为了保证主观评价实验的有效性，20 人根据"图像主观质量五级评分表"进行主观实验，评价标准参照表 1，再对这一组实验得到的主观评价质量评分计算均值，作为最终的主观评价评分 SUJ_CORE。

表1　图像主观质量五级评分表

级别	度量尺度	主观评价质量评分
1	最好（待测图像中最好的）	1
2	较好（好于待测图像平均水平）	0.8
3	一般（待测图像的平均水平）	0.6
4	较差（差于待测图像的平均水平）	0.4
5	最差（待测图像中最差的）	0.2

表2　实验结果表

待测图	1	2	3	4	5	6
DSSIM	0.883930	0.806414	0.695064	0.826602	0.874913	0.801585
DCOLO	1.000000	0.403429	0.834157	0.753136	0.741926	0.778818
IQA_BALL	0.883930	0.324606	0.579792	0.622544	0.649120	0.624289
SUJ_CORE	0.92	0.42	0.65	0.83	0.81	0.78

本文以图像1中的球色为标准球色。当待测图像球色越接近标准图像球色时，IQA_BALL分值越大（IQA_BALL取值范围为0到1）。第一组实验（1）中，待测图像和标准图像都设为图1，最后得出的DCOLO为1，表示待测图像球色与标准图像球色之间没有差别，质量最好。通过比较各组IQA_BALL和SUJ_CORE的值，我们可以看出，待测图像台球颜色越接近标准色，DCOLO值越高;台球台面图质量效果越好，DSSIM越高，最后得出的图像总评分IQA_BALL与主观质量评分基本一致。

本文提出了一种客观图像质量评价方法，该方法有助于snooker应用系统的推广。

（1）

（2）

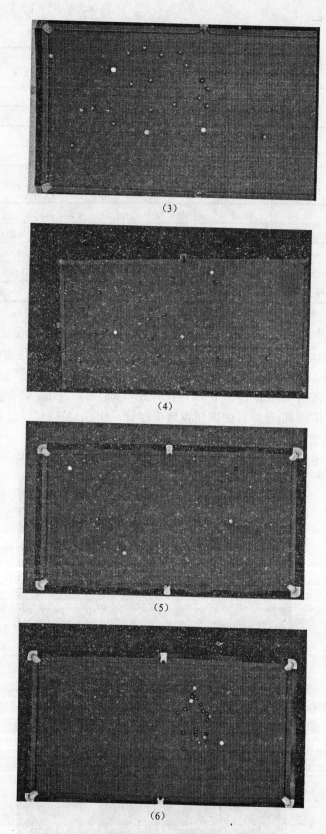

（3）

（4）

（5）

（6）

图1 6幅实验图像（从上到下分别是第1-6幅图）

参 考 文 献

[1] Fan Zhang, Songnan Li, Lin Ma,et al .Limitation and challenges of image quality measurement[J]. Visual Communications and Image Processing 2010, 7744(774402):1-8.

[2] Zhou Wang,Alan Conrad Bovik,Hamid Rahim Sheikh,et al .Image quality assessment:from error visibility to structural similarity[J].IEEE Transactions on Image Processing, 2004,13(4):600-612.

[3] 张花. 基于自然计算的全参考型图像质量评价[D].西安:西安电子科技大学,2010.

[4] Yong-Jin Liu, Xi Luo, Yu-Ming Xuan. Image Retargeting Quality Assessment[J]. EUROGRAPHICS 2011. 30 (2).

[5] 佟雨兵，张其善，祁云平. 基于 PSNR 与 SSIM 联合的图像质量评价模型[J]. 中国图象图形学报,2006,11(12):1759-1763.

[6] 蔡叶菁,龙永红,罗海霞. 改进型 RGB 色差计算及其在印品检测中的应用.包装工程,2010,31(01):68-71.

基于度数选择的非等差错保护喷泉码

陈彦辉[1]　孙晓艳[2]　种雕雕[1]

（1. 西安电子科技大学，通信工程学院，西安，710071

2. 西安外事学院，工学院，西安，710077 ）

摘　要: 在扩展窗喷泉码的基础上，本文提出了一种改进的用于非等差错保护的扩展窗喷泉码。该方法从扩展窗喷泉码度数对编码符号的影响出发，根据度数逐一选择每个参与编码的符号。仿真结果表明，所提的用于非等差错保护基于度数选择的喷泉码具有良好的误码性能，且高优先级的信息能够较早的恢复出来。

关键词: 喷泉码；非等差错保护；扩展窗；与-或树

Degree Secletion Based Fountain Codes for Unequal Error Protection

Chen Yanhui[1], Sun Xiaoyan[2], Chong Diaodiao[1]

（1. School of Telecommunication Engineering，Xidian University，Xi'an，710071，China;

2. School of Engineering，Xi'an International University，Xi'an，710077，China）

Abstract: On the basis of the expanding window fountian codes, an improved expanding window fountain code is proposed in this paper. The effect of degree of expanding window fountain codes on encoded symbols is taken into consideration, and the symbols participated in coding are selected one by one. The simulation results show that the proposed degree selection based fountain codes have good error bit performance and the information with higher priority can be retrieved before the one with lower priority.

Key words: fountian codes, unequal error protection, expanding window, and-or tree

1　引言

　　喷泉码是 John Byers 及 Michael Luby 等人于 1998 年首次提出[1]，目的是解决大规模数据传输。喷泉码是一种无率码，可以生成无穷多的编码符号。而喷泉码的编码符号数目是在传输过程中确定的，接收端仅需要用数目稍多于原始信息符号的任意编码符号，就可以完全恢复出原始信息。这样，无论删除信道的删除概率是多少，都可以根据需要不断生成编码符号，直到接收端收到足够的符号进行译码。由于 LT 码能以接近最少的编码符号进行译码，故它在任何删除信道下都是性能接近最优的编码。

基金项目：长江学者和创新团队发展计划资助（IRT0852），高等学校创新引智计划（B08038）

近年来，人们对 LT 码的研究更加深入，主要研究方向有：有噪信道下的 LT 码译码算法及性能研究[2~4]，分布式的 LT 码[5,6]的研究，LT 码的次优度分布研究[7]，用于改善 LT 码性能的构造法研究[8,9]，LT 码的非等差错保护（UEP）方法研究，以及基于 UEP 的音视频文件传输[10]等等。本文的研究重点是基于 LT 码的非等差错保护方法。

文献[11]提出了一种非等差错保护的喷泉码构造方法，并研究了所提码字迭代译码的渐进特性，推导了有限长的 LT 码和 Raptor 码在等差错保护和非等差错保护下的最大似然误码概率。文献[12]提出了删除信道中非等差错保护的扩展窗喷泉码。扩展窗喷泉码采用窗口技术选择参与编码的符号以达到非等差错保护的目的。文献[13]通过增加窗口内信息符号的个数改善了 LT 码的误比特性能，并研究了改进的 LT 码在非等差错保护中的应用。文献[14]在多媒体传输中通过给定的权重矩阵采用喷泉码实现不同优先级数据的传输。

由于扩展窗口机制在喷泉码的设计中引入了额外的参数，与采用权重矩阵的喷泉码相比更具有一般性和灵活性，并且扩展窗口喷泉码具有更好的非等差错保护性能。因此，本文在扩展窗口喷泉码的基础上，提出基于度数选择的喷泉码以实现非等差错保护。基于度数选择的喷泉码在较高译码开销下的误码率与文献[12]和文献[13]中的非等差错喷泉码相当；但当恢复相同比例信息符号时，基于度数选择的喷泉码比文献[12]和文献[13]中的编码方法迭代次数少。

2　LT 码编译码原理

2.1　LT 码的编码

LT 码的每个编码符号的值都是由所有与之相连的输入符号逐个异或得到的。假设输入 k 个信息符号 s_1、s_2、…s_k，生成 m 个编码符号 e_1、e_2、…e_m。LT 码的编码过程如图 1 所示。

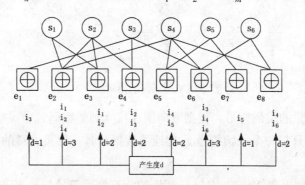

图 1　LT 码的编码示意图

图 1 用双向图表示 LT 码的编码过程。双向图的一边是 k 个输入信息符号，一边是生成的编码符号，每个编码符号与都与若干个信息符号相连。每生成一个编码符号，都要随机产生一个度分布 d，编码器通过如下四步完成编码：

（1）根据设计的度数分布 Ω 随机选取一个度数 d；

（2）从 k 个原始信息符号中等概率地随机选取 d 个符号；

（3）将这 d 个原始符号逐个异或，生成一个编码符号；

（4）重复（1）、（2）、（3）直到编码完成。

LT 码的上述编码过程可用分组码的生成矩阵方法表述：令 X 表示输入符号集，v^i 表示第 i 个编码符号的编码系数向量， LT 码的生成矩阵为

$$G(1,2,\cdots,k) = \begin{bmatrix} v^1 & v^2 \cdots v^k \end{bmatrix}^T \tag{1}$$

那么，LT 编码符号集就是输入符号集和生成矩阵的线性运算，表示为

$$E = \begin{bmatrix} E_1^T & E_2^T \cdots E_k^T \end{bmatrix}^T = G(1,2,\cdots,k) \cdot X \tag{2}$$

其中，E 表示生成的编码符号集。

2.2 LT 码的译码

BEC 下的 LT 码译码方法很简单，主要有高斯消去(Gaussian elimination))译码算法和置信传播(BP)译码算法。

高斯消去法的实质就是求线性方程组**错误！未找到引用源。**中的 X 。由**错误！未找到引用源。**可知，只要编码生成矩阵 G 的秩大于 k，即可成功译码。但是由于高斯消去法需要用大量的时间和空间求矩阵的逆，故这种译码方法只适用于码长较短的情况。

对删除信道上的 LT 码来说，BP 译码算法非常简单。接收端收到多于 k 个的编码符号，就可通过相应的双向图，恢复出输入信息符号。下面以图 2 的简单的解码过程为例，来说明 BP 译码算法的解码过程。图中，s_k 是待恢复的原始信息符号，t_n 是接收到的编码符号。

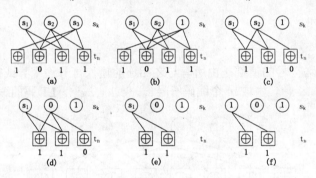

图 2   LT 码译码的简单例子

（1）接收一定数量的编码符号，根据双向图在接收到的编码包中寻找度数为 1 的符号 t_n，即寻找一个编码符号只与一个原始符号 s_k 相连的数据符号。如果这样的 t_n 存在，继续(2)；否则，译码结束；

（2）令 $s_k = t_n$ （如上图 2(b)），将与 s_k 相连的所有编码符号与 s_k 相异或，并且相应的度数减 1（如上图 2c）；

（3）重复（1）、（2），直到译出所有的 s_k，或者找不到度数为 1 的编码符号。

译码结束时，还没有被译出的原始信息符号组成的集合称为停止集。相应的，已经被译出的信息符号的集合称为已处理集。

3   已有非等差错保护喷泉码性能分析

已有的非等差错喷泉码主要有 UEP-LT 编码方法[13]和 EWF 编码[12]，并且对非等差错喷泉

码的分析通常采用与或树分析法[15]。下面采用与或树分析法对 UEP-LT 码和 EWF 码进行分析。为分析方便，引入下列符号：LT 编码时，度分布函数为 $\Omega(x) = \sum_{i=1}^{n} \Omega_i x^i$，编码的平均度值为 $\mu = \Omega'(1)$。n 个信息分为 r 个集合 $S_1, S_2, ..., S_r$，α_i 为每个集合符号数占总符号数的比例，则每个集合的符号数为 $\alpha_i n$，$(i = 1, 2..., r)$。接收端收到的编码符号为 m 个，译码开销(overhead) $\gamma = m / n$。分析及仿真均以两个等级为例，将输入的信息符号分成重要比特(More Important Bits，简称 MIB)和不重要比特(Less Important Bits，简称 LIB)两个等级。

3.1 UEP LT 码性能分析

UEP-LT 编码方法是通过直接增大 MIB 集合中符号的选取概率，使得 LIB 集合的符号选取概率减小，来达到非等差错保护的目的。

UEP-LT 编码方法如图 3 所示。输入的信息符号按照重要等级分为两个集合 S_1、S_2，每个集合的符号数分别为 $\alpha_1 n$、$\alpha_2 n$，其中 $\alpha_2 = 1 - \alpha_1$。生成第 i 个编码符号时，按照度分布选取一个度数 d，再分别选取 d 个输入符号参与编码。选取每个符号前，先以概率 q_1 选取集合 S_1，以概率 q_2 选取集合 S_2，并且 $q_2 = 1 - q_1$，然后在选到的集合中等概随机选取一个符号。按照这样的方法选取 d 个符号，再进行异或，得到一个编码符号 e_i，$(i = 1, 2, ...)$。

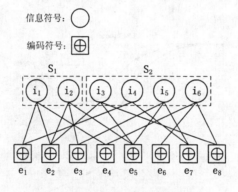

图 3　UEP-LT 编码示意图

上述过程中令 $q_i = \alpha_i K_i$，$(i = 1, 2, ..., r)$，故有 $\sum_{i}^{r} \alpha_i K_i = 1$。在这里，取 $r = 2$，用 K_M、K_L 分别对应 K_1、K_2，所以 $K_L = \dfrac{1 - \alpha_1 K_M}{1 - \alpha_1}$。$S_1$ 集合中符号被选中的概率为 $p_1 = \dfrac{K_M}{n}$，S_2 集合中符号被选中的概率为 $p_2 = \dfrac{K_L}{n}$。故要实现非等差错保护，要求 $p_1 > p_2$，即 $K_M > K_L$。

特别的，当 $K_M = 1$，即 $K_L = K_M$ 时，UEP-LT 编码就是一般 LT 码的等差错保护编码。

根据与或树分析方法得到集合 S_j 在第 l 次迭代后的误码率为：

$$y_{0,M} = y_{0,L} = 1$$
$$y_{l,M} = e^{-K_M \cdot \mu \cdot \gamma \cdot \beta(1 - (1-\alpha)K_L y_{l-1,L} - \alpha K_M y_{l-1,M})}, l \geq 1 \qquad (3)$$
$$y_{l,L} = e^{-K_L \cdot \mu \cdot \gamma \cdot \beta(1 - (1-\alpha)K_L y_{l-1,L} - \alpha K_M y_{l-1,M})}, l \geq 1$$

由（3）容易得到 UEP-LT 编码的 MIB 集合和 LIB 集合的误码率分别随参数 K_M 及译码开销 γ 变化的理论渐近线，如图 4、图 5 所示。

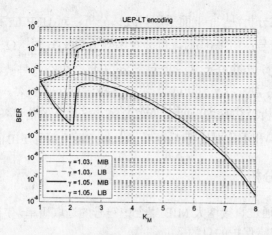

图4 UEP-LT编码的误码率随K_M变化的渐近线

图4是在译码开销γ为1.05及1.03时MIB集合及LIB集合的误码性能。从图中可以看到，无论信息的重要等级如何，译码开销γ越大误码率越低。以$\gamma=1.05$为例，在$K_M=2.1$处，经过无穷次迭代译码后，MIB集合的误码率为$y_{\infty,M}=3.656\times10^{-5}$，LIB集合的误码率为$y_{\infty,L}=1.398\times10^{-2}$。MIB集合的误码性能高于EEP的误码性能，而LIB集合的误码性能则低于EEP。

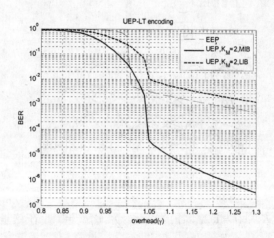

图5 UEP-LT编码的误码率随译码开销变化的渐近线

图5显示的是$K_M=2$时UEP-LT编码方法的误码性能。当γ较小时，集合MIB和LIB的误码率下降都很缓慢，两者之间的误码率差距也很小。当γ大于1.05时，误码率下降的趋势增大，MIB集合的误码率与LIB集合之间的分等级保护越来越明显。当$\gamma=1.25$时，MIB集合的误码率极限为7.147×10^{-7}，LIB集合的误码率极限为1.856×10^{-3}。相较于EEP的7.436×10^{-4}，MIB集合的性能提升，LIB集合的性能下降，说明采用UEP策略，MIB集合性能的提高是以LIB集合性能下降为代价的。

UEP-LT编码方法的仿真曲线如下图6所示。仿真时，假设输入5000个信息符号，其中有500个符号属于MIB集合，其它符号属于LIB集合。

当$K_M=2$时，$p_1=\dfrac{K_M}{n}=4\times10^{-4}$，$K_L=\dfrac{1-\alpha_1 K_M}{1-\alpha_1}=\dfrac{8}{9}$，$p_2=\dfrac{K_L}{n}\approx1.78\times10^{-4}$，故$p_1>p_2$。

$\gamma < 1.1$ 时误码率下降很迅速，当 $\gamma = 1.1$ 时，MIB 集合的误码率为 $y_M = 1.39 \times 10^{-5}$，LIB 集合的误码率为 $y_L = 6.761 \times 10^{-3}$。$\gamma > 1.1$ 时，MIB 集合的误码率下降趋势变缓，当译码开销达到 1.25 时，MIB 集合的误码率降到 $y_M = 4.088 \times 10^{-6}$。

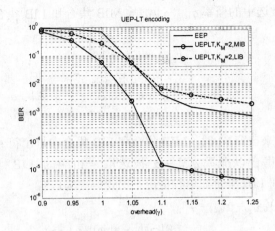

图 6　UEP-LT 编码的误码率仿真曲线

3.2　EWF 码性能分析

EWF 编码方法是 D. Sejdinovic 等[2]提出的一种性能良好的 LT 码的 UEP 编码方法。该方法将编码符号分成两类，一类只有 MIB 集合的符号参与编码，一类由 MIB 集合和 LIB 集合共同参与编码。显然，MIB 集合总有机会参与编码，故 MIB 集合中符号的选取概率总是大于等于 LIB 集合。这样，就可以达到非等差错保护的目的。

EWF 编码方法是用窗 $W_i, (i = 1, 2, \cdots, r)$ 覆盖所有的输入信息符号，窗 W_i 包含 S_1、S_2、$\ldots S_i$ 中的所有符号，对应的度分布函数为 $\Omega_i(x)$。$r = 2$ 时，EWF 编码示意图如图 7 所示。

图 7 中，i_1、i_2 属于 MIB 集合 S_1，$i_3 \sim i_6$ 属于 LIB 集合 S_2，每个扩展窗可采用不同的度分布，本文中为每个扩展窗选择相同的度分布。LT 编码时，先以概率 Γ_1 选取窗 W_1，以概率 $(1 - \Gamma_1)$ 选取窗 W_2，再根据度分布 $\Omega(x)$ 选取一个度数 d，然后在选到的窗中等概随机选取 d 个符号相异或，得到一个编码符号。这样不断重复生成编码符号，直到编码完成。

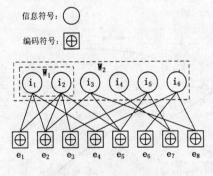

图 7　EWF 编码示意图

由上述编码过程可知，MIB 集合的选取概率大于 LIB 集合，相应的 MIB 集合中每个符号的选取概率也大于 LIB 集合中每符号的选取概率。

编码方法在生成某个编码符号时，所选取的符号要么全部来自窗 W_1，要么全部来自窗 W_2。

因此，对 EWF 编码方法进行与或树分析时，要对这两种情况分别进行考虑。

当编码选取的符号来自窗 W_1 时，参与编码的符号不包含 LIB 集合符号的信息，此时 LIB 集合中符号被选取的概率 $p_{LIB}=0$。选中窗 W_1 的条件下，MIB 集合中每个符号被选取的概率为 $p_{MIB}=\Gamma_1/\alpha_1 n$，MIB 集合被选中的概率 $q_{MIB}=1$，故 MIB 集合和 LIB 集合的误码率分别如下式：

$$y_{0,M_1}=y_{0,L_1}=1$$

$$y_{l,M_1}=e^{-\gamma\frac{\Gamma_1}{\alpha_1}\Omega'\left(1-y_{l-1,M}\right)}\ ,l\geqslant 1$$

$$y_{l,L_1}=1\ ,l\geqslant 1$$

若编码选取的符号全部来自窗 W_2 时，MIB 集合和 LIB 集合中每个符号的选取概率相等为 $p_{MIB}=p_{LIB}=\Gamma_2/n$，MIB 集合以概率 $q_{MIB}=\alpha_1$ 被选取，相应的 LIB 集合的选取概率为 $q_{LIB}=1-\alpha_1$，故 MIB 集合和 LIB 集合在这种情况下的误码率为：

$$y_{0,M_2}=y_{0,L_2}=1$$

$$y_{l,M_2}=y_{l,L_2}=e^{-\gamma\Gamma_2\Omega'\left(1-\alpha_1 y_{l-1,M}-(1-\alpha_1)y_{l-1,L}\right)},l\geqslant 1 \qquad (5)$$

根据与或树分析，编码符号是与节点，两种情况间满足相"与"的关系，故 EWF 编码方法的 MIB 集合和 LIB 集合的误码率由式（4）、（55）可得

$$y_{0,M}=y_{0,L}=1$$

$$y_{l,M}=e^{-\gamma\left(\frac{\Gamma_1}{\alpha}\Omega'\left(1-y_{l-1,M}\right)+\Gamma_2\Omega'\left(1-\alpha y_{l-1,M}-(1-\alpha)y_{l-1,L}\right)\right)},l\geqslant 1 \qquad (6)$$

$$y_{l,L}=e^{-\gamma\Gamma_2\Omega'\left(1-\alpha y_{l-1,M}-(1-\alpha)y_{l-1,L}\right)},l\geqslant 1$$

特别地，$\Gamma_1=0$ 时，EWF 编码是一般的不分等级（EEP）编码的情况。

根据式（6）可以得到图 8、图 9 的理论曲线。

图 8 是误比特率随着窗 W_1 的选择概率 Γ_1 变化的渐近线。从图中可以看到，译码开销 γ 越大，MIB 集合和 LIB 集合的误码率越小。当译码开销 $\gamma=1.05$ 时，在 $\Gamma_1=0.083$ 处，MIB 集合的误比特率为 $y_{\infty,M}=5.303\times10^{-5}$，LIB 集合的误码率为 $y_{\infty,L}=8.777\times10^{-3}$。而当 $\Gamma_1=0$，即等差错保护时，误码率为 $y_\infty=3.402\times10^{-3}$。说明 MIB 集合的误码性能提升的同时 LIB 集合的误码性能降低。

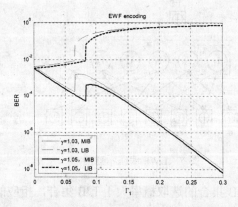

图 8 EWF 编码的误码率随 Γ_1 变化的渐近线

图 9 是 $\Gamma_1 = 0.084$ 及 $\Gamma_1 = 0.11$ 时误比特率 BER 随译码开销 γ 的变化曲线。图中，译码开销 $\gamma = 1.25$，$\Gamma_1 = 0.084$ 时，$y_{\infty,M} = 3.158 \times 10^{-6}$，$y_{\infty,L} = 1.5 \times 10^{-3}$；$\Gamma_1 = 0.11$ 时，$y_{\infty,M} = 5.953 \times 10^{-7}$，$y_{\infty,L} = 1.906 \times 10^{-3}$。$\Gamma_1$ 越大，MIB 集合的误码率越小，LIB 集合的误码率越大，故参数 Γ_1 要合理选择。当 $\Gamma_1 = 0.084$ 时，误码率陡降时的译码开销在 1.05 附近，比 $\Gamma_1 = 0.11$ 时的小。

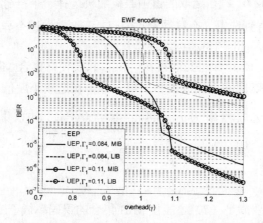

图 9　EWF 编码误码率随译码开销变化的渐近线

假设输入符号数为 5000，MIB 集合的符号数占总符号数的 0.1，选择参数 $\Gamma_1 = 0.084$。此时，$\Gamma_2 = 1 - 0.084 = 0.916$，$p_1 = \dfrac{\Gamma_1}{\alpha n} + \dfrac{\Gamma_2}{n} = 3.512 \times 10^{-4}$，$p_2 = \dfrac{\Gamma_2}{n} = 1.832 \times 10^{-4}$。在 BEC 信道下仿真得到的误码率曲线如图 10 所示。图中，当 $\gamma = 1.25$ 时，MIB 集合的误码率为 $y_M = 4.767 \times 10^{-6}$，此时 LIB 集合的误码率为 $y_L = 1.903 \times 10^{-3}$，比 EEP 的误码率稍差一些。所以 MIB 集合的误码性能的提升以 LIB 集合的误码性能下降为代价，实际应用中要充分考虑两个等级的误码需求。

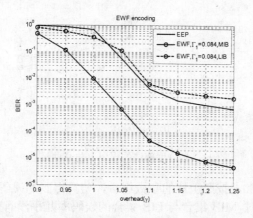

图 10　EWF 编码的误码率仿真曲线

4　基于度数选择的非等差错保护喷泉码

4.1　划分度值法

以图 7 为例，在设计 UEP 方案时，首先考虑将随机选择的度值人为地分为小度值和大度值。定义参数 D，若 $d < D$ 称 d 为小度值；若 $d \geq D$ 称 d 为大度值。

如图 7，用两个窗覆盖输入信息的全部符号。编码方法如下：

（1）根据度分布随机选取一个度 d；

（2）若 d 是小度值，以概率 β_1 选择窗 W_1、以 $1-\beta_1$ 选择窗 W_2；若 d 是大度值，以概率 β_2 选择窗 W_1、以 $1-\beta_2$ 选择窗 W_2，在选取的窗中等概随机选择一个符号参与编码；

（3）重复上述步骤，直到选出 d 个符号参与编码，再将它们逐个异或，得到一个编码符号；

（4）依照上面的步骤，不断生成编码符号。

按照上面的编码方法，选择合适的参数 β_1、β_2，只要使得集合 MIB 大于集合 LIB 的符号选取概率，那么两个集合之间的误码率就会出现差异。设选取小度值的概率为 P_d，$\alpha_1 = \alpha$，易知 MIB 集合的符号选取概率为 $p_1 = \dfrac{P_d \beta_1 + (1-P_d)\beta_2}{\alpha n}$，LIB 集合的符号选取概率为 $p_2 = \dfrac{P_d(1-\beta_1) + (1-P_d)(1-\beta_2)}{(1-\alpha)n}$，令 $p_1 > p_2$，可得

$$P_d(\beta_1 - \beta_2) + \beta_2 > \alpha \tag{7}$$

也就是说选择的参数要满足（7）才能使 MIB 集合的误码率低于 LIB 集合。

取 $D = 3$，则 $P_d = 0.50154$，若 $\alpha = 0.1$，当 $\beta_1 = 0.15$，$\beta_2 = 0.18$ 时，（7）左侧计算得约 0.165，大于右侧的 0.1；又当 $\beta_1 = 0.25$，$\beta_2 = 0.1$ 时，计算得 $0.175 > 0.1$。这两种参数组合都满足（7），故 MIB 集合的误码率应该低于 LIB 集合。

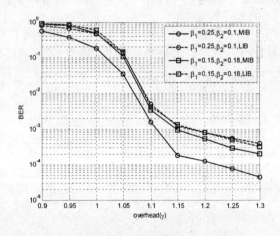

图 11　划分度值法的误码率仿真曲线

假设信息符号数为 2000，按照上述的参数组合，仿真得到的误码率曲线如图 1111 所示。图中，$\beta_1 = 0.15$，$\beta_2 = 0.18$ 时，MIB 集合与 LIB 集合的误码率几乎没有差异。$\beta_1 = 0.25$，$\beta_2 = 0.1$ 时，MIB 集合与 LIB 集合之间的误码率出现差异，但是这个差异较小，并且随译码开销的变化不明显。

经过大量的仿真实践，没有找到合适的 β_1、β_2，使得集合 MIB 和 LIB 达到更好的 UEP 效果。原因是，这种人为地将随机度数划分为大小度值的方法缺乏合理性，没有完全反映度值对编码符号的影响。

因此，进一步考虑将窗 W_1 的选取概率 P_{W_1} 与随机度值 d 关联起来，即构造一个关于随机度值的函数，用来表示窗 W_1 的选取概率。

4.2 基于度数的逐个选择法的编码方法

因为窗 W_1 要在度值小时，以较大概率被选中，而在度值大时，选中概率要较小，故 P_{W_1} 与 d 成反比。构造 P_{W_1} 与 d 关系如下：

$$P_{W_1} = \frac{1}{\eta(d+f)} \tag{8}$$

其中 η 为调节系数，f 为偏移量。(8) 中，d 越大 P_{W_1} 越小，MIB 集合参与小度数编码的概率比大度数的大，并且 MIB 集合中的符号也有机会参与较大度数的编码。同时，只要选择合适的 η、f 使得 MIB 集合中符号选取概率大于 LIB 集合的符号选取概率，就可以实现非等差错保护。

基于度数的逐个选择法编码过程如下：

（1）根据度分布随机选取一个度数 d；

（2）由度数 d 计算窗 W_1 的选取概率 P_{W_1}，$P_{W_2} = 1 - P_{W_1}$，分别以概率 P_{W_1}、P_{W_2} 选取窗 W_1、W_2；

（3）在选到的窗中等概地随机选取一个符号；

（4）重复（2）、（3），直到选出 d 个符号，并将它们逐个异或，得到一个编码符号；

（5）不断重复前面的步骤，直到编码完成。

假设信息长度为 2000，$\alpha = 0.1$，对这种编码方法下的 LT 码进行仿真。当 $\eta = 1.4$ 时，在 $f = 1$ 及 $f = 2$ 下的仿真结果如图 12 所示。图中，在译码开销 $\gamma = 1.25$ 处，$f = 1$ 时 MIB 集合的误码率达到 9.886×10^{-6}，$f = 2$ 时 MIB 集合的误码率达到 2.237×10^{-5}。但是译码中 overhead 较高时，MIB 集合会偶尔出现译码完全失效的情况，限制了 MIB 集合的误码性能。

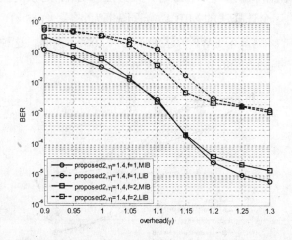

图 12　基于度数的逐个选择法的误比特率仿真曲线

基于度数的逐个选择法的初衷是要尽量经过较少的迭代次数恢复出 MIB 集合的符号。图 13 显示的是在不同译码开销下，迭代次数与数据恢复率之间的关系。图中的仿真条件为 $\eta = 1.4$，$f = 1$。可以看到，要达到相同的数据恢复率，译码开销越大，迭代次数越少。

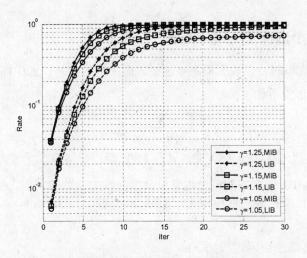

图 13　基于度数的逐个选择法的数据恢复率曲线

4.3　基于度数的逐个选择法的仿真分析

本节我们从误码率性能和数据恢复率两个方面，分别说明基于度数的逐个选择法与 UEP-LT 编码方法及 EWF 编码方法相比较的性能。

首先对比基于度数的逐个选择法与 EWF 编码方法及 UEP-LT 编码方法的误码率。仿真中，设输入的信息符号数为 5000，MIB 集合中的符号数为 500。图 14 是基于度数的逐个选择法与 EWF 方法的误码率仿真对比曲线，图中 proposed2 就是基于度数的逐个选择法。从图中可以看到，基于度数的逐个选择法在译码开销 γ 较低时误码率比 EWF 编码方法的低，但误码率下降很慢；$\gamma > 1.1$ 时，误码率剧降，当 $\gamma > 1.15$ 时，该方法与 EWF 的误码性能已经非常接近。当 $\gamma = 1.15$ 时，基于度数的逐个选择法的 MIB 集合误码率为 $y_M = 2.115 \times 10^{-5}$，而当 $\gamma = 1.25$ 时，该误码率达到 3.982×10^{-6}，略高于 EWF 方法的 4.767×10^{-6}。说明，这种方法的误码率性能在译码开销较大时与 EWF 编码方法的误码性能相当。

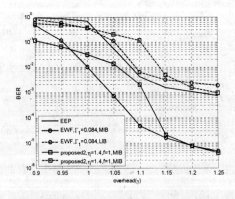

图 14　基于度数的逐个选择法与 EWF 编码方法的误码率对比

图 15 是基于度数的逐个选择法与 UEP-LT 编码方法的误码率仿真对比。当译码开销 $\gamma < 1$ 时，基于度数的逐个选择法的误码率比 UEP-LT 编码方法的误码率低。但是 $1 < \gamma < 1.05$ 时前者的误码率下降趋势缓慢，$\gamma > 1.05$ 时下降趋势增大，在较高的译码开销处，两者的误码率非常接近。

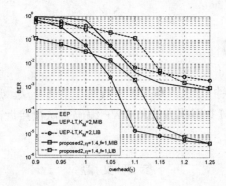

图 15　基于度数的逐个选择法与 UEP-LT 编码方法的误码率对比

因为基于度数的逐个选择法的选取原则是 MIB 集合选小度值的概率大，选大度值的概率小，所以这种方法的 MIB 集合符号应该较 LIB 集合更早译出来。

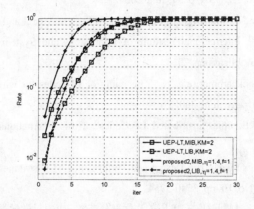

图 16　基于度数的逐个选择法与 UEP-LT 编码方法的数据恢复率对比

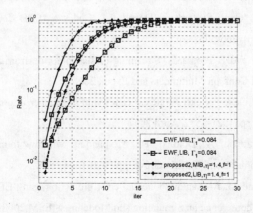

图 17　基于度数的逐个选择法与 EWF 编码方法的数据恢复率对比

图 16、图 17 是基于度数的逐个选择法与 UEP-LT 编码方法及 EWF 编码方法，在译码开销 $\gamma=1.25$ 时，一次译码中随着迭代次数的增加，集合 MIB 和 LIB 的数据恢复率的对比。图中当 MIB 集合的数据恢复率达到 0.99 时，基于度数的逐个选择法需要迭代 12 次，UEP-LT 编码方法和 EWF 编码方法都需要 20 次。基于度数的逐个选择法的迭代次数减少了 40%。对于 LIB 集合来说，基于度数的逐个选择法的恢复速度也比 UEP-LT 编码方法和 EWF 编码方法的快。

5 结束语

基于 LT 码的非等差错保护方法，即基于度数的逐个选择法。这种方法的特点是在较高译码开销下的误码性能与 UEP-LT 编码方法及 EWF 编码方法很接近，并且译码时高优先级的信息能够较快恢复出来。

参 考 文 献

[1] J. W. Byers, M. Luby, M. Mitzenmacher, etc."A Digital Fountain Approach to Reliable Distribution of Bulk Data". Proceedings of ACM SIGCOMM..pp. 56–67, Vancouver, September 1998.

[2] R. Palanki and J. Yedidia."Rateless codes on noisy channels". Proc. International Symposium on Information Theory (ISIT) 2004, Chicago, IL, USA, p. 37, June 2004.

[3] H. Weizheng, L. Huanlin and J. dill."Digital Fountain Codes System Model and Performance over AWGN and Rayleigh Fading Channels". International Institute of Informatics and Systemics (IIIS) on Communications Systems, Technologies and Applications, 2010.

[4] H. Jenkac, T. Mayer, T. Stockhammer, etc. "Soft decoding of LT-codes for wireless broadcast". Proc. Mobile Summit 2005, Dresden, Germany, June 2005.

[5] S. Puducheri,J. Kliewer, T.E. Fuja."Distributed LT Codes". IEEE International Symposium on Information Theory. 2006, pp. 987-991.

[6] S. Puducheri,J. Kliewer, T.E. Fuja. "The Design and Performance of Distributed LT Codes". IEEE Trans. Inf. Theory. Oct. 2007. Vol. 53, No. 10, pp. 3740-3754.

[7] 朱宏鹏, 张更新, 谢智东. 《喷泉码中 LT 码的次优度分布》. 应用科学学报, 2009, 27(1).

[8] 龚茂康. 《中短长度 LT 码的展开图构造方法》. 电子与信息学报, 2009, 31(4):885-888.

[9] Yuan Xiaojuil, Li Ping. "Quasi-Systematic Doped LT Codes". IEEE Journal on Selected Areas in Communications. 2009, 27(6): 866-875.

[10] J. P. Wagner, J. Chakareski and P. Frossard. "Streaming of scalable vide from multiple servers using rateless code". Proc. of International Conf. on Multimedia and Expo., 2006.

[11] N. Rahnavard, B. N. Vellambi, and F. Fekri. "Rateless codes with unequal error protection property". IEEE Trans. Inf. Theory, Vol.53, No. 53, pp. 1521-1532, April 2007.

[12] D. Sejdinovic, D. Vukobratovic, A. Doufexi, etc. "Expanding window fountain codes for unequal error protection". Proc. 41st Asilomar Conf., Pacific Grove, pp.1020-1024, 2007.

[13] S. Ahmad, R. Hamzaoui, and M. Al-Akaidi. "Unequal error protection using LT codes and block duplication". Proc. Middle Eastern Multi conference on Simulation and Modeling MESM,2008.

[14] M. Nekoui, N. Ranjkesh, F. Lahouti."A Fountain Code Approach towards Priority Encoding Transmission". IEEE Information Theory Workshop.2006, pp. 52-55.

[15] J. Bloemer, M. Kalfane, M. Karpinski, etc. "An XOR-Based Erasure-Resilient Coding Scheme". ICSI TR-95-048, Technical report at ICSI, August 1995.

基于方向二进制码和级联AdaBoost的近红外人脸识别

何金文　沈琳琳

（深圳大学，计算机与软件学院，深圳，518060）

摘　要：本文提出一种基于方向二进制码（DBC，Directional Binary Code）和级联 AdaBoost 的近红外人脸识别方法。通过近红外成像设备获取人脸图像，减少光照变化的影响；使用区域 DBC 直方图作为特征描述人脸表观，并利用级联 AdaBoost 的方法选出鉴别性较高的少量特征表示人脸。在 PolyU-NIRFD 近红外人脸数据库上实验，结果表明，所提出的算法只要使用少量的特征即可实现良好的识别效果。

关键词：近红外人脸识别；方向二进制码；级联；AdaBoost

Near-Infrared Face Recognition Based on DBC and Cascaded AdaBoost

He Jinwen，Shen Linlin

（College of Computer Science & Software Engineering，Shenzhen University, Shenzhen, 518060，China）

Abstract: A method based on Directional Binary Code (DBC) and cascade of AdaBoost was presented for Near-Infrared face recognition. Illumination invariant face images were captured using Near-Infrared imaging device. The face image was divided into several regions, where the histograms of DBC were calculated and concatenated into a feature vector for face representation. A few discriminative features were then selected using AdaBoost algorithm. The learned classifiers were finally cascaded for better performance and efficiency. The experimental results on PolyU-NIRFD database demonstrate that the proposed method achieves high recognition performance with very few features.

Key words: Near-Infrared face recognition, Directional Binary Code (DBC), Cascade, AdaBoost

1　引言

　　人脸识别是一种主要的生物特征识别技术，应用前景广泛，可用于公共安全、企业、教育、金融等领域。随着研究的深入和技术的进步，近年来，已有很多产品成功地应用到实际生活中。

　　然而，人脸识别的研究和应用面临了诸多挑战，人脸识别的性能受到各种因素的影响。光照变化是主要的因素之一，学者们对这一问题做了大量的研究，提出各种解决方法；其中，一种有效的方法是基于近红外的人脸识别[1~3]，即利用近红外主动光源成像设备获取人脸图像，

基金项目：国家自然科学基金（60903112），深圳市科技计划（JC200903120074A）

这可以有效地抑制光照变化所带来的影响。

使用近红外成像设备获取人脸图像后，还需配合相应的人脸识别算法。找出有效的人脸表观描述方法是人脸识别的关键。常见的描述方法有主成分分析（Principal Component Analysis, PCA）、线性判别分析（Linear Discriminant Analysis, LDA）等；PCA 和 LDA 是基于整体的方法，基于整体的方法相对于基于局部的方法，存在一些缺点，如在姿态变化、光照变化等方面更不稳定；常见的基于局部的方法有局部二进制模式（Local Binary Patterns，LBP）[5]，LBP 具有旋转不变性、计算简单等优点；T.Ahonen 等将其应用到人脸识别中，取得良好的效果[6]；[4,7]使用 LBP 作为近红外人脸表观描述算子，取得良好的识别效果。最近，张宝昌等提出了一种简单而有效的描述算子，方向二进制码（Directional Binary Code，DBC）[8]；该算子获取大量的方向边缘信息，这是 LBP 所不具备的；[8]的实验结果表明 DBC 优于 LBP。

获得 DBC 图像后，进一步将其分成多个区域，并求出每个区域的直方图（Histogram of DBC，HDBC）；每个 HDBC 作为一个特征，将这些 HDBC 特征连接起来形成特征向量描述人脸。通常一张人脸图像会生成很多 HDBC 特征，尽管很容易计算单个 HDBC 特征，但是，当人脸图像很多时，这也会消耗大量的时间；而这些特征对人脸识别的贡献不一，并且很多是冗余的；因此，需要用类似 AdaBoost 的算法[9]对这些特征进行选择，从而在去除冗余特征的同时提高系统效率。AdaBoost 算法是一种机器学习算法，该算法首先选取鉴别性较高、对分类贡献较大的特征，然后利用这些特征构建一个强分类器，即 AdaBoost 分类器。为进一步在保持系统效率的同时提高性能，级联 AdaBoost 方法[11]也已在业界提出并在人脸检测中得到成功应用。

本文使用 HDBC 特征描述人脸，用 AdaBoost 算法选出其中鉴别性较高的、对人脸识别贡献较大的 HDBC 特征，使得一张人脸图像只需少量的 HDBC 特征表示即可，这大大地减少了计算时间；然后，用级联 AdaBoost 的方法进一步减少计算时间；最后，在 PolyU-NIRFD 近红外人脸数据库[8]进行实验。

2　方向二进制码（Directional Binary Code，DBC）

DBC 用于描述一个局部区域内的任意两个像素，沿着某一方向的空域关系，其定义如下：

$$
\begin{aligned}
DBC_{a,d}(z_{x,y}) = \{ & f(I'_{a,d}(z_{x,y})); f(I'_{a,d}(z_{x,y-d})); f(I'_{a,d}(z_{x-d,y-d})); \\
& f(I'_{a,d}(z_{x-d,y})); f(I'_{a,d}(z_{x-d,y+d})); f(I'_{a,d}(z_{x,y+d})); \\
& f(I'_{a,d}(z_{x+d,y+d})); f(I'_{a,d}(z_{x+d,y})); f(I'_{a,d}(z_{x+d,y-d})) \}
\end{aligned}
\tag{1}
$$

其中，$z_{x,y}$ 代表图像 I 的某一像素，a 代表方向，d 就是指像素 $z_{x,y}$ 与其领域像素之间的距离，$f(\cdot)$ 是一个二值函数，其定义为：

$$
f(I'_{a,d}(z_{x,y})) = \begin{cases} 1, I'_{a,d}(z_{x,y}) \geq 0 \\ 0, I'_{a,d}(z_{x,y}) < 0 \end{cases}
\tag{2}
$$

$I'_{a,d}(z_{x,y})$ 是图像在像素 $z_{x,y}$ 位置，沿着 0^0、45^0、90^0、135^0 等方向的一阶导数，定义如下：

$$\begin{cases} I'_{0^0,d}(z_{x,y}) = I(z_{x,y}) - I(z_{x-d,y}) \\ I'_{45^0,d}(z_{x,y}) = I(z_{x,y}) - I(z_{x+d,y-d}) \\ I'_{90^0,d}(z_{x,y}) = I(z_{x,y}) - I(z_{x,y-d}) \\ I'_{135^0,d}(z_{x,y}) = I(z_{x,y}) - I(z_{x-d,y-d}) \end{cases} \quad (3)$$

图 2.1 给出了在中心像素 4，d 为 1，沿着 0^0 方向的 DBC 的计算过程。图 2.2 给出了一张人脸图像及其 DBC 图像，从图可以看出，DBC 获取丰富的图像边缘信息。

为了获取更多的空域信息，将每张 DBC 图像分成多个区域，并求出每个区域的直方图 HDBC，最后将这些 HDBC 特征连接起来形成特征向量描述人脸，如图 2.3 所示。

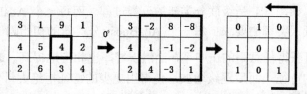

DBC$_{0,1}$ = 010110100

图 2.1 d 为 1，沿着 0^0 方向的 DBC

(a)   (b)

图 2.2 (a)为原图像；(b)是沿着 0^0、45^0、90^0、135^0 的 DBC 图像

图 2.3 DBC 直方图

3 基于级联 AdaBoost 的 HDBC 特征选择

通常，一张人脸图像会生成很多 HDBC 特征，这些特征的数量甚至会远多于图像像素的数量；显然，这些特征对人脸识别的贡献并不一样，甚至很多是冗余的；因此，本文使用 AdaBoost 算法选出那些对人脸识别贡献较大的少量特征来表示人脸，这可以大大地减少计算时间。

AdaBoost 算法[9]是一种机器学习算法，可用来选出鉴别性较高的特征，并构建强分类器。AdaBoost 的学习过程是一种贪婪的特征选择过程；在学习过程中，通过加大被错误分类的样本的权重等手段，选出那些鉴别性较高的特征。选出特征后，又利用这些特征构建多个弱分类器，并通过线性组合这些弱分类器构建成一个强分类器，即 AdaBoost 分类器。

AdaBoost 分类器本质上是二类分类器，而人脸识别是多类问题，因此，需将多类问题转化为二类问题，这里借鉴了类内差和类间差的思想[10]，并采用卡方距离计算不相似度；使用类内差和类间差的思想，给定一组人脸图像，通常会产生少量的正样本和大量的负样本，负样本个数远多于正样本的；使用 AdaBoost 分类器时，不管正样本还是负样本，都必须选出同样个数的特征进行分类，这会使用更多的计算时间；因此，这里使用级联 AdaBoost 的方法[11]来减少计算时间，这种方法使用少量的特征即可对大量的负样本进行正确分类，对正样本的分类则使用相对较多的特征，这可以进一步减少计算时间。

级联 AdaBoost 分类器是级联一组 AdaBoost 分类器而成的分类器；级联中的每一个 AdaBoost 分类器与前述的 AdaBoost 分类器有所不同，其必须满足高击中率和较低误警率的要求，使得几乎所有的正样本都会被击中，而大量的负样本被拒绝进入下一级分类器，从而只要用少量的特征即可正确分类负样本。假设级联每一级分类器的最小击中率和最大误警率分别为 d_i 和 f_i，则整个级联的击中率和误警率为 $D \geq \prod_{i=1}^{K} d_i$ 和 $F \leq \prod_{i=1}^{K} f_i$，其中 K 为级数；例如 K=10，最小的 $d_i \geq 0.99$，最大的 $f_i \leq 0.3$，则 D 大于 $0.9(0.99^{10}>0.9)$，F 则小于 6×10^{-6}，可见，级联分类器的误警率极低。如图 3.1 是级联分类器的分类过程。而每一个 AdaBoost 分类器也很容易满足高击中率和较低误警率的要求：每一个 AdaBoost 分类器的初始阈值是 $0.5 \times \sum_{t=1}^{T} a_t$，只要降低这个阈值，即可获得任意高的击中率，当然误警率也相应地提高。通常，级联中，前几级的分类器使用少量的特征，而后逐级增加，使得用更少的特征拒绝大量负样本进入下一级，从而进一步减少计算时间。详细的级联 AdaBoost 分类器训练算法如表 3.1。

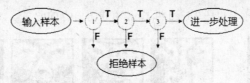

图 3.1 级联分类器的分类过程

1 设 f 为每级的最大的可接受的误警率，d 为每级的最小的可接受的击中率，F_i 为级联的前 i 级的误警率，D_i 为级联的前 i 级的击中率，F_{target} 为级联的误警率，P 为正样本集，N 为负样本集，V 为验证集；
2 初始化 F_0=1.0，D_0=0.0，$i = 0$
3 While $F_i > F_{target}$
    1) i←i+1
    2) $n_i = 0$，$F_i = F_{i+1}$
    3) While $F_i > f \times F_{i-1}$
        a) n_i←n_i+1
        b) 使用集 P 和 N 训练一个有 n_i 特征的 AdaBoost 分类器；
        c) 在验证集 V 上计算当前级联分类器的 F_i 和 D_i；
        d) 降低第 i 个 AdaBoost 分类器的阈值使得当前级联分类器的击中率大于 $d \times D_{i-1}$；
    4) $N \leftarrow \varnothing$
    5) 如果 $F_i > F_{target}$，则在负样本集上测试当前级联分类器，并将错误分类的负样本放入集 N 中。

表 3.1 级联分类器训练算法

4 实验

本文所使用的近红外人脸库是 PolyU-NIRDF[8]，库中包含 350 人的图像，每人约 100 张，共约 35000 张。为了更全面地验证所提出算法的有效性，这里参考[8]做了三组近红外的实验。

实验 1 所使用的是正面人脸图像，略带表情变化、大小变化等，如图 4.1；实验 2 的图像，是在实验 1 的基础上，添加光照、表情、大小等方面变化较大的图像，如图 4.2；实验 3 的图像则是在实验 1 的基础上，添加姿态变化很大，同时带有表情、时间等方面变化的图像，如图 4.3；三组实验的各个图像集的图像张数如表 4.1。另外，根据眼睛位置从原始人脸图像自动裁剪出人脸部分并归一化至 64×64 大小。

(a)   (b)   (c)

图 4.1　(a) 实验 1 的人脸图像；(b) 实验 2 的人脸图像；(c) 实验 3 的人脸图像

表 4.1　三组实验的图像集

	实验 1	实验 2	实验 3
训练集	419	1876	1876
原型集	574	1159	951
测试集	2763	4747	3648

在生成 DBC 图像时，通过平移和缩放子窗口，从每张 DBC 图像中获取 323 个子窗口，并计算出每个窗口的直方图 HDBC；每张人脸图像有 4 张 DBC 图像，所以有 1292 个 HDBC 子窗口；由于图像大小才 64×64，生成的子窗口也相对较少。为了生成足够多的训练样本，从实验 2 训练集中选出 1000 张图像，生成 499500 个图像对，其中类内图像对 14678 个，类间图像对 484822 个；然后计算每个图像对的直方图的卡方距离；最终，得到 499500 个训练样本，每个样本有 1292 个 HDBC 特征。实验分别生成级数不同、特征个数不同的级联分类器进行测试，各个级联分类器的参数如表 4.3，实验结果如表 4.4。

表 4.2　级联分类器的参数

级联分类器	特征个数	级数	各级特征个数
1	38	3	(8,12,18)
2	68	4	(8,12,18,30)
3	108	5	(8,12,18,30,40)
4	160	6	(8,12,18,30,40,52)
5	225	7	(8,12,18,30,40,52,65)
6	295	8	(8,12,18,30,40,52,65,70)

表 4.3　级联分类器的实验结果

级联分类器	特征个数	实验 1		实验 2		实验 3	
		识别率(%)	识别时间(ms)	识别率(%)	识别时间(ms)	识别率(%)	识别时间(ms)
1	38	97.3	68	90.2	130	91.0	118
2	68	97.8	50	91.0	91	91.7	73
3	108	98.1	70	91.0	121	91.8	108

续表

级联分类器	特征个数	实验1	实验2	实验3	187	92.1	166
		识别率(%)	识别时间(ms)	识别率(%)	识别时间(ms)	识别率(%)	识别时间(ms)
6	295	98.1	165	90.9	287	91.8	287

从表 4.4 可以看出，该算法只要选出 68 个特征，即可获得很高的识别率；增加特征可以提高识别率，但当特征个数增加到一定程度后，识别率增加就不明显；另外，随着特征个数的增加，识别时间也相应地提高，这就需要在识别率和识别时间平衡。

为了表明级联分类器比单级分类器优越，训练一组特征个数和级联一样的单级分类器，并进行测试，结果如表 4.5。

表 4.4　单级分类器的实验结果

单级分类器	特征个数	实验1		实验2		实验3	
		识别率(%)	识别时间(ms)	识别率(%)	识别时间(ms)	识别率(%)	识别时间(ms)
1	38	96.0	152	87.6	248	88.3	273
2	68	97.0	160	89.6	311	90.1	251
3	108	96.9	251	89.8	394	90.4	257
4	160	97.4	226	90.5	465	91.0	568
5	225	97.6	319	90.8	652	91.4	508
6	295	97.5	390	90.9	810	91.6	673

对比表 4.4 和表 4.5，可以看出，级联分类器不仅在识别率上比单级分类器的高，在识别时间上也比单级的减少很多。

与[8]中的 DBC 算法相比，本文算法的识别率有所提高，如图 4.4 所示。

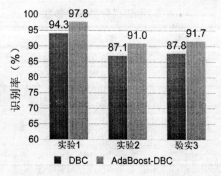

图 4.2　比较结果；AdaBoost-DBC 指本文的算法

5　结论

本文结合[8,9,11]等提出的方法构造一种新的人脸识别方法，采用 HDBC 特征描述人脸，并用级联 AdaBoost 的方法选择鉴别性较高的特征表示人脸。在 PolyU- NIRFD 近红外人脸数据库进行测试，做了三组实验；当选出特征个数为 68 时，识别率分别为 97.8%，91.0%，91.7%，说明算法的有效性；同时，实验也对级联 AdaBoost 分类器的方法和单级 AdaBoost 分类器的方法做了比较，结果表明级联的方法在识别率和识别时间上均优于单级的方法；与[8]的 DBC 算法相比，本文算法的性能有所提高。

参 考 文 献

[1] J. Dowdall, I. Pavlidis, and G. Bebis, "Face Detection in the Near-IR Spectrum," Image and Vision Computing, vol. 21, pp. 565-578, July 2003.

[2] S.Y. Zhao and R.R.Grigat, "An Automatic Face Recognition System in the Near Infrared Spectrum," Proc. Int'l Conf. Machine Learning and Data Mining in Pattern Recognition, pp. 437-444, July 2005.

[3] X. Zou, J. Kittler, and K. Messer, "Face Recognition Using Active Near-IR Illumination," Proc. British Machine Vision Conf., Sept. 2005.

[4] D. Huang, Y.H. Wang, Y.D. Wang, "A Robust Method for Near Infrared Face Recognition Based on Extended Local Binary Pattern," Advances in Visual Computing, pp.437-446, 2007.

[5] T. Ojala, M. Pietikainen, and D. Harwood, "A Comparative Study of Texture Measures with Classification Based on Feature Distributions," Pattern Recognition, vol. 29, no. 1, pp. 51-59, 1996.

[6] T. Ahonen, A. Hadid, and M. Pietikainen, "Face Recognition with Local Binary Patterns," Proc. European Conf. Computer Vision, pp. 469-481, 2004.

[7] Li, S.Z., Chu, L.F., Liao, S.C., Zhang, L., "Illumination Invariant Face Recognition Using Near-Infrared Images," IEEE Trans. Pattern Analysis and Machine Intelligence 29, pp.627-639, 2007.

[8] B.C Zhang, L. Zhang, David Zhang, L.L Shen, "Directional Binary Code with Application to PolyU Near-Infrared Face Database," Pattern Recognition Letters,Vol. 31, pp. 2337-2344, Oct. 2010.

[9] Y. Freund and R. Schapire, "A Decision-Theoretic Generalization of On-Line Learning and an Application to Boosting," J. Computer and System Sciences, vol. 55, no. 1, pp. 119-139, Aug. 1997.

[10] B. Moghaddam, C. Nastar, and A. Pentland, "A Bayesian Similarity Measure for Direct Image Matching," Media Lab Technical Report No. 393, Massachusetts Inst. of Technology, Aug. 1996.

[11] P. Viola and M. Jones, "Robust Real Time Object Detection," Proc. IEE ICCV Workshop Statistical and Computational Theories of Vision, July 2001.

基于改进粒子群算法的 K-means 算法

刘文敏　纪　震　朱泽轩

（深圳市嵌入式系统设计重点实验室，深圳大学计算机与软件学院，深圳，518060）

摘　要：K-means 算法是一种简单的基于划分的基因聚类算法，但是它对初始聚类中心比较敏感并且容易陷于局部最优。为了克服以上缺点，本为提出一种基于粒子群算法的 K-means 算法（PSOK-means）。实验表明与 K-means 算法和 Fuzzy K-means 算法相比该算法有较好的全局收敛性，并且对于不同的初始聚类中心有较好的鲁棒性。

关键词：K-means；粒子群优化算法；fuzzy K-means；基因聚类

Improved particle swarm optimizer based K-means algorithm

Liu Wenmin，Ji Zhen，Zhu Zexuan

（Shenzhen City Key Laboratory of Embedded System Design, College of Computer Science and Software Engineering, Shenzhen University, Shenzhen, China 518060）

Abstract: K-means is one of the simplest partition clustering methods for gene expression data, however, it is sensitive to the choice of initial clustering centroids and it could easily result in local minima. To overcome these problems, we proposed a particle swarm optimizer based K-means algorithm(PSOK-means). The experimental results indicate that the proposed algorithm performs better than K-means and fuzzy K-means, and PSOK-means is also robust to the random choice of initial centroids.

Key words: K-means, particle swarm optimizer, Fuzzy K-means, gene clustering

1　引言

基因芯片又称 DNA 微阵列，是常见的生物芯片之一。基因芯片上安装了成千上万个核酸探针，经过一次测验，即可得到大量的基因表达数据[1]。基因表达数据是指基因芯片测量得到的基因转录产物 mRNA 在细胞中的丰度的数据。基因表达数据大部分以矩阵形式表示，基因表达矩阵可表示为 $M = (W_{ij})$，其中 W_{ij} 表示第 i 个基因在第 j 个实验样本条件下的表达数据值。

对基因表达数据进行聚类分析能够将具有相同表达模式的基因归为一类，这些基因具有相似的生物功能、相似的细胞起源或者相似的调节作用。

本文受国家自然科学基金项目（60872125,61001185，61171125）、教育部新世纪优秀人才支持计划、教育部重点研究项目、霍英东高等学校青年基础性研究项目、广东省自然科学基金项目（10151806001000002）和深圳市杰青项目支持。通信作者为纪震教授（jizhen@szu.edu.cn）。

K-means[2]是 MacQueen 提出的一种非监督实时聚类算法，在最小化误差函数的基础上将数据划分为预定的类数。由于 K-means 聚类的结果依赖于初始值的选择，并且容易陷于局部最优，这两大缺陷限制了它的应用范围。Fuzzy K-means[3]利用隶属度函数来度量每个基因对于每个聚类中心的隶属程度，再根据最大隶属度原则将基因分到所属的类中。在模糊聚类中，不再将基因明确地分到某类中，但模糊聚类的计算量较大，比较耗时。为改善聚类效果，本文提出一种基于粒子群算法的 K-means 算法。粒子群算法[4]首先由 Kennedy 和 Eberhart 于 1995 年提出，源于鸟群和鱼群群体运动行为的研究，是一种群体智能优化算法。通过粒子群算法与 K-means 算法的结合，利用粒子群算法的全局搜索能力，解决了 K-means 算法易于陷入局部最优和对初始聚类中心敏感的缺陷。

2 基于改进粒子群算法的 K-means 算法

2.1 K-means 算法

K-means 算法原理简单并便于处理大量数据，在基因表达数据分析中得到广泛应用。在 K-means 算法运行前必须先确定聚类数目 K 和迭代次数或收敛条件，并确定 K 个初始聚类中心，根据一定的相似性度量准则，将每一条基因分配到最近的质心，形成类，然后以每一类的平均矢量作为这一类的质心，重新分配，反复迭代直到类收敛或达到最大的迭代次数。

K-means聚类算法的一般步骤：

（1）初始化。输入基因表达矩阵作为对象集 X，输入指定聚类类数 K，并在 X 随机选取 K 个对象作为初始聚类中心。设定迭代中止条件，比如最大循环次数或者聚类中心收敛误差容限。

（2）进行迭代。根据相似度准则将数据对象分配到最接近的聚类中心，从而形成一类。初始化隶属度矩阵。

（3）更新聚类中心。然后以每一类的平均向量作为新的聚类中心，重新分配数据对象。

（4）反复执行第二步和第三步直至满足中止条件。

2.2 改进的粒子群优化算法

基本粒子群优化算法是一种基于群体智能的进化方法。优化问题的每一个解都是搜索空间中的粒子，每一个粒子都有与其对应的速度、位置和适应值，算法通过适应值来评价粒子的好坏。算法首先随机初始化一群粒子，通过迭代来更新粒子的位置。每一次迭代中，粒子通过跟踪两个值来更新自己：一个是粒子本身所找到的最优解，即个体最优值 pBest；另一个是整个粒子群找到的最优值，即全局最优值 gBest。粒子在找到上面两个值后就根据下面两个公式来更新自己的速度和位置：

$$V_i^{k+1} = w_k \times V_i^k + c_1 \times r_1^k \times (pbest_i^k - P_i^k) + c_2 \times r_2^k \times (gbest_i^k - P_i^k) \tag{1}$$

$$P_i^{k+1} = P_i^k + V_i^{k+1} \tag{2}$$

其中 V 为粒子速度矢量，P 为位置矢量。变量 i 为当前更新粒子序号，k 为迭代次数。参数 w 为加速度因子，c_1 和 c_2 为设定常数，r_1 和 r_2 为服从[0,1]上均匀分布的随机值。在本文中 w 设置为 0.1，c_1 为 0.3，c_2 为 0.5。

基本粒子群算法有较强的全局搜索能力，能加大搜索解空间的广度。为了提高搜索解空间按的深度，改进的粒子群算法加了一个局部搜索算法。首先产生一个随机速度 V_r，根据随机速度更新粒子位置，更新后粒子的适应值记为 $f^{'}$，更新前粒子的适应值记为 f，粒子位置更新公式如下：

$$P_i^{k+1} = \begin{cases} P_i^k + \lambda V_r & f^{'} \le f \\ P_i^k & f^{'} > f \end{cases} \tag{3}$$

其中 λ 为一个控制搜索范围的参数。

2.3 基于改进的粒子群算法的 K-means 算法

在 PSOK-means 中，粒子结构的设计是基于聚类中心的。假设聚类个数为 K，则每个粒子就代表 K 个聚类中心，其结构可以表示为 $[(y_{11}, y_{12}, ..., y_{1L}), ..., (y_{K1}, y_{K2}, ..., y_{KL})]$，其中 L 是每个基因的维度。在 PSOK-means 中当 K-means 算法的迭代次数为 3 时，K-means 算法结束。本文算法的流程如下：

（1）初始化粒子的速度和位置。
（2）根据公式①和②更新粒子的速度和位置。
（3）执行一次 K-means 算法。
（4）根据公式③跟新粒子位置。
（5）计算适应值。
（6）若不满足结束条件则转到步骤(2)，否则结束。

3 实验结果

3.1 实验数据

实验分别在三个基因表达数据上比较结果，分别是 Yeast cell-cycle[5]，Sporulation[6] 和 Lymphoma[7]。三个数据的参数如表 1 所示：

表 1　基因表达数据参数

基因数据名称	基因数量	基因维度
Yeast cell-cycle	5571	77
Sporulation	6039	7
Lymphoma	4026	96

3.2 适应值、类内距和类间距

在本文中适应值函数为均方差函数(MSE)，记为 $\tilde{D}$，定义为

$$\tilde{D} = \frac{1}{M} \sum_{i=1}^{M} [d_{\min}(x_i)]^2 \tag{4}$$

其中 $d_{\min}(x_i) = \min d(x_i, y_i)$，$d(x_i, y_i)$ 为欧式距离。类内距表示的是类内紧致性，类间距表示的是类间分离度，因此类内距越小类间距越大代表聚类效果越好。类内距和类间距分别记为 D_1 和 D_2，定义如下：

$$D_1 = \frac{1}{M} \sum_{j=1}^{N} \sum_{i=1}^{N_j} [d(x_i, c_j)] \tag{5}$$

$$D_2 = \frac{1}{\sum_{i \neq j} N_i N_j} \sum_{i \neq j} [N_i N_j d(c_i, c_j)] \tag{6}$$

其中，N_j 表示第 j 类中基因表达数据的个数，c_j 表示第 j 个聚类中心。

图 1 为 K-means、fuzzy K-means 和 PSOK-means 在三个基因数据上适应值、类内距和类间距的运行结果(十次平均)。由于适应值和类内距是越小越好，而类间距相反，为了将这三个参数统一为越小越好，在图 1 中类间距以 10/D2 的形式表示。从图 1 看出，在三个基因数据上，于 K-means 和 Fuzzy K-means 相比，PSOK-means 的适应值、类内距和类间距都有较好的结果。

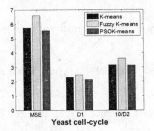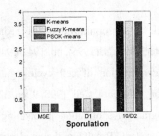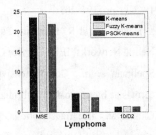

图 1　MSE、类内距和类间距

3.3　对比十次运行结果

图 2 为 K-means、Fuzzy K-means 和 PSOK-means 在三个基因数据上十次适应值的盒图。可以看到，在 Yeast cell-cycle 和 Lymphoma 数据上，PSOK-means 明显优于 K-means 和 Fuzzy K-means。在 Sporulation 数据上，虽然 PSOK-means 的十次适应值平均结果不如 Fuzzy K-means，但其十次适应值的方差小于 Fuzzy K-means，可见 PSOK-means 比 Fuzzy K-means 稳定。与 K-means 相比，在三个数据上都是 PSOK-means 比较好，并具有较小的方差，可见 PSOK-means 比 K-means 更稳定，对初始聚类中心的依赖更小。

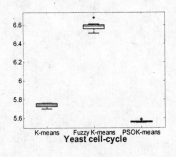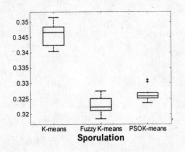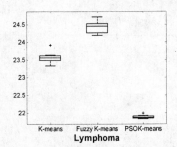

图 2　十次运行结果

4 结束语

为了解决传统 K-means 算法对初始聚类中心的敏感性和易陷入局部最优的缺陷，本文提出了一种新的基于粒子群算法的 K-means 算法(PSOK-maens)。在三个基因表达数据上的实验表明，于 K-means 和 Fuzzy K-means 相比，PSOK-means 具有更好的聚类效果并且具有更强的鲁棒性。

参 考 文 献

[1] 纪震，廖惠连，吴青华，粒子群算法及应用.科学出版社，2008.

[2] MacQueen J. B., Some methods for classification and analysis of multivariate observations, proceedings of 5th Berkeley Symposium on Mathematical Statistics and Probability. Berkeley: University of California Press, 1967. pp. 271-297.

[3] J. C. Bezdek, R. Ehrlich and W. Full, FCM: the Fuzzy c-means clustering algorithm, Comput Geosci, 1984, 10(2-3), pp. 191-203.

[4] J. Kennedy and R. Eberhart, Particle swarm optimization, Proceedings of IEEE international Conference on Neural Networks, IEEE Service Center, 1995, NJ(1995), pp. 1942-1948.

[5] Spellman et al., Comprehensive identification of cell cycle-regulated genes of the yeast Saccharomyces cerevisiae by microarray hybridization, Mol. Biol. Cell, 1998, 9, pp. 3273-3297.

[6] Chu at al., The transcriptional program of sporulation in budding yeast, Science, 1998, 282, pp. 699-705 Alizadeh at al., Distinct types of diffuse large B-cell lymphoma identified by genen expression profiling, Nature, 2002, 403, pp. 503-511.

基于混合特征的人脸识别方法

黄太泉[1] 陈文胜[1,2]

（深圳大学，1. 计算机与软件学院；2. 数学与计算科学学院，深圳，518060）

摘 要：本文提出了一种新的分类准则，该准则可用来同时提取人脸数据的全局特征和局部特征。据此设计出一种基于混合特征的人脸识别算法。通过在 ORL 人脸数据库上进行测试，实验结果表明，本文提出的算法性能均优于线性鉴别分析（LDA）和局部保持投影（LPP）等算法。

关键词：线性鉴别分析；局部保持投影；人脸识别；特征提取

A Hybrid Feature based Face recognition Approach

Huang Taiquan[1]，Chen Wensheng[1,2]

（1. College of Computer Science and Software Engineering, 2. College of Mathematics and Computational Science, Shenzhen University，Shenzhen，518060，China）

Abstract: This paper presents a novel discriminant criterion, which can be utilized to extract the holistic feature and local feature of facial image data simultaneously. Based on the proposed discriminant criterion, a hybrid feature extraction approach is developed for face recogniton. The proposed algorithm is evaluated on the ORL face database. Compared with LDA method and LPP method, the experimental results show that our proposed algorithm gives superior performance.

Key words: LDA, LPP, Face Recognition, Feature Extraction

1 引言

　　人脸识别是目前模式识别和计算机视觉领域中具有挑战性的研究问题。自从 1991 年以来，研究人员提出了很多基于不同鉴别准则的降维和特征提取方法，其中具有代表性算法有主成分分析(PCA)[1]，线性鉴别分析 (LDA)[2]和局部保持投影 (LPP)[3]等方法。

　　线性鉴别分析方法(LDA)的基本思想是将高维数据投影到低维特征空间，使得数据在低维空间中同类数据分布更集中，不同类数据相距更远。在人脸识别任务中，线性鉴别分析方法被称为 Fisher 脸方法，由 Belhumeur 等人在 1997 年提出[2]。此后，许多基于线性鉴别分析的人脸识别算法被开发出来[4-7]。线性鉴别分析是一种有监督的学习方法，该方法仅考虑人脸数据在模式空间中的全局结构。另一方面，人脸图像在模式空间的几何分布也可看作是嵌入到高维欧

基金项目：国家自然科学基金 (60873168, 11026157)，深圳市基础研究计划项目 (JC200903130300A)，广东省计算科学重点实验室开放基金 (201106002)

式空间中的低维流形。2003 年，He[3] 等人从流形学习的角度提出了非监督的局部保持投影(LPP)的人脸识别方法。LPP 的基本思想是寻找一个投影方向，使得在原来空间上距离比较近的点，在投影后的特征空间中依然保持距离比较近。但局部保持投影方法仅仅考虑了数据的局部结构而忽略了全局结构。

本文将综合考虑人脸图像数据的全局结构和局部流形结构，提出了一种新的鉴别准则。根据该准则，可以同时提取人脸图像的全局特征和局部特征，进而提出一种基于混合特征的人脸识别算法。通过在 ORL 人脸数据库上进行测试，并与 LDA 和 LPP 算法进行比较，实验结果显示我们的方法具有较好的识别性能。

本文以下部分安排如下，第二节介绍相关工作；第三节中提出我们的算法；第四节为实验部分；最后一节得出结论。

2 相关工作

本节将介绍人脸识别的几个主要算法。

（1）相关记号

设 d 为原始人脸模式空间的维数，C 为个类别数，M_i 为第 i 类含有的样本数，总样本数为 $M = \sum_{i=1}^{C} M_i$。样本向量 x_i^j 为第 i 类中的第 j 个样本，μ_i 为第 i 类的均值向量。

在 LDA 算法中，类内散度矩阵 S_w 和类间散度矩阵 S_b 其分别定义如下：

$$S_w = \frac{1}{M} \sum_{i=1}^{C} \sum_{j=1}^{M_i} \left(x_i^j - \mu_i\right)\left(x_i^j - \mu_i\right)^T, \quad S_b = \frac{1}{M} \sum_{i=1}^{C} M_i \left(\mu_i - \mu\right)\left(\mu_i - \mu\right)^T.$$

总体散度矩阵 $S_T = S_w + S_b$。在 LPP 算法中，邻接矩阵 $S = (S_{ij}) \in R^{M \times M}$ 中的权值 S_{ij}，定义为：

$$S_{ij} = \begin{cases} \exp(-\|x_i - x_j\|^2 / t), & x_i \in N_k(x_j) \text{ or } x_j \in N_k(x_i) \\ 0, & \text{otherwise} \end{cases},$$

其中 $N_k(x)$ 表示为 x 的 k 近邻。记 $S_L = XLX^T$ 和 $S_D = XDX^T$，其中，$D = \text{diag}\left\{D_{11}, \cdots, D_{MM}\right\}$，$D_{ii} = \sum_j S_{ij}$，$L$ 为拉普拉斯矩阵 $L = D - S$，$X = \left[x_1^1, \cdots, x_1^{M_1} | \cdots | x_C^1, \cdots, x_C^{M_c}\right] \in R^{d \times M}$。

（2）线性鉴别分析（LDA）

线性鉴别分析方法的目标是寻找最佳投影方向，使得样本在降维投影后的特征空间中满足类间散度和类内散度的比值最大，即：

$$W_{LDA} = \arg\max_{W} tr\left(W^T S_b W\right) / tr\left(W^T S_w W\right).$$

上式的求解可等价于求解如下广义特征问题：

$$S_b \omega = \lambda S_w \omega.$$

投影矩阵 W_{LDA} 是由最大的 $C-1$ 个特征值对应的特征向量组成。

（3）局部保持投影（LPP）

局部保持投影的准则函数定义如下：

$$J(W) = \frac{1}{2}\min_{W}\sum_{ij}\|y_i - y_J\|^2 S_{ij} = \frac{1}{2}\min_{W}\sum_{ij}\|y_i - y_j\|^2 S_{ij} = tr\left(W^T S_L W\right).$$

局部保持投影目标是确定投影矩阵 W_{LPP}，使其满足：

$$W_{LPP} = \arg\min_{W^T S_D W = I} tr\left(W^T S_L W\right).$$

如上 W_{LPP} 的求解等价于求解下面的广义特征值问题：

$$S_L \omega = \lambda S_D \omega.$$

投影矩阵 W_{LPP} 是由上面特征方程中较小的特征值所对应的特征向量组成。

3 新的鉴别准则和算法

本节将提出一种新的鉴别准则，该准则不仅考虑了人脸数据的整体结构，还考虑了人脸数据的局部流形结构。另外，通过引入总体散度矩阵消除数据间的相关性。具体见如下各小节。

（1）准则函数

为充分利用全局特征(LDA)和局部特征(LPP)的优点，并考虑消除数据的相关性，我们提出如下新的准则函数：

$$J(a,W) = \frac{tr\left(W^T (S_T)W\right)}{tr\left(W^T \left(a^2 S_w + (1-a)S_L\right)W\right)}.$$

参数 $a \in [0,1]$ 用来平衡全局特征和局部特征选取。问题 $W = \arg\max_{a,W} J(a,W)$ 的求解等价于求解如下广义特征值问题：

$$S_T \omega = \lambda \left(a^2 S_w + (1-a)S_L\right)\omega. \tag{1}$$

（2）算法设计

基于以上的讨论，算法流程设计如下：

- 步骤 1：通过训练样本计算出矩阵 S_T，S_w 和 S_L；
- 步骤 2：初始化参数 a，通过设置合适的参数平衡局部特征和全局特征；
- 步骤 3：求解特征值问题 (1)，计算出广义特征值和特征向量；
- 步骤 4：选取前 k 个大的特征值对应的特征向量组成投影矩阵 W。

4 实验结果

本节将在 ORL 人脸库上进行实验，并将线性鉴别分析、局部保持投影和我们的算法在相同实验条件下进行比较。本节实验中，对于 LPP 算法和我们的算法，邻接矩阵 S 均采用了有监督学习的形式，且计算 S 中元素的高斯函数的参数 t 值均为 $t=1e6$。

（1）人脸数据库

ORL 人脸库包含有 40 个人共 400 张图片，每张图像包含了姿态、表情和戴或不戴眼镜等变化，图 1 为 ORL 人脸数据库中同一个人的 10 幅像。在人脸识别阶段，通过计算测试样本和类别中心的欧式距离，使用最近邻的方法对人脸图像进行分类。

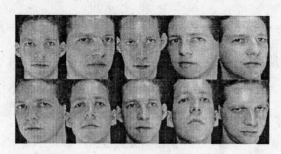

图 1 ORL 中同一人的 10 幅图像

（2）ORL 人脸库上的性能比较

我们从每个类中随机选取 n（n=2,4,6,8）个人脸图像作为训练样本，剩下的 10-n 个作为测试样本。参数 a 的值取为 0.5。实验运行 10 次，其平均识别率在表 1 中列出，其中小括号内为特征选取的维数。从表 1 可知，我们的算法的识别率从 2 个训练样本时的 76.69%上升到 8 个训练样本的 96.88%。而线性鉴别分析(LDA)和局部保持投影(LPP)的识别率分别从 2 个训练样本的 73.88%和 74.69%上升到 8 个训练样本的 96.12%和 94.12%。不难看出我们的算法均高于线性鉴别分析算法和局部保持投影算法。

表 1   ORL 人脸库的识别率

训练样本	2	4	6	8
LDA	73.88% (39D)	90.29% (39D)	94.75% (39D)	96.12% (39D)
LPP	74.69% (50D)	89.71% (101D)	93.56% (180D)	94.12% (230D)
我们的方法	76.69% (50D)	90.83% (101D)	95.06% (180D)	96.88% (230D)

5 结束语

本文综合考虑了人脸模式空间的全局结构和流形局部结构，提出了一种新的分类准则，可用来同时提取人脸数据的全局特征和局部特征，并可消除数据间的相关性。通过在 ORL 人脸库上进行实验，并与线性鉴别分析和局部保持投影这两种算法进行比较，实验结果表明我们的算法具有较好的识别效果。

参 考 文 献

[1] M. Turk and A. Pentland, Face recognition using eigenfaces. Proc. IEEE Conference on Computer Vision and Pattern Recognition. 1991:p. 586-591.

[2] P.N. Belhumcur, J.P. Hespanha, and D.j. Kriegman, Eigenfaces vs. fisherfaces: Recognition using class specific linear projection, IEEE Transactions on Pattern Analysis and Machine Intelligence, 1997. 19（7）: p. 711-720.

[3] X. He and P. Niyogi, Locality preserving projections, Proceedings of the Conference on Advances in Neural Information Processing Systems, 2003 : p. 585-591.

[4] W.S. Chen, P.C. Yuen, J. Huang, B. Fang, Two-Step Single Parameter Regularization Fisher Discriminant

Method for Face Recognition, International Journal of Pattern Recognition and Artificial Intelligence, 2006. I. 20（2）: p. 189-208.

[5] L. Chen, H.Y. Mark Liao, M. Ko, J. Lin, and G. Yu, A new lda-based face recognition system which can solve the small sample size problem, Pattern Recognition, 2000. 33（10）: p.1713–1726,.

[6] H.T. Zhao; P.C. Yuen, Incremental Linear Discriminant Analysis for Face Recognition, IEEE Transactions on Systems,Man, and Cybernetics, Part B: Cybernetics, 2008. 38（1）: p. 210–221.

[7] X.Z. Liu, P.C. Yuen, G.C. Feng, W.S. Chen, Learning Kernel in Kernel-Based LDA for Face Recognition Under Illumination Variations, IEEE Signal Processing Letters, 2009. 16（1）: p. 1019–1022.

基于视频的烟雾识别控制

毛文彬　潘　迅　朱振军

（国家广电 831 台）

摘　要： "烟为火始"，为实现更加灵敏、可靠的火灾检测，对于火灾发生初期烟雾的检测则显得非常有必要。本文提出了一种新型、有效的基于动态背景视频下的早期火灾烟雾及其发生源的检测技术，实验证明该技术应用于火灾烟雾检测之中，可以有效的检测到整个被监测区域空间的烟雾发生源，能够在一定程度上弥补目前国内火灾检测方式的缺陷和不足。

关键词： 阈值；分量运算；位屏蔽；中值滤波；小波变换；闪烁频率。

Smoke Detect Based On Vicfe Image

Mao Wenbin，Pan Xun，Zhu Zhenjun

(The State Administration of Radio and Television 831)

Abstract: "Smoke is the beginning of fires". It is very necessary to detect the smoke of the early stages of fire for the more sensitive and more credibility of smoke detection. In this paper, a new kind and effective technology of the early stages of fire smoke detection and the source, which based on the video is supposed. It is proved that this technology could be sensitive to detect all the smoke and the fire source of the monitored region, which could make up the flaw and insufficiency of the fire smoke detection at present.

Keywords: Threshold, Pixel Heft, Median, Wavelet Transformation, Flicker Frequency

1　背景学习与维护问题

运动目标监控通常采用减背景来得到目标区域。将视频场景分为背景和前景两部分。对于视频序列的每一帧的分块来说，可以由减去通过背景模型学习而得的分块背景来获取分块前景。烟雾也属于运动目标，是前景的一部分。由于它的多变性，在进行识别之前必须进行背景提取，分割出运动目标，再进行进一步的分析。提取前景的算法很多,本次视频控制采用了二级背景维护[1]算法。

2　色域特征提取分析

对烟雾图像（如图1所示，共有160多万组烟雾数据）的 RGB 各分量进行提取分析。分析算法如下：

1）将每张图像进行 5×5 分块；

2）得到分块内的像素值，即 R、G、B 分量的值；

3）根据分量值，进而得到各分块 R、G、B 分量的各自最大值、最小值及平均值；

4）去除各自分量中最大值的前 1/10 数据及各自分量中最小值的后 1/10 数据；

5）大于各自分量的平均值的所有值累加的平均值，小于各自分量的平均值所有值累加的平均值；

根据分析的算法分析，得到了预期的色带如图 2 和图 4 所示。

图 1   部分典型烟雾图像

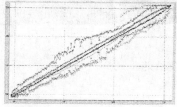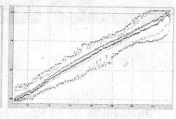

图 2   以 R 为基准分布图   图 3   以 G 为基准分布图   图 4   以 B 为基准分布图

经过本次实验，对数据进一步的过滤后，得到的结果正是预期想得到的。至此，根据以上对典型烟雾数据的分析及处理，可以初步断定烟雾在色域中存在一定的区域分布。

由上面分析得出典型烟雾各颜色分量分布在一定的区域中。基于这一点，对类烟雾数据的提取，给出了一定的理论与实验的依据。即给定一张图像，其中包含类烟雾的区域，若选中类烟雾区域进行学习，则可提取到整张图像的类烟雾区域。图 5 容差带学习目标区选择。图 6 根据容差值及目标区学习，标记所有学习目标区。

图 5   学习区（矩形白色部分）   图 6   处理结果（黑色部分为学习结果）

由容差学习得到的类烟雾目标区（图 8 黑色区域），结合分量运算和位屏蔽[2]算法，进一步对容差学习结果（图 8）进行压缩学习。得到的结果如图 9 所示。

图 8　容差学习结果　　　　　　　　　　图 9　结合分量运算学习结果

经由学习得到的 8 组特征参数，取其中一组 R＝-1，G＝－1.0，B=3.0 参数，对视频进行分析，得到如图 10 结果。

第 1 帧　　　　　　　第 3 帧　　　　　　　　第 5 帧　　　　　　　第 7 帧

图 10　分量运算+位屏蔽获得的类烟雾结果

3　动态烟雾的特征分类

一方面，对类烟事件进行离线的静态学习，取长序列视频中存在类烟事件的帧。然后，对类烟区进行容差学习。最后，根据容差得到的目标区，进行分量运算及位屏蔽学习，并记录学习结果。

另一方面，首先，根据离线的静态学习获得的参数，对视频各帧进行分量运算及位屏蔽运算，拿到类烟雾目标区。然后，根据对视频的背景维护所得到前景，将前景区和类烟雾区进行与操作，去除静态类烟雾区等部分背景干扰。为了去除强噪声区域，实验过分量运算，小波分析[3][4][5]，位屏蔽来减背景遗留下来的强噪声区域，获得干净的动态类烟雾区。在此基础上，通过对长序列视频的类烟雾出现总次数，以及前后帧分块差分值大于阈值的次数，来判断是否真正烟雾。实验结果如图 11。

13帧　　　　　　　　16帧　　　　　　　　49帧　　　　　　　　52帧

图 11　最终获得的实时检测结果举例

4 结束语

本文重点研究了复杂背景下类烟雾特征区域的提取。通过详细的色带学习，来证明容差学习的可用性，并通过容差学习、分量运算、位屏蔽、小波去噪及时域分析实现在较为复杂的环境中，实时精确的提取类烟雾区域。

参 考 文 献

[1] 周平，基于机器视觉的自然目标特征学习与即时检测，浙江大学博士学位论文，2006.12.

[2] 周平，钟取发等. 自然场景兴趣区的分量组合-压缩快速分割法. 浙江大学学报(工学版). Apr 2007. Vol.41 No.4:656-660.

[3] 帅师，周平等. 基于小波的实时烟雾检测. 计算机应用研究. March 2007, Vol.24 No.3: 309-311.

[4] 徐晨等.小波分析应用算法[M].北京:科学出版社,2004.

[5] 潘泉等.小波滤波方法及应用[M].北京:清华大学出版社,2004.

基于双混沌方程的安全密码算法

周俊伟　王　博　陈剑勇

（深圳大学，计算机与软件学院，深圳 518060）

摘　要：由于混沌系统遍历性、初值敏感性和随机性、密码算法的扩散性和混淆性具有等效的作用，近年来混沌密码算法的研究日益受到重视。然而算法的安全性仍然是一个有待解决的问题。为提高算法抵抗选择明文攻击的能力，本文提出一种基于双混沌方程的密码算法，主混沌方程用于数据加密；辅助混沌方程用于扰动加密方程的混沌轨迹；同时引入高维辅助方程，增强了密码算法的混淆性，提高了密文对密钥以及明文的敏感性。

关键词：混沌；密码；安全

Security Cryptosystem based on Dual-Chaotic Equations

Zhou Junwei，Wang Bo，Chen Jianyong

（College of Computer and Software Engineering, Shenzhen University, Shenzhen, 518060）

Abstract: Characteristics of chaotic systems such as ergodicity, mixing and sensitivity to initial conditions are similar to diffusion and confusion which are the essential features of practical encryption algorithms, a growing number of cryptographic schemes based on chaos have been suggested. However, the security of algorithm is still a problem to be solved. Most of them were cracked soon after publications which cannot efficiently combat chosen plaintext attack. In this paper, we propose an intensified scheme based on Dual-chaotic dynamics: the main chaotic function is used for encryption purpose, while the assistant chaotic function is used to disturb the chaotic trajectory used for encryption. The encryption procedure is determined not only by the secret key, but also by the plaintext. Simulation results and analysis show that it is effective to resist chosen plaintext attack, the key space is larger, and the security of our scheme is better than existing chaos-based cryptosystems.

Key words: Chaos, Cryptography, Security

1 引言

随着信息科技的飞速发展，网络通信逐渐成为人们沟通交流的重要手段，信息的安全与保密变得越来越重要。研究显示混沌动力学特性与常规密码算法具有相同的特征：即混沌的各态

基金项目：国家自然科学基金(60703112)

遍历性与传统密码的混淆特性都能保证不同的明文输入有相同分布的密文输出；混沌的初值敏感性与传统密码的扩散性都能使极小的明文输入变化产生明显的密文改变；混沌算法的迭代机制导致小的明文变化影响整个密文输出 0。自从 1989 年，英国数学家 Matthews 第一次提出混沌密码算法后 0，国内外安全领域的许多学者开始从事基于动态混沌系统的密码算法研究，取得了大量成果错误！未找到引用源。。另一方面，许多文献针对所报道的混沌密码算法进行攻击测试。例如文献 0 分析了自同步混沌密码的信息泄漏规律，并据此提出了对自同步混沌密码的分割攻击方法，该方法利用所有时刻的已知明文进行攻击，实现了对密钥规模为 64 比特的密码的分割攻击。文献错误！未找到引用源。提出一种只需要两个明文的选择明文攻击方法破解该算法，同时指出简单改变迭代次数无法提高密码算法的安全特性。针对一种基于混沌神经网络的密码算法，文献 0 指出这种算法存在严重安全漏洞，采用选择明文攻击能恢复出该算法的密钥。由此可见，混沌密码算法的安全性有待提高，特别是在抵抗选择明文/已知明文攻击方面。

2 双混沌方程密码算法

2.1 基本算法

本在该方法中加密系统由两个方程组成，如图 1 所示。第一个方程是辅助方程，是一个 N 维混沌系统，用于生成加密密钥和干扰加密轨迹。第二个混沌方程是主方程，用于数字加密。

$$X(t) = f_1(X(t-1)) \tag{1}$$
$$Y(t) = f_2(Y(t-1)) \tag{2}$$

系统初始值可以随机取 $X(0)=\{x_0(0), x_1(0),\ldots,x_{n-1}(0)\}$。首先，数据发送方使用方程（1）对初始值进行 m 次迭代，为了避免瞬时效应，m 必须大于 8，同时为了保证算法性能，m 应该小于 256。经过 m 次迭代后得到 n 维向量 $X(m)=\{x_0(m), x_1(m),\ldots,x_{n-1}(m)\}$，发送方把该 n 维向量分为两个子序列：$\{x_0(m),x_1(m),\ldots,x_{d-1}(m)\}$ 和 $\{x_d(m),x_{d+1}(m),\ldots,x_{n-1}(m)\}$。第一个子序列 $\{x_0(m),x_1(m),\ldots,x_{d-1}(m)\}$ 作为方程(2)的初始值用于数字加密，第二个子序列保留作为下次迭代从 d 到 $n-1$ 维的初始值。当发送方使用方程(2)进行数据加密后，可以得到一个新的 d 维向量 $Y(k)=\{y_0(k),y_1(k),\ldots,y_{d-1}(k)\}$，同时得到密文 k。然后把 $Y(k)$ 赋给 $\{x_0(0),x_2(0),\ldots,x_{d-1}(0)\}$ 作为下次加密从第 0 到第 $n-1$ 的初始值，结合方程(1)迭代 m 次所保留的初始值，形成下次加密的初始值 $\{x_0(0),x_1(0),\ldots,x_{d-1}(0),x_d(0), x_{d+1}(0),\ldots,x_{n-1}(0)\}$。把该初始值代入方程(1)中，执行 m 次迭代，得到新的 n 维向量。重复以上操作即可加密所有明文。

方程(1)与方程(2)的值域与定义域有可能不在同一区域，因此需要使用线性映射进行值域区间转换。例如值 x 在区间 $[a, b]$ 中，需要转到区间 $[c, d]$ 中，则需要经过(3)式中的线性变换。

$$x = x * (d - c) / (b - a) + c \tag{3}$$

2.2 加密过程

为了演示该模型，选择经典的二维混沌映射 Henon map 作为扰动方程，如方程（4）所示。而采用经典的 Baptista 密码算法作为加密算法，其中 Baptista 采用一维的 Logistic map 作为加密方程，如方程（5）所示。方程（4）和方程（5）都是经典的混沌方程，都具有良好的混沌特性。

$$\begin{cases} x_0(t) = 1 - a_0 x^2{}_0(t-1) + x_1(t-1) \\ x_1(t) = a_1 x_0(t-1) \end{cases} \tag{4}$$

$$y_0(t) = b_0 * y_0(t-1) * (1 - y_0(t-1)) \tag{5}$$

为了不失一般性，假定明文消息由字符序列组成。发送方在定义域内随机取得初始值$\{x_0(0),$ $x_1(0)\}$，a_0, a_1 和 b_0，同时取 $m=16$。发送方和接收方通过下面方法进行加密：

（1）当发送方加密第 p 个字符时，在$(p-1)$次加密结束后从方程(5)中得到 $Y(k)$，从方程(4)中得到 $\{x_1(m)\}$。经过线性变换后，把 $Y(k)$赋值给$\{x_0(0)\}$，把 $x_1(m)$赋值给$x_1(0)$，由此得到此次加密的初始值$\{x_0(0), x_1(0)\}$，代入方程(4)，经过 m 次迭代后得到$X(m)=\{x_0(m), x_1(m)\}$。

（2）取 $Y(0)= \{x_0(m)\}$作为 Baptista 密码算法中的加密输入值，加密第 p 个字符，经过 k 次迭代后，混沌加密轨迹落入该字符对应的相空间。由此得出该字符的密文即是 k，同时得到新的向量 $Y(k)$用于下次加密。

（3）重复操作步骤（1）和步骤（2），发送方即可加密所有的明文。

2.3　解密过程

在解密之前，数据接收方秘密地从发送方取得密钥和映射表。密钥包括两个混沌方程的控制参数 a_0, a_1, b_0 和初始值$\{x_0(0), x_1(0)\}$，扰动方程迭代的次数 m。取得这些信息后，接收方可以准确地构造混沌轨迹。一旦接收方获取得密钥和映射表后，接收方即可以解密密文。解密过程与加密过程类似，接收方只需要根据密文与密钥即可以在混沌轨迹及映射表中解密密文。

3　仿真与分析

3.1　密钥空间及密钥敏感性

密钥空间越大，说明算法安全性越高。为了分析双混沌密码算法的密钥空间，在定义域内随机地选取控制参数 a_0, a_1, b_0，初始值$\{x_0(0), x_1(0)\}$以及扰动方程迭代次数 m 作为密钥，$a_0, a_1,$ b_0 和 $\{x_0(0), x_1(0)\}$都是实数，可以用 52 比特双精度实数代替。然而根据 0 中的第五条规则，b_0应该属于区间$[3.9, 4]$，从而避开非混沌区间。因此 b_0 的取值区间长度为 0.1，代表 46 比特。m 大于 8，小于 256，代表 5 比特。所对应的密钥空间是 155 比特。显然该密钥空间大于 AES 的 128 比特，以及原 Baptista 密码算法的密钥空间，如果考虑到 Henon map 的控制参数 a_0 和 a_1，可以进一步增加双混沌方程的密钥空间。另一方面，也可以通过选择高维的混沌扰动方程来增加算法的密钥空间。

对密钥敏感性越强，密码算法的安全性越高。对同一文件通过修改密钥方法进行两次加密，加密完成后比较两次加密得到的密文的比特值，计算出密文比特变化率。根据该变化率，对不同类型的文件进行统计和比较分析，测试密文对密钥的敏感性。在实际测试过程中修改控制参数 a_0, a_1, b_0 和 $\{x_0(0), x_1(0)\}$小数点后第 16 位数字（优于 0 中提到的小数点后 15 位），对多种不同的文件进行加密，对比不同密钥加密同一文件时得到的密文的比特变化率，测试结果如表 1 所示。结果显示密文比特变化率接近于 50%。结果显示密文对密钥变化非常敏感，可见该算法的安全性能比较高。

表 1　明文敏感性及密钥敏感性

文件	测试方法	比率
geo	初始值变化	50.12%
obj1	初始值变化	49.93%
obj2	初始值变化	50.03%
pic	初始值变化	50.33%
trans	初始值变化	50.40%
news	初始值变化	50.31%
symbolfile1	修改明文	50.19%
symbolfile2	修改明文	50.20%

"初始值变化"意思是修改密钥．比率即是对比初始值变化前和变化后，两次所产生的密文的比特变化率。修改明文，意思是修改明文序列中的一个字符值，比率即是对比修改明文前和修改明文后，两次所产生的密文的比特变化率。上方七行显示该算法对明文非常敏感，后两行显示该算法对密钥非常敏感。

4　结论

当前大多数混沌密码算法存在选择明文攻击的安全漏洞，为了有效抵抗该攻击，本文提出了双混沌方程算法，主方程用于加密，辅助方程用于扰动加密方程轨迹。用于加密的混沌轨迹不仅与初始密钥相关，且与明文序列相关，能有效抵抗选择/已知明文攻击。仿真结果和数据分析表明双混沌方程可以有效扩大现有低维混沌方程的初始值空间即增强了密码算法的密钥空间和长度，同时干扰方程可以有效混淆加密过程使得密文对明文及密钥非常敏感，从而有效地增强算法的密钥空间和安全性，且从加密迭代次数中可以发现该算法 额外增加的迭代次数与明文长度是线性关系，算法的效率得到保证。

参 考 文 献

[1] G. Alvarez, S J Li. Some basic cryptographic requirements for chaos-based cryptosystems[J]. International Journal of Bifurcations and Chaos, 2006, 16(8):2129-2151.

[2] R Matthews. On the derivation of a 'chaotic' encryption algorithm[J]. Taylor and Francis, 1984, 8(1):29-41.

[3] K W Wong, C H Yuen. Embedding compression in chaos-based cryptography[J]. IEEE Trans. Circuits and Systems II: Express Briefs, 2008, 55(11):1193-1197.

[4] K W Wong, B SH Kwok, W S Law. A fast image encryption scheme based on chaotic standard map[J]. Physics Letters A, 2008, 372(15):2645-2652.

[5] T Xiang, X F Liao, G P Tang, Y Chen, K W Wong. A novel block cryptosystem based on iterating a chaotic map[J]. Physics Letters A, 2006, 349(1-4):109-115.

[6] J Y Yang, X F Liao, W W Yu, K W Wong, J Wei. Cryptanalysis of a cryptographic scheme based delayed chaotic neural networks[J]. Chaos Solitons and Fractals, 2009, 40(2):821-825.

[7] G Álvarez, F Montoya, M Romera, G Pastor. Cryptanalysis of an ergodic chaotic cipher[J]. Physics Letters A, 2003, 311(2-3): 172-179.

基于特征分解的分布式卫星雷达 GMTI 技术

余 慧 雷万明

（南京电子技术研究所，南京，210039）

摘 要：本文对沿航迹排列双通道分布式卫星雷达的回波样本协方差矩阵进行了特征分解，提出了一种由特征分解所获变量组合定义的运动目标检测算子。相比协方差矩阵特征分解后所获变量直接定义的检测算子，该算子对杂波和噪声的鲁棒性更强。对各检测算子检测性能的计算机仿真实验结果验证了本文所提检测算子的优越性。

关键词：分布式卫星雷达；地面运动目标检测（GMTI）；特征分解

A New Method for Distributed-Satellite Radar GMTI Based on Eigen-decomposition

Yu Hui，Lei Wanming

（Nanjing Research Institute of Electronic Technology，Nanjing，210039，China）

Abstract: The paper analyzes the eigen-decomposition of sample covariance matrix of along-track dual-channel distributed-satellite radar, and proposes a new detector by combining the obtained variables after eigen-decomposition. Compared with the detectors defined by using the obtained variables themselves, the proposed detector is more effective. Finally, the simulation experimental results of detecting performance of these detectors prove the conclusion proposed.

Key words: distributed-satellite radar, ground moving targets indication (GMTI) , eigen-decomposition

1 引言

常规的分布式卫星雷达运动目标检测系统，如 DPCA 检测系统[1]和 ATI 检测系统[2]，难以充分利用回波的幅相信息，检测性能对通道一致性依赖程度高。研究发现，在应用沿航迹排列的分布式卫星雷达系统进行运动目标检测时，由于动目标的存在，各小卫星通道信号并不完全相关[3]。因此，各小卫星接收回波所构成的样本协方差矩阵携带了杂波及运动目标信息，可通过对样本协方差矩阵的分析来提取运动目标的相关信息。这类检测方法可充分利用运动目标的幅度和相位信息，并减弱检测性能对通道相关性的敏感。文献[3]介绍了利用样本协方差矩阵特征分解所获变量直接定义运动目标检测算子的方法，本文对其所提方法作了改进，提出了一种新的由特征分解所获变量组合定义的运动目标检测算子，并对该算子的统计特性和检测性能进行了分析。最后通过计算机仿真实验，验证了本文所提检测算子的优越性。

2 基于特征分解的 GMTI 处理

在对双通道回波数据进行处理时，为了降低相干斑从而减低相位噪声，通常对数据进行多视处理。假设地面背景杂波服从高斯分布。以 $Z_1(k)$ 和 $Z_2(k)$ 分别表示第 k 视干涉数据对中对应点值，并记 $\bar{\mathbf{Z}}(k) = [Z_1(k), Z_2(k)]^T$，则样本协方差矩阵可以表示为[4]：

$$\hat{R} = \frac{1}{n}\sum_{k=1}^{n} \bar{\mathbf{Z}}(k)\bar{\mathbf{Z}}(k)^H = \frac{1}{n}\sum_{k=1}^{n}\begin{bmatrix} |Z_1(k)|^2 & Z_1(k)Z_2(k)^* \\ Z_1(k)^* Z_2(k) & |Z_2(k)|^2 \end{bmatrix} \tag{1}$$

其中，n 为视数，上标 H 表示共轭转置，*表示共轭。文献[4]对其统计特性进行了介绍。

以 $\eta e^{j\delta}$ 和 $\eta_0 e^{j\delta_0}$ 分别表示 $\frac{1}{n}\sum_{k=1}^{n} Z_1(k)Z_2(k)^*$ 和 $E\left[\frac{1}{n}\sum_{k=1}^{n} Z_1(k)Z_2(k)^*\right]$，则：

$$\mathbf{R} = E\left(\frac{1}{n}\sum_{k=1}^{n}\bar{Z}(k)\bar{Z}(k)^H\right) = \begin{bmatrix} \sigma_1^2 & \sigma_1\sigma_2\eta_0 e^{j\delta_0} \\ \sigma_1\sigma_2\eta_0 e^{-j\delta_0} & \sigma_2^2 \end{bmatrix} \tag{2}$$

样本协方差矩阵 $\hat{R}$ 是 Hermite 矩阵，其特征值全为实数。对 $\hat{R}$ 进行特征分解后，其由 4 个新的变量表示，2 个在特征值矩阵 D 中，2 个在特征向量矩阵 U 中，表达式为：

$$\hat{R} = \begin{bmatrix} \hat{R}_{11} & \hat{R}_{12} \\ \hat{R}_{21} & \hat{R}_{22} \end{bmatrix} = \begin{bmatrix} \cos\theta & e^{j\delta}\sin\theta \\ e^{-j\delta}\sin\theta & -\cos\theta \end{bmatrix}\begin{bmatrix} \lambda_1 & 0 \\ 0 & \lambda_2 \end{bmatrix}\begin{bmatrix} \cos\theta & e^{j\delta}\sin\theta \\ e^{-j\delta}\sin\theta & -\cos\theta \end{bmatrix} \tag{3}$$

λ_1、λ_2 和 θ、δ 的联合概率密度函数为[4]：

$$f_{\lambda_1,\lambda_2,\theta,\delta}(\lambda_1,\lambda_2,\theta,\delta) = \frac{(\lambda_1\lambda_2)^{n-2}(\lambda_1-\lambda_2)^2|\sin 2\theta|}{2\pi\Gamma(n)\Gamma(n-1)\det(R)^n}e^{-Tr\left(U^H R^{-1}U\begin{bmatrix}\lambda_1 & 0 \\ 0 & \lambda_2\end{bmatrix}\right)} \tag{4}$$

由于最小特征值 λ_2、相似角 θ 和 ATI 干涉相位 δ 包含运动目标信息，可将它们本身定义为检测算子，文献[3]已对它们的统计特性和检测性能作了分析。

3 一种新的检测算子

令 V 为 R 的特征矢量，则 $V = \frac{1}{\sqrt{2}}\begin{bmatrix} 1 & 1 \\ 1 & -1 \end{bmatrix}$，$R = V\begin{bmatrix} s_1 & 0 \\ 0 & s_2 \end{bmatrix}V^H$。定义矩阵 $W = V^H U$，并将其表示为 $W = \begin{bmatrix} \cos\vartheta & e^{j\varphi}\sin\vartheta \\ e^{-j\varphi}\sin\vartheta & -\cos\vartheta \end{bmatrix}$，则表示特征矢量 U 的变量对 (θ,δ) 被变换成变量对 (ϑ,φ)，且式（4）中的"迹"表示为：

$$Tr\left(W^H\begin{bmatrix} s_1^{-1} & 0 \\ 0 & s_2^{-1} \end{bmatrix}W\begin{bmatrix} \lambda_1 & 0 \\ 0 & \lambda_2 \end{bmatrix}\right) = \left(\frac{\lambda_1}{s_1} + \frac{\lambda_2}{s_2}\right)\cos^2\vartheta + \left(\frac{\lambda_1}{s_2} + \frac{\lambda_2}{s_1}\right)\sin^2\vartheta \tag{5}$$

由上式可知，变量 φ 独立于其它变量，且属均匀分布，不包含任何运动目标信息。由此可见，联合相似角 θ 和 ATI 干涉相位 δ 完成的运动目标检测能力被转化为由新变量 ϑ 完成。

基于以上分析，本文将 ϑ 和 λ_2 联合起来进行运动目标检测，并定义新的检测算子如下：

$$m_{new} = \lambda_2 \left(\frac{\cos^2 \vartheta}{s_1} + \frac{\sin^2 \vartheta}{s_2} \right) \tag{6}$$

由 U 和 W 的表达式可导出 $\cos(2\vartheta) = \cos\delta\sin(2\theta)$。变量代换后，新变量 ϑ、φ 和 λ_1、λ_2 的联合概率密度函数为：

$$f_{\vartheta,\varphi,\lambda_1,\lambda_2}(\vartheta,\varphi,\lambda_1,\lambda_2) = \frac{\sin 2\theta}{2\pi\Gamma(n)\Gamma(n-1)(s_1 s_2)^n}(\lambda_1\lambda_2)^{n-2}(\lambda_1-\lambda_2)^2 e^{-A\lambda_1-B\lambda_2} \tag{7}$$

先后对式（7）沿 φ 和 λ_1 进行积分得到 ϑ 和 λ_2 的联合概率密度函数：

$$f_{\vartheta,\lambda_2}(\vartheta,\lambda_2) = \frac{2\sin(2\vartheta)}{\Gamma(n)\Gamma(n-1)(s_1 s_2)^n}\lambda_2^{2n-1}e^{-(s_1^{-1}+s_2^{-1})\lambda_2}\Psi(3,n+2;A\lambda_2) \tag{8}$$

其中 $\Psi(\cdot)$ 为第二类退化超几何函数。

作变量代换 $\begin{cases} u = \lambda_2 \left(\dfrac{\cos^2 \vartheta}{s_1} + \dfrac{\sin^2 \vartheta}{s_2} \right) \\ v = \lambda_2 \end{cases}$，导出变量 u 和 v 的联合概率密度函数为：

$$f_{u,v}(u,v) = \frac{2}{\Gamma(n)\Gamma(n-1)(s_1^{-1}-s_2^{-1})(s_1 s_2)^n}v^{2n-2}e^{-(s_1^{-1}+s_2^{-1})v}\Psi(3,n+2;u) \tag{9}$$

然后将式（9）沿变量 v 进行积分，即得到新检测算子的概率密度函数：

$$f_u(u) = \frac{2u^{2n-1}\Psi(3,n+2;u)}{\Gamma(n)\Gamma(n-1)(s_1-s_2)}\left[s_1\left(\frac{s_2}{s_1}\right)^n e^{-u(s_1+s_2)/s_1}\Psi(1,2n;u(s_1+s_2)/s_1) \right.$$
$$\left. - s_2\left(\frac{s_1}{s_2}\right)^n e^{-u(s_1+s_2)/s_2}\Psi(1,2n;u(s_1+s_2)/s_2) \right] \tag{10}$$

按同样方法导出含运动目标时新检测算子的概率密度函数为：

$$f_u'(u) = \frac{2u^{2n-1}\Psi(3,n+2;u)}{\Gamma(n)\Gamma(n-1)(s_1'-s_2')}\left[s_1' e^{-u(s_1'+s_2')/s_1'}(s_2'/s_1')^n \Psi(1,2n;u(s_1'+s_2')/s_1') \right.$$
$$\left. - s_2' e^{-u(s_1'+s_2')/s_2'}(s_1'/s_2')^n \Psi(1,2n;u(s_1'+s_2')/s_2') \right] \tag{11}$$

4 检测性能仿真和比较

仿真中设定虚警概率为 $P_f = 10^{-3}$，运动目标干涉相位为 $\{\pi/4, \pi/2, 3\pi/4, \pi\}$。视数取 $n = \{2, 7\}$，杂噪比取 $CNR = 10\text{dB}$，杂波相关系数取 $\eta_0 = 0.98$，运动目标回波相关系数取 $\eta_s = 0.99$。结合概率特性分析，计算出各检测算子检测门限，然后计算相应的检测概率。

各检测算子的检测概率与 SCR 的关系如图 1~2 所示。由图 1~2 可知，随着视数的增加和运动目标速度的增大，各检测算子的检测性能都有所提高。从 SCR 各分段情况来看，低 SCR 时，最小特征值算子检测性能优于干涉相位算子检测性能；高 SCR 时，干涉相位算子检测性能优于最小特征值算子检测性能；所有分段情况中，干涉相位算子与最小特征值算子的性能近似，相似角检测算子性能最差，变量组合得到的检测算子性能最优。

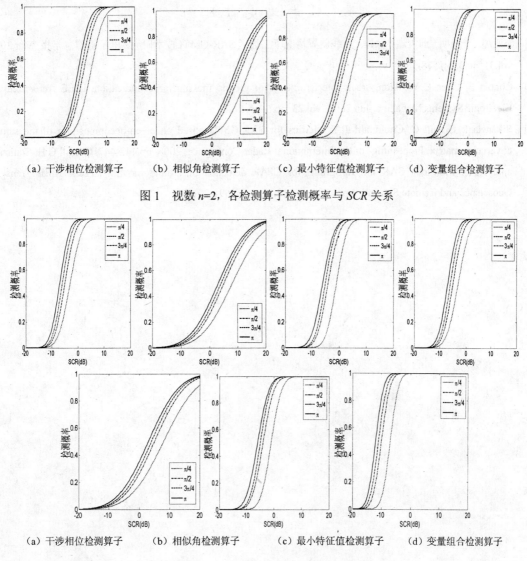

(a) 干涉相位检测算子　　(b) 相似角检测算子　　(c) 最小特征值检测算子　　(d) 变量组合检测算子

图 1　视数 $n=2$，各检测算子检测概率与 SCR 关系

(a) 干涉相位检测算子　　(b) 相似角检测算子　　(c) 最小特征值检测算子　　(d) 变量组合检测算子

图 2　视数 $n=7$，各检测算子检测概率与 SCR 关系

5　结束语

本文分析了沿航迹分布式卫星雷达回波样本协方差矩阵的特征分解，提出了一种新的由特征分解所获变量组合来定义运动目标检测算子的方法，并对该算法的检测性能进行了研究。相比特征分解后所获变量直接定义的检测算子，该算子对杂波和噪声的鲁棒性更强，检测性能更优。通过对各检测算子检测性能的计算机仿真实验，验证了本文所提检测算子的优越性。

参 考 文 献

[1] 李亚超, 李晓明, 邢孟道, 保铮. 天线斜置情况下三通道 SAR-GMTI 技术研究. 电子与信息学报, Mar 2009, vol.31, no.3, pp.578-582.

[2] Chapin E, Chen C W. Along-track interferometry for ground moving target indication. IEEE Aerospace and Electronic Systems Magazine, Jun 2008, vol.23, no.6, pp.19-24.

[3] Sikaneta I, Gierull C, Chouinard J Y. Metrics for SAR-GMTI based on eigen-decomposition of the sample covariance matrix. Proceedings of the International Radar Conference, 2003, pp.442-447. Gierull C H. Statistical analysis of multilook SAR interferograms for CFAR detection of ground moving targets. IEEE Trans On Geoscience and Remote Sensing, Apr 2004, vol.42, no.4, pp.691-701.

基于信息熵的 Apriori 改进算法研究

王升　苏志同　李少华

（　北方工业大学，　信息工程学院，北京，　100144）

摘　要：本文通过对 Apriori 算法的研究，阐述了 Apriori 算法在效率上存在的问题，并结合信息论中的观点，对产生低效问题的原因进行了分析，根据分析原因，提出了一种旨在降低频繁项集信息熵的改进算法。对改进算法与原 Apriori 算法进行了性能实验对比，以证明改进算法的有效性。

关键词：Apriori；Apriori 改进算法；数据挖掘；信息熵

The Research of An Improved Apriori Algorithm Based on Information Entropy Theory

Wang Sheng，SuZhiTong，Li Shaohua

(North China University of Technology, Information Technology Institute, Beijing, 100144)

Abstract: This paper expounds existing problems on efficiency in apriori algorithm according to the research of apriori. The paper also analyses the inefficient reasons based on information entropy theory. This paper puts forward an new algorithm, the purpose of this algorithm is that reduce the information entropy of frequent items. An experimental results verify the effectiveness of the proposed algorithm comparing to apriori.

Key words: Apriori, Improved Apriori Algorithm, Data Mining, Information Entropy

1 引言

　　数据挖掘技术是近些年兴起的一门综合性的前沿学科，其目的主要在于对如今迅速膨胀的信息加以利用，抽取其中的知识，达到对现实世界的预测与指导作用。而对关联规则的知识发现可以说是数据挖掘领域中极为活跃的一个研究方向。大量杰出的科研人员也已经做出了许多卓而有效的研究，进行了许多对关联规则挖掘方向算法的理论研究和高效的实现形式的探索。同时也发展了诸多的改进理论，实现了许多有效的关联规则知识发现的改进方法。

　　在关联规则挖掘领域，最著名的算法应属 Apriori 算法，Apriori 算法是 R.Agrawal 与 R.Srikant 于 1994 年提出的为布尔关联规则挖掘频繁项集的原创性算法。该算法采用了一种逐层搜索迭代的方法，基于频繁项集的先验知识的事实来寻找频繁项集并计算关联规则。

　　首先，简单介绍一下 Apriori 算法。Apriori 算法具有如下的性质：频繁项集的非空子集也必须是频繁的。Apriori 算法的主要过程分为两步：第一步，连接步：设 L_k 为频繁 k 项集，C_k

为 k 项候选集，$L_k \subset C_k$，如 L_{k-1} 的项是可连接的，则执行 $L_{k-1} \infty L_{k-1}$，产生候选项集 C_k。第二部，剪枝步： 扫描原始数据集，确定 C_k 中的候选项集的计数，保留候选项集计数大于最小支持度计数的项成为 L_k。然而 C_k 的规模可能非常大，为压缩 C_k 的规模，可使用 Apriori 算法性质对 C_k 进行剪枝。

2　基于信息熵的 Apriori 算法改进

通过对 Apriori 算法的认识可以看出,在数据量大的情况下 Apriori 算法的效率并不能让人满意，Apriori 算法的每次产生候选项集的迭代都需要遍历一次原始数据集，同时，Apriori 算法的连接步可能会产生数量巨大的候选项集，候选项集的产生过程会消耗大量的计算能力。制约 Apriori 算法效率的瓶颈在于：1，对原始数据集的扫描次数过多。 2，系统浪费了大量的时间用于对无效候选项集的计算，即剪枝过程占用总的程序运行时间的比重过大。

在此，我想引入一种信息论的概念来阐述一下 Apriori 算法低效的原因。信息论之父 C. E. Shannon，在《通信的数学理论》中曾指出，任何信息都存在冗余，冗余大小与信息中每个符号（数字、字母或单词）的出现概率或者说不确定性有关。信息熵即是对信息不确定度的一种度量。信息平均不确定度记做：$H(x) = H(P1, P2, P3...Pn) = \sum_{i=1}^{n} P(Xi) \log P(Xi)$，这里 P(Xi), i = 1,2,...n 为信源取第 i 个符号的概率。P(Xi)=1，H(X) 称为信源的信息熵。

定义:T 为原始事物集，T_{id} 为事务 ID，$S_i \in T$，C_k 为候选 k 项集 c_{ik} 为 C_k 中的 i 项，L_k 为频繁 k 项集 l_{ik} 为频繁 k 项集中的 i 项，$L_k \subset C_k$ 子集，l_{ik}=s1 s2 s3...sk 。下文沿用上述定义，以后不再显示表述符号的定义。则对于频繁项集 L_k 的自信息量 $H(Lk) = \sum_{i=0}^{k-1} P(Si) \log(Si)$ 其中，$P(Si) = count(Si)/count(T)$,count(Si)为 T 中包含 Si 的事务集的个数。count(T) 为事务集 T 的大小。由上述公式可见，在 Apriori 算法中对 Si 的概率永远维持在一个很低的水平，即对 Si 的不确定度是基于原始数据集的全部集合，这也是对 Si 在事务集范围内所能表示的最大不确定度。简单来说，就是 L_k 中的每一项 l_{ik} 中的组成{s1, si... sk}的出现概率都要依赖于对全局数据集的扫描。Apriori 算法本质上是在 Si 不确定度最大的情况下的组合形式的查询。也可以这样理解，在 L_k 的产生过程中并没有从原始数据集得到充分的信息量，以达到削减候选项集的能力，只能通过对原始数据集的回馈扫描才能够降低 C_k 的熵而达到频繁项集所需要的信息量的标准。

基于以上关于 Apriori 算法中信息熵的分析，本文提出了一种降低 C_K 信息熵的算法。定义一种数据结构：L_k: count: W_k ，下文中 L_k, l_i 即是对该数据结构的简写。count 表示频繁项集的引用计数，W_k 为频繁 K 项集中 T_{id} 集合{T_{id}},count(W_k)计算 W_k 的项数。算法如下：

输入：T 事务

min_sup // 最小支持度计数

输出：L //频繁项集

方法：

L1 = find_frequent_item_1(T , min_sup);//查询频繁一项集

For（k=2;L_{k-1}!=null; k++）

```
Lk=findFrequentItems(Lk-1,min_sup);
Return Lk
findFrequentItmes(Lk-1,min_sup){
    for each 项集 l1∈Lk
      for each  项集  l2∈Lk   //li 中的项是按数的递减次序排列的
        if（（l1[1]=l2[1]）∧(l1[2] ∧l2[2])...∧(l1[k]<l2[k]）) then{
          if（count（Wk-1∩Wk-1))>=min_sup)
          Wk = Wk-1∩Wk-1；//寻找 l1，l2 中 Wk 的并集
          count = count（Wk-1∩Wk-1);
          Lk = l1∞l2;
        }
      Return Lk;
  }
```

该算法没有显示的产生候选项集 C_k，而是通过判断 count（$W_{k-1} \cap W_{k-1}$）的值来对候选项集进行筛选。与 Apriori 算法的不同即在于：Apriori 算法执行的是对候选项集的后验操作，即是产生候选项集之后对候选项集实施筛选策略。而本算法是在产生候选项集之前即对其实施先验策略。先验策略之所以得以实施是由于 L_k 中所包含的熵值处于一个较低的水平。简单来说就是，L_k 从原始数据集中获得的信息量足够大，以支先验操作。频繁项集的结构描述中所包含的对 T_{id} 集的引用降低了用于查询频繁项集所用的信息量，此时对于 L_k 来说其 L_{k+1} 项集的产生只可能在 W_k 所包含的 T_{id} 项中，此时 L_k 的熵为：$H1(Lk) = \sum_{i=0}^{k-1} P(Si)\log(Si)$ 其中，$P(Si) = count(Si)/count(Wk)$,count(Si)为 W_k 中包含 Si 的事务集个数，count(W_k)为集合中的项数。由两种算法中对熵值的计算可以看出，改进算法中的数据集的规模会随着频繁项集的规模扩大而减少，count(Wk)<=count(T) 则 H1(L_k)<=H(L_k)。

以下举例说明算法的执行过程：事务集 T 如表 1：

表 1 事务集 T

T_{id}	事务
Id1	I1, I2, I5
Id2	I2, I4
Id3	I2, I3
Id4	I1, I2, I4
Id5	I1, I3
Id6	I2, I3
Id7	I1, I3
Id8	I1, I2, I3, I5
Id9	I1, I2, I3

设最小支持度计数 min_sup =2;扫描 T，查找频繁一项集 L1，结果如表 2，所示

表2　频繁一项集 L1 计算结果

项集	count	W1
{I1}	6	{Id1,Id4,Id5,Id7,Id8,Id9}
{I2}	7	{Id1,Id2,Id3,Id4,Id6,Id8,Id9}
{I3}	6	{Id3,Id5,Id6,Id7,Id8,Id9}
{I4}	2	{Id2,Id4}
{I5}	2	{Id1,Id8}

对频繁一项集进行连接，并在对各个项集连接前计算 W_k 的交集中项的个数记为 count，如 count>=min_sup,则对其进行连接，产生频繁二项集。如项集{I1}与{I2}中的 Wk 进行'并'操作，结果集为 W2={Id1，Id，Id8，Id8}，计数 count=4>min_sup,则{I1, I2}为频繁二项集。依次计算结果表3所示：

表3　频繁二项集计算结果

项集	Count	W2
{I1,I2}	4	{Id1,Id4,Id8,Id9}
{I1,I3}	4	{Id5,Id7,Id8,Id9}
{I1,I5}	2	{Id1,Id8}
{I2,I3}	4	{Id3,Id6,Id8,Id9}
{I2,I4}	2	{Id2,Id4}
{I2,I5}	2	{Id1,Id8}

依据产生频繁二项集的规则，对 W2 取交集，并判断计数是否大于 min_sup,产生频繁三项集结果如表4所示：

表4　频繁三项集计算结果

项集	count	W3
{I1,I2,I3}	2	{Id8,Id9}
{I1,I2,I5}	2	{Id1,Id8}

根据算法规则，如 W_k 的所有并集项数小于 min_sup 则算法结束，不产生频繁四项集。

编程实验比较 Apriori 算法与改进算法的性能，实现语言 java，选取数据量点值依次为 10,100,200,300,1000 查看执行时间，执行结果折线图如图1所示：

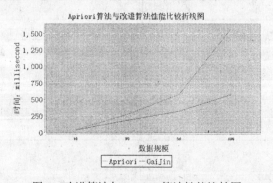

图1　改进算法与 Apriori 算法性能比较图

3 结束语

本文使用信息论中熵的概念对 Apriori 算法中效率低下的问题进行阐述和说明，并从增加频繁项集信息量的角度，对 Apriori 算法进行了改进。对改进算法中频繁项集的信息熵进行了计算，阐述了改进算法中频繁项集信息熵的减少原因。由程序验证了改进算法的有效性。

参 考 文 献

[1] Jiawei Han，Micheline Kamber，Data Mining Concepts and Techniques. American:Elsevier，2006.

[2] Agrawal R，Imielinski T，Swami A，Mining association rules between sets of item s in large databases， ACM SIGMOD Conference on Management of Data ，ACM New York，NY，USA（1993）：p：207-216

[3] 刘军强，海量数据挖掘技术研究. 浙江：浙江工商大学出版社，2010.

[4] 董祥军，王淑静，宋瀚涛，等.关联规则的研究[J].北京:北京理工大学学报,2004,24(11) .

[5] 范明,孟小峰.数据挖掘概念与技术[M].北京:机械工业出版社,2001.

[6] 吴伟平，林馥， 贺贵明， 一种无冗余的快速关联规则发现算法[J]. 计算机工程, 2003(8):p: 90-91.

作者简介

王升，男，1985 年生，辽宁，在读硕士研究生，主要研究方向数据挖掘方向，电子邮箱：wangsheng175@163.com

苏志同，男，1963 年生，河北，教授，主要研究方向管理信息系统与计算机网络，数字媒体技术，电子邮箱：suzhitong@ncut.edu.cn

李少华，女，1983 年生，山西，在读硕士研究生，主要研究方向计算机网络技术,电子邮箱：shaohuajy09@163.com

基于虚拟仪器的加工测试系统

易克平

（南京电子技术研究所，南京，210039）

摘　要：材料加工是一个复杂的非线性过程，需要采用多种数据处理和优化算法对加工过程进行全面优化。采用虚拟仪器技术将加工状态信号集成到基于虚拟仪器软件的测试系统上，可以实现加工状态量的在线显示以及加工状态识别，建立切削力、温度和表面粗糙度的仿真模型，优化相关工艺参数。

关键词：仿真测试系统，虚拟仪器，工艺参数优化

Virtual Instrument-Based Machining Test System

Yi Keping

（Nanjing Research Institute of Electronics Technology，Nanjing，210039）

Abstract：　Machining is a complex nonlinear process influenced by numerous technological factors. It is necessary to use various signal processing method and optimization algorithms to optimize the relevant technological parameters by the test cutting. The VI method is employed to construct the data acquisition, processing and machining status system based on the virtual instrument software, and the neural networks model is also built up to optimize the machining parameters.

Key words：Simulation Test System, Virtual Instrument, Machining Factors Optimization

1　引言

　　材料加工是一个复杂的非线性过程，影响因素很多，而且随着现代高速加工机床工作转速的提高，零件——机床工艺系统的动态特性等因素对加工的影响也很大；在实际状态下测试是加工参数优化的重要一步，需要采用多种数据处理和优化算法对加工过程进行比较全面的测试、优化。

　　随着计算机数据、图形处理速度大幅提高，现代测试系统快速获取、处理、分析数据和显示结果的能力也有很大程度的增强，这使得通过软件快速仿真数据处理硬件并显示结果的虚拟仪表面板成为可能，这就形成了计算机辅助测试领域中的一项重要技术——虚拟仪器技术。虚拟仪器技术充分利用了现代计算机的高速运算、可视化等先进技术，软件功能、算法、控件配置齐全，可嵌入 C 和 Matlab 代码实现用户特定的功能，系统开放性、可扩展性好，可以由软件来实现人机交互合大部分仪器功能，根据测试、分析需求设计、集成多种数据采集、信号分析和显示面板功能，突破了传统仪器在硬件结构及成本方面的限制，可以获得比普通信号处理

硬件设备更强大的数据处理功能。

　　加工工艺测试系统结构如图 1 所示，硬件包括 Kistler 测力仪、电荷放大器、数据采集卡、计算机及其它传感器，软件包括 LabVIEW、Matlab 及 C 语言程序运行环境；利用 LabVIEW 图形化编程功能可以建立仿真测试系统、配置功能子单元，设置采样频率、时间和 A/D 装换位数等参数，实现数据采集、模数转换功能，然后利用 LabVIEW、Matlab 及 C 程序的数据处理程序包分析采样信号，进行信号特征提取，识别加工状态，优化工艺参数。在加工参数优化研究中，我们将切削力信号采集通道集成到基于 LabVIEW 的测试系统，实现了加工状态量在线显示以及加工状态识别，建立切削力、温度和表面粗糙度的神经网络仿真模型，优化了相关工艺参数。

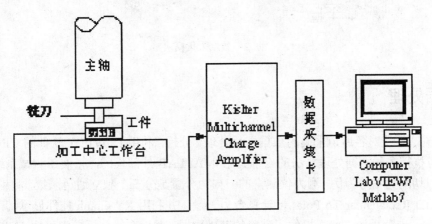

图 1　测试平台结构

2　数据采集

　　精确的数据采集是工艺过程仿真建模和优化的基础。针对现代高速加工机床主轴转速高、切削力变化范围大的特点，测试系统的数据采集硬件部分采用刚性好、灵敏度高的瑞士 Kistler9255B 压电式测力仪、5019B 多通道电荷放大器和 MCC 的 PCIM-DAS1602/16 采集卡采集数据，Kistler 9255B 测力仪工作频率高，固有频率高于 3KHz，测量精度高，信号线性误差和迟滞仅为 ±1% FSO 和 ±2% FSO，通道间互耦度仅有 ±5% FSO，可测频率高达数千赫兹的动态切削力，完全覆盖了机械加工工作转速范围；电荷放大器可根据测试信号峰值设置放大倍数，PCIM-DAS1602/16 采集板卡是 16 通道单端输入、8 通道差分通入，采样频率可达 160KHz，加工测试系统采用差分输入方式，不仅可以抑制接地回路感应误差，而且在一定程度上抑制环境噪声，提高测试系统的数据采样精度。

　　加工状态信息的自动采集是通过调用数据采集 VI 程序库控制数据采集卡来实现的，通过调用 AInScBg.VI 设置采集卡量程、采样通道、采样点数、周期来控制数据输入输出，从指定的板卡、A/D 通道量程和采样率读取指定的 A/D 采样数据，调用 ToEng.VI 把 A/D 值转换成相应的电压值，把 A/D 矩阵值转换成等值的电压矩阵值，调用 FileAInScan.VI 扫描指定范围 A/D 通道，然后通过磁盘文件操作存储采样数据，并结合其他 VI 程序来控制数据的输入输出，实现加工数据自动采集，采样模块如图 2 所示。

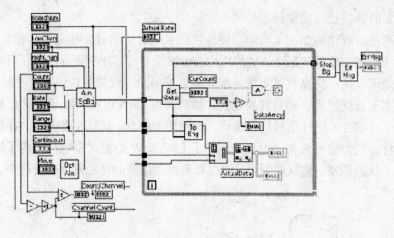

图 2   数据采集模块

3   数据处理

仿真测试系统对各通道采集的数据进行处理、分析,利用 LabVIEW 软件的 CIN 和 Matlab Script 节点执行多种数据处理算法的 C 程序和 MATLAB 外部代码,拓展了测试系统的数据处理能力。以切削力信号为例,测力仪测得的三向力分量是分三个独立通道采集,利用 LabVIEW 的子程序 1D Rectangular To Polar.vi 计算合力矢量,并利用 XY Graph 控件显示切削力方向的变化,为进一步分析加工状态提供了准确的基础数据,并使在线分析成为可能;切削力的合力矢计算和显示模块框图如图 3 所示。

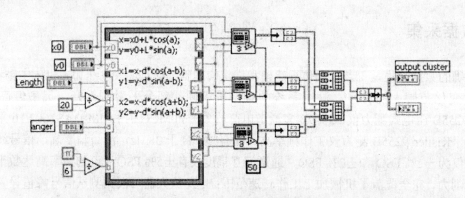

图 3   合力矢计算和显示模块框图

切削力的频谱分析对加工工艺系统的加工状态识别有重要意义,测试系统可以执行小波变换进行信号时域、频域分析,并可选择多分辨率,辨识加工数据时域、频域的表征信号特征。

如图 4 所示,测试系统可调用 MATLAB 中小波分析程序对已知信号进行小波包分析,通过 db5 离散小波变换把输入的原始信号进行 5 层小波包分解,把输入的原始信号分解在互相独立的频段内,然后对各系数进行重构,再把各重构系数的方差、各频段内的能量作为特征向量输出,该向量与不同的刀具状态相对应;通过数据统计,小波分析可以为神经网络提供有效特征向量提取工具用于加工状态辨识,并作为优化神经网络的输入、利用程序训练神经网络,或者利用训练好的网络做加工状态判识。

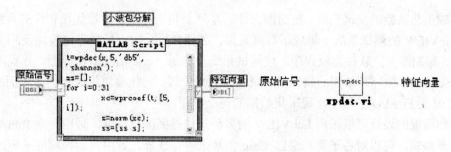

图 4　切削力信号的小波分析

4　工艺参数优化

由于影响加工的因素较多，采用线性数值优化难以对其进行全面的工艺参数优化；由于神经网络具有很强的非线性映射能力，通过建立铣削力、铣削温度和表面粗糙度的 BP 神经网络仿真模型，并在此基础上对仿真模型进行训练和学习，可以根据输入的实际加工条件推断出优化加工参数（主轴转速、轴向切深、径向切深、每齿进给量）。利用虚拟仪器技术我们可以将 LabVIEW 的数据采集、图形化编程能力与 MATLAB 强大的科学计算能力结合起来，开发实用软件工具，把多种工件材料、工况的数据采集、优化功能集成到一个系统中。

如图 5 所示，我们用 Matlab 脚本建立了切削力、铣削温度和表面粗糙度的三层反向误差传播神经网络仿真模型，神经网络可以有效地实现输入到输出之间的非线性映射，具有良好的自学习和模式识别能力；该网络隐层神经元的个数为 12，隐含层传递函数用 S 型 log-sigmoid，输出层传递函数用线形传递函数，并用 Levenberg-Marquards 法训练网络模型，输出精度为 0e10-6。在 LabVIEW 程序中通过脚本节点执行 MATLAB 程序，输出最优工艺参数组合，并开展验证实验验证了优化结果。

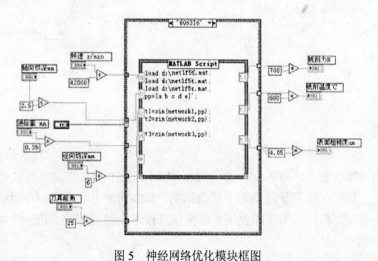

图 5　神经网络优化模块框图

5　测试系统实现

由于 LabVIEW 具有很强的开放性和图形编程能力，十分适合作为非线性、参数多、试验组合多的工艺试验的测试平台。在前面工作的基础上我们进行了参数优化软件的系统设计，在基于 LabVIEW 的测试系统上集成了数据采集、处理分析、输出显示存储模块及相关 Matlab、C 代码，编制图形化软件面板程序，使测试系统具备统一、简洁的操作界面，并利用控制结构 Case、Sequence 循环等结构函数把多种材料的数据处理、优化模块集成到一个总面板上，利用 LabVIEW 的 File I/O 子程序实现采集数据的自动存储。

操作面板的设计可以采用 LabVIEW 的多种控件提高编程速度，采用命令 Run-Time Menu 进行菜单编辑，可以对各子菜单通过 Case 循环来进行选择、调用、运行相应子程序；开发新的功能时，只需要在框图中加入该模块的连接，在菜单中增加相应菜单，这增强了系统的可扩展性和可重构性，更好地适应生产实际需求。

如图 6.所示，此系统总面板建立了三个菜单项：铣削力预报、刀具磨损预报和数据保存，通过 Case 循环来进行选择调用；在使用时，选择这些菜单项能调用、运行相应子程序。同时在子程序中对子程序属性 VI Properties 进行设置，选择 "Show Front Panel When Called" 选项，这样功能模块在系统运行时会加载到系统总控面板，选择菜单中某项，对应的子程序能被调用并显示出来。系统的数据存储功能主要通过调用 FileAInScan.VI 来实现，并用 ErrMsg.VI 返回与错误代码相关的错误信息，为系统应用的每一个 VI 返回一个错误代码，这样可提高界面友好性。

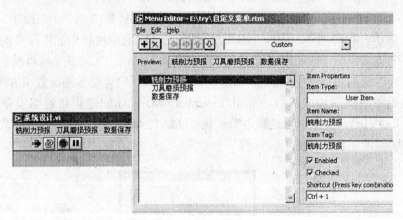

图 6　运行菜单定义

6　结束语

通过采用虚拟仪器技术可以建立加工过程测试优化系统，实现加工测试硬件与信号处理软件的集成、加工状态在线显示以及加工状态识别，建立切削力、温度和表面粗糙度的神经网络仿真模型。随着计算机技术的不断发展，虚拟仪器技术提供的功能会进一步增多，采用虚拟仪器技术可以增加

参 考 文 献

[1] Herbert Schulz, Hochgeschwindigkeitsbearbeitung, Carl Hanser Velag, 1996.

[2] H.K. Tönshoff, I. Inasaki, Sensors In Manufacturing, Wiley-VCH Verlag GmbH, 2001.

[3] 刘君华等. 基于 LabVIEW 的虚拟仪器设计.电子工业出版社.北京.2003.

基于压缩感知的保密语音通信研究

闵 刚 高 悦 陈砚圃

（西安通信学院, 陕西 西安 710106）

摘 要： 本文在分析语音信号压缩感知（Compressed Sensing, CS）特性的基础上，提出并仿真了一种基于 CS 的保密语音通信算法。该算法利用 CS 理论框架下观测矩阵在信号观测和重构时相一致的特点，将观测矩阵作为保密语音通信的密钥，通过 CS 观测实现对语音信号的加密。实验仿真验证了算法的有效性，结果表明基于 CS 的语音信号处理框架为保密语音通信研究提供了一条新的思路。

关键词： 压缩感知；保密通信；观测矩阵

Research on Secure Speech Communication based on Compressed Sensing

Min Gang，Gao Yue，Chen Yanpu

（Xi'an Communications Institute，Xi'an，710106，China）

Abstract: Based on the analysis of speech compressed sensing, a new secure speech communication algorithm is proposed. Under the framework of compressed sensing, the sensing matrix in the signal sensing and recovery stage must equal, so it is can be see as the cryptogram, then the speech can be encrypted by speech sensing. Experiment results show that the compressed sensing framework for speech processing provides a new method for secure speech communication research.

Key words: compressed sensing, secure communication, sensing matrix

1 引言

2006 年 D. Donoho、E. Candes 及 T. Tao 等人提出了一种新颖的信息获取理论，即压缩感知理论[1,2]。CS 理论与传统奈奎斯特采样定理不同，它是一种"边采样边压缩"理论，将传统信号压缩中的采样和压缩两个过程合二为一，在某种意义上突破了奈奎斯特采样定理的限制，是对传统信号采样方法的一次新的革命。CS 理论一经提出，就在信息论与编码、有损压缩、信号恢复、光学和雷达成像、无线通信等领域受到高度关注，并迅速成为信号处理研究的前沿和热点。CS 理论的直接应用就是信源编码，目前已有多个研究机构开展基于 CS 理论的图像、视频等多媒体信息压缩编码研究[3]。

基金项目：国家自然科学基金（61072125）

基于 CS 理论的语音信号研究还不多，目前尚属于起步阶段。Gemmeke 等人用 CS 理论对噪声环境下的语音进行识别，实验结果表明识别系统的抗噪性能大大提高[4]；Sreenivas 等人验证了 CS 理论可以成功应用于稀疏激励信号的处理中[5]；郭海燕等人研究了语音信号的 CS 特性，认为语音信号在 KLT 域具有显著的稀疏性，并提出了基于模板匹配近似 KLT，发现在该域内语音信号的压缩感知特性较好[6]。这些研究表明将 CS 理论与语音处理技术相结合有着广阔的应用前景。在 CS 理论框架下，使用观测矩阵对原始信号进行观测得到的不再是信号的点采样而是信号更一般的线性泛函[7]，观测的过程不仅对原始信号进行了压缩，同时还进行了加密。因此，将 CS 理论和传统的语音压缩编码技术结合，有望为保密语音通信研究提供新的思路。

2　CS 理论框架

CS 理论的核心思想是：对于长度为 N 的一维信号 $x \in \mathrm{R}^N$，如果它在某个正交基或紧框架 $\Psi=\{\psi_i, i=1,2,\ldots,N\}$ 上的表示是稀疏的，将 x 投影到与 Ψ 不相关的观测基 $\Phi \in R^{M \times N}$（$M<N$），得到观测信号 $y \in R^M$，那么就可采用优化方法根据 y 精确地重构原始信号 x。信号的稀疏表示、观测矩阵的设计以及信号重构是压缩感知应用于信号处理的三个核心问题。

设原始信号 x 在正交基 Ψ 上的表示为 $\Theta=[\theta_1, \theta_2, \ldots, \theta_N]$，则：

$$\mathbf{x} = \Psi\Theta = \sum_{i=1}^{N}\theta_i \psi_i \tag{1}$$

当 Θ 满足式（2）时，原始信号 x 被称为是 K 稀疏的，其中 $\|\Theta\|_0$ 表示 Θ 中非零元素的个数。

$$\|\Theta\|_0 = K \tag{2}$$

采用观测矩阵 Φ 对原始信号 x 进行观测，得到观测信号 $y = \Phi x$

只要观测矩阵 Φ 满足 Candes, Romberg 和 Tao 等人建立的 RIP 理论要求，就能够以 $K \times \log(N/K)$ 个采样将 N 维信号中的 K 个最大值稳定地重建出来。目前应用较多的观测矩阵是高斯分布随机矩阵。

在信号重构时，需要解决如下 L_0 非线性优化问题：

$$\min_{\hat{\Theta}} \left\|\hat{\Theta}\right\|_0 \quad subject \ to \quad y = \Phi x = \Phi\Psi\hat{\Theta} \tag{3}$$

Donoho 等人证明了式（4）L_0 非线性优化问题可近似等价于式（5）L_1 优化问题：

$$\min_{\hat{\Theta}} \left\|\hat{\Theta}\right\|_1 = \sum_{i=1}^{N}\left|\hat{\theta}_i\right| \quad subject \ to \quad y = \Phi x = \Phi\Psi\hat{\Theta} \tag{4}$$

此时，重构信号 $\hat{x}$ 可以表示为：

$$\hat{x} = \Psi\hat{\Theta} \tag{5}$$

3　语音信号 CS 特性

对于语音信号而言，若可解决其稀疏变换表示、观测矩阵设计以及信号重构算法，就可以建立基于 CS 的语音信号处理框架，验证 CS 理论在语音信号处理中应用的可行性。语音信号具有短时平稳特性，浊音段语音还具有准周期特性，因此在傅立叶变换域浊音段语音具有较好的稀疏特性。高斯随机矩阵满足 RIP 性质，在 CS 观测中应用广泛；正交匹配追踪（Orthogonal Matching Pursuit, OMP）算法是常用的 L_1 优化求解算法。本文在傅立叶变换域，采用高斯随机观测矩阵和 OMP 算法对语音信号进行 CS 特性分析。在 8KHz 采样条件下，采用压缩比 M/N=0.5，仿真基于 CS 的语音信号处理过程，如图 1 所示。

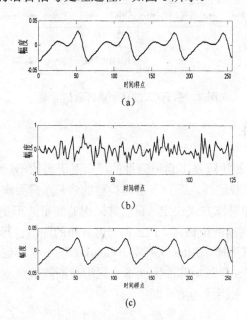

图 1　基于 CS 的语音信号处理波形图
（a）原始语音信号　（b）CS 观测信号　（c）CS 恢复信号

可以看出：对于准周期的浊音段语音信号，经过 CS 观测后变成类似随机噪声，与原始语音信号极不相关，这相当于对原始语音进行了加密，但经过 OMP 算法重构后却可以精确地恢复原始语音信号。

4　基于 CS 的保密语音通信方案

4.1　总体方案

基于 CS 的保密语音通信的出发点是利用观测矩阵在 CS 信号观测和恢复时必须一致的特点，将 CS 观测矩阵作为密钥。如果接收端的密钥正确，则可以精确恢复原始语音信号；如果错误，则恢复出来的信号类似于噪声，接收者无法理解，从而达到保密语音通信的目的。图 2 给出了基于 CS 的保密语音通信的实现方案。在发送端，原始语音经过采样后，加矩形窗进行分帧。通过产生的密钥即观测矩阵的编号，在观测矩阵库中选择相应观测矩阵，对一帧信号进行 CS 观测后经过波形量化编码和密钥一同经过信道传输。在接收端，经过量化解码恢复 CS 观测信号，根据接收的密钥在观测矩阵库中选择相应的观测矩阵，采用 OMP 算法进行 CS 恢复，最后经过分帧合成和数模变换输出语音。

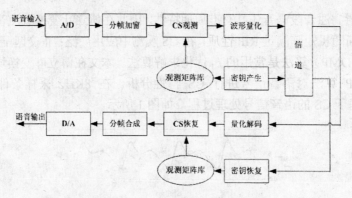

图 2　基于 CS 的保密语音通信方案

4.2　观测矩阵库的设计

在 CS 理论框架下，观测矩阵是非自适应性的，即对于每帧不同的语音信号，观测矩阵可以固定；观测矩阵还应具有普适性，即对于不同类型的信号，只要满足稀疏特性均可应用。观测矩阵的构造由测量波形和采样方式决定。目前常采用的测量波形是独立同分布（independent identical distribution, i.i.d）高斯随机波形，i.i.d 贝努力分布的随机波形，正交函数系等；常用的采样方式是均匀采样，随机采样，Jitter 采样等。Candes 和 Tao 等证明：i.i.d 高斯随机变量形成测量矩阵可成为普适的 CS 观测矩阵，因而本文采用高斯随机观测矩阵设计观测矩阵库。

假设密钥的长度为 L，密钥量为 C，则：

$$C = 2^L \tag{1}$$

在压缩比为 $r=M/N$ 的情况下，观测矩阵库可表示为：

$$\tilde{\Phi} = \left\{ \Phi_i \mid \Phi_i \in R^{M \times N}, i = 1, 2, ..., C \right\} \tag{2}$$

其中，Φ_i 为高斯随机观测矩阵。

5　实验结果

实验中使用的语音数据为中科院 CASIA 标准汉语语音库。在评价重构语音质量时，采用 ITU-T P.862 标准 PESQ 用于测试 MOS 得分，同时以分段信噪比为辅助用于测试语音质量。

从 CASIA 语音库中选择 10 句男声和 10 句女声，对重构语音质量进行测试。实验结果如表 1 所示。以压缩率 $M/N=0.5$ 为例，编码速率为 4kbps，重构语音 PESQ 平均得分为 2.89，分段信噪比 SegSNR 平均为 10.9dB，具有很高的可懂度，较好的语音清晰度和自然度。

表 1　语音质量测试结果

压缩比 M/N	0.1	0.2	0.3	0.4	0.5	0.6	0.7	0.8
分段信噪比	3.3	4.1	6.7	8.8	10.9	12.2	13.7	15.1
MOS 分	1.33	1.71	2.18	2.52	2.89	3.22	3.39	3.52

对 CS 观测后的语音非正式主观听力测试，结果表明观测后的信号在听觉感知上表现为噪声，无法正确辨识和理解，这说明基于 CS 的保密语音通信方案是有效的。

6　结束语

本文研究并仿真了基于 CS 的保密语音通信算法。该算法利用 CS 理论框架下信号观测和重构阶段观测矩阵必须一致的特点，将观测矩阵作为密钥，在此基础上建立了基于 CS 的保密语音通信方案。实验仿真验证了算法的有效性。以此算法为基础，进一步提高压缩率，降低保密语音通信速率是我们下一步的努力方向。

参 考 文 献

[1]　D.Donoho, "Compressed sensing," IEEE Transacton on Information Theory. Vol.52, No.4, pp.1289-1306, 2006.

[2]　E.Candes and M.Waking, "An introduction to compressive sampling," IEEE Signal Processing Magazine, pp. 21-30, 2008.

[3]　Yifu Zhang, Shunliang Mei, Quqing Chen, et al. A novel image/video coding method based on compressed sensing theory. ICASSP, 2008,　pp.1361-1364.

[4]　J.Gemmeke and B.Cranen. Using sparse representations for missing data imputation in noise robust speech recognition. European Signal Processing Conference, Lausanne, Switzerland, August 2008, pp.987-991.

[5]　T.V.Sreenivas and W.Bastiaan Kleijn, "Compressive sensing for sparsely excited speech signals", IEEE ICASSP, 2009, pp 4125-4128.

[6]　郭海燕, 杨震. 基于近似 KLT 域的语音信号压缩感知, 电子与信息学报, 31(12), pp.2948-2952, 2009.

[7]　R.Baraniuk. A lecture on compressive sensing[J]. IEEE Signal Processing Magazine, 2007, 24(4):118-12.

作者简介

闵刚，男，1983，陕西周至人，讲师，主要从事语音与图像处理研究，电子邮箱：mgxaty@126.com

基于颜色特征的自适应阈值提取算法研究

朱振军　毛文彬

(国家广电 831 台，信息化，321100)

摘　要：图像分割技术是兴趣目标识别的关键技术之一，直接影响后续的图像处理和图像分析。常用的分割技术需要手动设置特征颜色分量及阈值，本次算法利用特征颜色相似度分割技术，自适应获取特征颜色分量及对应阈值。实验结果表明该算法具有较高的鲁棒性、自适应性、准确性和应用性。

关键词：颜色；分量；直方图；阈值；平均值；自适应

1　引言

指示灯作为机房设备运行情况的重要表现途径之一，在日常巡视、检修及维护过程中起着非常重要的作用。为了能实时监控各设备的运行情况，提出了一种基于特征颜色相似度的分割算法。

数字图像分割技术是将数字图像按照图像分析的需要分割成互不相交的区域的过程。数字图像分割算法基本包括 3 个部分：

（1）特征提取，选择学习目标区，学习目标区域提取的好坏，将直接影响到目标识别的结果。

（2）特征学习，对于学习目标区域的颜色特征，运用相关算法进行学习、分析，并保存分析后的结果参数。

（3）图像识别，利用学习结果参数通过同样的算法对指定目标区域进行识别，判断检测目标区域是否与学习目标相似。

2　颜色特征提取

用于图像识别的特征很多，而图像中的颜色是最常用视觉特征[1]，因而利用颜色特征进行指示类分析判断最为可行。颜色特征的提取首先要选取合适的颜色空间。在指示灯识别中，常用的颜色空间有 RGB 空间[2]、HSV 空间[3]以及 CIE 的 L*a*b*颜色空间[4]。RGB 模型是目前应用最为广泛的彩色模型，其优点是描述简单，适合硬件实现。因此本文选取 RGB 颜色空间，根据 R，G，B 三个分量提取指示灯的颜色特征。

颜色直方图是最基本的颜色特征表示方法，它反映图像中颜色的组成分布，即出现哪些颜色以及各种颜色出现的概率。对于采用 RGB 颜色空间来表示的图像，三个分量中的任何一个分量都可以构成颜色直方图，并且各直方图都描述了图像 R，G，B 分量的统计特征。

首先，对指示灯的颜色特征提取，选取指示灯正常工作时区域(图 1、图 5 中绿色包围区域)作为学习目标区，获取 RGB 各分量的直方图（图 2、图 6），X 轴表示学习目标区像素索引，Y 轴表示该像素点对应的分量值。图 2、4、6、8 的颜色特征直方图获取方法如下：其中（2-1）、

（2-2）、（2-3）表示学习目标区域像素点的各分量直方图，（2-3）、（2-4）、（2-5）表示学习目标区域像素平均值。同理，对非正常指示灯区域（图 3、图 7）进行学习，可得到如图 4（图 8）所示直方图。

$$LR = R0, R1, \cdots, Rn \qquad (2\text{-}1)$$

$$LG = G0, G1, \cdots, Gn \qquad (2\text{-}2)$$

$$LB = B0, B1, \cdots, Bn \qquad (2\text{-}3)$$

$$\overline{R} = \frac{\sum_{i=1}^{n} R_i}{n} \qquad (2\text{-}4)$$

$$\overline{G} = \frac{\sum_{i=1}^{n} G_i}{n} \qquad (2\text{-}4)$$

$$\overline{B} = \frac{\sum_{i=1}^{n} B_i}{n} \qquad (2\text{-}6)$$

图 1　选取灯亮学习区域

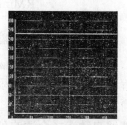

图 2　分析学习区域 RGB 分量直方图

图 3　选取灯灭学习区域

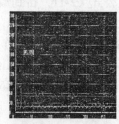

图 4　分析学习区域 RGB 分量直方图

图 5　选取灯亮学习区域

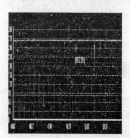

图 6　分析学习区域 RGB 分量直方图

图 7　选取灯灭学习区域

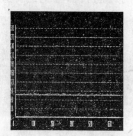

图 8　分析学习区域 RGB 分量直方图

通过对黄色指示灯的学习中，可明显看出不同颜色指示灯存在一个或几个的特征分量。在直方图中可以看到学习目标区域引入了少部分噪声点，为了使其中的部分分量特征更具参考价值，算法对学习区域数据进行进一步的去噪声处理。

下面以 R 分量为例，介绍去除噪声过程和阈值平滑处理的方法及过程，首先根据公式(2-7)获取学习区域中 R 分量大于 R 平均值的平均值 $\overline{RMax_{\geqslant \overline{R}}}$，并由公式(2-8)得到学习区域中 R 分量小于 R 平均值的平均值 $\overline{RMin_{\leqslant \overline{R}}}$。根据以上两个公式，得到了上限阈值平均值 $\overline{RMax_{\geqslant \overline{R}}}$ 与下限阈值的平均值 $\overline{RMin_{\leqslant \overline{R}}}$。由于分量分布比较平滑，即可根据平均值的对称性特点，得到最终的阈值范围，用公式（2-9）（2-10）表示。同理可得到 G 分量阈值[G_{min}, G_{max}]及 B 分量阈值[B_{min}, B_{max}]。

$$\overline{RMax_{\geqslant \overline{R}}} = \sum_{i=0}^{n} \frac{R_i}{num1}(R_i \geqslant \overline{R}) \tag{2-7}$$

$$\overline{RMin_{\leqslant \overline{R}}} = \sum_{i=0}^{n} \frac{R_i}{num2}(R_i \leqslant \overline{R}) \tag{2-8}$$

$$R_{max} = \overline{R} + 2*(\overline{RMax_{\geqslant \overline{R}}} - \overline{R}) \tag{2-9}$$

$$R_{min} = \overline{R} - 2*(\overline{R} - \overline{RMin_{\leqslant \overline{R}}}) \tag{2-10}$$

在实验过程中，每次都先对目标区进行分析后，得到直方图，根据直方图中各分量的分布情况，人为地确定哪个分量在识别过程中更具有参考性。为了去除人为因素，使算法具有自适应选择功能，能够自动选择合适的分量阈值作为参考。进而对算法进行了改进。

首先，根据公式（2-11）得到最小阈值范围 C,若阈值范围大于预先设定的阈值范围 L,即 C>L,则公式(2-11)中得到阈值范围 C 的分量[X_{min}, X_{max}]作为参考阈值，其中 X 为 R、G 或 B。如果 C≤L，则 X_{max}-X_{min}≤L 都可作为各分量的参考阈值。

$$C = min(R_{max} - R_{min}, G_{max} - G_{min}, B_{max} - B_{min}) \tag{2-11}$$

然后,根据确定的特征分量及相应的阈值对选定目标区进行分割，在阈值范围内的当作兴趣区，非阈值范围内的作为非兴趣区，可用公式（2-12）表示，其中 X 为算法求得的颜色特征分量。

$$Mi, j \begin{cases} 1 & M_{i,j} \in [X_{min}, X_{max}] \\ 0 & M_{i,j} \notin [X_{min}, X_{max}] \end{cases} \tag{2-12}$$

3 实验结果与分析

本文选取机房设备中具有代表性绿、黄红指示灯的 24 位真彩图像，运用本文算法对目标区域像素进行特征学习，通过学习结果检测预先设定好的检测区域，实验结果如图所示（其中图 12，16 中的红色表示检测到灯亮，绿色表示检测到灯灭）：

图 9　原始图像　　　　图 10　学习区域　　　　图 11　检测区域　　　　图 12　检测结果

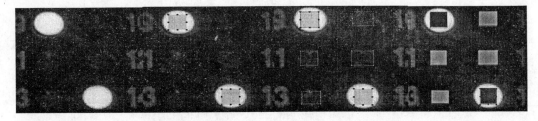

图 13 原始图像　　　　图 14 学习区域　　　　图 15 检测区域　　　　图 16 检测结果

通过实验分析表明，通过对指定学习区域（图 10，图 14）的颜色特征学习，获得合理的阈值，并根据有效的阈值对检测区（图 11，图 15）域进行检测，得到了理想的检测结果（图 12，图 16，红色表示检测到灯亮，绿色表示检测到灯灭）。

4　结束语

本文采用了对指示灯颜色特征进行学习、分析及处理，得到非常理想的效果，充分证明了该算法的有效性。运用此算法，可对机房各设备的指示灯进行 24 小时实时监控，并可在非正常情况下给出报警，对我台实现"无人值班，有人留守"的工作模式具有很高应用价值。

参 考 文 献

[1] Kumar S, Loui A C, Hebert M. AnObservation 2 constrained Generative Approach for Probabilistic Classification of Image Regions[J）]. Image And Vision Computing, 2003, 21(1):87297

[2] [Campbell N W, Mackeown W, Thomas B T. Interpret at ion Image Databases by Region Classification [J] . Pat tern Recognition,1997, 30(4) : 552563]

[3] Tenenbaum J N. An Interactive Facility for Scene Analysis Research[R] . Report 87. Artificial Intelligence Center, Stanford Research Institute, 1974

[4] Celenk M. A Color Clustering Technique for Image Segmentation [J] . Computer Vision, Graphics an d Image Processing,1990, 52(2) : 1452170

作者简介

朱振军，男，1986-05-16，义乌，技术员；主要从事自动化、机器视觉、人工智能研究与开发；国家广电 831 台 103 信箱 321100 15805795912 zhuzhengjun1098@163.com

毛文彬，男，1983-07-11，义乌，工程师；主要从事自动化、网络维护开发与实施；国家广电 831 台 103 信箱 321106 13566795818 philomao@163.com

基于遗传算法旅行商问题的仿真实现

曹建辉　周原福　王晓航

（国家广电总局 831 台，浙江兰溪市 103 信箱，321106）

摘　要: 遗传算法是模拟生物界的进化过程而产生的一种现代化算法，作为一种有效的随机搜索方法，在优化方法中具有独特的优越性，有着非常重要的理论意义和广泛的应用领域。本文介绍了旅行商问题，给出了其描述并且对求解方法加以改进，并且实现了算法程序—模拟旅行商问题的解决，希望可以应用到实际生活中解决一些事情。

关键词: 旅行商问题（TSP）；遗传算法（GA）；赌轮盘选择

Emulational realization of Traveling Salesman Problem on the basis of the Genetic Algorithm

Cao Jianhui，Zhou Yuanfu，Wang Xiaohang

（The state administration of radio filmand televisim 831 statiom）

Abstract: Genetic Algorithms are new kinds of modern optimization algorithms that are inspired by principle of nature evolution. As new kinds of random search algorithms, they have some advantages over the traditional optimization algorithms, and are of the great importance and have a wide range of application on the functions such as their differentiability.

This article introduces Traveling Salesman Problem,gives TSP description and improve it on the basis of formers' study.　I carry it out to imitate the Traveling Salesman Problem to be resolved, hope it can be applied to resolve some affairs in the real life.

Key words: Traveling Salesman Problem (TSP), Genetic Arithmetic (GA) , Roulette Wheel Selection

1　引言

　　旅行商问题也称为货郎担问题，是爱尔兰数学家威廉.哈密尔顿和英国数学家克克曼在 19 世纪初提出的数学问题。这是一个看似简单却很复杂的 NP 完全问题。由于旅行商访问的城市 N 值的增大，用计算机计算也很难完成，需要花费大量时间和物力。

　　问题简述：一名商人要到若干城市去推销商品。已知城市个数 N 和城市间的路程，从其中一个城市出发，环游所有城市后回到原出发地，而且每个城市只能经过一次，要求找出一条最短的路线，使旅行商的花费最小。

　　数学描述：Hamilton 回路[1] —— 经过图（有向图或无向图）中所有顶点一次且仅一次通路的回路。现给出一个图 G=（V，E），每边 e∈E 上有非负权值 w(e),寻找 G 的 Hamilton 回路 C，使得 C 的总权值 $W（C）=\sum_{i=0}^{i=n} w_i(e)$ 最小。

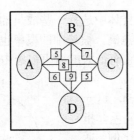

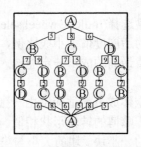

图 1　四个城市的路径　　　　　　　　图 2　从城市 A 出发的所有路径

文献介绍，1998 年科学家们成功地解决了美国 13509 个城市之间的 TSP 问题，2001 年又解决了德国 15112 个城市之间的 TSP 问题。但这一工程代价也是巨大的，解决 15112 个城市之间的 TSP 问题，总共使用了美国 Rice 大学和普林斯顿大学之间网络互连的、由速度为 500MHz 的 Compaq EV6 Alpha 处理器组成的 110 台计算机，所有计算机花费的时间之和为 22.6 年[2]。

2　基于旅行商问题的遗传算法的实现

遗传算法(Genetic Algorithm) 是 1975 年由美国学者 Holland[3]提出的，它是一种模拟自然选择和遗传学理论，依据适者生存的原理而建立的一种最优化高效搜索算法。遗传算法应用在研发和生产问题的各个领域，其本身具有很强的容错能力和快速搜索高效性。

在遗传操作中，根据一定概率把个体进行交叉、变异和互换操作，产生出新的问题解集合。这样一代一代使种群的自然选择后代种群比前代更加适应于环境，后代种群通过选择得出最优个体还原会问题的序列号。

一般认为，遗传算法有 5 个基础组成部分(由 Michalewicz 归纳[4])

1、问题的解决遗传表示 2、创建解的初始种群方法 3、根据个体适应值对其进行优劣判定的评价函数 4、用来改变复制过程中产生的子个体遗传组成的遗传算子 5、遗传算法的参数。

先是根据随机产生的父代群体，用一个染色体表示某个问题的特定解。在遗传操作中，利用变异、交叉、互换操作出现的概率进行变换，产生新的个体。

接着通过遗传操作产生的新的种群进行评估优劣。从从父代种群和子代种群中选择比较优秀的个体就形成了新的种群。从一代一代的父代种群中不断刷选靠近最优解的个体在最终将会收敛到一个理想的解，该解的染色体序列号就代表了实际问题的最佳方案或者是次优解[6]。

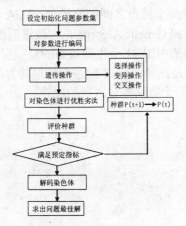

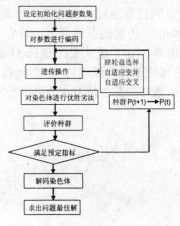

图 3　传统遗传算法流程图　　　　　　　图 4　改进后算法流程图

采用赌轮盘选择(roulette wheel selection)，是从染色体群体中选择一些成员的方法，被选中的机率和它们的适应度值大小成比例，染色体的适应度值愈高，被选中的概率也愈大[5]。但这不保证适应度值最高的成员一定能选入下一代，仅仅说明它有最大的概率被选中。其工作过程是这样的：

设想群体全体成员的适应度由一张饼图来代表(见图 5)，这一张饼图就和用于赌博的转轮形状相似。我们为群体中每一染色体指定饼图中对应的一小块。块的大小与染色体的适应度值成比例，适应度值愈高，它在饼图中对应的小块所占面积也愈大。为了选取一个染色体，就是旋转这个轮子，然后把一个小球扔入其中，让它跳动，当轮盘停止转动时，看小球停止在哪一块上，就选中与它对应的那个染色体。

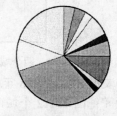

图5　染色体的轮盘赌式选择

核心代码：

```
int   RouletteWheelSelection{
double cfTotal = 0.0，.int i = 0;
double fSlice= RandomDouble() * m_dTotalFitnessScore; //[0,1)之间的随机数
                if(sumfitness){  利用改进后的适应度函数设计
while(true){
                        cfTotal += Fitness[i++]/sumfitness;
                        if((cfTotal > fSlice)||(i==SelectedGenome)){
return i-1;//被选中的个体
                        }
                }
        }
    return RandomInt(0, SelectedGenome-1); //[0，SelectedGenome-1]之间的随机数
}
```

通过不断的循环考察基因组，把相应的适应度一个一个累加起来，直到这个值大于 fSlice，就返回该选中的个体。

3　实验结果分析

点代表城市的位置坐标，线连接两个城市代表两个城市之间的路径[5]。TGA（Traditional Genetic Algorithm）：传统的遗传算法。IGA（Improved Genetic Algorithm）：改进后的遗传算法。地图 China31 说明：图 6 是从文件 china31.dat 读入的中国 31 个主要城市的模拟坐标及初始路径[7-8]。图 7 是传统遗传算法运行 1000 代得到的最短路径，图 8 改进后的遗传算法运行 1000 代得到的路径。表 1、表 2 是 100 个城市模拟坐标两个算法最短路径的比较。

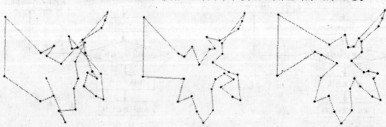

图6　初始化的路径　　　　　图7　传统遗传算法　　　　　图8　改进后的遗传算法

表 1　100 个城市模拟坐标传统遗传算法最短路径

运行代数	100	200	500	600	800	900	1000
种群大小	100	150	200	250	300	350	400
变异概率	0.05	0.05	0.05	0.05	0.05	0.05	0.05
交叉概率	0.85	0.85	0.85	0.85	0.85	0.85	0.85
最短路径	3565	3258	2990	2621	2385	2192	2010

表 2　100 个城市模拟坐标改进后的遗传算法最短路径

运行代数	100	200	500	600	800	900	1000
种群大小	100	150	200	250	300	350	400
变异概率	0.05	0.05	0.05	0.05	0.05	0.05	0.05
交叉概率	0.85	0.85	0.85	0.85	0.85	0.85	0.85
最短路径	2353	2195	2068	1985	1985	1985	1985

实验结果表明，改进遗传算法无论是选择算子、自适应变异交叉都优于传统遗传算法，更早得到最佳方案。说明了赌轮盘选择比传统的选择操作效果更好。传统遗传算法有可能陷入局部最优，改进后的遗传算法一般不会，同时采用了自适应策略，IGA 运行代数 600 代已经得到最佳方案，TGA 经过了 1000 代还没得到。

4　遗传算法在旅行商问题应用展望

通过对传统的遗传算法和改进后的遗传算法对比。采用赌轮盘算法比传统的选择效果要好。传统的遗传算法对搜索空间变化的适应能力差，采用自适应策略进一步增加改进的效果。

由于实际的生活中，问题会更具体、数据更复杂。为了能够更早的得到最佳方案，减少内存的使用，牺牲了 CPU，牺牲了效率，即两个城市之间的距离在需要的时候才进行计算。随着硬件的发展，内存也将扩大。如果将各个城市之间的距离存在内存中，搜索效率将会在很大程度上得到提高。

5　结束语

本文采用了赌轮盘算法、自适应遗传算子。通过增加种群中的新个体，提高种群多样性解决了传统遗传算法种群规模不可变易陷入局部最优解。通过设计种群自适应交叉概率、变异概率提高搜索效率，使算法在相对稳定的下一代种群寻找最优解。

参 考 文 献

[1]　耿素云,屈婉玲.离散数学.高等教育出版社,2004 年 1 月.

[2]　周德云,基于遗传算法的旅行商问题仿真研究. [硕士学位论文] .2007 年 4 月.

[3]　Holland J. Adaptation in Natural and Artificial Systems[M]. Ann Arbor,Michigan: University of Michigan Press,1975.

[4] Michalewicz Z. Genetic Algorithm + Data Structure = Evolutionary Programs,3rdEdition[M].New York:Springer-Verlag,1996.

[5] 王永庆,人工智能原理与方法.西安:西安交通大学出版社 1998.5:1-17.

[6] 孙艳丰,王众托.遗传算法在优化问题中的应用研究进展[J].控制与决策,1996,11(4):425-431.

[7] 周明,孙树东.遗传算法原理及应用。北京:国防工业出版社,2002.

[8] 向佐勇、刘正才.基于完全自适应策略的遗传算法[J].中南林业科技大学学报，2007(5) :136-139

作者简介

曹建辉，男，1984 年生，福建建阳人，助理工程师，主要研究方向：计算机科学技术，15967936165   E-mail:caojianhui84@qq.com

王晓航，男，1985 年生，浙江兰溪人，助理工程师，主要研究方向：计算机科学技术，国家广播电影电视总局八三一台 通讯地址:浙江兰溪市 103 信箱 邮编:321106,13665899492 E-mail:86536260@qq.com

基于状态观测器的混沌系统参数辨识技术的研究

张 蓓 赵 昀

（北京航空航天大学，电子信息工程学院，北京，100191）

摘 要： 在对 Liu 混沌系统的基本动力学行为特性进行研究的基础上。本文采用基于观测器思想的辨识系统局部参数的方法，设计了同步观测器，并借助 Matlab 软件辨识出了 Liu 混沌系统的参数 k，实现了 Liu 混沌系统对正弦信号的追踪控制及其同步仿真。同时实现了保密通信中接收信号的恢复，并且对该观测器的参数辨识性能进行了仿真分析。

关键词： Liu 混沌系统；状态观测器；参数辨识；保密通信

The parameter identification of unknown parameters based on state observer

Zhang Bei，Zhao Yun

（School of Electronic Engineering，Beijing University of Aeronautics &Astronautics ，Beijing ，100191）

Abstract: In the Liu chaotic system the basic kinetic behavior were studied on the basis of. This article based on observer ideas identification system local parameter method, designed the synchronization observer, with the help of the software Matlab identifies Liu system parameters k, Liu chaotic system to realize the sinusoidal signal tracking control and synchronization of simulation. While the realization of the secure communication signal in the recovery, and the observer parameter identification performance simulation and analysis are carried out.

Key words: Liu chaotic system, observation, parameter identification, secure communication

1 引言

本文在经过较为全面地探究观测器的概念和混沌同步之间的联系后，提出构造混沌系统非线性部分未知参数状态观测器的方法。将混沌系统的未知参数看成系统的状态变量，根据状态观测器，研究了微分方程的稳定性理论，提出了选择增益函数和构造相应的辅助函数的一般方法，对未知参数进行了辨识。基于状态观测器对混沌系统未知参数进行辨识的方法只要求能得到系统的部分或全部状态变量即可，避免了利用其他较复杂的理论，非常简明。

2 基于状态观测器的混沌系统参数辨识设计及仿真

基于观测器的参数辨识[2]技术，是将未知参数作为系统的未知状态来处理，从而将辨识参数问题转化为未知状态的观测辨识问题。

基金项目：中国传媒大学"211"工程重点项目

Liu 混沌系统是一类含有平方非线性项的混沌系统[3]，其系统的动力学方程为：

$$\dot{x} = a(y - x)$$
$$\dot{y} = bx - kxz \qquad (1)$$
$$\dot{z} = -cz + hx^2$$

其中 a，b，k，c，h 为系统参数。

通过对观测器反馈控制[4]的研究，建立观测器的数学模型。设 k 是系统(1)中唯一的未知参数并且是一个常数，若系统中所有状态都可以得到，则可以构造如下观测器将 k 辨识出来：

$$\dot{p} = -dx^2z^2p + dbx^2z + d^2x^3z^3y + dyz[a(y-x)] + dxy[-cz + hx^2] \qquad (2)$$
$$\hat{k} = p - dxyz$$

式中：p 是辅助变量；$\hat{k}$ 是未知参数 k 的估计值；d 为大于 0 的常数。

仿真中均使用 MATLAB6.5 中的 ode45 方法调用函数[5]，现设初始条件为 $[x_1(0), x_2(0), x_3(0), p(0)]=[1,1,1,3]$，横坐标为时间 t。则辨识结果如下图 1 所示：

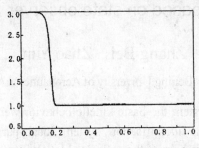

图 1　对参数 k 的辨识结果图

3　基于参数辨识技术的混沌保密通信

混沌掩盖保密通信系统[6]：在发送端，将有用信号 $m(t)$ 与混沌信号 $u(t)$ 相加，使通过公共信道传送的只是形似噪声的信号 $s(t)$，达到保密传送的目的。在接收端，响应系统能复制混沌信号 $u(t)$，只需从 $s(t)$ 中减去响应系统产生的混沌信号 $u'(t)$，就可以还原出有用信号 $m'(t)$。其中混沌信号 $u(t)$ 的信号强度大于被加密信号 $m(t)$ 的信号强度，这是保证实现混沌同步的必要条件之一。这一条件使真实信号完全被混沌信号淹没，使得在信号通道中传送的是混沌信号。其系统结构[7]如图 2 所示。

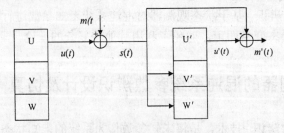

图 2　混沌掩盖保密通信系统框图

设 $x(t) = \sin(t)$ 为输入信号，a 和 b 为系统的已知参数，k 为系统的未知参数。该方案使

用输入信号对参数 k 进行调制，信道中传输的为似噪声的混沌信号，在接收端利用参数辨识技术辨识出参数 k，继而恢复出原信号[8]。

首先，设在系统中存在噪声干扰 $d(t)$，即满足下列方程：

$$\hat{x} = \alpha_0(y - x^3 - cx) + d(t) \qquad (3)$$

其中 $d(t)$ 为带限高斯白噪声，这里噪声能量取[0.05]，抽样时间定为 0.1s，则接收端恢复的信号如图 4 所示。

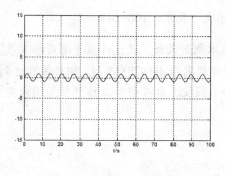

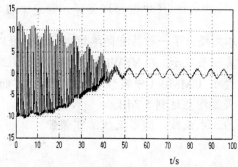

图 3　发送端信号 $x(t)$ 波形图　　　　图 4　接收端恢复的信号 $x'(t)$ 波形图

4　结论

由仿真结果得出，基于参数辨识技术的保密通信系统[9]在一定时间的延迟后能很好地恢复有用信息。图 4 中的时间延迟是由于系统需要一个参数辨识的过程而引起的。该保密通信系统在噪声能量很强的情况下，依旧能够准确地恢复出有用信号，具有一定的抗噪抗干扰性能，这对于保障保密通信有着重要的现实意义。同时说明了通过混沌系统参数辨识技术来实现混沌的控制与同步具有广阔的发展前景[10]。

参 考 文 献

[1] 姚利娜，高金峰.实现混沌系统同步的非线性状态观测器方法.物理学报，2006，15(1)：35-40.

[2] 关新平，彭海朋，李丽香，王益群等.Lorenz 混沌系统的参数辨识与控制.物理学报，2001，50(1):78-89.

[3] 沈绍伟.Liu 系统的动力学性质、控制及同步.北京:国防工业出版社，2006.

[4] 王发强，刘崇新.Liu 混沌系统的混沌分析及电路实验的研究.物理学报，2007，3(2):12-15.

[5] 邵佳，董辰辉.MATLAB/Simulink 通信系统建模与仿真实例精讲.北京:电子工业出版社，2009，49-64.

[6] 李辉.混沌数字通信.北京:清华大学出版社，2006，39-46.

[7] Carroll TL,Pecora LM.Synchronizing chaotic circuits.IEEE Trans on Circuits and Systems,1991,38(4):53-78.

[8] Gez M,Leu WY.Chaos synchronization and parameter identification .ISIJ International, 2003,27-80.

[9] 王兴元，段朝锋.基于线性状态观测器的混沌同步及其在保密通信中的应用.通信学报，2005，6(6):15-31.

[10] 关新平，范正平，陈彩莲.混沌控制及其在保密通信中的应用.北京:国防工业出版社，2002，81-96.

作者简介

张蓓，女，1986 年 11 月出生，籍贯为河北省保定市，现为北京航空航天大学电子信息工程学院硕士研究生，主要研究方向为无线电通信等。E-mail：785495915@qq.com

简单馈电的宽频带准八木微带天线

毛吉燕　李增瑞　陈隆耀

（中国传媒大学，信息工程学院，北京，100024）

摘　要：本文提出了一种具有简单馈电网络的准八木微带天线。通过将振子臂后折来展宽工作带宽。仿真结果显示，在 VSWR≤2 时，该天线工作频带为 490-798MHz，相对带宽达到 48%，几乎覆盖整个 CMMB（中国移动数字多媒体广播）频段。且在整个工作频带范围内有良好的方向性，最高增益达到 5.7dB。

关键词：准八木天线；微带天线；宽频带

A Simplified Feeding Broad-Band Quasi-Yagi Microsrip Antenna

Mao Jiyan，Li Zengrui，Chen Longyao

（School of Information Engineering, Communication University of China, Beijing 100024, China）

Abstract: In this paper, a Quasi-Yagi antenna with a simplified feeding network is proposed. The bandwidth was extended by using an angled-dipole. When VSWR≤2, the bandwidth of the antenna is 490-798MHz. The relative bandwidth is 48%. The bandwidth almost covers the CMMB (China Mobile Multimedia Broadcasting) bands. The antenna radiation characteristic has a good direction, the maximum gain is obtain to 5.7 dB.

Key words: Quasi-Yagi antenna, microwave antenna, broad-band

1　引言

准八木天线继承了八木天线辐射方向性强、增益高的优点，又具有微带天线重量轻、体型小和制作简单的特点[1]。关于准八木微带天线的馈电方式，大多采用一个巴伦结构来实现馈线到天线的平衡与不平衡转换[2~4]，这种结构相对复杂。本文设计的准八木微带天线采用一种简单馈电网络。并通过对振子双臂后折，来展宽工作带宽。在 VSWR≤2 时，相对带宽可达 48%。

2　天线结构设计及仿真结果分析

本文提出的准八木微带天线的结构如图 1 所示。该天线有一个引向单元，一个驱动单元，以及一个用作反射单元的接地面。天线被印制在介电常数为 ε_r=4.4（FR4），厚度为 h=1.6mm 的介质板上。介质板整体尺寸为 300×200×1.6（mm³）。天线的馈电网络采用微带线过渡到

基金项目：中国传媒大学"211"工程重点项目

平行带状线的传输结构[5]，而非巴伦结构，目的是简化馈电网络。当两振子臂的相对位置呈高斯分布时，可以显著展宽天线的工作带宽。本文采取将引向单元和驱动单元的振子臂后折，经过优化，得到振子臂与馈线之间的夹角的最佳值。另外，通过适当加宽驱动单元振子臂的宽度，不仅缩短了振子臂的长度，而且也展宽了工作带宽。天线尺寸参数的变化将会对频段位置、带宽有较大影响。图1中驱动单元的振子臂的长度 Ldr 对谐振点位置、带宽都有一定影响，如图2所示；驱动单元的振子臂的的宽度 Wdr 对带宽有一定影响，如图3所示；而振子臂与馈线之间的夹角 α 对谐振点位置、带宽都有一定影响，如图4所示。经过优化仿真，天线的尺寸参数如下：L=300mm，W=200mm，Ldr=100mm，Wdr=47mm，$Ldir$=80mm，$Wdir$=15mm，$L1$=15mm，$L2$=60mm，$L3$=40mm，α=14°。

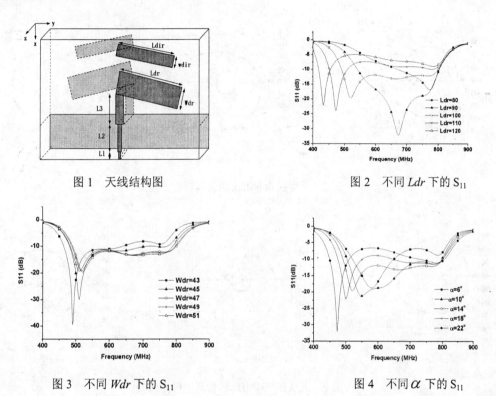

图 1　天线结构图　　　　　　　　　　　图 2　不同 Ldr 下的 S_{11}

图 3　不同 Wdr 下的 S_{11}　　　　　　　图 4　不同 α 下的 S_{11}

　　图5、图6分别为根据优化后参数仿真得到的天线回波损耗和天线在工作频率范围内的增益。在反射系数 $S_{11} \leqslant -10dB$ 的标准下，天线的阻抗带宽为490-798MHz，相对带宽达到48%。最高增益达到5.7dB。图7至图9分别为天线在530MHz、666MHz 和 754MHz 处的远场辐射方向图。我们能明显看出，天线在具有很好的端射特性。

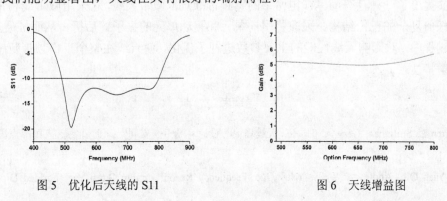

图 5　优化后天线的 S11　　　　　　　　　图 6　天线增益图

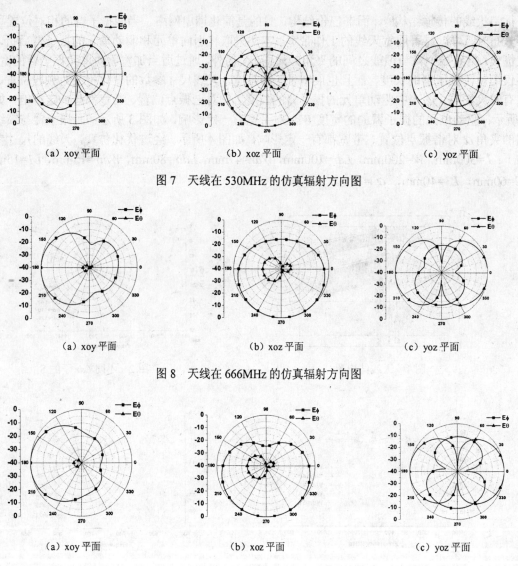

（a）xoy 平面 （b）xoz 平面 （c）yoz 平面

图 7 天线在 530MHz 的仿真辐射方向图

（a）xoy 平面 （b）xoz 平面 （c）yoz 平面

图 8 天线在 666MHz 的仿真辐射方向图

（a）xoy 平面 （b）xoz 平面 （c）yoz 平面

图 9 天线在 754MHz 的仿真辐射方向图

3 结论

本文提出了一种具有简单馈电网络的宽频带准八木微带天线，它采用微带线和带状线馈电，不需要任何复杂的巴伦结构。采取将引向单元和驱动单元的振子臂后折，从而扩展工作带宽。在设计过程中，对影响天线性能的主要参数进行了优化，使天线在整个工作频带范围内具有良好的辐射特性。

参 考 文 献

[1] Warren L. Stutzman, Gary A. Thiele. 天线理论与设计.朱守正, 安同一, 译. 北京: 人民邮电出版社, 2006: 175-182.

[2] Pei-Yuan Qin, Andrew R.Weily, Y.Jay Guo, Frequency Reconfigurable Quasi-Yagi Forlded Dipole Antenna,

IEEE Transactions on Antennas and Propagation, VOL.58, NO.8, pp.2742-2747, Aug 2010.

[3] Nasiha Nikolic, Andrew R. Weily, Printed quasi-Yagi antenna with folded dipole driver, IEEE Transactions on Antennas and Propagation Society International Symposium, 2009.

[4] WNoriaki Kaneda, W. R. Deal. Yongxi Qian, A Broad-Band Planar Quasi-Yagi Antenna, IEEE Transactions on Antennas and Propagation, VOL.50, NO.8, pp.1158-1160, Aug 2002.

[5] G. Zheng, A. A. Kishk, A. W. Glisson, et al, Simplified feed for modified printed Yagi antenna, Electron. Lett., vol. 40, pp. 464–466, Apr., 2004.

作者简介

毛吉燕，1987 生，女，吉林人，硕士研究生。主要研究方向：电磁辐射、散射与逆散射。Tel: 15010189693 E-mail: maojiyan@cuc.edu.cn

李增瑞，1963 生，男，博士，教授，博士生导师。主要研究方向：电磁辐射、散射与逆散射。E-mail: zrli@cuc.edu.cn

陈隆耀，1988 生，男，江西人，硕士研究生。主要研究方向：电磁辐射、散射与逆散射。Tel: 15901193211   E-mail: cly@cuc.edu.cn

交换开关控制系统的设计和开发

朱为杰　徐志省　朱振军

（国家广电总局八三一台，浙江兰溪，321100 ）

摘　要：我台某机房装有多部发射机和多副天线，为了在发射机或天线系统出现故障后，能及时用本机房的其它发射机或天线进行代播，必须做到任何一部发射机能连接至任意一副天线。经自台技术人员的攻关，自行开发了相关的控制硬件和软件，对整个控制系统进行了全面改造，其外围电路简洁、免维护、故障率低等优点，通过一年多时间的运行，取得了良好的效果。

关键字：天线交换；自动化控制系统

1　引言

近年来，我国的广播事业发展迅速，新增了台站和较多发射机，我单位某机房就是我国"西新工程"的项目之一，拥有多部短波发射机和多副天线，为了提高发射机的利用率，更好地服务于大局，引入交换开关进行发射机和任意天线之间的连接，并为此设计交换开关控制系统。交换开关及天馈线系统框图如图 1 所示：

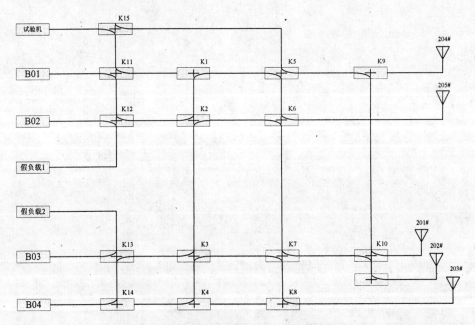

图 1　交换开关及天馈成系统框图

由上图可以看出，只需要倒动相应开关，就可以实现发射机和任意一副天线之间的连接。在某发射机播音中出故障时，只要有空闲机器就可以实现代播，缩短了停播时间，提高播音质量。

2 交换系统的控制模块硬件开发

交换开关控制系统由服务器端和客户端两部分组成，服务器端则由服务器软件和相应控制硬件构成，客户端则由客户端软件构成。依据系统功能以及控制对象的不同，服务器端分为以下几块：输入输出板：处理同轴开关和交换开关以外的输入输出信号，通过1#和3#控制模块相连；控制板：处理和同轴开关有关的所有信号，控制同轴开关的所有操作，通过2#和3#控制模块相连；控制终端：处理交换开关 K1-K10 的所有信号，控制交换开关的所有操作。服务器端软件系统通过（RS232 和 RS485 标准之间接口转换）分别读取这三个部分的状态量，输出相应的控制信号进行相应操作。客户端通过网络访问服务器，通过服务器读取相应的状态信息，进行相应操作。

在本系统中，交换开关使用了北京普瑞广科科技有限公司的 SWK-II 型屏蔽式平衡式大功率短波切换开关，该交换开关是公司当时的最新产品，全部采用国产配件；传动机构采用拨轮槽轮机构，使转动角度更加准确；自动与手动的切换采用电磁离合器，操作方便；安装于室内，不受气候、地域影响，维护方便，可靠性很高；切换时间短，仅需 4.8 秒；短波工作频段内的驻波比小于 1.07，在 3 至 20 兆赫兹的驻波比小于 1.05。该交换开关的触点弹性片采用 65Mn，接点的活动连接保证了切换的可行性，同时它还得保证有良好的导电性能和弹性。

其交换开关控制系统原理图如下：

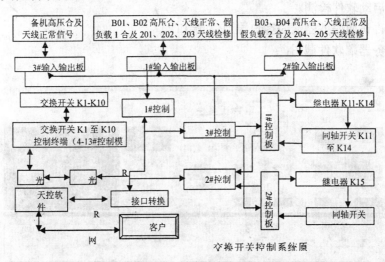

交换开关控制系统原

输入输出板主要处理的是开关量信号，在该板的设计中，采用继电器进行信号的输入输出处理，抗干扰能力强。这里处理的信号有：发射机的高压合信号（发射机在高压状态下不能倒动开关，否则会损坏设备）、天线正常信号（某发射机输出端已连接到天线，给相应的发射机输送可以加高压信号）、假负载 1 和 2 正常信号（假负载冷却已开启并正常）、天线检修信号（天线检修时不可加高压，因此通过按键给系统一个信号，表示天线不允许加高压）。

控制板主要用于控制同轴开关，每块控制板由四路相同部分组成，每一路对应着一只同轴开关，同轴开关的主要作用是用于进行天线和假负载之间的倒换。

控制终端的核心部分是自行开发控制模块，每一路交换开关都对应着一套控制终端，服务器软件通过读取该模块端口的状态，读取相应交换开关的信息；服务器软件通过写入控制模块进而控制相应交换开关的操作。

3 交换系统软件的开发

交换开关控制系统软件是一款基于 PC 终端的自动化软件。包含编辑软件，服务器端检测软件和客户端平台三套软件。服务器端软件包含了客户端软件的全部功能，服务器端软件主要功能包括：

☆自动连接并接收来自台平台系统的运行图。打开软件，并启动软件后，台平台系统会在 10 秒之内与本软件相连接，连接完成后，会自动接收来自台平台的运行图。

☆根据运行图自动生成每日天线开关转动方案。接收完成运行图，软件将根据运行图的发射机、天关、天线、时间等因素，分析并产生几种最优解决方案，并保存在当前软件目录中。

☆实时判断开关转动方案。启动一个线程，实时分析转动开关的方案，判断当前时间内是否需要调整开关状态。

☆实时检测开关当前状态。启动一个线程，实时检测开关的状态所在的位置（直通、曲通）。

☆实时判断发射机与天线的通路情况。启动一个线程，实时分析在当前开关状态下

☆手动、自动操作模式互相切换。

☆本地、远程操作模式互相切换。

☆手动状态下调整操作开关状态。在手动模式下，可以设置开关到直通、曲通或检修状态。

☆停止、启动软件检测。

☆设置允许访问服务器端的客户端 IP 和端口。

图 2 为服务器端软件截图：

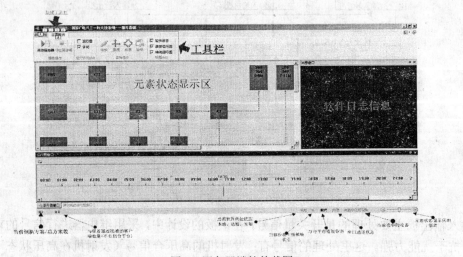

图 2 服务器端软件截图

客户端软件主要用于实现远程监视和控制，在客户端界面可以查看交换开关和同轴开关的实时状态，在服务器端授权的情况下，在客户端通过网络可以对交换开关或同轴开关进行相应操作。

（1）接、断开服务器：点击连接或断开服务器按钮　　　　，即可连接或断开服务器。连

接上服务器，元素状态显示区域将显示与服务器软件一样的效果。

（2）功能键作用，同步数据：将与服务器数据进行一次全面的同步，类似于刷新操作，服务器端软件将把当前服务器中的各设备状态一次性发送给当前提交申请的客户端。连接，直通，曲通，检修，运行图，手动：与服务器软件功能相同。

（3）客户端界面如图 3 所示

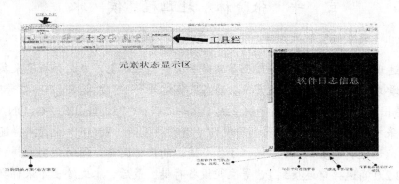

图 3　客户端界面

4　结束语

交换开关系统投入使用后，软件系统在使用过程中根据需要不断完善，更加人性化、智能化，系统运行稳定可靠，大幅增强自我代播能力，取得了很好的效果，实现了预期目标。

参 考 文 献

[1] 李小曼，短波天馈线系统.人民邮电出版社，1991.

[2] 张学田，广播电视技术手册.国防工业出版社，2000.

[3] 平蔚敏，吴伟民.数据结构.清华大学出版社，2002.

[4] [美]Walter Savitch,著.周靖，译. C++面向对象.

作者简介

朱为杰，1980 年生，男，本科，工程师，籍贯是浙江省平阳县，一直在广播发射技术的第一线工作，对 PSM 脉阶调制机、数字化自动控制、VB 编程等方向有较全面的理解和掌握。（联系方式：13958469802。E-mail:xzs831@126.com）

徐志省，1972 年生，男，本科，副高级工程师，籍贯是浙江省兰溪市，一直在广播发射技术的第一线工作，对原屏调机、PSM 脉阶调制机、数字化自动控制等方向有较全面的理解和掌握。曾于 2004—2007 年受广电总局无线局委派，对阿尔巴尼亚广电系统进行技术援助，发挥了积极的作用。（联系方式：13906798361。E-mail:xzs831@126.com）

朱振军，1986 年生，男，本科，技术员，籍贯是浙江省义乌市，研究方向是软件自动化集成和数字图像处理等方面。（联系方式：15805795912。E-mail:279690558@QQ.com）

可变速率多通道卫星中频信号采样器设计与实现

宫 平　张晓林　杜鹏程　侯 冰

（北京航空航天大学，电子信息工程学院，北京，100191）

摘 要： 在简述现代 GNSS（全球导航卫星系统）背景的基础上，本文分析了采集导航卫星中频信号的特殊要求：多系统兼容、抗震（以动态采集信号）、可变采样速率（信号带宽差异大）等。进而，给出了一种兼容多卫星导航系统（北斗二代、GPS、Galileo、GLONASS）射频前端的中频信号采样器。该中频采样器利用现场可编程门阵列（FPGA）进行采样速率选择以及数据缓存控制，通过其内置的 PLL 保证了各个通道的严格同步，同时抑制采样相位噪声。采样器通过 USB 2.0 高速接口连接到 PC 等主控设备存储。最后，本文给出了采样数据应用于导航接收机的信号捕获结果。

关键词： 中频采样；全球导航卫星系统；乒乓缓存；FPGA；USB 2.0

Variable-rate Multi-channel Sampler for IF Satellite signal: Design and implematation

Gong Ping，Zhang Xiaolin，Du Pengcheng，Hou Bing

（School of Electronic and Information Engineering，Beihang University，Beijing，100191，China）

Abstract: After a brief review of GNSS，the requirements of sampling real-world GNSS IF signal are suggested, including: compatibility, anti-seismic(to work under high-dynamic enviroments) and variable sampling rates. Then, a multi-system compatible design of the suggested IF sampler was presented. This design utilizes FPGA technique to select sampling rate and control data buffering. The synchronization of different channels is guaranteed by a PLL module in the FPGA. Sampling data are feed into a host USB 2.0 device. This paper concludes with an application of the sampled data to GPS signal acquisition.

Key words: IF sampling, GNSS, ping-pong buffering, FPGA, USB 2.0

1 引言

2011 年 7 月 27 日 5 时 44 分，第九颗北斗导航卫星成功发射。北斗"区域卫星导航系统"的基本系统已完成。今年年底前将为我国及周边大部分地区初步提供连续无源定位、导航和授时以及短报文通信服务[2]。GPS 处于现代化进程中[1]，GLONASS、Galileo 已实现部分功能。

四大卫星导航系统的频段占用如下图所示[3]：

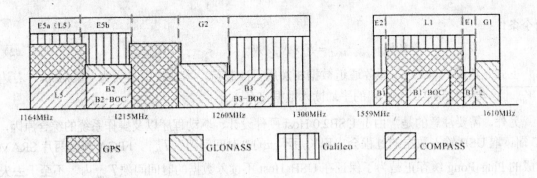

图 1   Compass、GPS、Galileo 和 GLONASS 系统频段分布

  多系统兼容、多频接收机是民用接收机的发展方向，这就要求"卫星信号中频采样器"能够兼容多系统的射频前端，采样频率可调节，并且支持多通道精准同步采集。

  卫星信号的过零点带宽（null-to-null bandwidth）在 2MHz-20MHz 不等；如果采用 20MHz ADC 采样率，按照通常的 2bit 量化，单通道的数据将占用 40Mbps 的总线带宽。如果需要同步采集四路信号，则需要 160Mbps 的总线净载荷。总线净载荷的一般计算公式如下：

$$BW_{bus\_pure\_load} = F_s \times N_q \times N_{ch} \tag{1}$$

上式中 F_s 是 ADC 采样率，N_q 是量化比特数，N_{ch} 是采样通道数。

  另一方面，为了实际采集"高动态"信号，卫星信号采样器需要具有一定的抗震能力，这对数据存储介质提出了要求。

  下文将给出一种满足以上要求的"卫星信号中频采样器"设计方案。

2   卫星信号中频采样器整体设计

  采样器包括四个独立的数据通道，下图是采样器总体框图：

  图 2 中，输入信号是中频的模拟信号，经过阻抗匹配，以差分信号的形式送入 ADC 采样。

  4 路 ADC 采样时钟均由 FPGA 内部同一 PLL 的输出驱动，结合 PCB 设计的信号完整性技术，以保证各路采样数据的严格同步，同时抑制采样相位杂散(phase jitter)噪声。

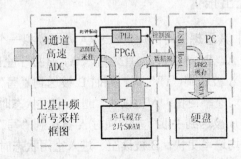

图 2   卫星中频信号采样器总体框图

  FPGA 首先对的四路 ADC 采样数据分别进行"2bit 量化"，即每个采样点量化成 1bit 的符号位和 1bit 的幅度位；再把四路数据合成一股数据流，送入 SRAM 做乒乓缓存。最后，主机 PC 通过 USB2.0[5]高速接口读取该数据流。USB 协议接口芯片采用 CY68013A[4][8]。

  采样数据流从 FPGA 到 PC USB2.0 主控制器的"实时"传输至少需要满足式（2）（3）

两个条件：

$$BW_{bus\_pure\_load} = F_s \times N_q \times N_{ch} \quad < \quad \overline{BW_{usb\_host}} \tag{2}$$

上式左边同式（1），即各通道数据相加所得净载荷，本设计中最大为 160Mbps。右边 $\overline{BW_{usb\_host}}$ 表示 USB 2.0 Host 端的平均读入数据速率。

另外，需要注意的是，由于 USB2.0 Host 硬件设计、驱动程序以及操作系统的综合原因，PC 端读取 USB 输入数据的过程会出现长短不一的"时间间隙" T_{slot}。FPGA 外接两片 SRAM 构成的 Ping Pong 缓存正是为了保证在 USB Host 不读入数据的时间间隙 T_{slot} 内，不至于丢失数据。Ping-Pong 操作的控制逻辑由 FPGA 实现，如图 3 所示。

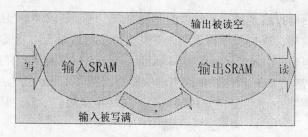

图 3　乒乓缓存原理框图

缓存的大小 S_{buffer} 必须满足：

$$S_{buffer} \quad > \quad T_{slot} \times BW_{bus\_pure\_load} \tag{3}$$

本设计选取 S_{buffer} = 160Mbit，对应 T_{slot} 值 100ms，留有充分的裕量。

采样速率从 10MHz～80MHz 可选，由 PC 端软件下传控制命令给 FPGA，再由 FPGA 设置 PLL 控制字（分频、倍频比）。其他档位有 20MHz，40MHz，60MHz 等，以满足不同射频前端的需求。

3　关键模块

3.1　ping-pong 缓存-溢出报警

乒乓操作的原理如图 3。其思想是用两片单口 SRAM 来模拟一个 FIFO。复位状态下两片 SRAM 均处于空状态，记为 A，B。假定数据首先写入 A，B 处于空闲状态。

当 A 被写满的一刹那，A 被送到"读"端，同时 B 被送到"写"端。

通常情况，"读"的平均速率更快，A 被读空、进入空闲状态时，B 仍未被写满。

当 B 被写满的一刹那，B 被送到"读"端，同时 A 被送到"写"端。

通常情况，"读"的平均速率更快，B 被读空、进入空闲状态时，A 仍未被写满。

当 A 被写满的一刹那，A 被送到"读"端，同时 B 被送到"写"端。

这是一个周期的乒乓操作，循环往复，只要输入 SRAM 被写满时，输出 SRAM 已经被读空，就不会有数据丢失。反之，则发生了不可挽回的数据丢失，缓存被认为"溢出"；FPGA 将会通过 LED 给出报警，同时复位采样板，等待上位机的"重启"命令。

3.2 主机端多线程接收存储

如图 2 所示，PC 端的应用程序需要"同时"完成两项任务[6]：控制 USB 2.0 host controller 读入数据流；将数据存储进硬盘。这两项任务由 PC 端软件的"接收线程"和"存储线程"完成，如右图所示：

如果队列满，接收软件将会报错，提示"写硬盘"速度过慢。

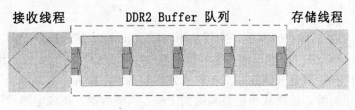

图 4　PC 端接收、存储示意图

3.3 自检功能

自检模式下，FPGA 内部的预知信号源代替 ADC 信号源，数据流经 FPGA、SRAM 乒乓缓存、USB2.0 总线、DDR2 缓存队列，最终存储到硬盘上。通过将最终采集到的数据与已知数据比对，来验证整个"数据流"的完好性。

4 结束语

本文所述的卫星中频信号采样器已经成功应用于 GPS-Compass 接收机的研发中。这进一步验证了设计的可靠性。图 5 是卫星信号捕获结果，图 7 是原始采集数据的时域、频域以及概率分布图。

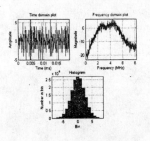

图 5　卫星信号捕获结果

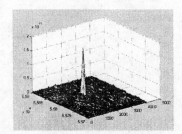

图 6　采集信号的时域频域分析

参 考 文 献

[1]　Kaplan E D. Understanding GPS : principles and applications 2nd ed[M] , chp 4.5 Boston :Artech House , 2006

[2]　北斗官方网站 http://www.beidou.gov.cn/2011/08/03/201108032eb33a0ee15e458a8a3fa80a4294c38b.html

[3]　徐启炳，张立新，蒙艳松，GNSS 导航信号体制兼容性分析[J]. 空间电子技术, 2011 年 02 期

[4]　李鉴,黄大勇. 基于 CY7C68013 的 USB 数据采集系统[J]. 微计算机信息,2009,(01) .

[5]　Compaq, Hewlett-Packard, Intel, et al. Universal Serial Bus Specification, Revision 2.0 .2000 .

[6]　Wu X. High speed data acquisition system using USB interface[J] .Journal of Electronic Measurement and

Instrument, 2004, (2):1151-1155.

[7] 曾虹,刘世杰,张翔,戴国骏. 基于 USB 的高速并行数据采集系统的设计与实现[J]. 计算机测量与控制, 2007,(08).

[8] 袁卫,张冬阳. 基于 Verilog 的 FPGA 与 USB2.0 高速接口设计[J]. 现代电子技术, 2009,(01).

作者简介

宫平，1988 年生，硕士研究生。主要从事 GPS, Compass 信号捕获跟踪方面的研究。

张晓林，1951 年生，教授、博士生导师，航空电子重点实验室主任、国家卫星导航应用工程研究中心副主任、教育部国家集成电路人才培养基地负责人、中国电子学会常任理事，电子学报、航空学报编委。长期从事信息与通信工程、电子对抗、集成电路设计、飞行器通信与遥控遥测系统的科研、教学工作。

雷达中频接收机自动测试系统设计

王纯青

（北京航空航天大学，电子信息工程学院，北京，100191）

摘　要：雷达中频接收机自动测试系统包括真实仪器和虚拟仪器，通过仪表总线、数据采集系统和数据处理软件实现对雷达接收机参数测试的自动控制。本文介绍了一种雷达中频接收机自动测试系统，并详细分析了各接收机参数的测量方法。经现场环境的实际测试，验证了所设计方案的有效性，具有较高的应用价值。

关键词：雷达接收机；数据采集；自动测试系统

Design of Automatic Test System for IF Receiver of Radar

Wang Chunqing

(School of Electronic Information Engineering，Beihang University，Beijing, 100191,China)

Abstract: Automatic Test System (ATS) of IF receiver of radar includes real and virtual instruments.Such ATS realizes automatic control in the process of radar receiver's parameter test. This paper presents a kind of ATS for IF receiver for radar and gives the test methods for some important parameters. The system has a certain application value as it was tested in real environment and the scheme was proved to be effective.

Key words: receiver of radar, data collection, Automatic Test System

1　引言

　　雷达接收机是一个复杂的电子系统，调试、检测复杂。目前，测试自动化程度低，多为手工操作，浪费了人力物力。组建方便、功能齐全的测试系统成为了现代雷达产品生产和科研的必需。本文设计了一种雷达接收机多参数自动测试系统。系统通过 GPIB 总线将信号源、测试仪器等连接到工控机上，通过工控机上的人机交互界面，实现自动设置，自动测试，自动打印报表，避免了人工干预，提高了测试速度并能保证测试精度。本文介绍了测试系统的构成和几种接收机参数的自动测试方法。

2 系统结构

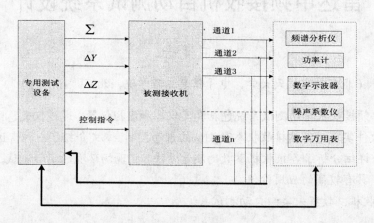

图1 雷达中频接收机自动测试系统结构框图

中频接收机自动测试系统如图1所以。其中虚线内的是手动测试中所需的各种仪器，在自动测试时并不需要。该系统最关键的设备是专用测试设备，其主要作用是模拟输出中频接收机的接收信号，提供接收机供电电源，同时接收中频接收机的各路输出信号，并能利用数据采集网络对接收到的信号进行处理分析，通过人机交互界面显示测试结果并打印出来。

专用测试设备的主要组成是：信号源（采用 Agilent 公司生产的 E8663D PSD 射频模拟信号发生器），工控机（采用研华的 IPC-610），8 通道信号采集板（自研），USB-GPIB 接口（采用 Agilent 公司的 82357A），直流稳压电源（采用茂迪公司的 LPS505N）一分三功分器和频率综合器（自研）。专用测试设备的组成如图2所示：

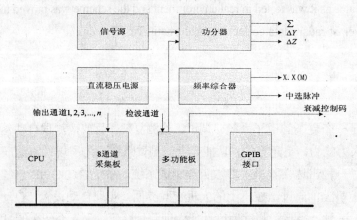

图2 专用测试设备组成原理框图

3 接收机参数的测试方法

雷达中频接收机自动测试系统的参数繁多，限于篇幅，本文只介绍几个重要的参数测试方法和信号处理算法。

2.1 增益曲线的测量

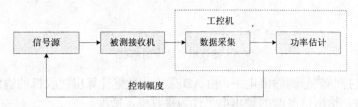

图 3　接收机通道增益曲线的测量

由工控机步进控制射频信号源的输出电平，由 AD 采集的数据计算出接收机的输出功率，由此给出接收机输出功率与输入功率的关系曲线作为接收机通道增益曲线。

2.2 幅频特性

幅频特性是指接收机的系统增益与输入信号频率之间的关系。本文采用点频信号，通过改变信号源频率，根据 A/D 变换器满值对应的输入模拟信号幅度，算出各频率点增益，来得到幅频特性。测试方法如图 4 所示。

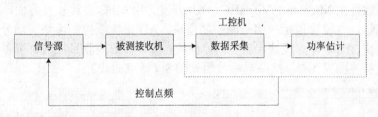

图 4　接收机幅频特性的测量

2.3 接收机各通道的幅度、相位不一致性

接收机各通道的幅度、相位不一致性测量方法如图 5 所示：

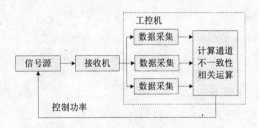

图 5　接收机通道间幅相不一致性测量

由工控机步进控制信号源的输出电平，由 3 个通道 AD 采集数据计算出各通道的输出 DFT 的幅度和相位，由此给出接收机各通道幅相误差与输入功率的关系曲线，作为幅相不一致性特性曲线。

2.4 接收机灵敏度

接收机灵敏的测量方法如图 6 所示。

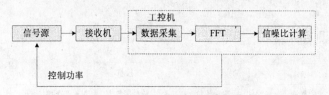

图 6　接收机灵敏度的测试

由工控机步进控制信号源输出电平,由 AD 采集的数据计算出接收机的输出信噪比,当输出信噪比达到 1 时,给出信号源的输出电平作为接收机灵敏度。

2.5　1dB 压缩点

测试框图见增益曲线测量。测试中可以采用二分法,即:先确定一个输入信号的上限(P1)和下限(P2),在上限输入功率处为线性增益,下限处为超过衰减 1dB 的增益。然后在 P1 和 P2 之间用二分法得到 1dB 压缩点。二分法的精度:循环 n 次,精度是 $(P2 - P1)/2^n$。

4　软件设计

该测试系统软件由 Microsoft Visual C++6.0 开发。用 MFC 设计软件界面,后台编程采用模块化的编程思想,主模块包括:信号源控制模块、AD 采集板控制模块、功分器控制模块、中选脉冲控制模块、DFT 计算模块、功率估计模块。每个参数的测量流程都可以用上述模块灵活组建。人机交互界面见图 7,结果显示界面见图 8(增益曲线)。

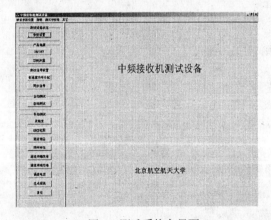

图 7　测试系统主界面

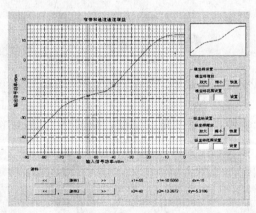

图 8　结果显示界面

5　结束语

手工测试需要两个人配合,一人调试仪器,一人记录结果;而采用本文的方法可以大大节省人力,在时间上也被证明是手工测试的 1/4。同时,该系统操作简单,对测量人员的专业水平要求低。采用本文的测试方法大大提高了测试效率,对于雷达的维护具有非常重要的意义。

参 考 文 献

[1]　张昆帆,王展,皇甫堪. 高速数据采集和存储.现代雷达,2004,26(4):14-16.

[2]　刘文彦,周学平,刘辉. 现代测试系统[M].长沙:国防科技大学出版社,1995.

求解高维优化问题的遗传智能粒子算法

林 凌 纪 震 朱泽轩

（深圳市嵌入式系统设计重点实验室，深圳大学计算机与软件学院，深圳，518060）

摘 要： 高维优化问题普遍存在于现实中，涉及从经济、工程到科研等多数领域。高维问题具有大规模、非线性、非凸等复杂特性，且存在大量局部最优解，这为求解这类问题带来很多难题。随着计算智能的发展，近年来，使用智能算法求解高维问题成为学者们研究的热点。本文提出一种由稳态遗传算法和智能粒子算法合成的文化基因算法，并通过实验测试其在高维问题上的性能。

关键词： 高维优化问题；计算智能；文化基因算法；遗传算法；智能粒子算法

GA-IPO for Large Scale Optimization

Lin Ling，Ji Zhen，Zhu Zexuan

（ Shenzhen City Key Laboratory of Embedded System Design，College of Computer Science and Software Engineering，Shenzhen University，Shenzhen，China，518060 ）

Abstract: Large scale optimization exist in various real-world problems, ranging from the field of economy, engineerying to scientific research. Properties of Large scale optimization, such as high dimensionality, nonseparability, and nonlinearity along with the existence of local optima, make large scale optimization problems difficult to solve. In recent years, large scale optimization problems have became a hot spot in the field of computational intelligence. In this paper, we propose a new MA, namely GA-IPO, by bridging Steady-State Genetic Algorithm (SSGA) with Intelligent Particle Optimizer (IPO), and conduct experiment to evaluate the proformance of GA-IPO.

Key words: large scale optimization, computational intelligence, memetic algorithm, genetic algorithm, Intelligent Particle Optimizer

1 引言

优化问题存在于工程、经济、科研以及许多相关领域中，且大多为具有大规模、非线性、非凸等复杂特性的高维优化问题，存在大量局部最优解。高维度所带来的解空间膨胀及维度间不可分性使得传统优化算法在解决高维问题时表现不佳，如模拟退火（Simulated Annealing，

本文受国家自然科学基金项目（60872125，61001185，61171125）、教育部新世纪优秀人才支持计划、教育部重点研究项目、霍英东高等学校青年基础性研究项目、广东省自然科学基金项目（10151806001000002）和深圳市杰青项目支持。通信作者为纪震教授（jizhen@szu.edu.cn）。

SA）、进化算法（Evolutionary Algorithms，EAs）、差分进化（Differential Evolution，DE）、粒子群算法（Particle Swarm Optimization，PSO）、蚁群算法（Ant Colony Optimization，ACO）等，用于高维优化时会出现算法早熟，易陷入局部最优等问题，即陷入"维度的诅咒（Curse of Dimensionality）"[1]。因此，针对高维问题的算法近年来成为研究热点。

文化基因算法（Memetic Algorithm，MA）是一种新的优化算法，最早由 Pablo Moscato 于 1989 年提出[2]，它是一个将以种群为基础的全局搜索算法和局部搜索算法相结合的算法框架，在这个框架的基础上，选用不同的搜索策略可以构成不同的算法。Pablo Moscato 在提出该算法后使用它解决旅行商问题，验证了其性能优于单纯的遗传算法[3]。全局搜索和局部搜索结合的机制使文化基因算法的搜索效率优于传统优化算法[4]。

本文提出一种基于稳态遗传算法（Steady-State GA）[5]，以智能粒子算法（Intelligent Particle Optimizer，IPO）[9]作为局部搜索的文化基因算法，遗传智能粒子算法（GA-IPO），并将该算法用于处理高维优化问题。实验结果表明，该算法相比单纯的遗传算法所得到的结果更接近最优解。

2　遗传智能粒子算法

2.1　稳态遗传算法

遗传算法（Genetic Algorithm，GA）由 John Holland 于 60 年代提出，是一种启发式搜索算法，其基本概念为模拟物种进化中的自然选择和基因遗传变异以达到优化效果。遗传算法通过选择，交叉，变异三个基本操作实现种群进化，达到全局搜索的效果。自提出以来，遗传算法被广泛应用于各个领域，多年来各种改进的遗传算法不断被提出，本文使用的稳态遗传算法是一种改进的遗传算法。

在标准的遗传算法中，种群每次进化会随机产生多个子代，而在稳态遗传算法[5]中，每一代的种群仅产生一个子代，所产生的子代与父代个体以优胜劣汰的原则竞争生存，个体总数不变。在解决高维优化问题时，由于解空间的膨胀，遗传算法执行代数变大，因此采用稳态遗传算法有利于保存种群多样性，且使整个算法在较长的运行时间下更稳定。同时针对高维优化问题，遗传算法中需要防止算法早熟，在保证算法可收敛的同事尽量保存群体多样性，因此本文算法中的选择和交叉操作分别为线性排序选择（Linear Ranking Selection）[6] 以及拉普拉斯交叉[7]（Laplace Crossover，LX）。线性排序选择通过一个压力算子 η 控制选择压力，η 的取值范围为[1,2]，η 值越大，差的个体生存期望值越小。拉普拉斯交叉所得子代服从拉普拉斯分布，由分布算子 b 控制子代与父代的差异，b 的取值范围为（0,1]，b 取值越大子代与父代差异越大。在本算法中，压力算子 η 和分布算子 b 取值分别为 1.3 和 0.95，因此本文所用的稳态遗传算法的种群多样性可以在迭代过程中维持较长时间。

2.2　智能粒子算法

1995 年 Eberhart 博士和 Kennedy[8]博士基于鸟群觅食行为提出了粒子群优化算法（Particle Swarm Optimization, PSO）。由于该算法概念简明、实现方便、收敛速度快、参数设置少，近年来受到学术界的广泛重视。但在优化复杂函数时，PSO 算法很容易陷入局部最优，并出现早熟现象。纪震等于 2006 年提出基于传统粒子群算法的智能粒子算法[9]，并通过实验验证在处理复杂多模函数方面有较优的表现。

在智能粒子算法中，粒子更新时一个粒子代表着整个位置矢量。在更新过程中，整个 D 维的解空间被分成 m 部分，即把整个位置矢量分成 m 个位置子矢量，位置子矢量及其对应的速度子矢量分别表示为 z_j 和 v_j，$j=1,\cdots,m$，粒子基于子矢量按先后顺序（从 $\tilde{z}_1$ 到 $\tilde{z}_m$）进行循环更新。每一子矢量按以下的速度和位置更新公式迭代更新 N 次：

$$\tilde{v}_j^k = (a/k^{p\times r_1}) \times r_2 + b \times L_j^{k-1} \tag{1}$$

$$\tilde{z}_j^k = \begin{cases} \tilde{z}_j^{k-1} + \tilde{v}_j^k & \text{if } f(x_1^k) > f(x_2^k) \\ \tilde{z}_j^{k-1} & \text{if } f(x_1^k) \leqslant f(x_2^k) \end{cases} \tag{2}$$

$$L_j^k = \begin{cases} L_j^{k-1}/s & \text{if } f(x_1^k) \leqslant f(x_2^k) \\ \tilde{v}_j^k & \text{if } f(x_1^k) > f(x_2^k) \end{cases} \tag{3}$$

其中 $x_1^k = [\tilde{z}_1, \tilde{z}_2, \cdots, \tilde{z}_j^{k-1}, \cdots, \tilde{z}_m]$；$x_2^k = [\tilde{z}_1, \tilde{z}_2, \cdots, \tilde{z}_j^{k-1} + \tilde{v}_j^k, \cdots \tilde{z}_m]$；$k = 1, 2, \dots, N$。参数 L 为学习变量，用于分析之前速度的更新情况，从而决定下一次迭代的速度；随机矢量 r_1 和 r_2 分别在[0,2]和[-0.5,0.5]范围内服从均匀分布；搜索范围控制因子 a、下降因子 p、收缩因子 s 和加速度因子 $b(b \geqslant 1)$ 为常数；$f(\ )$ 为评估算法性能的适应值。

在智能粒子算法的执行过程中，a 控制搜索范围，且这个搜索范围会随着迭代次数增加随机下降，下降幅度由下降因子 p 决定。另外学习变量 L 使粒子更新过程中能依据上一次更新结果的好坏决定粒子的搜索步长，结果好时，粒子搜索步长增大，当结果变差时，搜索步长会逐步减小，直至减小到 0，此时粒子的搜索方向重新初始化，这样粒子的更新速度具有更大的多样性，有一定机会可以使粒子跳出局部最优。

由于解决高维优化问题的其中一个传统方法是降维，即将一个高维问题分解为多个低维问题，而智能粒子算法将整个 D 维的解空间被分成 m 部分，且其搜索范围控制因子 a 使搜索范围可以被控制，因此本文使用智能粒子算法作为局部搜索算法，稳态遗传算法作为全局算法，合成一种文化基因算法，即遗传智能粒子算法。

2.3 维度下降控制策略

在高维问题中，除了高纬度所带来的解空间膨胀问题，各维度间还存在关联性，因此不可以简单的将高维问题分解为若干个低维问题。针对这个问题，本文算法加入了维度下降控制的策略，在智能粒子算法中，子矢量所含维度数将随算法的优化效率改变。算法初始化时，子矢量所含维度等于整个解空间的维度 $d=D$，算法将记录粒子执行智能粒子算法前后的值，若前后两值相比，改善百分比小于 σ （$\sigma < 1$），则 $d=d-1$，此时子矢量有两个，一个维度为 D-1，一个维度为 1。这样在算法的前期，相关的维度将会有机会一起更新，而到算法后期，各维度将各自更新。

2.4 算法流程

开始
随机初始化种群；
计算种群适应值；
初始化子矢量维度 $d=D$；
初始 FEs 的次数为 $N_{FEs} = N_{Max} -$ 种群数；

1 执行线性排序选择；

   执行拉普拉斯交叉；

   执行变异；

   选择最优个体 $\mathbf{z}^0 = [\tilde{\mathbf{z}}_1^0, \tilde{\mathbf{z}}_2^0, \cdots, \tilde{\mathbf{z}}_m^0]$；

   初始智能粒子算法执行次数 $k=1$；

2 初始学习变量 $\mathbf{L}_j^0 = 0$；

  3 计算 $\tilde{\mathbf{v}}_j^k = (a/k^{p \times \tau_1}) \times \mathbf{r}_2 + b \times \mathbf{L}_j^{k-1}$；

计算 $f(\mathbf{x}_1^k) = f(\tilde{\mathbf{z}}_1, \tilde{\mathbf{z}}_2, \cdots, \tilde{\mathbf{z}}_j^{k-1}, \cdots, \tilde{\mathbf{z}}_m)$；

计算 $f(\mathbf{x}_2^k) = f(\tilde{\mathbf{z}}_1, \tilde{\mathbf{z}}_2, \cdots, \tilde{\mathbf{z}}_j^{k-1} + \tilde{\mathbf{v}}_j^k, \cdots \tilde{\mathbf{z}}_m)$；

$N_{FEs} - N_{FEs} + 2$；

如果 $f(\mathbf{x}_1^k) > f(\mathbf{x}_2^k)$，设置 $\tilde{\mathbf{z}}_j^k = \tilde{\mathbf{z}}_j^{k-1} + \tilde{\mathbf{v}}_j^k$；$\mathbf{L}_j^k = \tilde{\mathbf{v}}_j^k$；

如果 $f(\mathbf{x}_1^k) \leq f(\mathbf{x}_2^k)$，设置 $\tilde{\mathbf{z}}_j^k = \tilde{\mathbf{z}}_j^{k-1}$；$\mathbf{L}_j^k = \mathbf{L}_j^{k-1}/s$；

如果 $\mathbf{L}_j^k < \varepsilon$，设置学习变量 $\mathbf{L}_j^k = 0$；

$j = j+1$，跳至步骤3；

如果 $k<N$, $k=k+1$ 跳至步骤2；

执行维度下降策略；

如果 $N_{FEs} < N_{max}$，跳至步骤1；

结束

3 实验与分析

为测试遗传智能粒子算法性能，本文实验选用国际进化计算会议 CEC2010 提出的大规模全局优化测试函数组[1]中最具代表性的 F2，F4，F6，F8，F11，F13，F15，F18 及 F20 作为本文的测试函数。其中 F2 为可分函数，F4 和 F6 为含一组 m 维不可分函数，F11 和 F13 含 $D/2m$ 组 m 维不可分函数，F15 和 F18 含 D/m 组 m 维不可分函数，F20 为完全不可分函数，函数维度为 1000，详情请参考文献[1]。

实验结果将与标准 GA 和大规模优化经典算法 MLCC[10]的运行结果进行对比，以分析遗传智能粒子算法的性能。实验中参数设置：GA 中种群大小为 60，选择压力算子 η 和分布算子 b 取值与 2.1 节一致，变异率为 0.05。IPO 中，搜索范围控制因子 a 为函数取值范围上限的一倍，下降因子 $p = 2$，收缩因子 $s = 2$，加速度因子 $s = 4$，每一代粒子更新次数 $N=15$。为保证比较的公平性，所有算法的最大适应值评估次数 FEs 都设为 3e+06，每个函数运行 10 次。

表 1 各算法对 9 个测试函数在 FEs=3e+06，D=1000 时进行优化的结果

函数	GA	MLCC	GA-IPO
F2	1.25e+04±1.02e+02	5.57e-01±2.21e+00	3.22e+00±2.32e+00
F4	6.67e+13±1.88e+13	9.61e+12±3.43e+12	6.99e+11±2.50e+11
F6	1.58e+07±1.10e+06	1.62e+07±4.97e+06	5.29e+06±4.46e+06
F11	2.27e+02±2.20e+00	1.98e+02±6.98e-01	1.93e+02±8.56e-01
F13	1.65e+11±8.52e+09	2.08e+03±7.27e+02	3.05e+03±3.74e+03
F15	1.70e+04±2.25e+02	7.11e+03±1.34e+03	8.95e+03±2.84e+02
F18	7.33e+11±2.24e+10	7.09e+03±4.77e+03	1.99e+04±9.74e+03
F20	8.63e+11±3.27e+10	2.05e+03±1.80e+02	1.74e+03±2.11e+02

表 1 列出了三个算法优化测试函数所得结果的均值和方差。由方差可看出 GA-IPO 在 10 次运行中优化结果基本稳定。与 GA 相比，GA-IPO 有明显优势，与 MLCC 优劣相当，两算法优化所得结果较为接近。GA-IPO 在 F4 和 F6 上优化效果相较其他两个算法有稍明显的优势，而在其他几个分组不可分函数上的表现则不如 MLCC，但其差距相对较小。

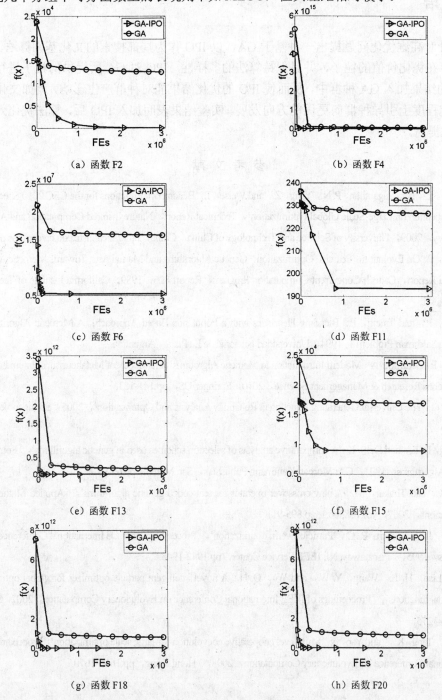

图 1　GA-IPO 及 GA 分别在各函数上的收敛特性曲线

为了检验 IPO 在算法中所起的作用，我们比较了 GA 和 GA-IPO 在优化测试函数时的收敛特性（如图 1 所示），图 1 中横坐标 FEs 为适应值评估函数执行次数，其范围为 0~3e+06，纵坐标为适应值。可以看出 GA 和 GA-IPO 的收敛特性基本一致，但 GA-IPO 的收敛效率比 GA 高，可见 IPO 的使用可以明显加速算法在局部区域的收敛。

4　结束语

本文针对高维优化问题提出一种基于 GA，以 IPO 作为局部搜索的文化基因算法。GA 为 IPO 提供存在优化价值的粒子，并且保持算法的多样性，IPO 对 GA 所提供的粒子进行优化，并将所得的结果加入 GA 种群中，从而使 IPO 的优化结果能对种群产生影响，就如文化对人的影响，一定程度上引导种群向更优的方向发展。实验结果表明加入 IPO 后，算法优化效率对比 GA 有较大提高。

参 考 文 献

[1] Tang, K., Li, X., Suganthan, P. N., Yang, Z., and Weise, T.: 'Benchmark Functions for the CEC 2010 Special Session and Competition on Large-Scale Global Optimization', Technical Report, Nature Inspired Computation and Applications Laboratory, 2009, University of Science and Technology of China, China, http://nical.ustc.edu.cn/cec10ss.php.

[2] Moscato, P.:'On Evolution, Search, Optimization, Genetic Algorithms and Martial Arts: Towards Memetic Algorithm', Technical Report, Caltech Concurrent Computation Program, Report 826, 1989, California Institute of Technology, California.

[3] Moscato, P., and Tinetti, F.:' Blending Heuristics with a Population-Based Approach: A Memetic Algorithm for the Traveling Salesman Problem', 1994, Universidad Nacional de La Plata, Argentina.

[4] Moscato, P., Cotta, C.:'A Modern Introduction to Memetic Algrothms', Handbook of Metaheuristics, International Series in Operations Research & Management Science, 2010, Springer US, pp.141-183.

[5] Levitin, G:' The Universal Generating Function in Reliability Analysis and Optimization', 2005, Springer-Verlag, New York.

[6] Goldberg, D. E., and Deb, K.:'A comparative analysis of selection schemes used in genetic algorithms', Foundations of Genetic Algorithms, 1991, CA: Morgan Kaufmann Publishers, San Mateo, pp.69-93.

[7] Deep, K., and Thakur, M.:' A new crossover operator for real coded genetic algorithms', Applied Mathematics and Computations, 2007, vol.188, no.1, pp.895-911.

[8] Kennedy, J., Eberhart, R. C., 'Particle swarm optimization', Proceedings of IEEE International Conference on Neural Networks, 1995, Piscataway, NJ, IEEE Service Center, pp.1942-1948.

[9] Ji, Z., Liao, H. L., Wang, Y. W., and Wu, Q. H.:' A novel intelligent particle optimizer for global optimization of multimodal functions', Proceedings of IEEE International Conference on Evolutionary Computation, 2007, Singapore, pp.3272-3275.

[10] Yang, Z., Tang, K., and Yao, X.:'Multilevel cooperative coevolution for large scale optimization', Proceedings of IEEE International Conference on Evolutionary Computation, 2008, Hong Kong, pp.1663-1670.

认知无线电中自适应 M-QAM 的性能分析

王雷雷　李光球

（杭州电子科技大学，通信工程学院，杭州，310018）

摘　要： 研究在下衬式频谱共享认知无线电中采用自适应连续速率/离散速率 M 进制正交幅度调制时的次用户频谱利用率。推导在瑞利衰落信道上主用户和次用户接收机均采用最大比合并分集接收时的次用户频谱利用率闭合表达式。数值计算和仿真结果表明，当次用户接收机采用最大比合并可增加次用户频谱利用率，主用户接收机采用最大比合并反而会降低次用户频谱利用率。

关键词： 认知无线电；自适应正交幅度调制；频谱利用率；分集接收；最大比合并

Performance Analysis of Adaptive M-QAM in Cognitive Radio

Wang Leilei，Li Guangqiu

（College of Communication Engineering, Hangzhou Dianzi University, Hangzhou, 310018, China）

Abstract: We investigate spectrum efficiency of secondary user(SU) when adaptive continuous-rate/discrete-rate M-ary quadrature amplitude modulation(M-QAM) is employed in spectrum underlay cognitive radio. We derive closed-expression of SU's spectrum efficiency when maximum-ratio combining(MRC) is adopted by both primary receiver(PR) and secondary receiver(SR) over Rayleigh fading channels. Numerical calculation and simulation results show SU's spectrum efficiency is increased when MRC is adopted by SR and that is decreased when MRC is adopted by PR.

Key words: cognitive radio(CR), adaptive quadrature amplitude modulation, spectrum efficiency, diversity reception, maximum-ratio combining(MRC)

1　引言

　　认知无线电(CR) 解决频谱稀缺问题的方法有覆盖式频谱共享(Overlay)和下衬式频谱共享(Underlay)两种 [1]。将自适应调制技术运用到 CR 中能够提高次用户(SU)频谱利用率[2-5]。文献[2]研究了在 Underlay CR 中主用户(PU)采用变速率恒定功率(VR)自适应传输方案时，SU 采用 VR 和变速率变功率(VRVP)两种自适应传输方案时的 SU 频谱利用率。文献[3]和[4]研究了有干扰功率限制时，SU 采用 VRVP 自适应 M 进制正交幅度调制(M-QAM)时的 SU 频谱利用率。文献[3]的研究结果表明在 PU 接收机(PR)端平均干扰功率受限和 SU 接收机(SR)端平均误比特率(BER)受限时，采用 VRVP 自适应 M-QAM 可以改善 SU 频谱利用率，但没有给出它的闭合表达式。文献[4]研究了在 Underlay CR 中采用自适应 M-QAM 和能量检测时的 SU 频谱利用率。文献[5]分析了有延时限制时，采用自适应 M-QAM 时的 SU 频谱利用率，结果表明，当有严格的延时限制时，SU 的有效容量会随之下降。文献[2-5]中的 PU 和 SU 均采用单天线技术。采用最大比合并(MRC)分集接收可提高 SU 频谱利用率[6]，但文献[6]没有采用 VRVP 自适应 M-QAM 传输方案。本文将 VRVP 自适应 M-QAM[5]和 MRC 分集接收技术[6]运用到 Underlay CR 系统中，可以提高 SU 频谱利用率，目前尚未见研究报道。

2 系统模型

本文采用如图 1 所示的具有单个 PU、单个 SU 并使用自适应 M-QAM 的 Underlay CR 系统模型，不考虑 PU 对 SU 的干扰[7]。在 Underlay CR 中，PU 和 SU 可以同时工作，为了保证 PU 正常传输，SU 发射机(ST)对 PR 的干扰功率要低于一个门限值，本文考虑平均干扰功率受限。SU 采用如图 2 所示的 VRVP 自适应 M-QAM 传输方案[5]，假定 ST-SR 之间和 ST-PR 之间均具有理想的信道状态信息(CSI)，且反馈路径无差错，同时不考虑反馈时延[5,7]。

假定 ST 有 1 根发射天线，SR 和 PR 分别有 n 和 k 根接收天线，均采用 MRC 分集接收技术，ST-SR 之间和 ST-PR 之间的每条支路增益都服从均值为 0、实部和虚部方差均为 0.5 的循环对称复高斯分布，且各支路之间相互独立，则 ST-SR 和 ST-PR 之间的信道功率增益 g_{ss} 和 g_{sp} 分别服从自由度为 $2n$ 和 $2k$ 的 χ^2 分布[6]。假定 SR 接收信号带宽为 B，其上的加性高斯白噪声 (AWGN)的功率谱密度为 N_0。

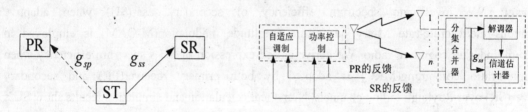

图 1 Underlay CR 系统模型   图 2 SU 链路自适应无线通信系统模型

令随机变量 $X = g_{ss} / g_{sp}$，采用文献[7]式(38)-(39)类似的推导方法可得 X 概率密度函数 (PDF):

$$f_X(x) = x^{n-1} / [A(1+x)^{n+k}] \qquad x > 0 \qquad\qquad (1)$$

其中，$A = \beta(k,n)$ 是 Beta 函数[7]。当 $k = n = 1$ 时，式(1)可化简为文献[7]中式(11): $f_X(x) = 1/[A(1+x)^2]$。

3 自适应连续 M-QAM

本节将分析在 SU 目标 BER 和 PR 端平均干扰功率受限时，采用自适应连续 M-QAM 时的 SU 频谱利用率。

当调制阶数 $M \geq 4$ 和 $BER \leq 10^{-2}$ 时，在 AWGN 信道上采用相干解调和格雷编码 M-QAM 的 BER 可近似为[4]:

$$BER \approx 0.2\exp\left(-1.5g_{ss}P(g_{ss},g_{sp})/[(M-1)N_0B]\right) \tag{2}$$

其中 $P(g_{ss},g_{sp})$ 为 ST 瞬时发射功率。

PU 能正常传输时，ST 对 PR 引起的平均干扰可以表示为[7]：

$$\int_{g_{ss}}\int_{g_{sp}}g_{sp}P(g_{ss},g_{sp})f(g_{ss})f(g_{sp})dg_{ss}dg_{sp}\leq Q \tag{3}$$

Q 为 PR 端能容忍的最大平均干扰功率，$f(g_{ss})$ 和 $f(g_{sp})$ 分别为 g_{ss} 和 g_{sp} 的 PDF。

采用自适应连续 M-QAM 且满足 SU 目标 BER 时，SU 频谱利用率 C/B 可以表示为：

$$C/B = \max_{P(g_{ss},g_{sp})\geq 0}\int_{g_{ss}}\int_{g_{sp}}\log(1+Kg_{ss}P(g_{ss},g_{sp})/N_0B)f(g_{ss})f(g_{sp})dg_{ss}dg_{sp} \tag{4}$$

其中 $K = -1.5/\log(BER/0.2)$。

对式（3）和式（4）采用拉格朗日乘数法可求得 ST 最佳发射功率为：

$$P(g_{ss},g_{sp}) = \begin{cases} 1/\lambda g_{sp} - N_0B/Kg_{ss} & g_{ss}/g_{sp}\geq 1/K\gamma_0 \\ 0 & \text{其他} \end{cases} \tag{5}$$

其中门限 $\gamma_0 = 1/(\lambda N_0B)$，$\lambda$ 为拉格朗日乘子。

将式（5）代入式（3）和式（4），采用文献[7]式（7）类似的推导方法可简化为：

$$Q = N_0B\int_{1/K\gamma_0}^{+\infty}(\gamma_0 - 1/Kx)f_X(x)dx \tag{6}$$

$$C/B = \int_{1/K\gamma_0}^{+\infty}\log(K\gamma_0 x)f_X(x)dx \tag{7}$$

将式（1）代入式（6），可得 SR 和 PR 均采用 MRC 分集接收时 PR 端平均干扰功率为：

$$Q = N_0B(\gamma_0/A)\int_{1/K\gamma_0}^{+\infty}x^{n-1}/(1+x)^{k+n}dx - N_0B(1/AK)\int_{1/K\gamma_0}^{+\infty}x^{n-2}/(1+x)^{k+n}dx \tag{8}$$

作变量代换 $x = 1/[K\gamma_0(1-y)]$，采用文献[5]式（31）—（33）类似的推导方法可得：

$$Q = N_0B\varphi\gamma_0[{}_2F_1(k+n,1;k+1;\phi)/k - {}_2F_1(k+n,1;k+2;\phi)/(k+1)]/A \tag{9}$$

其中 $\varphi = (K\gamma_0)^k/(1+K\gamma_0)^{k+n}$，$\phi = K\gamma_0/(1+K\gamma_0)$，${}_2F_1(\cdot,\cdot;\cdot;)$ 是高斯超几何函数[5]。

将式（1）代入式（7），采用分部积分法可得 SR 和 PR 均采用 MRC 分集接收时 SU 的频谱利用率为：

$$C/B = \underbrace{\int_{1/K\gamma_0}^{+\infty}\frac{\log(K\gamma_0 x)x^{n-1}}{A(1+x)^{k+n}}dx}_{E(n)} = \frac{(n-1)}{A(k+n-1)}\int_{1/K\gamma_0}^{+\infty}\frac{\log(K\gamma_0 x)x^{n-2}}{(1+x)^{k+n-1}}dx + \underbrace{\frac{1}{A(k+n-1)}\int_{1/K\gamma_0}^{+\infty}\frac{x^{n-2}}{(1+x)^{k+n-1}}dx}_{J(n-1)}$$

$$\tag{10}$$

其中，

$$J(t) = (K\gamma_0)^k{}_2F_1(k+t,1;k+1;\phi)/[Ak(k+t)(1+K\gamma_0)^{k+t}] \tag{11}$$

式（10）可以写成下面的递推关系：

$$E(n) = (n-1)!E(1)/S(k+n-1,n-1) + \sum_{i=1}^{n-1}J(i)S(n-1,n-1-i)/S(k+n-1,n-1-i) \tag{12}$$

其中 $S(i,j) = i!/(i-j)!$，

$$E(1) = (1/A)\int_{1/K\gamma_0}^{+\infty}\log(K\gamma_0 x)/(1+x)^{k+1}dx = [\log(1+K\gamma_0) - \sum_{i=1}^{k-1}\phi^i/i]/(Ak) \tag{13}$$

将式（11）和式（13）代入式（12）可得 SU 频谱利用率的闭合表达式。当 $k-n-1$ 时代入式（9）和式（12），即可得单天线接收时 PR 端的平均干扰功率和 SU 频谱利用率。

4 自适应离散 M-QAM

在实际中 SU 可使用自适应离散速率方形星座 M-QAM[8]，$M_0 = 0$，$M_l = 2^{2l}(l = 1,2,...,L-1)$。$M_0 = 0$ 表示无信号传输。将 $X = g_{ss}/g_{sp}$ 分成 L 个不重叠区域的边界点为 $\{X_l : l = 0,1,...,L\}$，$X_0 = 0$，$X_L = +\infty$，当 $X_l \leq X < X_{l+1}(l = 1,2,...,L-1)$ 时，使用 M_l-QAM[5]。

把式（5）代入式（2），采用文献[5]式（36）类似的推导可得 $M = KX/\lambda N_0 B$，对于固定的 M_l 可得第 l 个边界点为：

$$X_l = M_l \theta \qquad (14)$$

其中 $\theta = \lambda N_0 B/K$。

根据文献[5]式（38）的方法，对式（2）整理得 SU 最佳发射功率为：

$$P(g_{ss}, g_{sp}) = \begin{cases} (M_l - 1)N_0 B/Kg_{ss} & X_l \leq X < X_{l+1}, l = 1,2,...,L-1 \\ 0 & X_0 \leq X < X_1 \end{cases} \qquad (15)$$

将式（1）和式（14）-（15）代入式（6），可得 SR 和 PR 均采用 MRC 分集接收时 PR 端平均干扰功率为：

$$Q' = N_0 B \sum_{l=1}^{L-2}[(M_l-1)/K]\int_{M_l\theta}^{M_{l+1}\theta} f_X(x)/x dx + [(M_{L-1}-1)/K]\int_{M_{L-1}\theta}^{+\infty} f_X(x)/x dx$$

$$(M_l-1)/K + q(L-1)_2 F_1(k+n,1;k+2;p(L-1))(M_{L-1}-1)/K)/[A(k+1)] \qquad (16)$$

其中，$q(l) = (M_l\theta)^{n-1}/(1+M_l\theta)^{k+n}$，$p(l) = 1/(1+M_l\theta)$。

当 $X_0 \leq X < X_1$ 时，即传输中断，采用 MRC 分集接收时 SU 的中断概率为：

$$P_{out} = \int_0^{M_l\theta} f_X(x)dx = 1 - M_l\theta q(1)_2 F_1(k+n,1;k+1;p(1))/(Ak) \qquad (17)$$

将式（1）和式（14）-（15）代入式（7），可得 SR 和 PR 均采用 MRC 分集接收时 SU 平均频谱利用率为：

$$ASE = \sum_{l=1}^{L-2}\log(M_l)\int_{M_l\theta}^{M_{l+1}\theta} f_X(x)dx + \log(M_{L-1})\int_{M_{L-1}\theta}^{+\infty} f_X(x)dx$$

$$= \Big(\sum_{l=1}^{L-2}\log(M_l)[M_l\theta q(l)_2 F_1(k+n,1;k+1;p(l)) - M_{l+1}\theta q(l+1)_2 F_1(k+n,1;k+1;p(l+1))] +$$

$$\log(M_{L-1})M_{L-1}\theta q(L-1)_2 F_1(k+n,1;k+1;p(L-1)))/(Ak) \qquad (18)$$

当 $k = n = 1$ 时代入式（16）-（18），即可得单天线接收时的平均干扰功率、中断概率和频谱利用率。

5 数值计算与仿真

令目标 BER 为 10^{-3}，采用 4 区域离散速率 M-QAM，即分别为不传输、QPSK、16-QAM 和 64-QAM。假设 $N_0 B = 1$[4-5]。

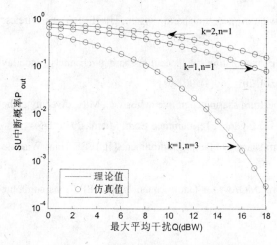
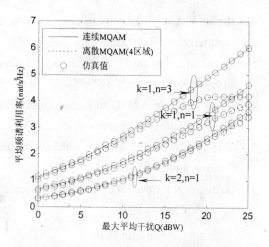

图 3 在 SR 和 PR 端取不同接收天线数时,采用
自适应离散 M-QAM 时 SU 的中断概率

图 4 在 SR 和 PR 端取不同接收天线数时,采用
自适应 M-QAM 时 SU 的频谱利用率

图 3 给出了在 SR 和 PR 端取不同接收天线数时,采用自适应离散 M-QAM 时 SU 的中断概率。由图 3 可知,当 SR 采用单天线,当 PU 接收天线数增加反而会使 SU 的中断概率增加,是因为 PR 端采用 MRC 可以减轻干扰链路衰落的影响,同样的发射功率对 PR 的干扰更大,所以更容易中断。而在 PR 端采用单天线,当 SU 接收天线数增加使中断概率减小。当 $k=1$ 和 $Q=18dBW$ 时,$n=3$ 和 $n=1$ 对应的中断概率分别为 3.0×10^{-4} 和 8.2×10^{-2}。

图 4 给出了在 SR 和 PR 端取不同接收天线数时,采用自适应 M-QAM 时 SU 的频谱利用率。由图 4 可知,当 SR 采用单天线,PR 采用 MRC 时反而会降低 SU 的频谱利用率,是因为 MRC 可以有效地对抗 ST-PR 之间的信道衰落,同样的发射功率增大了对 PR 的干扰,为保证 PU 正常工作,ST 要减小发射功率,导致 SU 频谱利用率降低。而当 PR 采用单天线时,SU 的频谱利用率随其接收天线数增加而增加。当 $k=1$ 和 $Q=5dBW$ 时,$n=3$ 对应的 4 区域离散速率 M-QAM 的平均频谱利用率比 $n=1$ 对应的 4 区域离散速率 M-QAM 的平均频谱利用率提高了约 64.3%。

6 结束语

本文分析了在 Underlay CR 中 SR 和 PR 均采用 MRC 时,SU 链路采用自适应 M-QAM 的性能,并得出了在瑞利衰落信道上 SU 的频谱利用率闭合解。PU 是频谱的授权者,因此,SU 对其造成的干扰必须小于规定的门限,从分析可以知,在 PU 条件既定情况下,SU 采用 MRC 分集接收可以显著地提高 SU 频谱利用率。计算机仿真结果验证了数值计算结果的正确性。

参 考 文 献

[1] 荣玫, 朱世华, 李锋. 认知无线电网络中基于 F 范数的频谱共享[J]. 电子学报, 2011,39(1): 95-100.

[2] Taki M, Lahouti F. Spectral efficiency optimized adaptive transmission for interfering cognitive radios[C]//2009 IEEE Int Conf Comun Workshops, Dresden, 2009: 1-6.

[3] Chai C C. On power and rate adaptation for cognitive radios in an interference channel[C]//2010 IEEE Veh Technol Conf, Taibei, 2010: 1-5.

[4] Asghari V, Aïssa S. Adaptive rate and power transmission in spectrum-sharing systems[J]. IEEE Trans Wireless Commun, 2010, 9(10): 3272-3280.

[5] Musavian L, Aïssa S, Lambotharan S. Adaptive modulation in spectrum-sharing channels underlay quality-of-service constraints[J]. IEEE Trans Veh Technol, 2011, 60(3): 901-911.

[6] Duan R F, Elmusrati M, Jantti R, et al. Capacity for spectrum sharing cognitive radios with MRC diversity at the secondary receiver under asymmetric fading[C]//2010 IEEE Global Telecommun Conf, Miami, 2010: 1-5.

[7] Ghasemi A, Sousa E S. Fundamental limits of spectrum-sharing in fading environments[J]. IEEE Trans Wireless Commun, 2007, 6(2):649-658.

[8] Goldsmith A J, Chua S G. Variable-rate variable power MQAM for fading channels[J]. IEEE Trans commun, 1997, 45(10): 1218-1230.

作者简介

王雷雷，1986 年生，男，江苏盱眙人，在读硕士。主要研究方向：通信与信息系统。Tel: 15068167070 E-mail: jingsuxuyi@yahoo.com.cn

李光球，1966 年生，男，安徽肥东人，博士，教授。主要研究方向：无线通信、信息论与编码等。Tel: 13819180381，E-mail: gqli@hdu.edu.cn

矢量水听器阵列的接收系统硬件设计

王祥虎 郭龙祥 张 宇 陈伟林

（哈尔滨工程大学 水声工程学院，哈尔滨，中国，150001）

摘 要： 为了获取高质量的矢量水听器阵列接收到的数据信息，设计实现了一种以 FPGA 和 DSP5509 为核心，控制 AD 转换芯片 ADS8365 和网络传输芯片 W5100 构成的高速、同步和高精度的数据采集系统。测试结果表明，该系统可以实现 6 路同步 500K 采样，满足矢量水听器阵列接收系统需求。

关键词： 数据采集；同步采样；ADS8365；FPGA；DSP5509

Receiver System Hardware Design of Vector Sensor Array

WANG Xianghu，Guo Longxiang，Zhang Yu，Chen Weilin

（College of Underwater and Acoustic, Harbin Engineering University, Harbin 150001）

Abstract: In order to obtain high quality data from vector sensor array, a high precision and high speed synchronous data acquisition system was designed, which implements a core in FPGA and DSP5509, AD converter chip ADS8365 and network chip W5100 were controled by them. The test results were given, which show that the system can achieve 6 channel simultaneous sampling 500K ,it can meet the vector sensor array receiving system need.

Keywords: Data collection, Synchronous sampling, ADS8365; FPGA, DSP5509

1 引言

目前，矢量水听器信号处理技术的研究已经成为一个热门课题，倍受水声、鱼雷和水雷界的关注[1]。本文针对同振型矢量水听器设计了一套数据采集装置，主要的功能是获取矢量水听器接收到的声压和各振速分量信息，进而利用获取的数据检验各种算法的性能，从而进一步优化算法。矢量阵接收系统要求对连续变化的模拟信号进行同步数据采集，使采集到的数据不仅含有模拟信号的频率幅度特性，同时还要保持不同模拟信号之间的相位差异[2]。因此，需要设计实现一种高速、同步和高精度的数据采集系统，来满足矢量阵接收系统需求。

资助信息：国家 863 计划资助项目（2006AA09Z234）重点实验室基金资助项目（9140C200505080C20）

2 系统介绍

接收系统硬件部分可分为前置放大板，信号调理板，数据采集控制板和 GPS 定位信息处理板等四部分[3]。前置放大板负责放大矢量水听器的原始信号；信号调理板负责将前放输出的模拟信号进行滤波和放大；数据采集控制板是接收系统的核心，它实现数据的采集及各通道状态的控制，并与计算机建立通讯；GPS 定位信息处理板负责接收并显示 GPS 定位信息。

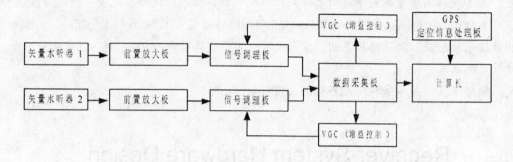

Figure 1. Overall system block diagram

图 1　系统总体框图

2.1　前置放大板

前置放大板被置于圆形密封罐中放于水下，所以要求电路简单，而且它要靠近矢量阵水听器的原始输出。前放电路采用放大器 AD620，增益范围从 1 到 1000，工作电压范围很宽从±2.3V 到±18V，我们采用±5V 电源供电，放大量 G 由接在 AD620 第 1 和第 8 管脚间的电阻 RG 来调节[4]。根据矢量阵的结构，在信号加载到信号调理板之前还有好几米的电缆，就需要线性驱动器来提高电流。这里采用线驱动器 LH0002，其输入阻抗高，输出阻抗低；信号带宽达 30MHz；工作电压范围从±5V 到±20V。信号和电源统一采用 8 芯屏蔽水密电缆传输，接插件部分采用水密接插件，防插反连接。

2.2　信号调理板

信号调理电路可以分为放大电路和滤波电路[4]。

放大电路输入端加入过压保护和过流保护电路，放大部分分为固定增益和可控增益两部分，其中可控增益放大部分夹在两个正向放大电路中间，这样可以保证整个放大电路的输入电阻无限大、输出电阻趋近于 0，保证系统性能。集成运放选择 OPA2277，其性能优良，增益带宽积较大，可以满足设计要求。可变增益部分选择压控增益放大器 VCA810，其频带系数良好，增益可以在-40dB 至 40dB 间控制，可变区间大，直流电压控制增益，可由数字采集板的 DSP 通过数模转换模块加反相器实现，使用简单方便。

滤波电路采用 4 阶高通加 4 阶低通级联的方法搭建一个 8 阶带通巴特沃斯滤波器。选用巴特沃斯滤波器的原因是它的通带特性良好，可以保证通带信号几乎无损的通过。级联处和输出级都加有射随射极跟随器，以减小前后级间的相互影响和提高电路输出能力。

2.3 数据采集控制板

· 数据采集控制板主要完成模数转换器控制、数模转换器控制和网络传输电路控制等[5]。

2.3.1 模数转换电路

本系统所选用芯片为 ADS8365，其是一款高速低功耗 6 通道同步采样与转换、+5V 供电的模数转换芯片[6]。转换最大采样吞吐率可高达 5MHz，并带有 80dB 共模抑制的全差分输入通道以及 6 个差分采样保持放大器。引脚内部还带有 2.5V 基准电压和高速并行接口。ADS8365 的 6 个模拟输入通道可分为三组, A、B 和 C 组。每组都有一个保持信号(分别为 HOLDA、HOLDB 和 HOLDC)，用于启动各组的 AD 转换。6 个通道可以进行同步并行采样和转换。当 ADS8365 的 HOLDX 保持 20ns 的低电平后开始转换。当转换结果被存入输出寄存器后，引脚 EOC 的输出将保持半个时钟周期的低电平，以提示 FPGA 控制芯片进行转换结果的接收，处理器通过置 RD 和 CS 为低电平使数据通过并行输出总线读出[7]。

2.3.2 数模转换电路

数模转换芯片选用器件 DAC8832 来实现，它是 16 位的 DA 转换器，同选用的 DSP 位宽相同；其速度可达到 50MHz，完全可以实现设计需求的直流电压输出；另外，其封装小，占用面积小；应用简单，支持标准的 SPI 协议控制，可以通过 DSP 的多通道缓冲串口方便的对其进行控制。

DAC8832 的控制端连接在 DSP 的 MCBSP2 接口[8]，参考电压为为 2.5V，由电阻分压后滤波得到，输出端接一级射极跟随器，提高电路的输出能力。由于 VCA810 需求的电压是负电压，而 DAC 输出的是正电压，故在后端接一级反相器进行转换。可以实现控制电压为-2V 至 0V，可控增益在-40dB 至+40dB 之间变化。

2.3.3 网络传输电路

本设计中使用的 DSP 与 W5100 传输方式是并行方式，DSP 通过 EMIF 总线访问存储器的方法来读写 W5100，即 W5100 对于 DSP 来说是一个片外存储器，给其分配一个地址空间，就可以方便的访问它。设计中还有其它片外存储器存在，所以将 W5100 分配在 CE1 地址空间中。这里需要 15 位地址总线，而本文使用的 DSP 的地址总线只有 15 位，因此使用通用 I/O 配合 EMIF 总线对 W5100 进行访问[9]。

W5100 每次读写完成都会给出中断，这个中断信号连接在 DSP 的中断 3 接口上，在 DSP 中有相应的中断服务程序，方便 DSP 处理中断。由于 W5100 是硬核网络接口芯片，在对其控制的时候仅仅写其内部寄存器状态就可以实现控制，并在 DSP 中建立其寄存器映像，方便访问和查询。

2.3.4 GPS 定位信息处理板

GPS 模块使用的是台湾 HOLUX 公司的 M-87 模块。M-87 是一种根据低耗电 Mediatek GPS 解决方案设计的超小型 25.4 x25.4 x 7 mm GPS 机板。它对于导航应用提供-159dBm 的灵敏度。M-87 使用简单，只需提供+5V 供电电压，便可从数据输出口 TXD 端输出几种格式的字符串。其与计算机通过串口通信，速率为 9600bps。GPS 输出的数据以 TTL 电平输出，需通过 MAX3232

转换后，才可与计算机或单片机串口相连。

显示定位信息有两种方式，一是 GPS 模块电平转换后与 51 单片机的串口相连。通过软件编程，读取 GPS 输出字符串信息，并在 12864 液晶屏中显示时间，纬度，经度和高度等信息。二是 GPS 模块电平转换后与计算机串口相连，由 Mini-GPS 软件，经热启动或冷启动开启 GPS 模块，读取 GPS 定位信息。

3 系统性能测试

数据的模数转换时序控制是由 FPGA 来完成，它的乒乓 RAM 作为数据缓冲存储空间，数据进入 DSP 是通过 EMIF 总线来实现的。利用 CCS 3.3 软件可以方便的观察从 FPGA 发送来的数据的正确与否。

利用信号源输出峰峰值为 2V，频率为 1kHz 的信号，接 ADS8365 的 6 路模拟输入端，设置采样率为 500K，通过 AD 转换，模拟信号转换为数字量，通过 EMIF 总线接口存入 DSP 中的 RAM 里。其数据的实际情况如图 2 所示，窗口右侧是 DSP 的 RAM 数据存储情况，中部为由这些数据画出的波形，经过计算后可知其波形参数同输入信号的情况吻合。

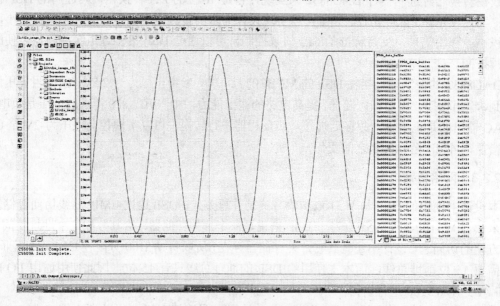

Figure 2.　AD conversion test results

图 2.　模数转换测试结果

利用同样的方法进行实际的测试，将从 AD 采集到的 DSP 中的数据传输到计算机中。将 ADS8365 的模拟输入端悬空，由于电阻分压将输入悬空时嵌在 2.5V 电压上，此时的数字量输出应当接近 0x8000H，由于系统本身带有噪声、参考电压高于标准值和分压电阻之间差异三个原因，采集到的模拟量与 0x8000H 稍有偏差。从 ADS8365 采集到的 6 路数据将存入 DSP 中开辟的数据缓冲区，其具体情况如图 3 所示。

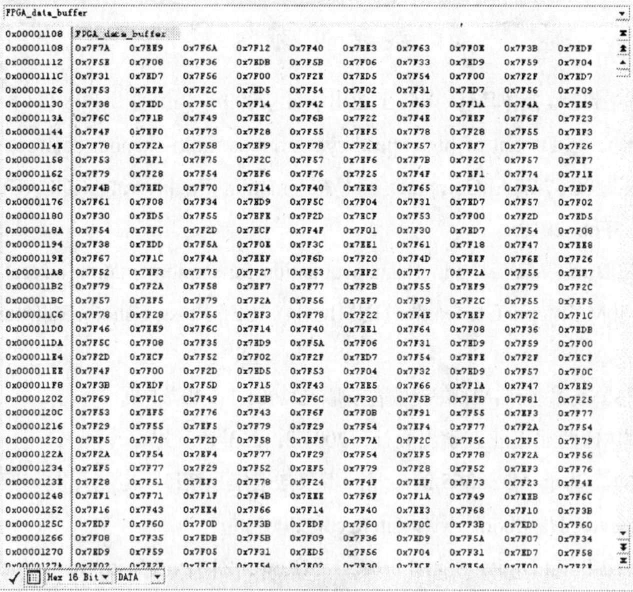

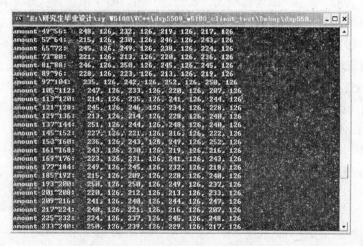

Figure 3. DSP internal RAM data

图 3　DSP 内部 RAM 中的数据

通过网线传输到计算机上的数据如图 4 所示，同 RAM 中存储的数据吻合，说明 W5100 网卡可以完成基于网络协议的数据传输，能够达到设计预期的目标。

Figure 4. Computer receives the data

图 4　计算机接收到的数据

4　结束语

测试结果表明，该系统可以实现 6 路模拟信号的并行 500K 采样，满足设计指标，在实际实验中，可以接收两个矢量水听器输出的数据信息。

参 考 文 献

[1] 惠俊英，惠娟. 矢量信号处理技术[M]. 国防工业出版社. 2009.

[2] Liu Wenyi, Yan Hongcheng. Design of high speed synchronous multi-channel data acquisition and processing system based on TMS320C6747[A].Computer and Automation Engineering (ICCAE),The 2nd International Conference on[C].26-28Feb. 2010.

[3] A.G. Hashmi and M.A. Butt, "Multi-channel data acquisition for implementation of real time signal processing algorithms"[A], Proc. of Multitopic Conference (INMIC 04), IEEE Press, Lahore, Pakistan, 24-26 Dec. 2004, pp. 191-195.

[4] 童诗白,华成英.模拟电子技术基础[M].高等教育出版社.2001.1：59-81 页.

[5] 肖忠祥.数据采集原理[M].西北工业大学出版社. 2001.2：163-192 页.

[6] 康伟，路秀芬，詹哲军. 基于 ADS8365 的高速同步数据采集系统[J]. 电脑开发与应用.2009.4.48-51.

[7] ALTERA.Cyclone II Device Handbook. www.altera.com.2007.

[8] TMS320VC5509A Fixed-Point Digital Signal Processor (Rev.c)[Z].Texas Instruments Incorporated.2004.

[9] 王少克. 基于 W5100 的 DSP 快速网络接入解决方案[J]. 现代制造，2009.

作者简介

王祥虎，男，1987 年生，山东聊城人，硕士研究生，哈尔滨工程大学水声工程学院，主要研究方向：嵌入式系统

郭龙祥，男，1976 年生，黑龙江哈尔滨人，博士，副教授，硕士生导师，主要研究方向：矢量信号处理；通讯地址：哈尔滨工程大学水声楼 803 室，邮箱：wanghu539@163.com，电话：15104696671   0451-82569503

张 宇，男，1984 年生，黑龙江齐齐哈尔人，硕士研究生，哈尔滨工程大学水声工程学院，主要研究方向：嵌入式系统

陈伟林，男，1987 年生，山东烟台人，硕士研究生，哈尔滨工程大学水声工程学院，主要研究方向：信号与信息处理

头盔显示器中立体视频传输的研究

郭 庆 刘 越 胡晓明

(北京理工大学光电学院，光电成像技术与系统教育部重点实验室，北京，100081)

摘　要：本文提出一种新型的应用于头盔显示器的立体视频传输方式，在计算机中将两路立体视频按照交替帧的方式合并为一路，通过一根 VGA 线进行传输，在头盔显示器一端通过一个视频分离电路将混合的立体视频信号分离成两路视频，分别在左右两个显示器上显示。视频分离电路以 FPGA 为控制核心，采用两片 SDRAM 分别对左右两路视频进行帧缓存。

关键词：头盔显示器；立体视频传输；FPGA

Research of Stereo Video Transmission for Head Mounted Display

Guo Qing，Liu Yue，Hu Xiaoming

(Key Laboratory of Photoelectronic Imaging Technology and System, Ministry of Education of China, School of Optics and Electronics，Beijing Institute of Technology，Beijing 100081，China)

Abstract: This paper presents a new stereo video transmission used in helmet-mounted displays. The computer merges two channels of stereo video into one channel with the way of alternate frame, and then transmits the mixed video using one VGA cable. With a video separation circuit, the HMD separates the mixed video into two channels of video signal, which are displayed on two screens. The video separation circuit takes FPGA as its core, and uses two pieces of SDRAM as the video frame buffer.

Key words: HMD, stereo video transmission, FPGA

1 引言

　　头盔显示器是虚拟现实与增强现实系统中经常使用的显示设备，在军事、医疗、模拟训练及 3D 显示中有着广泛的应用[1]。随着三维显示技术的发展，立体头盔显示器的研究也成为热点。但是当前的头盔显示器多使用两根视频传输线进行立体视频的传输，线缆臃肿制约了头盔显示器的轻便化。本文提出了一种使用一根线缆传输立体视频的方法，可以大大降低头盔显示器的线缆尺寸与重量。

　　目前立体视频传输主要有三种接口：VGA 接口、网络接口[2~3]、USB 接口[4~5]。使用 VGA 接口具有即插即用、无需安装驱动、无带宽限制、开发简便、成本低等优点；使用网络进行传

基金项目：本项研究工作受到国家自然科学基金项目(60827003)的资助

输，即将视频信号按照实时传输协议(RTP)进行传输，该方式的优势是传输距离长，但在同步和实时方面受到制约；通过 USB 进行传输，即将视频信号打包成数据包，通过 USB 总线进行数据传输，该方式接口简便通用，且 USB 可以供电，不过需要解决 USB 接口芯片和主机的数据交换以及将接口芯片中的数据读入外部缓存的问题。由于网络接口和 USB 接口需要开发 PC 端的客户端软件，而且由于带宽限制，需要对视频进行压缩传输，即存在误码和丢帧的问题[6-7]。因此本文采用 VGA 接口进行视频传输。

当前，立体视频传输主要采用双路视频传输线分别传输左右眼视频[8]，但采用这种方式需要两根 VGA 线，这使得头盔显示器的连接线非常粗重，大大加重了头盔显示器的重量，违背了头盔显示器向轻便化发展的趋势。本文采用将两路视频合并为一路的方式进行传输，只需一根传输视频传输线即可，大大降低的连接线的重量，提高了头盔显示器的轻便性。

在本文提出的系统中，PC 端将左右眼视频信号通过交替帧进行传输，例如在同一根 VGA 线中，奇数场进行左眼视频传输，偶输场进行右眼视频传输，在接收端通过电路将左右眼视频信号分开，分别传输至左右显示器。图 1 为使用单根 VGA 线进行立体视频传输的示意图。

图 1　使用单根 VGA 线进行立体视频传输示意图

2　视频分离电路

将视频信号进行分离的电路以 FPGA 为控制中心，主要分为以下几个模块：AD 视频输入模块、图像帧缓存模块和 DA 视频输出模块。VGA 信号经过 AD 视频输入模块后变为数字视频信号，图像帧缓存模块将混合的左右眼视频信号进行分离，分别存入两片 SDRAM 中，两路 DA 视频输出模块分别从两片 SDRAM 中读取视频信号并输出至左右显示器。图 2 为视频分离电路的结构图。

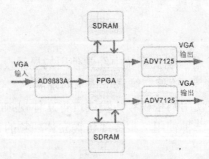

图 2　视频分离电路结构图

2.1　AD 视频输入模块

由于 VGA 信号是模拟信号，而输入电路后需转换为数字信号，因此该系统中采用 AD9883

芯片作为模数转换芯片。AD9883 是 3 路 8 位模数转换器件[9]，内含 25 个寄存器用来对 AD 进行初始化和控制，在不同的应用环境下，需要对这些寄存器写入相应的值，才能使 AD 正常工作，因此在电路上电时首先要对 AD9883 进行初始化。

AD9883 寄存器的读写遵循 I2C 总线协议，通常使用带 I2C 总线的单片机或使用普通单片机的 IO 口模拟 I2C 总线时序，来进行寄存器的配置。该系统采用 Xilinx 公司的 XC3S1600E FPGA 作为控制核心，通过 FPGA 内部的 DCM 时钟模块产生 AD9883 的时钟信号，使用软核 Picoblaze 作为 I2C 控制器，对 AD 进行初始化。重要的寄存器包括锁相环分频控制，时钟产生器控制，输出行同步信号脉宽控制。初始化成功后，AD9883 输出 8 位的三基色数据、数据时钟 DATACK、同步信号 HSOUT 和 VSOUT。

2.2   图像帧缓存模块

由于混合的立体视频信号是 60Hz，如果将视频分离后直接输出至左右显示器，会造成每个显示器的有效图像只剩 30 帧/秒，而另外 30 帧则是黑屏，这样会造成画面闪烁。为了能将 30 帧的黑屏也显示图像，需要对分离出的左右图像进行帧缓存，即将一帧图像存入存储器，然后读出两遍。该系统采用 SDRAM 对图像进行帧缓存，SDRAM 具有价格低的优势但控制较复杂，需要处理预充、刷新、换行等操作，通常需要设计 SDRAM 控制器来完成 SDRAM 的读写。本文采用 Xilinx 公司的 FPGA 对 SDRAM 进行控制，并且使用 IP 核 MPMC 作为 SDRAM 控制器。采用两片 SDRAM 进行帧缓存，分别存储左眼和右眼的图像，使用两个 MPMC 对 SDRAM 进行乒乓写操作[10-12]。对两片存储器使用乒乓操作是实现实时视频处理的关键，即在当前帧对其中一片 SDRAM 进行写操作，对另一片 SDRAM 进行写操作，下一帧将读写操作切换。

MPMC 在使用前需要对其进行配置，由于该系统中采用 SDRAM 内存，所以采用 SDRAM PHY，每个 MPMC 使用两个端口，并将其都设置为 VFBC 接口，分别用于读和写操作。

编写 Verilog 程序对两片 SDRAM 进行乒乓操作，主要由状态机和计数器组成，状态机用于控制对哪一片 SDRAM 进行操作，计数器用来确定有效像素的时间。当左眼信号到来时，在场消隐期间对其中一个 MPMC 写入写命令，MPMC 将该场的有效像素写入相应的 SDRAM；同样，在右眼信号到来时，另一个 MPMC 将有效像素写入另一片 SDRAM。同时，在每一个场消隐期间对两个 MPMC 对写入读命令，保证每一场都从两片 SDRAM 中分别读取左右眼图像。

在使用 SDRAM 前要注意对静态 PHY 接口的校准，基本过程为：首先用 EDK 配置一个 SDRAM 的读写环境，添加一个 MPMC 模块和一个 DCM 模块，其中 DCM 模块用来产生 MPMC_Clk_Mem；然后用 SDK 写一个校准程序，改变 MPMC_Clk_Mem 的相移以及 RDEN_DELAY 和 RDDATA_CLK_SEL 的值，并对比写入和读出 SDRAM 的数据符合度，来确定这几个参数的最佳值。然后将得到的这几个值应用于 SDRAM 的乒乓读写程序，实现数据的精确读写。

2.3   DA 视频输出模块

从 SDRAM 读取到的图像是数字信号，要驱动 VGA 接口的显示器，需要将数字 RGB 信号变为模拟 RGB 信号，该系统中采用 ADV7125 进行数模转换[13]。共有两片 ADV7125，分别用来转换左右路的视频信号。FPGA 用采集到的视频像素时钟驱动 ADV7125。

3　实验结果

在计算机中将左右眼图像隔帧交替合并为混合立体视频，图像分辨率为 800×600，帧率为 60 帧/秒，显卡显示频率也设置为 60Hz，通过单个 VGA 接口连接至视频分离电路，将两个头盔显示器的 VGA 接口分别连接至视频分离电路的两个输出口。最终在头盔显示器的两个屏幕上分别得到清晰的左右路图像，显示频率为 60Hz，双目显示同步，目视立体效果明显，视频延迟为仅为 1 帧，即 1/60 秒。而且由于视频是无压缩传输，因此基本不存在误码和丢帧的问题。图 3 为视频分离电路以及实验结果图。

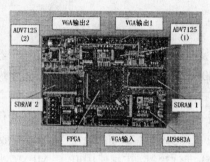

图 3　视频分离电路及实验结果图

4　结束语

本文设计了一套头盔显示器中立体视频传输的方案并制作了实际电路，经过混合视频分离实验，搭建了一套完整的头盔显示系统，包括计算机、视频传输电路及头盔显示器，通过实验验证了通过单根 VGA 线进行双路立体视频传输的方案的可行性。

参 考 文 献

[1]　张晓兵，安新伟，刘璐，尹涵春，头盔显示器的发展与应用. 电子器件，2000.
[2]　黄明，李世其，尹文生，立体视频传输与再现研究. 计算机应用研究，2007.
[3]　王群，李晓光，卓力，立体视频传输技术研究进展. 测控技术，2011.
[4]　宋伟铭，谢洪波，张春慧，郁道银. 基于 USB2.0 的三维头盔显示器接口电路设计. 液晶与显示，2006.
[5]　谢洪波，徐爱国，李保安，郁道银，一种三维头盔显示器驱动电路设计方案. 河北工业大学学报，2008.
[6]　宋丽娟，朱秀昌，基于双模式的立体图像误码掩盖. 应用科学学报，2010.
[7]　骆艳，张兆扬，一种基于立体视邻接帧时空相关性的最小代价函数帧估计算法. 电子学报，2003.
[8]　王丰，李小兰，立体电视传输方法研究. 广播电视信息，2010.
[9]　胡建民，郭太良，林志贤，AD9883 在平板显示视频接口中的应用. 现代电子技，2007.
[10]　张文涛，王琼华，李大海，张映权，实时视频采集系统的 SDRAM 控制器设计. 现代电子技术，2009.
[11]　Akesson，B.，Goossens，K.，Ringhofer，M.，Predator: a predictable SDRAM memory controller. CODES+ISSS '07 Proceedings of the 5th IEEE/ACM international conference on Hardware/software codesign and system synthesis，p. 251 - 256.
[12]　Szymanski，T.，Kielbik，R.，Napieralski，A.，SDRAM controller for real time digital image processing systems. CAD Systems in Microelectronics，2001，p. 71 - 75.
[13]　Paul Wiesbauer，Hardwarebased Video Transformation and Merging. 4th Annual Multimedia Systems Electronics and Computer Science，University of Southampton，2006.

微波辐射计中检波器的设计

黄千明

（北京航空航天大学，电子信息工程学院，北京，100191）

摘　要：微波辐射计是测量物体微波辐射的高灵度接收机，广泛应用于天文、气象、地质等领域。检波器是微波辐射计实现线性测量的关键器件。介绍了检波器的平方律检波特性和改变平方律区间的方法和微波辐射计对检波器线性的要求，设计了应用于 K 波段大气微波辐射计中频接收机的 1.6~2.4GHz 的肖特基二极管检波器并对其线性度进行优化。

关键词：微波辐射计；检波器；肖特基二极管；线性度

Design of the Detector in Microwave Radiometer

Huang Ganming

（Department of Electronic and Information Engineering，Beihang University，Beijing，100191）

Abstract: Microwave radiometer is a highly sensitive receiver that measures the microwave radiation and is widely used in many domains such as astronomy, meteorology and geology. The detector is the key element for the linear measurement of the radiometer. The basic principles of square-law detector, the methods for altering the square-law zone and the requirement of linearity for detectors used in radiometer were introduced. A Schottky diode detector applied in the IF(1.6~2.4GHz) of a K-band atmospheric microwave radiometer was developed, the linearity of which was optimized for radiometer application.

Key words: microwave radiometer, detector, Schottky diode, linearity

1 引言

　　微波辐射计是测量物体微波辐射的高灵度接收机，广泛应用于天文、气象、地质等领域。物体的微波辐射是一种宽带噪声，其功率特性用亮温表示，大多数辐射计的输出电压与输入亮温成线性关系。测量之前必须确定此线性关系，该过程称为辐射计的定标。通过测量两个亮温已知的源的输出电压，就可确定输出电压与输入亮温的关系曲线，称为标定线。利用标定线则可把测量场景的输出电压计算成对应的亮温。由此可知微波辐射计的良好线性是准确测量的关键，而决定辐射计系统线性特性的器件是检波器[1]。

　　现今主流的检波器是二极管检波器，其核心器件是检波二极管，而最常用的检波二极管是肖特基二极管。检波二极管在小信号输入下能产生平方律响应，其输出电流与输入电压的平方（即功率）成线性关系，从而实现功率检测。检波器产生平方律响应的输入功率范围称为平方律区,检波器设计主要就是使其平方律区覆盖其输入功率。本文介绍了检波器的平方律检波特性和改变平方律区的方法,设计了应用于 K 波段大气微波辐射计中频接收机(1.6GHz~2.4GHz)的肖特基二极管检波器并对其线性度进行优化。

2 检波器的平方律检波特性

典型的宽带二极管检波器电路可由图 1 表示。

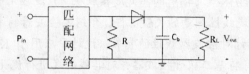

图 1 典型宽带二极管检波器电路

二极管的伏安特性可以由(1)式表示

$$i = I_S(e^{av} - 1) = I_S(av + \frac{(av)^2}{2!} + \frac{(av)^3}{3!} + ...) \tag{1}$$

其中 i 为二极管输出电路,v 为输入电压,Is 为二极管饱和电流,a=q/nkT,q 为电子电荷量,n 为理想因子,k 为波尔兹曼常数,T 为绝对温度。偶次分量构成输出电流的直流分量,对于小信号,四次以上分量可以忽略,输出电流与输入电压的平方(即功率)成线性关系。使二极管产生平方律响应对应的输入功率范围称为平方律区。

平方律区的上限是输出电压偏离理想平方律响应曲线 1dB 对应的输入功率,称为 1dB 压缩点,一般约为-20dBm;下限是输出信噪比为 4dB 对应的输入功率,称为正切灵敏度(TSS),一般约为-55dBm。通过改变检波器的平方律区,可以使检波器对特定的输入功率内产生平方律响应。改变检波器平方律区主要有 4 种方法:1)增加偏置电流,同时提高 1dB 压缩点和 TSS,但是 1dB 压缩点提高更快,因此平方律区得到增大 2)减小负载电阻,同时提高 1dB 压缩点和 TSS,但是 TSS 提高更快,因此平方律区整体上升,没有增大[2]。3)改变信号源内阻,使满足 Rs/Rd=0.14 时,检波器的平方律区最大,其中 Rs 为信号源内阻,Rd 为检波二极管的动态电阻[3]。4)以串联二极管堆栈代替单二极管,n 个二极管串联较之单二极管,其平方律区增大 10log(n)dB[4]。

3 微波辐射计对检波器的线性要求

微波辐射计是精确测量噪声功率的仪器,对检波器线性有特别的要求,分别体现在平方律区和线性度上。

首先,微波辐射计接收的辐射是噪声信号,功率特性与点频正弦信号不同。平均功率为 P_{avg} 的正弦信号,其瞬时功率为 p(t)=2P_{avg}cos2(ωt),分布在[0, 2P_{avg}]之间。而对于平均功率相同的白噪声,通过带限系统后幅度服从瑞利分布,功率 p 服从指数分布,如(2)式所示,p 在[0, 2P_{avg}]的概率为 0.86,如(3)式所示。因此,设计平方律区时要把其上限设置得足够大，以防止输入信号功率超出平方律区而引入非线性误差[5]。

$$f(p) = \frac{1}{P_{avg}} \exp(\frac{p}{P_{avg}}), p \geqslant 0 \qquad (2)$$

$$P(p < 2P_{avg}) = \int_0^{2P_{avg}} f(p)dp = 0.86 \qquad (3)$$

其次，检波器的响应并非理想平方律响应，即使在平方律区内，也会有非线性误差。检波器的线性度是检波器在平方律区内输出电压偏离理想平方律响应的程度，可由（4）式表示，

$$Linearity = |\frac{V_O - V_{Ideal}}{V_{Ideal}}|\% \qquad (4)$$

其中，V_O 是实际输出电压，V_{Ideal} 是理想平方律输出电压。在辐射计中，检波器的理想平方律响应曲线其实就是两个定标源对应的输出电压确定的直线，即检波器的标定线。

检波器的线性度与辐射计的测量绝对精度密切相关，两者关系由（5）式表示，

$$\Delta T = T_{max} Linearity \qquad (5)$$

其中，ΔT 是指绝对精度，T_{max} 是指误差最大的输入亮温，一般为输入亮温的中值。可以调节检波器的平方律区，使检波器输出电压与输入功率达到最佳的线性。

4 检波器的设计与测试

根据 K 波段大气微波辐射计中频接收机的检波需要（工作频率 1.6～2.4GHz，输入平均功率-29dBm～-25.5dBm），利用 ADS2008 的联合仿真和谐波仿真器设计了一个检波器。检波电路如图 1 所示，其中的检波管为 Avago 的零偏置肖特基二极管 HSMS-285B，因为它的结电容小，检波灵敏度高，且不需偏置电流；基片选用 Arlon 的高介电常数系列 AD1000。首先利用联合仿真的功能设计检波器的匹配电路，使工作频带内实现良好且平坦的匹配，然后再利用谐波平衡仿真功能使在满足检波器的平方律覆盖检波前输入信号功率的前提下，调节检波器的平方律区，使检波器对输入信号达到良好的线性。检波电路实物如图 2(a)所示。在环境温度298K，负载 10KΩ，放大 300 倍的条件下测试，得到下列指标，

平方律区：-45dBm～-20dBm（0.03uW～10uW）（图 2(b)）

线性度：≤0.2068% @[-29.3dBm，-24.3dBm]（图 2(c)）

电压灵敏度：≥0.73mV/uW@[-45dBm，-20dBm]（图 2(d)）

检波器的线性度能满足要求，但是灵敏度偏低。因为线性度与灵敏度存在矛盾，扩大平方律区、提高线性度都会降低灵敏度，因此要改善检波器的性能，就是在保证线性的条件下，尽量提高其灵敏度。

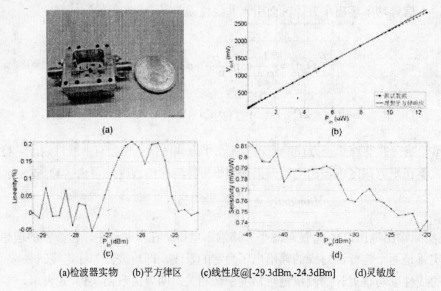

(a)检波器实物　　(b)平方律区　　(c)线性度@[-29.3dBm,-24.3dBm]　　(d)灵敏度

图 2　检波器实物及测试指标

5　结束语

辐射计是精确测量物体亮温的高灵敏度接收机，其输出电压与输入亮温成线性关系。其中的检波器是辐射计实现线性测量的关键器件，对辐射计的测量准确度起重要影响。设计辐射计中的检波器，需要考虑检波输入信号的噪声特性和平方律区内的非线性。检波器的平方律区是由标准正弦信号定义，平均功率相等时，白噪声瞬时功率比正弦信号要大；再者由于二极管检波器并非理想平方律响应，即使输入信号功率都在平方律区内，也会有非线性误差；因此设计其平方律区时，一方面需要保留足够的余量，另一方面要调节检波器的平方律区保证输入信号功率在平方律区内线性度最佳的区段。

参 考 文 献

[1]　F.T.乌拉比，R.K.穆尔等著，侯世昌等译.微波遥感[M].第一版.北京：科学出版社，1988，第 1 卷.

[2]　Avago Technologies Application Note 965-5, Dynamic Range Extension of Schottky Detectors.

[3]　Aparici J. A wide dynamic range square-law diode detector. Instrumentation and Measurement, IEEE Transactions, 1998, vol 37, No.3.

[4]　Agilent Technologies. Fundamentals of RF and Microwave Power Measurements.

[5]　董晓龙. 正弦信号与随机噪声的检波特性分析[J]. 系统与工程与电子技术，2000；22(7)：1-3.

作者简介

黄干明（1986～），男，广东佛山人，工学硕士，研究方向：微波辐射计中后端接收机及周期定标，邮箱：isaac_canton@163.com.

卫星广播电视数字化传输中常见问题的分析研究

李 楠

（国家广电总局，北京地球站，北京，102206）

摘　要：本文介绍了卫星广播电视数字化传输中信源编码及信道编码的基本原理，并对我站在数字化传输系统运行维护中出现过的异态情况进行整理分析，同时总结归纳了一些行业内好的做法。

关键词：卫星广播电视；数字化；信源编码；信道编码；异态；整理分析

Analysis of the common problems of the Satellite radio and television's digital transmission

Li Nan

（SARFT，Beijing Earth Station，Beijing，102206）

Abstract: This paper introduces the theory of source coding and channel coding in satellite digital radio and television's digital transmission, and analysis of the abnormal situation of the digital transmission system operation and maintenance in our station, at the same time, summarized a number of industry best practices.

Key words: Satellite radio and television, Digitization, Source coding, Channel coding, Abnormal state, Consolidation analysis

1　引言

随着数字信号压缩、编码、复用和传输技术日臻成熟，今天数字信号凭借其信号质量高、抗干扰力强、互操作性好、便于数据操作、设备利用率高、发射功率低、频谱资源利用率高等诸多优点正在逐渐取代传统模拟信号。

我国卫星广播电视的数字化传输使得在只能传 1 路模拟电视节目的 36M（C 波段）卫星转发器上，可传输 6～7 路标清或 2～3 路高清数字电视节目，而且高功放所需功率越来越小。由于数字信号的峭壁效应，只要信号质量在接收端的解码门限内，不论信道环境怎样，均可正常解码。通过 EPG（电子节目指南）信息的引入使得接收用户能够方便快捷查看节目列表和播出信息。数字化后的广播电视信号不论是再编码还是再复用都变得更加简单、灵活。

我站主要承担着中央广播电视信号上星任务，随着 2007 年模拟 CCTV1 节目的停止传送，我站播出系统已全部实现数字化传输，通过多年的运行维护积累了一些经验和思考，下面就卫星广播电视信号数字化传输中常见的问题谈谈自己的理解。

2 卫星广播电视的数字化传输

卫星广播电视的数字化传输主要包括信源编码和信道编码两部分。信源编码实现模数转换，对采集的数字信号进行压缩，尽量消除原始信号中的冗余，缩小信源码所占用的信道带宽，实现信号传输的有效性；通常由信源编码输出的数字信号多为经自然编码的电脉冲序列，这种经过自然编码的数字信号并不适合于在卫星信道中直接传输，为了实现信号传输的可靠性，信道编码在信源编码后的信息码元中添加冗余（监督码元），从而在接收端对误码进行自动检错和纠错。

DVB-S(ETSI EN 300 421)作为数字卫星广播系统标准，提供了一套完整的适用于卫星传输的数字电视系统规范，选定 ISO/IEC MPEG-2 标准作为视频及音频的编码压缩方式，对信源编码进行了统一；随后对 MPEG-2 码流进行打包形成传输流(TS)，进行多个传输流复用，然后进行信道编码和数字调制，最后通过卫星进行传输。

2.1 信源编码

MPEG-2 标准是将视频、音频及其它数据基本流组合成一个或多个适宜于存储或传输的数据流的规范。

MPEG 标准中的数字压缩的基本步骤为：首先将模拟视频转换为数字视频后按时序分组，然后每个图像组(GOP: group of pictures) 选定一个基准图像利用运动估计减少图像间的时间冗余，最后将基准图像和运动估计误差进行离散余弦变换(DCT: discrete cosin transform)、系数量化和熵编码(VLC &RLC：'variable length coding' and 'run length coding') 以消除空间冗余。

分别从 MPEG-2 压缩编码中输出的视频、音频和数据基本码流无法直接送信道传输，需要经过打包和复用，形成适合传输的单一的 MPEG-2 传输码流。将 MPEG-2 压缩编码的视频、音频及数据基本码流 ES（Elementary Stream）先被打成一系列不等长的 PES（Packetized Elementary Stream）小包，称为打包的基本码流。每个 PES 小包带有一个包头，内含小包的种类，长度及其他相关信息。

为了多路数据节目流的复用和有效的传输，又将 PES 包作为负载分割后插入传送流包(TS 包）或节目流包（PS 包）中，MPEG-2 标准规定了两种码流，分别是基于可变长度打包的节目流 PS （Program Steam) 和基于固定长度打包的传送流 TS（Transport Stream）。其中 TS 是面向数字化分配媒介（有线、卫星、地面网）的传输层接口，对具有共同时间基准的两个以上的 PES 先进行节目复用，然后再对相互可有独立时间基准的各个 PS 进行传输复用，即将每个 PES 再细分为更小的 TS 包。传输流的速率可以是恒定也可以是可变的。在任何情况下，所包含的基本流也是速率恒定或可变的。在每一种情况下，流的语法或语义限制是相同的，传输流速率由节目时钟参考（PCR）字段的值和位置定义，这些 PCR 字段通常分离在每个节目中。

整个信源编码过程如图 1 所示：

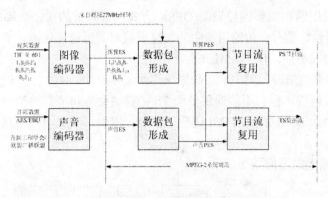

图 1　MPEG-2 系统框图

- 由图可见，符合 ITU-R.601 标准的、帧次序为 I1B2B3P4B5B6P7B8B9I10 数字视频数据和符合 AES/EBU 标准的数字音频数据分别通过图像编码和声音编码之后，生成次序为 I1P4B2B3P7B5B6I10B8B9 视频基本流（ES）和音频基本流 ES。
- 在视频 ES 中还要加入一个时间基准，即加入从视频信号中取出的 27MHz 时钟。
- 分别通过各自的数据包形成器，将相应的 ES 打包成打包基本流（PES）包，并由 PES 包构成 PES。
- 节目复用器和传输复用器分别将视频 PES 和音频 PES 组合成相应的节目流（PS）包和传输流（TS）包，并由 PS 包构成 PS 和由 TS 包构成 TS。
- 不允许直接传输 PES，只允许传输 PS 和 TS；PES 只是 PS 转换为 TS 或 TS 转换为 PS 的中间步骤或桥梁，是 MPEG 数据流互换的逻辑结构，本身不能参与交换和互操作。

在卫星广播电视信源编码中，所有视频、音频、文字、图片等经数字化处理后都变成了数据，并按照 MPEG-2 的标准打包，形成固定长度（188 个字节）的传送包，然后将这些数据包进行复用，形成传送码流（TS），通常一个频道对应一个 TS 流，一个频道的 TS 流由多个节目及业务组成。在 TS 流中如果没有引导信息，数字电视的终端设备将无法找到需要的码流，所以在 MPEG-2 中，专门定义了 PSI 信息，其作用是自动设置和引导接收机进行解码。PSI 信息在复用时通过复用器插入到 TS 流中，并用特定的 PID（包标识符）进行标识。

2.2　信道编码

数字传输系统的质量在很大程度上依赖于所采用的差错控制方式和调制方式。差错控制是为了保证信号经有噪声和干扰的信道传输过程中所造成的误码最少，调制是为了使信号与信道特性相匹配。

DVB-S 系统是用于在 11/12GHz 的固定卫星服务（FSS）和广播卫星服务（BSS）的频段上传输多路标准数字电视或 HDTV 的信道编码和调制系统。

由于卫星信道中信号衰减很大，信噪比较低，因此必须牺牲一定的频谱利用率以保证足够的功率利用率，DVB-S 系统就采取了两种措施：一是采用级联的信道编码方案，二是采用 QPSK 调制。

数字信号传输中要在原信源编码序列中以某种方式加入某些作为误差控制用的数码（即纠错码），以实现自动纠错，从而提高信号传输的可靠性。DVB-S 采用了前向纠错编码（FEC），级联信道编码外层码采用 RS 编码，内层码采用卷积编码。

数据流的调制采用四相相移键控调制(QPSK)方式，该方式的传输效率高，抗误码性能较优，其调制信号是恒包络信号，传输信道中的幅度衰减对其性能无影响，非常适合卫星信道的传输，但其信道利用率不高，仅为0.5Hz/bps。

基于 MPEG2 标准的信源编码中 PSI 数据只提供了单个 TS 的信息，使接收机能对单个 TS 中的不同节目流进行解码，但它不能提供多个 TS 的有关业务和节目的类型、什么节目、什么时间开始等信息，因此 DVB 系统对 PSI 进行了扩展，提供了其它不同信息种类的多种表格，形成 SI。

DVB-S 的系统原理框图如图 2 所示：

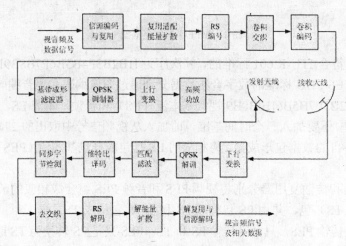

图 2   DVB-S 系统原理框图

3   出现过的异态情况及整理分析

3.1   专业解码器的 PSI 信息丢失

当专业解码器要接收某一个指定节目时，解码器先调整高频头到一个固定的频率(如1070MHZ)，如果此频率有数字信号，则解调芯片会自动把 TS 流数据传送给 MPEG-2 解码模块。MPEG-2 解码模块先进行数据的同步，也就是等待完整的 Packet 的到来。然后循环查找是否出现 PID=0x0000 的 Packet，如果出现了，则马上进入分析 PAT 表的处理，从 PAT 表中取得这个节目的 PMT 表的 PID 值，并在 TS 流中循环查找与此 PID 值相对应的 PMT 表，如果发现了，则自动进入 PMT 分析，从这个 PMT 表中获得构成这个节目的基本码流的 PID 值，根据这个 PID 值滤出相应的视频、音频和数据等基本码流，解码后复原为原始信号，删除含有其余 PID 的传送包。

实际使用中，对于一般专业解码器，当所接收节目 PMT 表信息丢失时，解码器解码不受影响，因为解码器自身记忆了当前解码节目的 PID 值信息，但当你手动选择其他节目后再解码原节目，则会由于 PMT 表信息丢失而无法找到节目的 PID 值信息造成无法解码，当解码器断电时也会造成解码器失锁。但若接收节目 PAT 表丢失一般 10 秒左右则会造成解码器失锁，因为解码器是在实时循环查找 PAT 表进而进行正常解码的。

当然，有些解码器是具备设置 PID 值进行解码功能的，无需 PAT 表和 PMT 表信息，只要知道要解码节目的视频和音频 PID 值，手动设置后即可以将 ES 直接分配给输出端口，并使其成为独立的码流，而无附加同步和其他相关信号，但这种解码方式会带来两个问题，一是解码器无法自动识别前端视频和音频 PID 值的变化，二是可能会造成视频与音频解码质量问题。

3.2 电视、广播共用 Service 和 PCR，处理方式考虑不周，复用器不能有效滤除视音频组件

图 3　一般多路数字电视节目的复用结构

图 3 所示为基于 PSI 信息基础的一般多路数字电视节目的复用结构。

对于广东节目复用流来说，广东一套电视节目中"0x65(101)"表示节目频道号，在 PAT 表中定义；"Guangdong1"表示节目名称，在 SDT 表中定义；PMT 表 PID 值为"0x400"；PCR 的 PID 值为"0xa0"；视频的 PID 值为"0xa0"；音频的 PID 值为"0x50"；PCR 嵌入视频当中。广东一套广播节目中"0x66(102)"表示节目频道号，在 PAT 表中定义；"GDRadio1"表示节目名称，在 SDT 表中定义；PMT 表 PID 值为"0x401"；PCR 的 PID 值为"0x51"；音频的 PID 值为"0x51"；　PCR 嵌入音频当中。

从图 3 中可以看出一般电视节目和广播节目使用不同的 Service，不共用；对于电视节目 PCR 嵌入视频当中，对于广播节目 PCR 嵌入音频当中，电视节目和广播节目不共用 PCR，而是各自独立；同一个传输流下所有的视频和音频 PID 值一般不重复。这就是普遍多路数字电视节目复用时的结构，若无特殊原因，所有节目前端平台的编码复用系统应尽量遵从这种复用结构，而且若是主备配置，应尽量保证主备配置复用结构完全一致，当不一致时，对于节目前端信号进行再编码复用的下级用户可能带来一定影响。

例如，当某一节目前端平台主用配置电视和广播属于不同的"Service"，不共用 PCR；而备用配置电视和广播属于相同的"Service"，共用 PCR 时，若传输环节中下级用户在复用多个节目时复用器是按"Service"复用的，正常主用配置工作时，该"Service"下是本来需要的

视音频组件，当节目前端平台由于检修或是其他原因使用备用配置工作时，原"Service"下的视音频组件个数发生变化，将会复用进一些并不需要的组件，占用了码率，当带宽余量不足时将造成复用器输出码流溢出，导致出现马赛克现象。

3.3 视频码率超限，码流溢出

由于视频编码后的码流是动态变化的，若节目流再复用时复用器的带宽余量较少，当视频码流超限时，会导致复用器输出码流出现 PAT 告警，马赛克现象。

针对此种情况可考虑在输入复用器的节目流前加装适配器限定码流速率，从而保证后级复用器复用码流工作在允许的带宽容限范围内，不至于影响同一复用流下的多个节目。

3.4 加密节目流加密字节不能有效识别处理

我站 S11 加密节目流链路中采用 Evertz 码流保护开关进行主备码流选择，由于码流保护开关不能有效识别节目流中的加密字节，进而对其进行了修改，导致视频出现丢帧、马塞克。

3.5 传输参数设置不合理

调制器是整个卫星上行链路中的重要设备之一，卫星调制器将数字基带信号通过信道编码、基带成形调制成适合于卫星信道传输的波形。卫星调制器正常工作有几项关键参数需要设置，首先必须正确设置调制器的工作制式，DVB-S、DVB-S2 还是 ABS-S 或是其他，其次是QPSK 调制的几项参数，包括符号率、前向纠错、和滚降系数等。其中符号率按照信道编码方式对应调制器输入的接口速率，当调制器不启用自动填充空包功能时，输入调制器的码流速率应与对应的接口速率完全一致，若码流速率不一致则会造成调制器无法锁定或时常失锁；前向纠错和滚降系数根据转发器带宽和传输码率的大小合理配置。

目前大多卫星上行地球站的节目源引接系统使用 SDH 光传输网络，在 SDH 子架上传或下载节目信号的格式一般为 DS3 格式，而实际传输通路中要使用的是 ASI 信号，这时需要在发端和收端加装适配器或复用器等设备来完成信号的适配，我站较多使用的是 TT6120 适配器和 VPG9155复用器，这些适配设备在发端和收端的配置参数必须严格匹配，否则将影响节目正常传输。

4 结论

（1）对于节目集成平台和卫星地球站来说，定期的分析节目源码流结构和质量并进行前后比对是十分必要的，更有利于对故障点的判断和及时消除播出隐患。

（2）节目复用器的配置普遍在断电的情况下会丢失，因此主备复用器应采用不同路由的电源供电并加装 UPS，以降低复用器断电对播出造成的影响。

（3）当使用非在线实时下发配置的节目复用器时要保证使用的离线配置文件准确无误，否则一旦连接网线，错误的节目配置将自动下发至复用器，造成与在播系统不匹配，影响安全播出。

（4）MPEG-2 标准并未严格规定多路数字电视节目的复用结构，但如果大家都遵从现在行业内比较通用的好的做法，必将是一件更有利于行业规范和发展的好事情。

（5）在编码复用系统设计时规划好节目容量，做好设备选型，并实际测试，留够足够的带宽容限，当输入码率波动较大时不至于超限。

星载光电混合交换技术展望

姚明昀　邱智亮　刘增基　王啸阳　张书燕

（西安电子科技大学，综合业务网理论与关键技术国家重点实验室,西安，710071）

摘　要：星上交换可使卫星通信系统的效率大大提高，改善卫星 QoS 并支持卫星组网。随着自由空间激光通信链路技术的成熟，星上交换将由微波交换、ATM/IP 交换逐渐发展到星载光电混合交换。如何在星上资源受限的情况下，兼容星地之间已有的波束复用技术并有效利用星间光通信链路的巨大带宽是这一技术要解决的基本问题。本文简要介绍星载光电混合交换的基本内涵、应用场景、结构模型和关键技术问题。

关键词：卫星通信；星上交换；光电混合

The Prospect of Opto-Electronic Hybrid Satellite Switching Technology

Yao Mingwu, Qiu Zhiliang, Liu Zengji, Wang Xiaoyang, Zhang Shuyan

(The State Key Laboratory of Integrated Services Networks, Xidian University, Xi'an, 710071)

Abstrat: On-board switching can greatly improve the efficiency, enhance QoS and support the networking of satellites. Along with the maturity of the Free Space Optical communication technology, on-board switching will evolve into opto-electronic hybrid switching from traditional microwave switching and modern ATM/IP switching. The basic issue of this technique is how to utilize the great bandwidth provided by the laser links under the constraint of on-board resources, while incorporating current beam multiplexing technologies. We introduce the concepts, application scenarios, architectures of on-board opto-electonic switching and list some key issues to be solved.

Key words: satellite Communication, on-board switching, Opto-electronic hybrid

1 引言

　　自 20 世纪 60 年代出现人造卫星，星上通信技术经历了从简单的高空信号中继（"弯管"卫星）、基带再生/处理转发（星上处理）到星上 ATM/IP 交换（星上交换/星上路由）三个发展阶段。

　　现代卫星通信中基本具备星上交换能力，特别在应用多波束技术的通信卫星中，星上交换能够有效地解决波束间互联问题。微波交换矩阵（MSM）是较为成熟可靠的中频交换技术，通过定时选通微波电路连接，实现中频信号在不同波束和/或端口间的切换。数字交换主要基于 ATM/IP 技术的电交换方式。星上 ATM 交换是一种基于信元的、能够提供 QoS 控制和带宽

本文得到 ISN 国家重点实验室自主研究课题 ISN1104002 支持。

保证的交换技术。IP 分组交换与星上 ATM 交换不同的是在卫星链路上直接装载 IP 分组，而不是 ATM 信元[1]。经过对链路载波信号的解调、解码等处理，获得 IP 分组，然后根据分组目的 IP 地址，查找转发表，确定分组输出端口并转发[2]。在星上交换技术中，由于多波束多用户卫星通信系统中星地链路多采用（多频）时分多址技术（MF-TDMA），交换颗粒度与链路复用基本单位是否匹配、如何匹配是一个关系到总体效率的关键问题。

自由空间光（FSO）通信技术的逐步成熟将促进星间激光链路在"星际网络"或"星座系统"中使用[3]。在这样的系统中，骨干通信卫星不仅连接多条激光链路，而且每条链路上将传输每秒十几甚至几十上百 G 比特的数据。显然，在目前星上处理能力、有效载荷与总功耗受限的条件下，全部采用电域处理技术，包括微波交换矩阵、基带交换、ATM/IP 交换等，可能无法达到系统要求。同时，卫星通信系统发射费用昂贵、维修更换困难，在技术上要求更好的继承性和可靠性。结合全光交换技术特点的"星载光电混合交换"系统，是一个有望能满足未来光互连空间卫星网络要求的努力方向。

2 光电混合交换技术应用场景

随着卫星技术的提高和在轨卫星数量的增加，通过星间链路，将中低轨道和地球静止轨道卫星直接相连，不仅可以增加卫星通信的覆盖区域，而且可以构成一个独立的天基网络。这种网络能更加快速高效的搜集、处理、传达各种信息。卫星通信系统既要能实现与地面通信网络的互联互通，又能通过星际链路实现星间的大量信息交互[3]。光电混合交换卫星的应用场景境如图 1 所示。

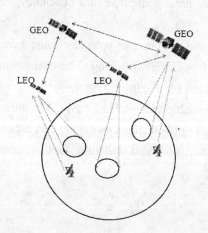

图 1　具有激光星间链路的星座系统示意图

光电混合交换卫星构成的星座系统将以若干颗地球同步轨道卫星通过星际光通信链路相互连接构成主干，中轨卫星、低轨卫星或者其他航天器通过星间链路连接到与之临近的主干卫星上构成枝干；每颗卫星都有对地波束与地面用户进行通信[4]。星间激光链路由于未受到大气层的影响，可以长达几千米至几万公里。在星座卫星数目不太大时，如星座系统发展初期，一般只要经过一到两跳即可实现星座中所有卫星之间的连接。

地球同步轨道卫星或者枝干卫星同时具有星际链路和星地链路，星地链路主要由多点波束实现，可以实现空间同频复用，并分区覆盖较大的地理范围[5]。每个点波束采用 MF-TDMA 作为基本接入技术，该技术具有带宽利用率高，带宽分配灵活的特点。激光链路也可用于特定天候下的星地通信[6]。

卫星同时具有星间链路和星地链路，在所处理的业务从路径上可分为如下几类：同一颗卫星的地面用户之间的本星交换业务(Local)，本星地面用户与其它卫星地面用户之间的上下路业务（Add/Drop），以及来自其它卫星经过本星转发到下一颗卫星的"过路业务"（Bypass）。当星网达到一定规模时，转发业务与其它业务的比率会接近八二率：转发业务量达到80%左右。星上混合交换的基本思路，是尽量以全光的方式实现过路业务的交换，从而解决星间光链路大容量与星上交换能力受限制的矛盾。

3 光电混合交换结构模型

星载光电混合交换系统仍分为交换端口、交换单元和交换控制管理三大基本模块。一种光电混合交换结构模型如图2所示。该图所示的交换结构用于星际网络中既有星际链路接口，又有地面用户接口的"分插交换"（Add/Drop）卫星上。因此，既提供了星地波束端口，也提供了星际链路端口。星地接口处理模块完成 MF-TDMA 控制，实现地面用户按照波束和时隙接入星际网络，提供上下行资源分配和管理功能。星际接口处理模块则通过自由空间光通信链路与星际网络中处于上游和下游的相应卫星相连，通常要处理超大带宽。

交换网络（Switch Fabric）完成不同端口之间基本数据单元的转发。之所以称为基本数据单元，是因为混合交换体制下，可共存不同类型的转发业务类型，比如直接按时隙转发电波信号，或者按照分组突发转发 IP/ATM 分组。图2所示的交换结构中，交换网络可包含两个重要模块：光交叉连接模块，主要负责星际光端口之间巨量数据的转发和分插复用（Add/Drop）。此处可考虑采用"全光交换"技术，直接对光信号进行放大转发[7]；上下路业务交换模块，主要负责将地面用户请求的"上路"（Add）业务转交给星际光交换模块或者分组交换模块，并将来自二者的"下路"（Drop）业务转发给下行星地链路端口。上下路业务的转发，需结合星地微波链路的复用和接入方式来达到最佳利用。各种交换单元的取舍和设计比重不仅决定系统的综合效能，而且决定星座系统的工作体制。

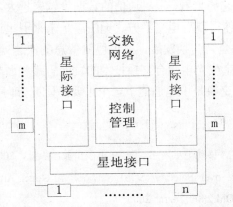

图2 光电混合交换结构模型

交换控制管理模块根据控制与管理指令对交换模块与交换端口进行控制和管理，核心任务是确保基本交换数据单元能正确的被识别和转发。控制管理模块从分组交换模块获得用户的连接建立请求，并与其它卫星建立直接消息互通管道，协同完成信令交互、路由决策和资源管理。通过端口配置，交网络换，路由控制管理等相互协同，星载光电混合交换系统能以较小的代价转发来自星际光链路的巨量"过路"（Bypass）业务，同时又能以较好的服务质量和较高的资源利用率接入来自本地卫星用户的业务。

4 涉及的关键技术问题

星载光电混合交换实现过程的关键是星上全光转发技术能否顺利实现。全光交换技术可以利用微机电系统（MEMS）、光半导体放大器等实现光交换；在自由空间光通信中，前置光放大器技术用于接收到的光信号的放大；广播电视系统和一些文献中介绍的副载波复用和交换技术也支持对承载的模拟信号的直接交换。这些技术为全光交换的实现奠定了基础。尤其是在星座系统初期阶段，多数连接只需经过一到两跳即可到达目的卫星，对光信号的直接中继的要求会降低。光链路技术已经经过空间通信实验检验，但是星上光转发技术是否可行，地面常用的光有源器件，如半导体光放大器（SOA）、掺铒光纤放大器（EDFA）等能否适应空间应用环境等问题仍需经过仔细论证或检验。

星载光电混合交换技术在应用中涉及的其它一些关键技术问题包括：(1)与交换方式相适应的星地链路多址接入方式及实现；(2)星间激光链路的有效带宽利用问题，即如何确定合适的传输与交换机制、寻求适合用户应用要求并充分利用资源的交换颗粒度等；(3)通过卫星转发的地面用户间信息交互问题，如何通过选择星间路由，通过中间卫星以尽量少的跳数实现地面用户信息的快速有效转发；(4)拓扑管理和网络重构问题，通过自动或者人工设置各卫星，使网络能在卫星相对移动中保持业务连接；(5)若结合星地时分多址技术实现混合交换，也需解决星际与星地间同步问题。（6）网络可靠性和抗毁性问题等。

5 结束语

从目前卫星通信的发展趋势来看，卫星通信的数据量越来越大，卫星链路的传输速率也越来越高；星间光链路的出现使得现有电交换方式无法满足未来卫星通信需要。随着地面光交换的不断发展，星上交换将向全光交换发展，实现巨量信息的快速处理/转发。文中针对现阶段星上交换发展情况，探讨了星载光电混合交换技术的发展思路和面临的挑战。结合地面网络中全光交换的发展，星载混合交换是卫星通信下一个重要的研究方向。

参 考 文 献

[1] 谷深远，黄国策等译. IP/ATM 移动卫星网络. 北京: 电子工业出版社，2003.

[2] J.Lee and S. Kang. Satellite over Satellite (SOS) Network: A Novel Architecture for Satellite Network. Proceedings of IEEE INFOCOM 2000, March 2000.

[3] Juarez, J. C., A. Dwivedi, et al. (2006). Free-Space Optical Communications for Next-generation Military Networks, Communications Magazine, IEEE, 44(11): 46-51.

[4] Chan, V. W. S. (2003). Optical satellite networks, Lightwave Technology, Journal of, 21(11): 2811-2827.

[5] Jo, Jin-Ho; Ju, In-Kwon; Lee, Seong-Pal; Development of Onboard Switch for Multi-beam Satellite

Communication; 24th AIAA International Communications Satellite Systems Conference (ICSSC) and 4th Annual International Satellite & Communications (ISCE) Conference and Expo; San Diego, CA,USA; 11-14 June 2006, AIAA Paper 2006-5449.

[6] Jung-Min Park, Uday Savagaonkar, Edwin K. P. Chong, Howard Jay Siegel, and Steven D. Jones, Allocation of QoS Connections in MF-TDMA Satellite Systems: A Two-Phase Approach.

[7] 余重秀著. 光交换技术. 北京: 人民邮电出版社，2008.

作者简介

姚明旿，男，1975 年生，副教授，主要研究方向为网络与交换系统，接入复用技术等.mwyao@xidian.edu.cn

邱智亮，男，1965 年生，教授，博导，主要研究兴趣集中于网络与交换技术，卫星或机载交换系统等方面。

刘增基，男，1937 年生，教授，博导，中国通信学会会士，曾担任西安电子科技大学 ISN 国家重点实验室主任，通信工程学院院长。研究领域包括数字通信、交换网络和光通信等。

一维条形码并行解码系统设计

黄　强　黄小燕　吴一波　纪　震

（深圳大学计算机与软件学院，广东 深圳，518060）

摘　要：一维条形码是一种用于数据输入和采集的符号表示技术。本文利用 FPGA 实现专用解码模块，采用同类码制并行解码的方法，实现了一维条码的高速解码；同时还通过降低等待期间系统频率和时钟控制设计，成功降低了设备的功耗，从而大大提高了一维条码解码技术的工业水平，使一维条形码技术在实际应用中更加高效、快捷。

关键词：一维条形码；　FPGA；　并行解码

The parallel decoding System of one-dimensional bar code Design

Huang Qiang，Huang Xiaoyan，Wu Yibo，　Ji Zhen

(Dept of Computer Science and Software Engineering, Shenzhen University,
Guangdong Shenzhen 518060, China)

Abstract: 1-D bar code is a symbolic representation technology for data input and collection. This paper proposed a design scheme of using FPGA to implement application-specific decoding module and parallel decoding among similar code system, which decode in high-speed. In addition, reduce the system frequency when entering waiting state and adopt clock control design, as a result,　the power of equipment was reduced. The design scheme made one-dimensional bar code decoding technology industrial level greatly increased and more efficient and fast in practice.

Key words: 1-D Bar Code;　FPGA;　Parallel decoding

1　引言

　　条码技术一种数据信息采集和自动识别的技术方法和手段[1]。一维条形码具有结构简单、成本极低、印刷技术成熟、识读设备使用简便等诸多优点，成为条码技术中最为成熟和应用广泛的部分。随着一维条形码的应用日益广泛，人们要求条码自动识别设备支持多码制解码的同时，对解码速度也提出了较高的要求。基于通用型微处理器解码器，顺序执行不同码制的解码程序，解码比较耗时，且随着码制种类的增加而增加，无法满足高速解码要求。

　　本文设计的一维条形码高速并行解码系统，解决了通用型微处理器在进行多码制条码解码时的耗时长问题。针对不同码制，用硬件时序逻辑电路实现专用解码器。在解码的过程中，各个专用解码器同时得到宽度信息并进行解码，从而使得设备在进行不同码制解码时的时间为某一码种的固定解码时间，且在增加码制种类时，仅需增加电路中的一个解码模块，不影响解码

基金项目：深圳市科技计划资助项目(JSA201006090336A)

的整体时间，实现高速解码。与此同时，本文设计还通过降低系统的等待频率以及采用时钟控制，有效地降低了系统在等待状态和直译状态下的功耗。

2 系统总体设计

一维条形码是将一定数目的条与空依据一定的编码规则横向排列起来的符号表示。一维条形码的解码过程就是将条码符号所表示的数据信息的格式转变为计算机可以识别的格式（二进制编码表示）。在使用时，这一部分的工作由自动识读设备完成[2]。常见解码流程如图1所示。

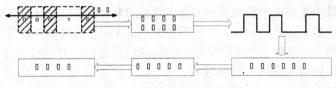

图1 一维条形码解码的流程图

根据一维条形码不同码制条码的解码规则，分为直译条码和计算条码两种。直译条码解码时可以边获取条空宽度信息边解码，某部分的编码信息可以由对应部分的条空的宽度信息解码得到。计算条码则需要获得全部条空宽度信息才能开始解码。本设计充分考虑所支持码制的特点，对不同类型的条码设计不同的解码模块。系统的整体架构如图2所示。

并行解码系统在无信号输入时处于等待状态，当外部扫描起始信号有效时系统进入直译条码并行解码状态，随着条码脉冲信号的变化，信号边沿到来时计数器数值被保存，由此获得条码的条空宽度数据并进行解码。当条码为直译条码时，条码脉冲信号结束后，对应码制的解码模块产生解码成功信号，然后系统进入检验过程。否则启动计算条码模块，并从RAM获取全部条空宽度信息进入计算条码解码状态。

3 系统主要功能模块的设计与实现

本设计的实验硬件开发环境是由美国 Xilinx 公司生产的 SPARTAN-3E 开发板，仿真软件为 ISE9.1[3]，使用 VHDL 语言完成功能模块行为描述，硬件验证实现是利用自带的编程工具 iMPACT 通过 JTAG 端口进行下载测试。

（1）主控模块设计

主控模块是并行解码系统的核心模块，时序逻辑的状态机在解码系统电路中最为复杂[4]。其主要功能是通过复位信号、控制信号对整个解码系统的工作流程及状态进行直接控制，其工作过程大致如图3所示。

系统上电复位后系统处于等待状态，主控模块接收到外部输入的起始信号后，首先产生内部复位信号完成边沿检测模块、计数模块、数据移位和存储模块的复位，然后进入输入脉冲信号测量、直译条码解码状态直到起始信号变为无效，主控模块判断有无解码成功信号反馈，有则复位对应条码检验模块进入解码结果检验状态，无则复位计算条码解码模块，进入计算条码解码状态，根据解码成功信号反馈的有无，复位计算条码检验模块或返回等待状态；在接收到检验成功信号时，主控模块复位并将结果输出，然后返回等待状态。

（2）数据移位和存储模块

数据移位和存储模块为并行解码系统各个解码模块提供条空宽度数据，当脉冲信号边沿到来时从计数模块获得宽度量化数据，向直译条码解码模块提供时间先后顺序移位的宽度数据，同时将数据保存在 RAM 中，供以后计算条码解码模块解码所用。获得宽度计数值后需对计数模块的复位。

（3）直译条码解码模块

直译条码解码模块为并行解码系统的主要解码功能单元，包含 EAN-13、25 条码、库德巴条码、39 条码四个解码模块。解码模块在条码脉冲信号输入的同时进行并行解码，信号无效前结束，正确解码的模块将产生解码成功信号。直译条码解码模块的状态受主控模块直接控制，解码的条空宽度数据来自数据移位存储模块的移位输出[5]。

（4）计算条码解码模块

计算条码解码模块本解码系统设计中指的是 RSS-14 解码模块。计算条码解码模块在所有直译条码解码失败后由主控模块启动，解码数据来自 RAM 存储模块。硬件实现的高速主要体现在解码计算过程的并行处理，利用硬件电路实现条码符号各部分同时进行计算解码，解码成功的模块则向主控模块返回解码成功信号。

（5）解码结果检验模块

解码结果检验模块要完成解码结果的检验和输出两项工作。不同码制的检验方法存在较大差别，需要设计不同的专用验证模块，但其流程步骤类似。解码结果输出时，需要外部的组合逻辑电路根据 Check_Right 的输出，选择将其控制信号和数据信号线连接至 UART 模块的对应使能、数据输入端。检验正确后，将解码结果送到到 UART 的 FIFO，并产生解码成功信号。

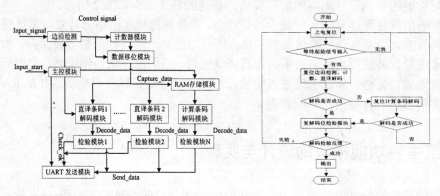

图 2　一维条形码并行解码系统架构设计图　　　图 3　主控模块控制功能流程图

4　系统性能分析

将本文所设计的硬件实现并行解码系统与通用型微处理器的解码时间进行对比，通用型微处理器的实验环境为 50MHz 工作频率的 LM3S3748 芯片[8]，在 Keil C 中用 C 程序实现，依次按照 EAN-13 条码、25 条码、库德巴条码、Code39 条码和 RSS-14 条码解码流程进行函数调用。

表 1　并行解码系统和通用型微处理器的解码时间对比

码制	硬件并行解码实现	通用型微处理器实现
EAN-13	0.2μs	8.5μs
25 条码	0.2μs	19μs
库德巴条码	0.2μs	26.5μs
Code39 条码	0.2μs	42μs
RSS-14 条码	3μs	225μs

由表 1 可以得到在进行直译条码解码时，并行解码系统解码时间在不变，但通用型微处理

器则随程序位置而改变。计算条码解码时，前者的时间则明显低后者[7]。实验结果表明一维条形码硬件并行解码具有高速解码的优势。

5 并行解码器低功耗设计改进

本文的一维条形码并行解码系统作为各种手持条码扫描设备的核心解码部件，电路的低功耗设计也是一个重要的研究方向。低功耗设计主要从降低等待频率和时钟控制两方面考虑[9]。

为了防止系统上电后不断检测条码扫描起始信号造成功耗的浪费，因此在等待期间使系统维持在较低的工作频率以降低功耗。该设计主要应用在主控模块、边沿检测模块、数据移位和存储模块上，将这些模块工作状态下的时钟频率设为 50MHZ，等待状态下的时钟频率设为 5MHz。直译条码模块解码阶段，一个模块当正确解码后，处于并行状态的其余解码模块就进入等待状态，这时停止这些解码模块的时钟可以有效降低系统功耗。利用 Xpower 工具进行功耗分析，系统功耗改善如图 4 和图 5 所示。

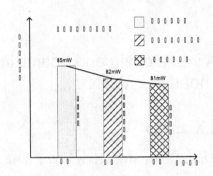
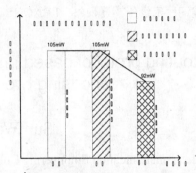

图 4　系统在等待状态低功耗设计改进结果　　图 5　系统在直译条码解码状态低功耗设计改进结果

6 结束语

本文提出了利用 FPGA 设计专用解码电路，进行并行解码处理的方法，满足高速解码的需求。通过系统的模块设计实现、仿真、功能验证，并与同频率下基于通用型微处理器的解码器的速度对比，验证本文所提的设计方案即硬件实现并行解码具有高速的突出优势。根据设计的应用场合和手持设备的低功耗需求，实现高速解码的同时降低了系统功耗。

参 考 文 献

[1] 中国物品编码中心.条码技术与应用[M].北京:清华大学出版社,2003:101-108.

[2] 王雅静，窦震海. 条码识别技术研究[J].包装工程,2008,29(8)：240-241.

[3] Xilinx. 2008-6-20. UG230.Spartan-3E FPGA Starter Kit Board User Guide[S]. USA: Xilinx, 2008: 11-13.

[4] Xilinx. 2007. ise9tut.ISE In-Depth Tutorial[S]. USA:Xilinx, 2007: 91-116.

[5] 洪国玺，李海波. 有限状态机的 VHDL 优化设计[J].林区教学,200,(1)：88-90.

[6] 于光波，毕宏彦. 基于 CPLD 的条形码译码电路设计[J].自动化与仪表,2003,(5)：10-13.

[7] 章开和. 用高密度可编程逻辑器件设计条码阅读器（上）[J].电子技术应用,1995,(7)：30-33.

[8] Singh, Amardeep. Generating test patterns for FPGA circuits [J]. International Journal of Computational Methods, 2009, 6(1): 131-145.

[9] Anderson,Jason H, Naim,Farid N. Low-power programmable FPGA routing circuitry [J]. IEEE Transactions on Very Large Scale Integration (VLSI) Systems, 2009,17(8): 1048-1060

一种 GASA 成链的加权优化两级簇首 WSN 路由协议

孙文胜　刘先宝

（杭州电子科技大学通信工程学院，杭州，310018）

摘　要：提出了一种 GASA 成链的加权优化的两级簇首改进算法 TL-GASA（Two Levels GASA Clustering Algorithm）。算法在 LEACH 将网络分成若干个簇的基础上，加权优化选择簇首，簇内以路径最短原则运用遗传和模拟退火混合优化算法（GASA）成链。再将簇首组成一条高级链，加权选择高级簇首，融合数据后转发给基站。仿真结果表明，与 LEACH、GSEN 相比，该算法具有较好的节能性，并能有效的延长网络生存时间。

关键词：无线传感器网络；LEACH；TL-GASA；路由协议

Routing protocol based on using GASA into a chain and optimizing choosing two-level cluster heads for WSN

Sun Wensheng，Liu Xianbao

（Telecommunication Engineering College，Hangzhou Dianzi University，Hangzhou 310018）

Abstract：Putting forward a routing protocol based on using GASA into a chain and optimizing choosing two levels clusters(TL-GASA). Based on the basis of LEACH, which divided the network into clusters, the algorithm optimizing choosing cluster heads. In the cluster, it used genetic and simulated annealing algorithm into a chain with the shortest path for the principle. Then it made the clusters into a senior chain, and chose a senior cluster heads, which forwarded data to the base station after mixing with other clusters. Simulation results show that, compared with LEACH and GSEN, the algorithm has better energy-saving and can prolongs the survival time of network effectively.

Key words：WSN, LEACH, TL-GASA, routing protocol

1　引言

　　无线传感器网络（wireless sensor network, WSN）是一种自组织网络，由大量廉价的，能量受限的传感器节点组成，它们共同监测、感知某一区域，并采集获得信息数据。由于传感器节点的能量受限，而又很难更换电池，所以设计出一种能够高效利用传感器节点能量的路由算法就尤为重要 [1]。

　　现有的无线传感器网络的路由协议中以分层型路由协议[2]的节能型较好，因此得到了广泛的研究。其中典型的协议有 LEACH 协议[3]，它的成簇思想对后来很多重要的路由算法都有着深远的影响。文献[4]提出的算法考虑节点的剩余能量选择备选簇首，然后考虑通信代价高低竞争选择最佳簇首；文献[5]提出的 GSEN 路由算法，将簇内和簇首节点运用 Dijakstra 算法成链，数据沿着链进行信息传送，有效延长了网络的生命时间。本文以 LEACH 和 GSEN 算法为基础，提出了一种新的路由算法 TL-GASA（Two Levels GASA Clustering Algorithm），该算法首先通过 LEACH 协议将网络分成若干个簇，低级和高级簇首的选择均考虑节点的剩余能量和离基站的距离作为加权参数；在簇内和高级簇首间均采用遗传退火混合优化算法（GASA），以最短路径为原则，形成一条链，进行数据融合后将数据转发给基站。该算法考虑到了簇内和簇首节点间的能量均衡，有效的延长了网络的生命周期。

2　LEACH 和 GESN 协议概述

LEACH 协议定义了"轮"的概念，每一轮都存在初始化阶段和稳定阶段两个状态。在初始化阶段，每个节点产生一个在 0-1 之间随机数，如果该数小于 $T(n)$，则该节点就成为簇首，$T(n)$ 的公式如下：

$$T(n) = \begin{cases} \dfrac{p}{1 - p \times (r \bmod \dfrac{1}{p})} & (n \in G) \\ 0 & (\text{其他}) \end{cases} \qquad (1\text{-}1)$$

式中：p 是节点成为一个簇首的期望百分比；r 是当前的轮数；G 为剩下的 1/p 轮中还未成为簇首的节点集合。节点通过概率 p 竞争成为簇首，选出簇首后其他节点根据接收到的广播消息的信号强度来选择加入的簇，并通知相应的簇首。LEACH 协议在簇内及簇首通信方面均存在着很大的不足。若其随机选择的簇首能量不足，必将导致其过早死亡。另外，簇内和簇首均采用单跳通信，远离簇首和基站的节点会因长距离的通信能量消耗过快，同样会减少网络的生命周期。

Nahida 等人在 LEACH 和 PEGASIS[6]协议的基础上，提出了基于簇的传感器网络（Group-based Sensor Network,GSEN）路由协议。协议利用 Dijakstra 算法（贪婪算法）将簇内节点组成链，又将竞争出的簇首组成一条高级链，并选出一个高级簇首将融合后的数据传送给基站。与 PEGASIS 协议相比，GSEN 形成了一条高级链，且每 R 轮重新组成簇和链，但链首依旧是随机选择，存在没有考虑节点能量，简单使用 Dijakstra 算法（贪婪算法）成链，没有考虑成链的最优性，节点位置等影响能量消耗的因素。

3　TL-GASA 协议

该协议的基本思想是基于多权值优化选择簇首，簇内和簇首节点均运用 GASA 算法依据最短路径原则成链，两级链传输数据，簇首融合网络数据传给基站。在选择簇首的时候，将节点的剩余能量和到基站的距离以及度偏差作为参考因素。该协议采用 GASA 算法形成优化链，进行 hop-by-hop 多跳通信，能更好的节约节点间能量消耗，兼顾到了节点间的能量均衡，有效延长了网络的生命周期。

3.1 网络模型

若干个传感器节点随机分布组成传感器网络。节点间始终需要传送数据，相邻节点信息高度相关；基站固定，能量无限大；普通节点能量有限，且具有功率控制和定位功能，所有节点位置固定。

本文采用与文献[3]相同的无线通信能耗模型。传感器节点发射1bit数据能耗为：

$$E_{Tx}(l,d) = \begin{cases} l*E_{elec} + l*\varepsilon_{fs}*d^2 & if \quad d \leq d_0 \\ l*E_{elec} + l*\varepsilon_{mp}*d^4 & if \quad d \geq d_0 \end{cases} \tag{2-1}$$

传感器节点接受1bit数据能耗为：

$$E_{rx}(k) = E_{elec}*l \tag{2-2}$$

其中 ε_{fs}、ε_{mp} 为信号放大器的放大倍数，E_{elec} 为节点发射电路的损耗。d为发送节点和接收节点之间的距离，定义 $d_0 = \sqrt{\frac{\varepsilon_{fs}}{\varepsilon_{mp}}}$。当传输距离小于阈值 d_0，则功率放大损耗采用自由空间模型，否则采用多路径衰减模型。

3.2 算法描述

3.2.1 簇首选择

分簇路由协议中，簇首选择的好坏直接影响到网络的生命周期，需要选出一个好的簇首来均衡 WSN 负载，从而延长网络的生命周期。TL-GASA 在初级簇首选择过程中首先按照 LEACH 协议成簇，然后在已经划分好的簇内重新选择簇首。簇首的选择以节点的剩余能量、节点距离基站的距离以及节点的度偏差作为参考因素。计算的权值公式如下：

$$W_i = w_1 E_i + w_2 D_i + w_3 \Delta_i \quad i \in E_g \tag{2-3}$$

其中，$E_i = (S(i).E_o - S(i).E)/S(i).E_o$ 表示节点消耗的能量与初始能量的比值，$S(i).E_o$ 为节点的初始能量，$S(i).E$ 为节点的剩余能量。$D_i = S(i).d/D_{max}$ 为节点距离基站的距离与簇内节点到基站最大距离 D_{max} 的比值。$\Delta_i = |\Delta_o - \delta|/\Delta_o$ 表示节点度的偏差，其中 Δ_o 表示节点的度（邻居数），计算时取邻居非簇首节点数，δ 为预设簇规模大小。E_g 为能量大于平均能量的节点集合，加权系数 $\sum w_i = 1$。通过计算 W_i，选择出最佳簇首。

在初级簇首选择出后，通过 GASA 算法将初级簇首根据最短路径原则组成链，在高级链中依旧根据式（2-3），只是将 w_3 设置为 0，即不考虑节点度数，而只考虑剩余能量和到基站距离为参考因素。因为簇已形成，所以在高级簇首的选择中不需要考虑节点度的大小。同样通过计算 W_i，选择出最佳高级簇首。

3.2.2 数据传输过程

本文的数据传输主要是将节点串成链，数据沿着链通过融合，传输至初级簇首节点，再由初级簇首链进行数据融合传送至高级簇首节点，最终由高级簇首节点将数据传送至基站的。

本文对节点成链，采用遗传（Genetic Algorithm）和模拟退火（Simulated Annealing Algorithm）混合优化算法。这两种算法都是全局优化算法，但又有各自的缺点。采用的 GASA 算法，将 GA 和 SA 算法结合起来可以增强全局和局部搜索能量，优化结构互补，GA 采用群体并行搜索，SA 采用串行优化机构。在 GA 中将 SA 采用自适应概率进行变异操作，可以增强和补充 GA 进化能力，SA 只保留一个解，GA 继承父代优良品种，两者相结合丰富了领域搜索结构，增强了全局搜索能力。具体算法如下：

（1）构造初始种群。对每条初始链上的节点进行随机排列形成 40 个初始种群。

（2）计算群体中个体适应度。采用轮盘赌的方法进行群体选择，同时根据适应度函数实施保留最优策略，这里以只有最优的一个种群遗传下来为收敛条件。在无线传感器网络中，节点的能量消耗直接和距离有关，所以本文采用链路的节点间的距离为适应度函数。适应度函数公式（5.3）中，$G(i)$ 表示第 i 个种群的适应度值，$d(S(i),S(i).next)$ 表示节点 $S(i)$ 到其下一跳节点 $S(i).next$ 的距离。$G(i)$ 越小，适应度越高。

$$G(i) = \sum_{i \in N} d(S(i),S(i).next) \qquad (2\text{-}4)$$

（3）选择和交叉操作。根据交叉概率 $P_c = 0.82$ 选择个体进行交叉，交叉采用互换的办法，随机得到 2 个 1 到链节点数目 N 之间的数，交换这两个数之间的节点，因为链式每个节点只能访问一次，所以本文对链上重复的节点采用映射的办法，即将缺少的节点号随机映射重复节点号的方式。

（4）变异操作。按照变异概率 $P_v = 0.34$，对链进行变异，变异采用倒序和插入操作[7]。

（5）模拟退火操作外循环开始。将遗传算法迭代后遗传下来的种群链，进行模拟退火操作。设定当前温度 $T_o = 100K$，最低温度 $T_e = 1e-3$，降温步长为 $T_i = 0.98 \times T_i$。

（6）内循环开始。对当前链进行随机扰动，即在链上随机选择两个节点，交换节点位置形成新链，计算新链的适应度，比较在交换前后的适应度变化 $\Delta g = G(j) - G(i)$，然后根据蒙特卡罗判定准则接受新状态，当适应度值比原来的链小，说明新链的被完全接受，否则，按比例接受新链。蒙特卡罗判定准则为：

$$P(G(i) \rightarrow G(j)) = \begin{cases} 1, & \Delta g \leqslant 0 \\ e^{\Delta g / T_i}, & \Delta g > 0 \end{cases} \qquad (2\text{-}5)$$

（7）内循环结束。当完成内循环的迭代次数后，内循环结束。按照降温步长进行降温。

（8）模拟退火操作终止。根据当前温度，若温度小于 T_e，则模拟退火操作终止，否则，继续执行模拟退火操作。将每条链操操做完后的新链按照 $q\%$ 的概率进入遗传交配池，转入 2）进行下一轮的操作，直到满足遗传算法的收敛条件，得出最优解。

4 实验仿真与结果分析

为了验证该算法的性能，采用 MATLAB 构建网络进行仿真分析，并对算法进行了十次仿真，消除了一些偶然性。在一个 100m×100m 的区域内，基站位于（50，175）。节点初始能量为 0.5J，数据融合率为 100%。初始成簇时采用 LEACH 算法，根据文献[5]，簇首的期望百分比设定为 5%。设定初级簇首加权参数分别为 w_i 分别为 0.5，0.3，0.2；高级簇首分别为 0.7，0.3。自由空间放大倍数为 10pJ/(bit*m⁻²)，多径衰减信号放大倍数为 0.0013pJ/(bit*m⁻²)，传输数据包为 4000bit，发送/接收电路能量为 50nJ/bit，数据融合消耗能量为 5nJ/bit/报文。

由图 3-1 所示，因为簇首所占百分比为 5%，一个簇内大约共 20 个节点，所以给出了在区域内随机分布 20 个节点，分别运用 Dijakstra、SA、GA、GASA 进行成链的效果图，四种方法成链的总路径长度分别为 497.50，431.67，335.40，330.15，很明显 GASA 算法所给出的路径最短，相比较其他算法分别减少了 33.6%，23.5%，1.6%，在多个分簇的情况下，这样的路径节约是可观的。其中 GA 算法效果最差，主要是由于仅仅选择遗传 50 代为输出结果，若遗传代数过多使优化时间过长，影响网络的可靠性。图 3-2 给出了改进算法 TL-GASA 与 LEACH、GSEN 路由协议的网络生存周期比较，以仿真轮数代表网络运行时间，三种路由协议首个节点的死亡轮数分别为 1668，725，1032；半数节点为 1922，917，1121；全部节点的死亡轮数为 2123，1186，1213。TL-GASA 算法在首个节点死亡时通讯轮数分别比 LEACH、GSEN 提高 130%，61%；半数节点提高 199%，71%；全部节点提高 79%，75%。分析其原因主要在于 TL-GASA 算法生成的链更短，更好的节约簇内及簇首能量，加权优化选择簇首，达到了簇首之间的网络负载均衡。从图 3-3 可以看出，TL-GASA 曲线始终保持在另两种协议的下方，这也充分说明新算法每轮所消耗的能量是最少的。三种算法的稳定期[8]分别为 1668，725，1032，不稳定期分别为 455，443，181 轮，可以看出 TL-GASA 稳定期最长，其不稳定期比 GSEN 长，和 LEACH 相近。相比较而言，TL-GASA 网络性能最好，但快速收敛性 GSEN 最好。从图 3-2 可以看出 TL-GASA 后一般节点死亡较快，因此更符合当网络个别节点死亡时不影响网络整体性能，但当大部分节点死亡，网络就失去了存在的意义。

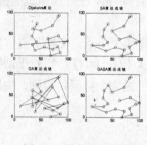

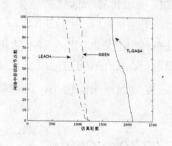

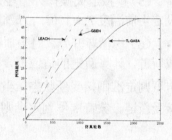

图 3-1　算法成链比较图　　图 3-2　网络生命周期比较图　　图 3-3　能量消耗比较图

5　结束语

本文在分析了 LEACH 和 GSEN 的基础上，结合簇首节点能量消耗过快的原因，提出了一种基于 GASA 成链，并通过加权优化选择簇首的路由改进算法 TL-GASA。仿真结果显示，TL-GASA 比 Dijakstra 算法所形成的链路径更短，更具有全局优化性，簇首的选择更加合理，均衡了网络负载，具有更长的稳定期，提高了网络的寿命。

参 考 文 献

[1] 陈林星. 无线传感器网络技术与应用[M].北京:电子工业出版社, 2009:5-9.

[2] 马祖长. 无线传感器网络综述[J].通信学报,2004,4(25):114-124.

[3] Heinzelman W, Chandrakasan A, Balakrishnan H. Energy efficient communication Protocol for wireless microsensor networks[J].IEEE Computer society,2002:3005-3014.

[4] Younis O,Fahmy S.Heed: A Hybrid, Energy Efficient, Distributed Clustering Approach for Ad Hoc Sensor Network[J]. IEEE Transactions on Mobile Computing,2004,3(4):660-669.

[5] Tabassum N, Ahsanul Haque AKM, Urano Y.Gsen:An Efficient Energy Consumption Routing Scheme for Wireless Sensor Network[C]//Proceeding of IEEE International Conference on Systems and International Conference on Mobile Communication and Learning Technologies,2006:112-117.

[6] Lindsey S, Raghavenda CS. PEGASIS: Power-Efficient Gathering in Sensor Information Systems[C]. Proceeding of the IEEE Aero space Conference, IEEE Press,2002:1125-1130.

[7] 王超学,崔杜武,王竹荣等.一种求解 TSP 的高效遗传算法[J].西安理工大学学报,2006,22(1):37-41.

[8] Smaragdakis G, Matta I, Bestavros A. Sep: A Stable Election Protocol for clustered heterogeneous wireless sensor networks [C]//Proc of the 2nd international Workshop on SANPA 2004.Massachusetts, US, 2004:1-11.

作者简介

孙文胜，1966 年生，男，安徽巢湖人，杭州电子科技大学，硕士，副教授，主要研究方向为嵌入式系统，多媒体通信及无线通信，mmx118@163.com；

刘先宝,1983 年生，男，安徽舒城人，杭州电子科技大学，在读硕士研究生，研究方向为多媒体通信及无线通信，baoxianliu@126.com，15067198730，邮箱 baoxianliu@126.com，浙江省杭州市下沙高教园区杭州电子科技大学通信工程学院 0889 信箱，310018

一种安全有效的无证书聚合签名方案

简妹湘　喻建平　张　鹏

（深圳大学 ATR 国防科技重点实验室，深圳，518060）

摘　要： 利用双线性对技术，结合无证书和聚合签名的概念，提出了一种安全有效的无证书聚合签名方案，并在无证书聚合签名的最强安全模型下利用计算 Diffie-Hellman 问题给出了方案的安全性证明。新方案与已有的无证书聚合签名方案相比，具有一定的安全和效率优势。

关键词： 无证书密码；聚合签名；双线性对

Secure and efficient certificateless aggregate signature scheme

Jian Meixiang，Yu Jianping，Zhang Peng

（Shenzhen University ATR Key Laboratory of National Technology ，Shenzhen，518060，China）

Abstract： A secure and efficient certificateless aggregate signature scheme from bilinear pairings is proposed by using the concepts of certificateless and aggregate signatures.A security proof is proven in the strongest security model by the Computational Diffie-Hellman problem.Our scheme has safety and efficiency advantages compared with the existing certificateless aggregate signatures.

Key words： certificateless cryptography, aggregate signature, bilinear pairings

1　引言

Boneh 等人提出了聚合签名的概念和第一个聚合签名方案。聚合签名将 $n(n > 1)$ 个用户分别对不同的消息 $m_i (1 \leqslant i \leqslant n)$ 的签名 σ_i 聚合成一个签名 σ，验证方只需对签名 σ 进行验证便可确认该签名是否来自指定的 n 个用户。聚合签名有效地提高了签名的验证与传输效率，可用于无线传感器网络 [0]、电子货币等对通信开销和执行效率要求较高的网络系统。

Al-Riyami 和 Paterson 在 2003 年提出了无证书密码体制解决了基于身份的密码体制的密钥托管问题。文献[4]对无证书密码体制的研究成果进行了较为系统的整理和讨论。无证书密码系统用一个第三方 KGC（Key Generation Center）生成部分私钥，用户生成公钥和完整私钥。

Gong 等人[5]于 2007 年首次提出了两个无证书的聚合签名方案；随后，文献[6]强化了文献[5]方案的安全性定义并提出了更为高效的无证书聚合签名方案；文献[7][8]进一步提高了聚合签名的效率。本文设计了一个在无证书体制下的聚合签名方案，参考文献 0 中的最强安全模型，利用计算 Diffie-Hellman 问题证明了新签名能抵抗超级攻击者和恶意 KGC 的攻击。

基金项目：国家自然科学基金（61171072,61001058）

2 一种安全有效的无证书聚合签名方案

设 G_1, G_2 是分别是两个阶为素数 q 的加法和乘法循环群，$e: G_1 \times G_1 \to G_2$ 是 G_1 到 G_2 上的双线性映射，P 是 G_1 的生成元。假设计算 Diffie-Hellman 问题（CDHP）在群 G_1 上是困难的。

本方案一共包含 6 个算法，具体算法如下：

Setup: 给定群 G_1 和 G_2，双线性映射为 $e: G_1 \times G_1 \to G_2$；$P$ 和 Q 是 G_1 的两个不同生成元，$H_1: \{0,1\}^* \times G_1 \to G_1$ 和 $H_2: \{0,1\}^* \times G_1 \to Z_q^*$ 是安全的哈希函数。KGC 随机选取 $s \in Z_q^*$ 作为系统主密钥，系统公钥为 $P_{pub} = sP \in G_1$。即在本文方案中，公开参数为 $params = \{G_1, G_2, e, P, Q, P_{pub}, H_1, H_2\}$。

Public-Key Setup: 用户 u_i 随机选取 $x_i \in Z_q^*$ 作为秘密值，计算 $P_i = x_i P_{pub}$ 作为自己的公钥。

Key-Extract: 用户 u_i 发送 ID_i 和 P_i 给 KGC。KGC 计算 $Q_i = H_1(ID_i, P_i)$ 和部分私钥 $d_{ID_i} = sQ_i$，并随机选 $k_i \in Z_q^*$，计算 $W_i = k_i P_{pub}, Z_i = d_{ID_i} + k_i P_i$ 后将 (W_i, Z_i) 经公共渠道发送给用户 u_i（部分私钥 d_{ID_i} 隐藏在 Z_i 中，可通过公共渠道发送给用户）。u_i 收到 (W_i, Z_i) 后计算 $d_{ID_i} = Z_i - x_i W_i$ 获得部分私钥，再计算全私钥 $S_i = x_i d_{ID_i}$。

Sign: u_i 随机选择 $r_i \in Z_q^*$，计算 $U_i = r_i P$，$h_i = H_2(m_i, U_i, ID_i), V_i = r_i Q + h_i S_i$，则 $\sigma_i = (U_i, V_i)$。

Aggregate: 聚合人计算 $h_i = H_2(m_i, U_i, ID_i), Q_i = H_1(ID_i, P_i)$，当且仅当下式成立时接受签名 σ_i：$e(P, V_i) = e(U_i, Q)e(h_i Q_i, P_i), 1 \leqslant i \leqslant n$。验证签名 σ_i 有效后计算 $V = \sum_{i=1}^{n} V_i$。$\sigma = (U_1, \cdots, U_n, V)$。

Aggregate-Verify: 验证身份集是 $L_{ID} = \{ID_1, ID_2, \cdots, ID_n\}$，公钥集是 $L_{PK} = \{P_1, P_2, \cdots, P_n\}$ 的 n 个用户对 n 个消息的聚合签名 σ，验证人计算 $h_i = H_2(m_i, U_i, ID_i)$ 和 $Q_i = H_1(ID_i, P_i)$，其中 $i = 1, \cdots, n$。当且仅当下式成立时接受聚合签名 σ：$e(P, V) = e(\sum_{i=1}^{n} U_i, Q)\prod_{i=1}^{n} e(h_i Q_i, P_i)$（因为 $e(P, V) = e(P, \sum_{i=1}^{n} V_i) = \prod_{i=1}^{n} e(P, V_i) = \prod_{i=1}^{n} e(U_i, Q)e(h_i Q_i, P_i) = e(\sum_{i=1}^{n} U_i, Q)\prod_{i=1}^{n} e(h_i Q_i, P_i)$）。

3 安全性能分析

无证书密码体制中有两种类型的敌手。第一类敌手 F_1 不能得到系统主密钥但可以替换用户公钥，第二类敌手 F_2 能得到系统主密钥但不能替换用户公钥[0]。本文的安全模型与文献[0]中的安全模型类似，具体细节请参考文献[0]。模型中的敌手 $F = \{F_1, F_2\}$ 属于超级攻击者。

敌手输出有效的聚合签名 σ，在生成聚合签名的过程中，第一类敌手 F_1 如果至少有一个 $ID_i \in L_{ID}$ 没有在部分私钥问询中出现，第二类敌手 F_2 至少有一个 $ID_i \in L_{ID}$ 没有在公钥替换问询和秘密值问询中出现，两类敌手都从未对 (ID_i, P_i, m_i) 进行签名询问，则攻击者赢得了游戏。

定理 1：一个敌手在时间界限 t 内，至多经过 $q_{H_1}, q_{H_2}, q_S, q_E$ 次 H_1, H_2 问询、签名问询和其他问询，以至少为 ε 的概率成功伪造 n 个用户的聚合签名，则称敌手以 $(t, \varepsilon, q_{H_1}, q_{H_2}, q_S, q_E, n)$ 的概率攻破此聚合签名方案。若不存在这样的敌手则称方案是 $(t, \varepsilon, q_{H_1}, q_{H_2}, q_S, q_E, n)$ 抗存在性伪造的。若存在敌手能以 (t, ε) 攻破聚合签名方案，就可构造一个算法 Ω 以 (t', ε') 解决 G_1 上的

CDHP。

证明：e 为自然对数的底数，τ 是 G_1 中一次标量乘法计算时间，算法 Ω 以 $\varepsilon' \geq \varepsilon/e(n+q_E)$ 概率在时间 $t' \leq t+(q_{H_1}+q_{H_2}+q_S+q_E)\tau$ 内解决 CDHP，即通过敌手帮助已知 (P,aP,bP) 能计算出 abP。

(1) 第一类型敌手 F_1 伪造一个有效的聚合签名。

令 $P_{pub}=aP$。随机选取 $t \in Z_q^*$，$Q=tP$。系统参数为 $params=\{G_1,G_2,e,P,Q,P_{pub},H_1,H_2\}$，$\Omega$ 维护初始都为空的 L_1,L_2,L_E,L_S 四表分别记录敌手 F_1 的两哈希问询、其他问询和签名问询结果。

下列问询中，均是敌手 F_1 向 Ω 发出询问，Ω 处理后输出回答给敌手 F_1。

H_1 问询：Ω 维护 $L_1=\{ID_i,P_i,Q_i,D_i,r_i'\}$。若问询已在 L_1 中则输出 Q_i。否则随机选择 $r_i' \in Z_q^*$，扔硬币选择 $D_i \in \{0,1\}$（$\Pr(D_i=0)=\delta, \Pr(D_i=1)=1-\delta$），$D_i=0$ 时 $Q_i=r_i'P$，$D_i=1$ 时 $Q_i=r_i'bP$ 更新 L_1。

H_2 问询：Ω 维护 $L_2=\{ID_i,m_i,h_i\}$。问询已存在则输出 h_i，否则任选 $h_i \in Z_q^*$ 输出并更新 L_2。

公钥问询：Ω 维护 $L_E=\{ID_i,P_i,x_i,d_{ID_i}\}$。问询已存在则输出 P_i。否则取 $x_i^* \in Z_q^*$，$P_i=x_i^*P_{pub}$ 更新 L_E。

部分私钥问询：Ω 维护 $L_E=\{ID_i,P_i,x_i,d_{ID_i}\}$。若问询已存在 L_E 中，Ω 输出 d_{ID_i}。否则 Ω 检查 L_1 中 ID_i 对应的 D_i，$D_i=1$ 时 Ω 输出失败并结束问询；若 $D_i=0$，Ω 返回 $d_{ID_i}=r_i'aP$，并更新 L_E。

公钥替换问询：敌手 F_1 输入 $\{ID_i,P_i'\}$，Ω 将表 L_E 更新为 $\{ID_i,P_i',\perp,d_{ID_i}\}$（$\perp$ 表示值为空）。

秘密值问询：Ω 根据身份 ID_i 查询表 L_E。若 $x_i^* \neq \perp$，则返回 x_i^* 给敌手 F_1。否则，输出 $\perp$。

签名问询：Ω 维护 $L_S=\{ID_i,m_i,P_i,U_i,V_i,D_i\}$。问询已经在 L_S 中，输出 $\{U_i,V_i\}$。否则查询 L_1：$D_i=1$ 时输出失败并结束问询；$D_i=0$ 时随机选择 $U_i \in G_1$，查询 L_2：若 $\{m_i,U_i,ID_i,h_i\}$ 已存在则取出 h_i 否则随机选取 $h_i \in Z_q^*$ 并更新 L_2，计算 $V_i=tU_i+r_i'h_iP_i$，添加 $\{U_i,V_i\}$ 到 L_S 并输出签名。

伪造：伪造成功，敌手 F_1 输出身份集是 $L_{ID}=\{ID_1,ID_2,\cdots,ID_n\}$，公钥集是 $L_{PK}=\{P_1,P_2,\cdots,P_n\}$ 的 n 个用户的有效聚合签名 $\sigma=(U_1,\cdots,U_n,V)$（满足 $e(P,V)=e(\sum_{i=1}^{n}U_i,Q)\prod_{i=1}^{n}e(h_iQ_i,P_i)$）。同时，至少存在一个 $D_i=1$（设 $D_1=1$）且 $\{ID_i,m_i,P_i\}$ 也未进行签名问询。由 $D_1=1$ 知 $Q_1=r_1'bP$，由 $D_i=0(2 \leq i \leq n)$ 可知 $Q_i=r_i'P$。对 $i \geq 2$，可算得 $V_i=tU_i+r_i'h_iP_i$，即 $e(P,V_i)=e(P,tU_i+r_i'h_iP_i)=e(U_i,tP)e(h_ir_i'P,P_i)=e(U_i,Q)e(h_iQ_i,P_i)$。令 $V_1=V-\sum_{i=2}^{n}V_i$，由聚合签名满足等式 $e(P,V)=e(\sum_{i=1}^{n}U_i,Q)\prod_{i=1}^{n}e(h_iQ_i,P_i)$ 可得

$$e(P,V_1)=e(P,V-\sum_{i=2}^{n}V_i)=e(U_1,Q)e(h_1Q_1,P_1)$$

$$=e(U_1,tP)e(h_1r_1'bP,P_1)$$

$$=e(tU_1,P)e(h_1r_1'bP,x_1^*aP)$$

$$=e(P,tU_1+h_1r_1'x_1^*abP)$$

那么算法 Ω 可以计算出 abP 的值：$abP=h_1^{-1}r_1'^{-1}x_1^{*-1}(V-\sum_{i=2}^{n}h_ir_i'P_i-t\sum_{i=1}^{n}U_i)$。

以下几个事件有助于 Ω 解决 CDHP：E_1：Ω 在部分私钥询问时未终止。E_2：F_1 伪造出有效的聚合签名。E_3：当 E_2 发生时，Ω 未终止除 $\{ID_1,m_1,P_1\}$ 外的问询，即 $D_1=1$，$D_i=0(2 \leq i \leq n)$。E_1 概率为 $\Pr[E_1] \geq \delta^{q_E}$（$\Pr[D_i=0]=\delta$，$F_1$ 至多进行 q_E 次问询）。E_2 概率为 $\Pr[E_2|E_1] \geq \varepsilon$。$E_3$ 概率为

$\Pr[E_3 \mid E_1 \wedge E_2] \geq (1-\delta)\delta^{n-1}$。所以 Ω 成功概率为 $\varepsilon' = \Pr[E_1 \wedge E_2 \wedge E_3] = \Pr[E_1]\Pr[E_2 \mid E_1]\Pr[E_3 \mid E_1 \wedge E_2] \geq \delta^{q_E}\varepsilon(1-\delta)\delta^{n-1} = \varepsilon(1-\delta)\delta^{q_E+n-1}$。当 $\delta = 1-1/(q_E+n)$ 时 $\varepsilon(1-\delta)\delta^{q_E+n-1}$ 达到最大值，即 $\varepsilon' \geq \varepsilon/(q_E+n)e$。算法 Ω 在敌手的帮助下解决CDHP的时间为 $t' \leq t + (q_{H_1}+q_{H_2}+q_S+q_E)\tau$。

2）第二类型敌手 F_2 伪造一个有效的聚合签名的构造过程与第一种情况类似。此处省略。

由证明可知，算法 Ω 能在敌手的帮助下解决难解的 CDHP。所以方案是抗存在性伪造的。

4 效率分析

从计算量和通信开销分析新方案的效率。考虑同类签名方案，新方案的聚合签名是 $(U_1,\cdots,U_n,V)$，与文献[6]、[7]和[8]中聚合签名的大小相等，与未进行聚合时相比节省了 $(n-1)|G|$ 的通信（其中 $|G|$ 表示 G_1 中元素的通信规模）。在计算量上，新方案比文献 0-0 的签名和验证效率都略高。同时因为文献[7]的攻击者为正常攻击者 ^{0}，所以本文的安全性比文献 0 高。

表一　同类方案的计算效率和安全性比较

	签名	个体验证	聚合验证	安全性
文[6]	$3P_m + 2A + 2H$	$4E + 3H$	$(2n+2)E + (n-1)A + 3nH$	抗超级 F_1，F_2
文[7]	$3P_m + 2A + 2H$	$4E + 3H$	$(n+3)E + 2(n-1)A + (2n+1)H$	抗正常 F_1，F_2
文[8]	$3P_m + A + H$	$2E + 2P_m + 2A + H$	$(n+1)E + 2nP_m + 2nA + nH$	抗超级 F_1，F_2
本文	$3P_m + A$	$3E + P_m + H$	$(n+2)E + nP_m + (n-1)A + nH$	抗超级 F_1，F_2

P_m、A 分别表示群 G_1 上的一次点乘、加法运算，E 和 H 分别代表双线性对和 MapToPoint 哈希运算。

5 结束语

本文提出的签名方案基于无证书密码体制，有效地解决了基于身份的密码体制的密钥托管问题并保存了聚合签名的特性。在 CDHP 困难性假设下，本文方案在最强安全模型下证明是抗存在性伪造攻击的。与同类型的无证书聚合签名方案相比，新方案具有较高的安全性和一定的计算优势。

参 考 文 献

[1] Boneh D, Gentry C, Lynn B, et al. Aggregate and verifiably encrypted signature from bilinear maps[C]//Proc. of Cryptology-EUROCRYPT 2003, Berlin, Germany: Springer-Verlag, 2003:416-432.

[2] 张鹏, 喻建平, 刘宏伟. 源安全的传感器网络数据融合协议[J]. 通信学报, 2010, 31(11):87-91.

[3] Al-Riyami SS, Paterson KG. Certificateless public key cryptography[C]//Proc. of the ASIACRYPT 2003. LNCS 2894, Berlin: Springer-Verlag, 2003:452−473.

[4] 张福泰, 孙银霞等. 无证书密码体制研究[J]. 软件学报, 2011, 22(6).1316-1332.

[5] Gong Z, Long Y, Hong X, et al. Two certificateless aggregate signatures from bilinear maps[C]//Proc. of the

IEEE SNPD 2007, Vol.3. IEEE Computer Society, 2007:188−193.

[6] Zhang L, Zhang FT.Security model for certificateless aggregate signature schemes[C]//Proc. of the IEEE CIS 2008. Suzhou: IEEE Computer Society, 2008. 364−368.

[7] Zhang L, Zhang FT. A new certificateless aggregate signature scheme[J]. Computer Communications, 2009, 32(6):1079−1085.

[8] Chen H, Song WG, Zhao B.Certificateless aggregate signature scheme[C]//Proc. of the 2010 International Conference on E-Business and E-Government (ICEE). IEEE Computer Society, 2010:3790−3793.

作者简介

简妹湘，1986 年生，女，湖南长沙人，深圳大学研究生，主要研究方向为密码学与信息安全。E-mail: jianmeixiang@163.com

喻建平，1968 年生，男，湖南沅江人，深圳大学教授、博士生导师，主要研究方向为密码学与信息安全。

张　鹏，1984 处生女，湖北当阳人，深圳大学博士生，主要研究方向为密码学与信息安全。

一种高性能嵌入式 B/S 客户端的解决方案

赵 琦 王 罡

（北京航空航天大学，电子信息工程系，北京，100191）

摘 要：随着 Web 2.0 及嵌入式技术的发展，本文提出了一种 BS 结构嵌入式客户端的解决方案。浏览器和安装在嵌入式设备上的 Web 服务器通过 AJAX 异步通信节省资源。Web 服务器上运行互联网中的首选技术 Java web，来动态生成网页信息。Java 通过 ICE 通信引擎和在嵌入式设备中运行的 C++程序进行通信。从而实现了浏览器对嵌入式设备中的底层应用的控制。

关键词：Arm；Java Web；RIA；ICE 中间件；异步通信

A high performance embedded B/S client solution

Zhao Qi，Wang Gang

（Department of Electronic & Information Engineering，Beihang University，Beijing，100191，China）

Abstract: With Web 2.0 and embedded technology, this paper presents a BS structure embedded client solutions. Browser communicate with web server installed on embedded devices asynchronously using AJAX to save resources. Java web which is the Internet technology of choice running on web server, to dynamically generate Web pages. Java communication through the Ice engine with the C++ program running in embedded devices. In order to achieve control of the underlying application embedded devices with browser.

Key words: Arm, Java Web, RIA, ICE middleware, Asynchronous communication

1 引言

随着 Web 前端技术发展成熟，基于 AJAX 和 JQuery 等技术可以在浏览器上实现 CS 结构程序的用户体验[1]。Web 后端技术中 Java 具有面向对象，平台无关，多线程，分布，安全等特点，而这些特点恰恰满足了互联网发展的需求。但由于 Java 是一种解释性语言，所以它不能拥有 C++，C 等编译型语言所具有的性能优势，ICE 是一种通信中间件，可以解决 Java 和 C++的通信功能，这样便可以建立一种 Java 对象调用 C++对象方法的通信。嵌入式系统发展迅速，Arm 尤甚，这对嵌入式设备的 Web 客户端实现提供了硬件基础。

本文提出了一种 BS 结构嵌入式客户端的解决方案。浏览器和安装在嵌入式设备上的 Web 服务器通过 AJAX 异步通信节省资源。Web 服务器上运行互联网中的首选技术 Java Web，来动态生成网页信息。Java 通过 ICE 通信引擎和在嵌入式设备中运行的 C++程序进行通信。从而实现了浏览器对嵌入式设备中的底层应用的控制。

2 系统设计目标及结构

实现从前端浏览器调用 Arm 中用 C++对象的方法。首先通过 AJAX 和 Web 服务器进行异步通信，然后在 Web 服务器中由 Java 生成要显示给浏览器的内容，Java 在生成显示内容时，通过 ICE 调用 Arm 中 C++对象的方法，从而实现通过浏览器高效控制 Arm。系统总体框架如图 1 所示。

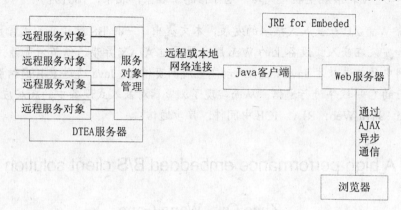

图 1 系统总体结构

该嵌入式 Web 解决方案结构的主要组成部分包括：（1）由 ICE 通信引擎和相应的 C++ 类和 Java 类组成的底层通信模块。（2）由 C++编写的嵌入式系统底层应用。（3）由 tomcat 服务器和相应的 Java Web 应用组成的 Web 模块。（4）依托 AJAX 的浏览器和 Web 应用的前端通信模块。

在编写底层应用前先要进行面向对象的分析，得出哪些方法应该暴露出来以供 Java 程序访问。分析后首先编写 slice 程序，然后分别用相应 ICE 工具自动生成 C++程序和 Java 程序，之后的底层应用模块和 Web 模块就是通过这些程序和 ICE 中间件完成通信的。

由 slice 生成的 C++程序只有抽象类，其中的方法没有实现，在嵌入式设备的底层应用中的开发中实现方法的具体类要继承由 slice 生成的抽象类，这样才可以由 ICE 中间件识别，完成 Java 和 C++的通信。

Java Web 应用要运行在 Servlet 容器中，而且需要标准 Java 运行时环境的支持。所以应该现在嵌入式设备上安装 JRE，然后再把 Web 应用移植到嵌入式设备上。要想实现 Java Web 应用模块同嵌入式底层应用模块的通信，Web 应用中对应的业务逻辑组件也要实现由 slice 生成的接口，这样它才可以得到 C++对象的引用。

当在浏览器访问嵌入式设备时，请求信息通过 http 协议传输到 Web 服务器，并交由 Java Web 应用处理，并把处理结果返回给浏览器。本方案采用 AJAX 技术，使得网页整体只需发送一次，而以后只需发送有用信息，从而提高 Web 程序的性能，减轻服务器和带宽的负担。

3 关键技术应用

3.1 基于 Ajax,JQuery 的前端开发

传统的请求/应答的同步通信方式下，客户端提出请求后，需要一直等待服务器端的响应

结果，这种方式下是对整个网页内容全部刷新，浪费了大量网络带宽，对嵌入式设备造成了资源浪费。异步 JavaScript 和可扩展标记语言（XML）（AJAX——asynchronous JavaScript and XML）技术作为一种基于 JavaScript 语言的开发技术，其代码被下载到客户端后建立 AJAX 引擎，由它负责与服务器进行异步通信，获取和刷新页面内的局部数据，从而缩短了网络延迟，同时节省了嵌入式的资源。

随着 Web 2.0 的兴起，一系列 JavaScript 库也发展起来。其中 JQuery 以其独特的优势，受到越来越多的关注。JQuery 是一种轻量级的 JavaScript 库，它具有强大的选择器，出色的 DOM 操作的封装，可靠的事件处理机制，以及完善的 Ajax 支持[2]。运用 JQuery 编写前端应用可以用更少的代码完成相同的功能。因此，本设计方案采用 JQuery 为主要前端技术。

3.2　Arm 上 Java Web 服务器安装

由于 Java web 应用和 ICE 通信引擎需要标准的 Java 运行时环境，所以本方案选择了 JAVA SE FOR EMBEDDED 版本。把该 JRE 及 tomcat 安装到 Arm-linux 上的步骤如下：

（1）得到安装文件<package name for jre>，并解压缩

tar -zxvf <package name for jre>

（2）在当前目录下得到 ejre1.6.0_xx 这个目录，把<current-directory>/ejre1.6.0_xx 设为环境变量<JAVA_HOME>的值。

JAVA_HOME=<current-directory>/ejre1.6.0_xx

（3）在环境变量 PATH 中加入<JAVA_HOME>/bin 以使系统可以正确寻找到 Java 命令

PATH=$PATH:$JAVA_HOME/bin

（4）得到 tomcat 安装文件后，解压缩

tar –zxvf < package name for tomcat>

（5）在当前目录下得到 apache-tomcat-6.0.xx 文件夹，进入 bin 目录下开启 tomcat

./startup.sh

（6）这时可以在浏览器中访问运行在嵌入式中的 tomcat 了，在浏览器中输入

http://192.168.110.11:8080（这里假设嵌入式设备的地址是 192.168.110.11）

（7）之后就可以把开发的 web 应用放置到 apache-tomcat-6.0.xx/webapps 下，浏览器就可以访问运行在嵌入式设备上的 web 应用了[3]。

3.3　基于 ICE 框架的 Java 客户端

ICE 是一种面向对象的中间件平台。从根本上说，这意味着 ICE 为构建面向对象的客户－服务器应用提供了工具、API 和库支持[4]。 ICE 应用适合在异构环境中使用：客户和服务器可以用不同的编程语言编写，可以运行在不同的操作系统和机器架构上，并且可以使用多种网络技术进行通信。无论部署环境如何，这些应用的源码都是可移植的[5]。

下面说明了 ICE 中间件的基本工作原理（如图 2 所示）：

（1）首先用 slice 语言编写好"接口"

（2）接口编好后，自然要去实现它，这时可以选择任一种宿主语言去实现该接口。本图例用的是 C++ 。用相应编译器生成辅助代码后，开发者在此基础上进行业务逻辑的开发。实现接口的一方通常作为服务端，可利用 ICE 提供的 API 发布服务。

（3）作为调用方，同样可以选择任一种宿主语言。

（4）服务端运行后，客户端便可调用其提供的接口。ICE 屏蔽了底层的通讯细节[6]。

DTEA 是基于 ICE 实现的一套框架，它采用这种方式是采用了一种面向服务的设计方案。使得各个业务逻辑之间松散耦合，结构清晰。本方案使用 DTEA 作为调用嵌入式设备底层接口的框架。通过 Java 客户端调用 DTEA 中的服务。

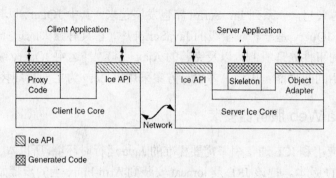

图 2 ICE 基本工作原理

4 结束语

通过以上技术的组合，在 Arm Linux 上安装 Java 虚拟机及 Web 服务器，在后端通过调用 DTEA 框架中对象的方法实现 Java 控制嵌入式底层应用；在前端通过 AJAX 实现浏览器与 Java 的通信，节省了带宽；并且在浏览器端使用 JQuery，使网页有更好的用户体验。

本方案已成功在某卫星加解密系统中运用。

参 考 文 献

[1] 施伟伟，张培.征服 Ajax-Web2.0 快速入门与项目实践. 北京: 人民邮电出版社，2006.

[2] 单东林，张晓飞，巍然.锋利的 jQuery. 北京: 人民邮电出版社，2009.

[3] 孙卫琴，李洪城. Tomcat 与 Java Web 开发技术详解. 北京: 电子工业出版社，2005.

[4] Henning Michi. A New Approach to Object-Oriented Middleware.IEEE Computer Society.January~February 2004.

[5] Xian-He Sun,Alan R. Blatecky. Middleware: the key to next generation computing. J.Parallel Distrib. Comput. 64(2004)689-691.

[6] Mohan Kumar,Behrooz A.Shirazi,Sajal K. Das. PICO. A Middleware Framework for Pervasive Computing[J].IEEE Pervasive computing, July-September 2003,Vol.2(No.3).

作者简介

王罡,男,1987 年 1 月 20 日生,研究生,北京航空航天大学,邮箱:wanggang19870120@163.com,联系方式：13466393230 联系地址：北京航空航天大学众恒课题组，邮编：100191

一种基于 CMOS 工艺实现的宽带高线性度 VGA 设计

谢书珊　邓　青　张　浩　刘海涛　万川川　朱从益

（南京电子技术研究所，南京，210039）

摘　要：可变增益放大器（Variable Gain Amplifier，VGA）广泛应用于射频接收通道，起中频放大、驱动 ADC 的功能。基于电阻反馈运放设计的 VGA 具有动态范围大、线性度高的特点。本文设计了一种全差分运放作为核心单元，反馈支路是 MOS 开关串联电阻组成的阵列，实现了一种可变增益放大器，通过切换不同反馈支路，实现增益可变。仿真结果表明，输出 P-1=10@57MHz，OIP3=30@57MHz。

关键词：CMOS；全差分运放；共模反馈；电阻反馈；动态范围

A CMOS highly-linearity boardband Variable Gain Amplifier

Xie Shushan，Deng Qing, Zhang Hao, Liu Haitao, Wan Chuanchuan, Zhu Congyi

（Nanjing Research Institute of Electronics Technology，Nanjing，210039）

Abstract: VGA（Variable Gain Amplifier，VGA）is widely used in RF receiver as IF amplifier and ADC driver. VGA designed by resistance feedback OPA has featheres of high linearity and large dynamic. This paper designed a full difference amplifier as core, and MOS switch series with resistance as feedback. The gain switch realized by program the MOS switches. The simulation results show that the VGA has large dynamic and high linearity, OP-1=10dBm@57MHz，OIP3=30dBm@57MHz.

Key words: CMOS, full difference amplifier, CMRR, feedback resistor, dynamic

1　引言

　　可变增益放大器，广泛应用于模拟电路、射频电路中，起调节增益以适应输入信号强弱变化的作用，保持输出信号稳定。增益变化的实现方法有几种，通过切换负载电阻，切换电流源，或者单独设计衰减器配合放大器实现。切换开关一般采用 CMOS 结构，切换电阻、电容或其他比例器件阵列实现 dB 线性特性。

　　传统方法中，切换负载电阻、切换电流源实现增益可变，将使放大器的输出特性受到影响，特别是驱动能力、输出线性度。采用运算放大器反馈设计增益可变，可采用切换反馈电阻的形式，不牺牲电路的驱动能力但是电路的频率响应将受全差分运放的限制。

　　高精度和多步长的 VGA 一般需要多组或多个控制字和开关，从而将增加电路的复杂性，

基金项目：江苏省科技支撑计划（BE2010003）

同时开关的非理想因素也将对性能有所恶化[1,2]。开关的非理想特性包括导通时间、关断时间、沟道残留电荷等。其中沟道残留电荷产生于 MOS 开关的切换过程，将会传导到下一级电路，从而影响系统的瞬态性能，高性能的 MOS 开关设计也将高性能 VGA 设计难点之一，将有文献对此讨论。本文将讨论一种采用 CMOS 工艺设计的宽带高线性度 VGA 设计，工艺选择 TSMC 0.18μm CMOS 工艺，单电源 3.3V。

2 采用全差分运放的 VGA 电路结构

采用 CMOS 工艺设计中频放大器、ADC 驱动器受 MOS 器件本身跨导的限制，在驱动 ADC 电路时，线性度和动态范围难以做高。本设计采用运放反馈技术以期在高速状态下实现大动态范围、高线性度。本设计 VGA 的指标如表 1 所示。本设计 VGA 的功能框图如图 1 所示，核心单元是全差分运算放大器，增益为 A，开关 S_i 串联电阻 R_i 共同构成反馈电阻，与电阻 R_0 的比值决定电路增益 A_{Vi}，i=1,2,3,4,5。放大器的增益带宽积将决定电路的带宽。

表 1　VGA 设计指标

带宽	10~60MHz	负载（$R\|C$）	200Ω‖6pF
增益范围	8~12dB，步进 1dB	OP-1	10dBm@57MHz
精度	0.1 dB	OIP3	30dBm@57MHz

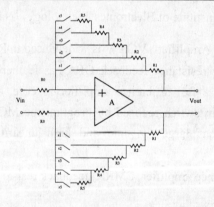

图 1　基于全差分运放的 VGA 结构图

3 全差分运放设计

电路核心单元全差分运算放大器放大电路采用折叠共源共栅（CSCG）输入级结构，为驱动 200Ω‖6pF 的负载，输出级设计采用源极跟随器结构。电路设计具有大动态范围，须避免动态范围损失，设计信号通路节点动态范围是逐步增大的，因此输入级采用 PMOS 结构，这样提高了高增益带宽积的设计难度[3,4]。图 2 所示为全差分运放放大电路的电路结构图。

根据指标要求且留有设计余量，取 A_V=20dB@60MHz，电路增益带宽积 GBW 计算得出：

$$GBW = A_V \bullet BW = 20 \bullet 60MHz = 1200MHz 。$$

输入级跨导决定了电路的增益带宽积：$GBW = \dfrac{g_m}{2\pi C_L}$。

从式 $g_m = \dfrac{2I_D}{V_{GS} - V_{TH}}$ 可以得出，输入级须具有大的电流 I_D 和较小的 $V_{GS} - V_{TH}$。

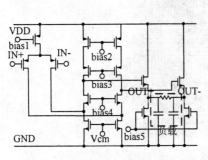 
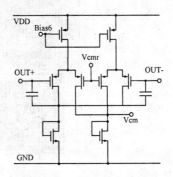

图 2　全差分运放放大电路　　　　　　图 3　共模反馈电路

图 3 所示为全差分运放电路的相位补偿电路和共模反馈（CMRR）电路。输入端采集运放输出端共模电平，与共模参考电平 Vcmr 比较得出共模误差信号，对共模误差信号进行放大施加到运放电路的共模调整管的栅极，将运放的输出共模电平调整到共模参考电平附近。电容对共模电路起相位补偿作用。

4　反馈支路设计

本设计 VGA 共有 5 种增益调节，步进 1dB，$i=1$。。5 表示增益从 8dB。。。12dB 变化,A_{v1},A_{v2}。。。A_{v5} 表示对应增益。为保证增益精度，本设计采用电阻阵列设计[5]。为获取单元电阻值，须根据每级的增益公式做出精确计算，推到出单元电阻值，根据图 1，得出增益表达式：

$$A_{V1} = 20\log\frac{R_1}{R_0}, \quad A_{V2} = 20\log\frac{R_1 + R_2}{R_0},$$

$$A_{V3} = 20\log\frac{R_1 + R_2 + R_3}{R_0}, \quad A_{V4} = 20\log\frac{R_1 + R_2 + R_3 + R_4}{R_0},$$

$$A_{V5} = 20\log\frac{R_1 + R_2 + R_3 + R_4 + R_5}{R_0}$$

通过计算得到对应的 R_0、R_1、R_2、R_3、R_4、R_5 具有的单元电阻的个数，通过单元电阻的串联或并联实现。在设计中，MOS 开关的导通电阻实际也应算入每支反馈支路的反馈电阻值，须对电阻值进行微调。因为全差分运放输入输出端有共模电平和 MOS 安全工作区限制，采用 PMOS 开关，零电平导通，高电平关闭。

5　版图设计与仿真结果

根据电路设计，电路将具有较高功耗、较大芯片面积，同时寄生参数会影响高频率性能，在版图设计时注意事项很多，提出了很高的要求。图 4 所示为完成的全差分运放版图，包括输入级、共源共栅电路、输出级、共模反馈电路、偏置电路。图 5 所示为反馈支路的版图设计，包括电阻阵列和 MOS 开关。

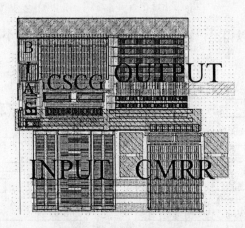

图 4　全差分运放版图

图 5　电阻反馈支路版图

经过 VGA 联合仿真，电路工作频率达到 60MHz，步进精度满足设计指标，动态范围指标 OP-1>10dBm，线性度指标 OIP3>30dBm。在驱动较低阻抗负载时，能得到更优的性能参数。

6　结论

采用 CMOS 工艺设计宽带高性能中频放大器、ADC 驱动器是业界的难点之一。本文采用全差分放大器技术，利用 MOS 开关串联电阻组成反馈电阻，通过切换开关完成增益切换实现 VGA 功能。仿真结果表明，增益切换步进精确、动态范围大、线性度高，且驱动能力不受增益变换影响。

参 考 文 献

[1] 恽廷华，宽范围高线性 CMOS 可变增益放大器的研究与实现，[博士学位论文]. 南京: 东南大学，2007.

[2] Hsu C C, Wu J T. A Highly-linear 125MHz CMOS Switched-Resistor Programmable-Gain Amplifier[J], IEEE Journal of Solid-State Circuits, 2003,38(10):1663-1670.

[3] Willy M. C. Sansen，Analog Design Essentials：Springer，2006.

[4] 朱小珍、朱樟明、柴常春，一种高速 CMOS 全差分运算放大器[J],半导体技术，2006,31(4)：287-289.

[5] 张浩，无线局域网射频接收关键技术研究与芯片设计，[博士学位论文]. 南京: 东南大学，2010.

一种交通冲突识别方法

邓亚丽　　毋立芳　　刘书琴

（北京工业大学，电子信息与控制工程学院，北京，100124）

摘　要：随着城市车辆数量的增多，车流量急剧增加，交通冲突愈发频繁，因而交通冲突的识别成为亟待解决的问题。本文依据交通冲突判别标准，首先通过背景减、二值化、中值滤波、膨胀腐蚀、以及与交叉口模板相与得到待处理的候选区域。最后用聚类方法对候选区域的车辆进行分类，如果属于一个类别的车辆面积大于给定阈值，那么这个类别的车辆就可能是交通冲突的两辆或者更多辆车。实验结果表明，该方法能够将大部分非交通冲突的视频帧滤除，达到了预期结果。

关键词：交叉口；交通冲突；交通冲突识别

An approach to traffic conflict recognition

Deng Yali，Wu Lifang，Liu Shuqin

(School of Electronic Information and Control Engineering, Beijing
University of Technology , Beijing, 100124)

Abstract: As the number of private cars increases, traffic conflict emerges more frequently, In this paper we propose an approach to recognizing traffic conflict automatically. First, candidate regions are obtained by background sunbtraction, binarization、median filter、expansion and corrosion、AND operation with the template of the intersection region. Then clustering methods is used to classify the vehicle candidate region, If vehicles which belong to a category were larger than a given threshold, this class of vehicle may be two or more cars which conflict. Experimental results show that most of the non- traffic conflict video frames had been filtered to achieve the desired results.

Key words:intersection, traffic conflicts, identify traffic conflicts

1　引言

　　道路上，两个或两个以上交通参与者运行或静止时，若双方都感知存在危险，如果不采取任何措施，那么一定会有事故发生，而一旦采取了措施就能安全地避免发生事故，这种从交通参与者感知到到有危险持续到事故被制止的过程叫做交通冲突。郭伟伟[1]对交通冲突类型，冲突特点进行了研究，并提出了更加完善的交通冲突的定义，并对临界冲突区域进行了研究并建立交通冲突严重性的判别函数。周嗣恩[2]等人研究了利用安全间接分析(SSAM) 模型分析了冲突基本原理、冲突时间(TTC)和遭遇时间(PET)等等分析指标的计算方法；以及用 VISSIM

仿真软件进行了冲突仿真分析应该注意的策略。该文献以邢台市某个道路交叉口的安全改善方案为例,对改善前后冲突仿真进行了比较分析。改善后通行效率显著提升,同时交叉、车道变换、追尾冲突数量均显著减少了,TTc 值也有所增加,表明改善后的安全程度提升了。刘小明[3]从交通冲突定义、分类、冲突调查地点和时间选择及观测人员的选择、样本的要求等方面,对我国平面交叉口的交通安全评价的交通冲突技术标准化程序进行研究。曲昭伟[4]等人用运动检测及跟踪的技术,提取图像的前景运动目标和时空运动轨迹;接着,以获取的物体的运动数据和类别为基础,判别物体运动行为,结合经典的冲突理论定义,提出了交通冲突两个判别的条件,以此来实现交叉口的交通冲突自动判别。该文由于运动跟踪算法在图像坐标系下进行,在一定程度上降低运动参数的精确度,而本文提出的算法不存在此类参数带来的误差问题。潘仕印[5] 针对交叉口的交通冲突的自动判别问题,提出了车辆冲突场的概念,并建立基于车辆长度及速度的冲突判别模型,还用仿真的方法进行初步验证。该文由于在现实中很难找到理想平面交叉口的交通冲突的分析场景,仅用仿真的方法进行分析,而本文基于实例场景进行分析。

2 算法流程

本文采用背景减和聚类相结合的方法。首先利用高斯背景模型提取视频的背景,然后对前景图像与背景做差,并对差值图像进行灰度化和二值化处理,进一步进行中值滤波和腐蚀膨胀的形态学处理,将处理结果与道路交叉口模板进行与操作,即可得到候选区域。对形态学处理和模板相与后的图像进行聚类处理,对不同的类用不同的颜色标记,通过聚类的类的面积,如果大于给定阈值,即同属这一类的两辆或者更多辆的车就可能存在交通冲突的情况。

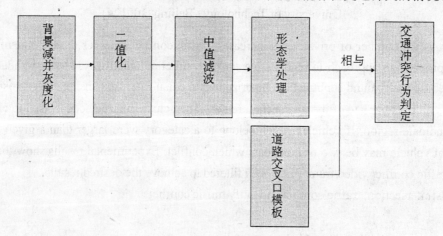

图 1 本文算法流程示意图

3 候选区域提取

3.1 背景减并灰度化

首先将前景图像与背景图像的 RGB 颜色分别进行背景差分,再对背景差分后的图像进行灰度化处理。设前景图像的 RGB 分量分别是 $R_f(i,j), G_f(i,j), B_f(i,j)$,背景图像 RGB 分量

分别是 $R_b(i,j), G_b(i,j), B_b(i,j)$。

首先将对应颜色分量相减。

$$R_d(i,j) = \left| R_f(i,j) - R_b(i,j) \right|$$
$$G_d(i,j) = \left| G_f(i,j) - G_b(i,j) \right| \qquad (1)$$
$$B_d(i,j) = \left| B_f(i,j) - B_b(i,j) \right|$$

进一步将各颜色分量的背景减结果进行平均，得到背景减结果图像。

$$Dif(i,j) = (R_d(i,j) + G_d(i,j) + B_d(i,j))/3 \qquad (2)$$

(a) 前景图   (b) 背景图   (c) 差分并且灰度处理后的图像

图 2 背景减示例

3.2 二值化

这一步就是将差分灰度图象进行二值化。二值化的原理非常简单，就是根据设定阈值将大于该阈值的像素置为 1，小于该阈值的像素置为 0。本文的二值化阈值为差分图像的平均灰度。

$$C_{th} = \frac{1}{Height * Width} \sum_{i=0}^{Height-1} \sum_{j=0}^{Width-1} Dif(i,j) \qquad (3)$$

图 3 二值化后的图像   图 4 中值滤波后的图像   图 5 图 4 腐蚀膨胀后的图像

图 3 为图 2(c) 二值化的结果图像。可以看出，经过二值化后的图像中车辆区域清晰，但同时背景区域也包含较多的干扰点，因此要对二值化结果进行后续处理。

3.3 中值滤波

用窗口 w 对图像扫描，窗口内所包含图像像素点按灰度值升（降）序排列，用中间的灰度值代替窗口中心的像素点灰度值，就完成中值滤波。

$$g(x,y) = Median\{f(m,n),(m,n) \in W\} \qquad (4)$$

窗口类型有线性，十字形，方形，环形，圆型等等。本文采用方形窗口。

可以看出中值滤波消除了一些孤立点和孤立线段。但仍然有较多噪音，就需要对图像进行形态学处理。

3.4 形态学处理

这里采用多次膨胀和腐蚀，滤除图像中的干扰点。

腐蚀运算的基本思想为：设某像素点为 1，如果其周围 8 邻域象素点中有一个象素点为 0，则该象素点置为 0；

膨胀运算的基本思想为：设某像素点为 0，如果其周围 8 邻域象素点中有一个象素点为 1，则该象素点置为 1；

图 5 为图 4 经过一次腐蚀一膨胀的结果图像。对比图 4 和图 5 可以看出，经过膨胀和腐蚀后，图像中大部分噪声点都被去除。

3.5 利用模板获取交叉口车辆图像

用图 6 中的模板图像和图 5 相与，得到图 7 中的交叉口车辆图像。

图 6　道路交叉口模板　　　　图 7　交叉口车辆图像　　　　图 8　聚类结果

4　交通冲突识别

首先采用了聚类的方法对交叉口的车辆进行聚类，步骤如下：

（1）首先定义图像大小的数组变量 temp[480][720]，并将其每个元素的初始值置 0，定义区域编号 k，初始值为 0，定义标志位 Nochange 初始值为 1。

（2）pRGB[i][j].G 为图像的坐标为（i,j）像素的绿色分量值，如果 pRGB[i][j].G 等于 255，并且它的四邻域的点都是像素值为 0 的点，那么 k 的值加一，令 temp[i][j]等于 k，这一条不满足跳转到第 3 步。

（3）取出（i,j）的四邻域 temp[i-1][j]，temp[i+1][j]，temp[i][j+1]，temp[i][j-1]不为 0 的最小值，赋给 temp[i][j]。

（4）在图像的每个点进行 2,3 步操作之后，定义一个 max_region_num 变量为聚类的类别数，并令 max_region_num=k。

（5）把图像从右至左从下到上以及从下到上从左至右进行遍历 temp[i-1][j]，　temp[i][j-1]，temp[i][j+1]，　temp[i+1][j]这几个图像像素点四邻域中最后一个小于 k 且不为 0 的编号值如果小于 temp[i][j]则被赋给 temp[i][j]，且标志位 Nochange 被置 0，继续执行 5、6 两步。

（6）对图像从上到下从左至右以及从上到下，从右至左进行遍历，图像像素点的四邻域 temp[i-1][j]，　temp[i][j-1]，temp[i][j+1]，　temp[i+1][j]最小的不为 0 的值如果小于 temp[i][j]则被赋给 temp[i][j]，且标志位 Nochange 被置 0，继续执行 5、6 两步。

（7）对每个像素点 pRGB[i][j].R=temp[i][j]%255；pRGB[i][j].B=temp[i][j]/255；因此对不同

类就标记上了不同的颜色。

（8）返回 max_region_num 的值。

通过聚类得出的效果图如图 8 所示，通过对聚类区域统计可以得到每一类的面积，通过实验设定如果每一类的面积 region[i].area>480 就判定为该帧存在交通冲突的情况。

5 实验结果及结论

对采集到的交叉口交通视频 9076 帧图像进行处理实验，本文算法能滤除掉 90%的非交通冲突的视频帧，起到预判的效果。更多实验结果表明，有冲突的车辆面积明显比其他区域大，证明了利用聚类面积判断交通冲突存在的有效性。

（a）原始图像

（b）聚类结果图像

图 9　更多实验结果

本文提出的方法能够很好地区分有冲突的车辆和没冲突的车辆，是一种有效的交通冲突判别条件。但对于并排行驶并且距离很小的车辆或者面积刚好位于阈值范围之内的车辆，容易将其误判为交通冲突的情况，相信加上车辆方向判别以及车辆面积与包围车辆凸包面积比等判定条件，会更加精确地判断道路交叉口的视频帧是否发生了交通冲突。

参 考 文 献

[1] 郭伟伟.交通冲突判别方法研究.硕士论文：吉林大学交通学院，2008.

[2] 周嗣恩，李克平，孙剑，董升，道路交叉口冲突仿真分析. 中国安全科学学报，2009，Vol.19，No.5:32-37.

[3] 刘小明，段海林.平面交叉口交通冲突技术标准化研究.公路交通科技，1997，Vol.14，No.3:29-34.

[4] 曲昭伟，李志慧，胡宏宇，郭伟伟，魏巍. 基于视频处理的无信号交叉口交通冲突自动判别方法. 吉林大学学报(工学版)，2009，Vol.39:163-167.

[5] 潘仕印.基于视频图像处理的平面交叉口交通冲突自动检测技术研究.北京：北方工业大学机电工程学院，2011.

一种适应动态环境的定位算法

朱布雷 田 斌 孙德春 易克初

（西安电子科技大学，综合业务网理论及关键技术国家重点实验室，陕西 西安 710071）

摘 要：在参考站与目标点位置相对变化环境下定位时，由于信号遮挡等问题造成定位系统所估计到的到达时间差（TDOA，time difference of arrival）数目动态变化，特别是当 TDOA 数目小于定位位置维数时，常用算法将不再适用，无法实现实时定位。对此，本文提出了一种基于最小均方算法（LMS，least mean square）的定位算法。该算法采用双重迭代，子迭代算法为 LMS 算法，采用多组并行子迭代算法实现，主迭代算法则完成子算法初值的迭代。仿真结果证明，本算法性能不受算法初值的影响，且定位精度高，易于硬件实现，适应动态环境下的实时定位要求。

关键词：定位；到达时间差；最小均方算法；动态环境

A Position-Location Solution for Dynamic Environment

Zhu Bulei, Tian Bin, Sun Dechun, Yi Kechu

（State Key Lab. of Integrated Service Networks, Xi'an 710071, China）

Abstract: When positioning in dynamic environment, the number of the estimated TDOAs in positioning system may change dynamically because of signal blockage. Especially if the number of TDOAs is smaller than that of dimensions of the positioning target, the existing algorithms do not work, which is not conducive to a real-time positioning system. So, a positioning algorithm based on LMS is proposed. It is carried out by double iterations. The sub-algorithm of intra-iteration is LMS using multiple sets of parallel sub-iteration algorithms, whose initial value is computed by the main loop of another. Simulation results show that it is suitable for real-time positioning in dynamic environment. The algorithm with high positioning precision is unaffected by the initial value. And with simple structure it is also easily implemented in hardware.

Key words: positioning, TDOA, LMS, dynamic environment

1 引言

定位技术在现代社会中发挥越来越重要的作用，基于到达时间差（TDOA，time difference of arrival）的双曲模型因其不需要目标点与参考站的时钟同步[1]，定位精度高，且适合于无源定位[2]，而被了广泛的采用。双曲模型的定位算法有很多种[3-4]，典型的算法有 Taylor 算法和

基金项目：高等学校学科创新引智计划资助（B08038）

Chan 算法。 Taylor 算法采用泰勒级数展开的方法，定位精度很高，但是它要求算法初值与定位目标真值很接近时才能实现精确定位。Chan 算法是一个复杂度相对较低，且精度较高的算法。对于动态环境下，参考站和目标点相对位置不断变化，且参考站数目动态变化，此时 Taylor 算法因其初值难以确定而影响精度，Chan 算法因参考站数目变化而需要切换算法，特别是当 TDOA 数目小于定位目标点位置维数时，以上算法将不能完成目标位置的解算。因此，本文提出了一种适应目标与参考站相对位置动态变化环境的定位算法，该算法能够充分的利用有限的 TDOA 估计信息，更适合实时定位跟踪等系统，且精度较高。

2 算法原理与步骤

本文算法的基本思想是采用基于 LMS 的子算法计算中间值，然后多次迭代子算法初始值直至获得目标位置估计的最优值。

假设待定位的目标点为 $P(x,y)$，观测点为分别为 $P_1(x_1, y_1)$，$P_2(x_2, y_2)$，$P_3(x_3, y_3)$，任意两参考点估计的 TDOA 值为 t（如 t_{12} 为 P_1、P_2 两点的测得的 TDOA），光速为 c，则：

$$d_{12} = t_{12}c \tag{1}$$

令，

$$d_{12}' = \| P - P_1 \| - \| P - P_2 \|, \tag{2}$$

其中 $\| * \|$ 表示 $*$ 的模值，目标函数取，

$$F = \left(d_{12} - d_{12}' \right)^2 \tag{3}$$

取 F 的梯度 $g = \nabla F$，即

$$g = 2\left(d_{12} - d_{12}' \right) * \nabla d_{12}' \tag{4}$$

其中，

$$\nabla d_{12}' = \frac{P_1 - P}{\sqrt{(P_1 - P) * (P_1 - P)^T}} + \frac{P_2 - P}{\sqrt{(P_2 - P) * (P_2 - P)^T}} \tag{5}$$

依据 LMS 算法思想，为使 F 最小，则采用(6)式进行位置迭代，其中 λ 为步长因子，控制迭代速度。

$$P = P - \lambda g, \tag{6}$$

显然 F 为二次方程，所以迭代算法会收敛到一个稳定值，此时 P 与 g 基本不变。本算由一个双重循环构成，主迭代过程调用子算法结果进行迭代运算，子算法是基于 LMS 的迭代算法，下面将详细说明其流程：

主迭代过程如下：

（1）初始化目标点位置 $P = P' = P_0$，P_0 可以任意取值；

（2）将 P 输入到子算法中，将 P 更新为子算法的输出结果；

（3）判断 $\| P - P' \| < \theta$ 是否成立，若为否，则跳转到步骤 2)，其中 θ 为一常数，控制迭代算法的精度；

（4）输出 P，即为目标点估算位置结果。

子算法迭代过程如下：

若某次定位有 N 个参考站，则子算法将使用 C_N^2 个并行子迭代过程。子算法流程如下：

（1）根据参考站数目选择并行子迭代模块，将主迭代过程传入的位置坐标 P 作为各并行子迭代模块的初始值；

（2）调用各子迭代过程，分别得到输出 P_{12}、P_{13}、$P_{23}\cdots$；

（3）将 $P = (P_{12} + P_{13} + P_{23} + ...) / C_N^2$，作为子算法的输出。

其中，各并行子迭代过程算法一样，每个子迭代过程计算由一组观测信息（如 P_1、P_2 和其所对应的 t_{12}）所得的结果，这里仅对一个并行子迭代算法流程进行说明：

（1）将输入数据 P 用于计算，参考式(1)(2)计算 d_{12}、d'_{12}，其中，

$$\| P - P_1 \| = \sqrt{(x - x_1)^2 + (y - y_1)^2} \, , \quad \| P - P_2 \| = \sqrt{(x - x_2)^2 + (y - y_2)^2} \, ;$$

（2）计算梯度 g，由式（4）（5）所得；

（3）判断 $|g| < \mu$ 是否成立，若成立则跳转到步骤 5），其中 μ 为一常数，决定子迭代算法的精度；

（4）参考式（6），更新 $P = P - \lambda g$，并跳转到步骤 1）；

（5）输出 $P = P_{12}$。

至此，本算法的流程结束。

3 仿真结果分析

3.1 算法精度分析

设定参考站位置误差为 15m，TDOA 估计误差为 1e-7s，进行仿真。参考站与目标点的真值位置如图 1 中子图(a)所示，误差分布如放大部分所示，显然基于 TDOA 的双曲模型的定位误差分布于一个梭形区域内，其中定位误差小于 60m 的点分布于深色区域内，定位误差小于 150m 的概率为 0.978。

将采用 Chan 算法和本文提出算法的定位结果进行比较，如图 1 中子图(b)所示，统计两个算法结果的误差分布，显然两种算法的误差分布高度一致，所以本文提出算法同 Chan 算法的精度十分接近，进而说明本算法的定位结果很精确。将所有定位误差进行简单的平均，采用 Chan 算法的定位误差均值为 56.2356m，采用本文提出算法的定位误差均值为 56.2406m，这也足以说明本文算法的精确性。

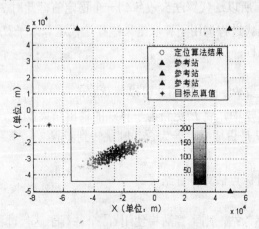

（a）本文算法的定位误差分布

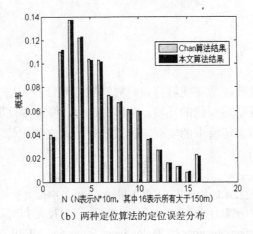

（b）两种定位算法的定位误差分布

图1　算法定位结果分析

3.2　动态环境下算法性能

动态环境下，参考站与目标地位置相对变化，且由于信号遮挡等问题，参考站的数目动态变化，即系统实际估计的 TDOA 数目动态变化。此时，Chan 算法虽然精度高，且不用初始化，但是对于不同的参考站数目算法流程不同，且当估计到 TDOA 的数目很少时，该算法将无法实现定位运算，所以定位时需要即时切换算法。本文提出算法在动态环境下不需要进行算法的切换，实时定位时，根据观测结果调节子迭代模块的数目，只需要将上次定位的结果作为本次定位运算主迭代过程中的位置更新值，而在此过程中主迭代过程不中断，这将很大程度上减少迭代算法的时间复杂度。将本文算法应用于动态环境下进行仿真，考虑搜救环境，以直升机为参考站，搜救过程中参考站接收到的信号动态变化，根据算法结构知，本文算法可以在只有一个 TDOA 估计结果时进行计算。图 2 为搜救过程中，算法的定位误差的均值在不同时刻的变化曲线，横轴时间对应不同的参考站位置。图中变化较大的点对应只有一个 TDOA 估计值时的算法定位结果，虽波动较大，但是定位误差的均值都保持在 150m 以内，所以在此二维定位过程中，本算法能够充分利用有限估计的 TDOA 信息，实现实时定位，且能够达到足够高的精度。

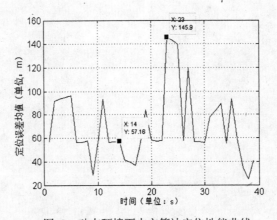

图 2　动态环境下本文算法定位性能曲线

4 结束语

本文提出算法具有精度高，易实现等特点，算法能够充分的利用 TDOA 估测结果，且能够很好的适应参考站的数目动态变化的环境，在移动定位，搜索搜救等动态环境中，具有很好的应用前景，特别是在高动态环境下的实时定位系统中，本文提出算法将发挥较好的效用。

参 考 文 献

[1] 龙海燕，张葡青. 无线定位技术的物理基础及其关键技术分析. 中山大学学报，2005，44(3)：42-45.

[2] 张正明，杨绍全，张守宏. 平面时差定位精度分析. 西安电子科技大学学报，2000，27(1)：13-16.

[3] Wade H. Foy. Position-Location Solutions by Taylor-Series Estimation . IEEE Transactions on Aerospace and Electronic Systems, 1976, 12(2): 187-194.

[4] Y. T. Chan, K. C. Ho. A Simple and Efficient Estimator for Hyperbolic Location . IEEE Transaction on Signal Procession.,1994, 42(8): 1905-1915.

作者简介

朱布雷，男，1987 年 3 月出生，陕西省咸阳市人，硕士研究生，主要研究无线通信系统，电子邮箱：zblxdjob@163.com。

田斌，男，山东省菏泽市人，教授，主要研究无线通信与通信信号处理，电子邮箱：btian@mail.xidian.edu.cn。

一种无线传感器网络节点定位方法的研究与仿真

张　蓓　田　澈

（北京航空航天大学，电子信息工程学院，北京，100191）

摘　要：矩阵束方法(MP)是一种可以用于定位的参数估计方法。本文主要通过运用 Taylor 算法和 Chan 算法求解适合未知节点定位的双曲线方程进而实现节点位置估计。此外，本文还研究了信噪比和节点个数对定位精度的影响。仿真结果表明，通过提高信噪比和增多锚节点个数，可以有效地提高定位精度。

关键词：无线传感器网络；矩阵束(MP)；Taylor 算法；Chan 算法

A wireless sensor network node locating method and simulation

Zhang Bei[1]，Tian Che[2]

（School of Electronic Engineering，Beijing University of Aeronautics &Astronautics，Beijing，100191）

Abstract: Matrix pencil method (MP) is a can be used to locate the parameter estimation method. This article mainly through the use of Taylor algorithm and Chan algorithm for solving for the unknown node localization in hyperbolic equations and node location estimation. In addition, this paper also studies the signal to noise ratio and the number of nodes on the positioning accuracy, the simulation results show that, by improving the signal to noise ratio and increase the number of anchor nodes, can effectively improve the positioning accuracy.

Key words: wireless sensor network, matrix pencil (MP), Taylor algorithm, Chan algorithm

1　引言

无线传感器网络(WSN)[1]是将大量的传感器密集地散布在感知区域，传感器间以自组织的方式构成无线通信网络，有效实现远程信息的采集、处理和传输。矩阵束法(MP 算法)[2]作为典型的参数模型估计方法之一有许多决定性的优势，如具有抗噪性高、稳定性好、计算简便等特点。最重要的是，矩阵束方法只需要单独的信道估计，并且可以估计出与多径组成部分相关的延迟。该算法通过求广义特征值得到信号极点，信号极点包含接收到各路信号的时延和角度，从而可以实现无线传感器网络节点定位。

本文在基于 MP 算法的无线传感器[3]网络节点定位方法进行研究的基础上，运用 Taylor 算法和 Chan 算法来实现节点位置估计，并对所提出的算法进行了仿真。最后分析节点个数、SNR 等对节点定位精度的影响。

2 基于 MP 算法的无线传感器网络节点定位仿真

基于 MP 算法的无线传感器网络节点定位[4]仿真过程大致为：先随机产生未知节点位置，然后设定信噪比 SNR，根据信噪比算出噪声功率，接着根据未知节点与锚节点位置算出实际时延，将它与噪声功率一同代入 MP 算法，估计出时延，算出未知节点到各锚节点的 TDOA 然后用 Taylor 算法[5]或 Chan 算法求出估计坐标，实现定位。流程图见图 1。

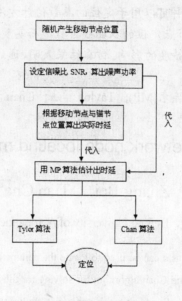

图 1　基于 MP 算法的无线传感器网络节点定位流程图

3 Taylor 算法与 Chan 算法对比仿真

现在用 Matlab 对 Taylor 算法进行仿真。假设锚节点数为 7，随机生成 100 个未知节点，基于 MP 算法估计出未知节点到各锚节点时延差，并用 Taylor 算法进行定位。信噪比为 10dB 环境下的仿真结果如图 2。

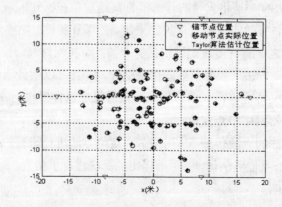

图 2　有噪环境(SNR=10dB)下对 100 个未知节点的 Taylor 算法定位示意图

可见，在有随机噪声的情况下，当锚节点密度降低时，矩阵束方法与 Taylor 算法结合能够较好地估计出信号的时延进而实现定位。

现在用 Matlab 对 Chan 算法进行仿真。假设锚节点数为 7，随机生成 100 个未知节点，基于 MP 算法估计出未知节点到各锚节点时延差，并用 Chan 算法进行定位。信噪比为 10dB 环境下的仿真结果如图 3。

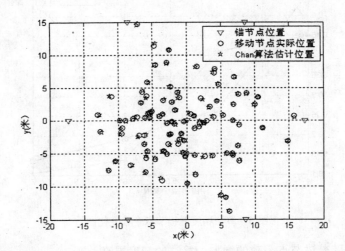

图 3　有噪环境(SNR=10dB)下对 100 个未知节点 Chan 算法定位示意图

可见，在有随机噪声的情况下，当锚节点密度降低时，矩阵束方法与 Chan 算法结合同样能够较好地估计出信号的时延进而实现定位。

4　信噪比及锚节点数对算法精度影响仿真

用 Matlab 对 Taylor 算法和 Chan 算法进行仿真[6]，改变信噪比，将噪声功率代入 MP 算法。假设锚节点数为 7，随机生成 1 个未知节点，对其进行定位[7]。定位精度如图 4。

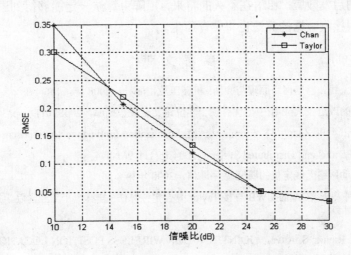

图 4　算法精度随信噪比变化图

由图 4 可见，随着信噪比的增大，均方根误差(RMSE)越来越小，精度越来越高。

用 Matlab 对 Taylor 算法和 Chan 算法进行仿真，改变锚节点个数，随机生成 1 个未知节点，对其进行定位。定位精度如图 5。

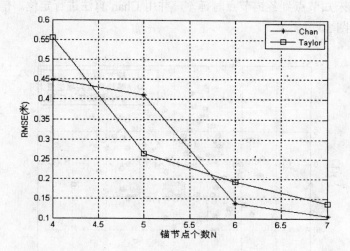

图 5 算法精度随锚节点个数变化图

由图 5 可见，随着锚节点个数的增加，算法的精度提高。

综上可知，算法的精度随着信噪比的增大和锚节点个数的增加而提高。

5 结论

矩阵束方法能够直接运用锚节点[8]接收到的数据而不用进行协方差矩阵的构造，使估计变得更加方便，计算量没有传统算法大，而且对噪声有较好的抑制作用。另外，通过增加锚节点的个数和提高信噪比，可以很好地提高算法精度[9]，从而更准确地进行定位。矩阵束算法开创性地直接运用锚节点的接收数据，使得其算法对非平稳信源和相干信源有着很好的效果，对参数估计有着很大的启发效应。相信在不久的将来，矩阵束算法一定能够得到进一步完善，而越来越多的直接运用接收数据的算法也将孕育而生。

参 考 文 献

[1] 李善，张克旺. 无线传感器网络原理与应用. 机械工业出版社，2008 年，166-179.

[2] 方敏. 矩阵束法的改进及其应用.中国优秀硕士学位论文全文数据库，2008 (01)，pp. 3-6.

[3] Shang, Y. Ruml, W. Zhang, Y. Fromherz,, M. Localization from connectivity in sensor networks, IEEE Transactions on Parallel and Distributed Systems. 2004,15(11): 961-974.

[4] 张毅等. 基于移动网络无线定位的研究.数字通信，2000 年第 8 期.

[5] 蒋文美,王玫.一种基于 TOA 的 UWB 直接 Taylor 复合定位算法. 桂林电子工业学院学报，Vol.26，No.1，Feb.2006，1-5.

[6] Kambiz Bayat, Raviraj S. Adve, "JOINT TOA/DOA WIRELESS POSITION LOCATION USING MATRIX PENCIL", IEEE, 2004: 3535-3539.

[7] 贺远华，黎洪生，胡冰. 无线传感器网络分布式节点定位算法研究.微计算机信息，2009，25(8-1):104-107.

[8] C. Savarese， J.Rabaey，and J. Beutel，Locationing in distributed ad-hoc wireless sensor networks， Proc. IEEE
     ICASSP'01， May， 2001.

[9] 林金朝,刘海波,李国军,刘占军.无线传感器网络中 DV-Hop 节点定位改进算法研究.计算机应用研究，2009，
     26 (4):1272-1275.

作者简介

张蓓，女，1986 年 11 月出生，籍贯为河北省保定市，现为北京航空航天大学电子信息工程学院硕士研究生，主要研究方向为无线电通信等。E-mail：785495915@qq.com

一种应用于 3D 相机的快速对齐算法

陈 跃 伍圣寅 于仕琪 陈文胜

（深圳大学，计算机与软件学院，深圳，518060

深圳大学，数学与计算科学学院，深圳，518060）

摘 要：本文提出一种简单快速的 3D 图像对齐算法，通过对双目摄像头拍摄的图像进行匹配，将图像中间区域的物体对齐，使得合成的 3D 图像立体感强且无重影。本文中的算法采用快匹配法和直方图分析，计算代价低，而且能够达到较高的匹配准确度，具有较高的实用价值。

关键词：双目摄像头；3D 图像；对齐

An Efficient Image Alignment Algorithm for 3D Cameras

Yue Chen[1], Shengyin Wu[1], Shiqi Yu[1], Wen-Sheng Chen[2]

(1College of Computer Science and Software Engineering, Shenzhen University, Shenzhen, 518060
2 College of Mathematics and Computational Science, Shenzhen University, Shenzhen, 518060)

Abstract: An efficient image alignment algorithm is proposed for 3D cameras. By processing some simple computation on the pictures captured by binocular cameras, we can fix the displacement of the objects located in the image center, and then synthesize the left and right image into a 3D image according to the magnitude of displacement. The computational costs of this method is relatively low and the precision.

Key words: Binocular camera, 3D image, image alignment

1 概述

最近几年，3D 电影、3D 电视迅速发展，3D 显示设备的发展比较成熟，广泛应用在家庭和影院等场所。但 3D 影片却相对缺乏，因此对于能够拍摄 3D 图像以及视频的设备的需求将会越来越多。跟普通的相机拍摄的不同，3D 图像是由左右两个摄像机拍摄到的图像进行合成得来。由于 3D 相机左右两个摄像头存在的视差，会导致合成的 3D 图像立体感不强，甚至有重影。解决这一问题的关键是将人所关注物体（一般在图像中间位置）对齐到同一位置[1]，如图 1 所示。

将被关注物体对齐到同一位置的方法有很多，常用的可以分为两大类：基于区域的方法和基于特征的方法[2]。其中基于区域的方法包括相似关联性方法[3]、傅里叶分析方法[4]和共同信

基金项目：国家自然科学基金 (60873168)，深圳市基础研究计划项目 (JC200903130300A)，广东省计算科学重点实验室开放基金 (201106002)

息方法等。基于特征的方法包括空间相关性方法、小波分析方法和特征算子方法等。其中基于特征算法的方法近几年比较流行，SIFT[5]和 SURF[6]两种特征算法使用较多。尽管上述提及的方法在近几年使用较多，但是这些基于特征算子的方法在计算时的花费较大，并且会出现匹配失败的情况导致对齐失败。本文采用快匹配方法[7]，计算代价非常低，有利于在硬件上应用，且准确度较高。

（a）未对齐图像，戴红蓝眼睛看无立体感且有重影　　（b）对齐后的图像，戴红蓝眼睛可感觉到强烈立体感

图 1　对齐前后的红蓝 3D 图像

2　图像采集设备

本文使用的图像采集设备由两个小型摄像头组成，每个摄像头获取到的图像分辨率为 640 480，视频采集帧率为 30FPS。双摄像头硬件设备如图 2 所示。

图 2　实验设备硬件

本文所使用的通过双目摄像头进行 3D 图像的合成的原理图如图 3 所示，从图中可以看出经过以为后的图像将会比原来的图像小，但是图像中间物体的重影间会得到比较好地解决。

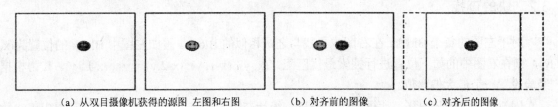

（a）从双目摄像机获得的源图　左图和右图　　（b）对齐前的图像　　（c）对齐后的图像

图 3　合成原理图解

3　快速匹配算法

本节将对使用的快速匹配算法进行介绍，本算法具有算法简洁、计算量相对较低、易于硬件实现等。算法的具体过程如下：

（1）将图像转换为灰度图像。从摄像机获得的图像是彩色图像，我们将其转换为每个像素 8 位的灰度图像，这样可以减少 RGB 三个通道都要计算的计算量，也使得计算简洁。

（2）确定左图研究区域，将其分成若干个块。对于左图我们取中间偏下的块作为研究区域。对于 W×H 的图像，研究区域的大小为 1/3W × 1/3H，其在图像中的位置如下图 4 所示，图中红色框为研究区域。将研究区域其分成若干个小块（Block），这里 Block 的大小取 8×8 像素。

（3）计算每个 Block 的偏移量。对于左图的每个 Block，在右图中找出最相似的 Block，相似 Block 水平方向的偏移作为这个 Block 的偏移。

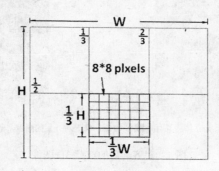

图 4　研究区域在左图中的位置

3.1　相似度的计算

对于两个 Block 的相似度，这样计算：取 Block 中对应位置的两个像素的差值的绝对值之和作为两个 Block 的相似度，可见相似度值越小相似度越高，这里取一个相似阀值作为标准，小于这个阀值的相似度就可以认为两个块相似度非常高。

对每个 Block 中像素的按从上到下从左到右进行编号，那么对于块 a 和块 b 其相似度的计算公式如下

$$dis = \sum_{i=1}^{64} abs(a[i] - b[i]).$$

3.2　块的查找

对于左图的每个 Block，在右图中寻找与之最相似的 Block。假如左图中 Block 的位置为(x, y)，则在右图中的如下位置进行搜索最优匹配：(x, y), (x-1, y), (x-2,y), …, (x-L, y)。L 为根据经验设置一个最大偏移值。

（4）统计 Block 偏移，计算整个块偏移。统计左图中所有 Block 的偏移值，获得出现次数最多的偏移值。出现次数最多的偏移值则为整幅图像的偏移值。

（5）简化的算法：为了进一步降低计算量，将 Block 中的列进行求和。这样每个 8×8 的块变成 1×8 的块，相似度的计算公式为对应块的差值的绝对值之和。这个大大减少了比较的次数也易于硬件实现优化。

4　测试数据集

为了对算法效果进行评估，需要大量数据进行实验，为此采集了一个专用于评估图像对齐

算法的数据集。使用第 2 节中介绍的双目摄像头在室内采集了 120 张图像，采用人工测量的方法，对 120 张图像中研究区域内的物品进行位移的测量及标记，每个图像都得到一个标准位移。

5 实验结果与分析

在实验中我们采用平均错误率对算法进行评估，使用绝对误差和相对误差两种策略对算法的效果测试。

绝对误差=abs(标准位移-测量位移)

相对误差=(abs(标准位移-测量位移))/标准位移

实验 1：块匹配算法的实验，实验结果平均绝对误差为 7.83 像素，平均相对误差为 17.4%。

实验 2：简化算法的实验，平均绝对误差为 7.91 像素，相对误差为 20.7%，与实验 1 结果相比，两种方法错误率不相上下，但是简化算法的计算量明显减小。

实验 3：Y 方向偏移对对齐的影响。更改比较图像在 y 方向的位移，实验结果如下图 5 所示，可见 y 方向对匹配的影响随着偏移距离的增加而加大。

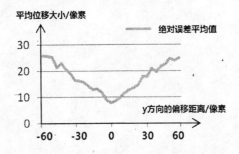

图 5   y 方向的位移对绝对误差平均值的关系图

6 结束语

本文实现了一种低计算量高准确度的 3D 图像对齐算法，采用双目摄像头拍摄图像，对拍摄后的图像进行计算，得到中间物体在左右图中的位移，再根据位移对图像进行合并，以得到中间物体没有重影的 3D 图像，本文所提出的方法计算量比较小，并且速度较快，合适在硬件上实现。部分样本的测试结果对比如图 6 所示。但是由于本方法需要先将图像转换成灰度图像再进行后续处理，因此会一定程度上受到周围环境的光照变化影响从而使得对齐不成功。在后续的研究中会对此进行改进和在 RGB 图像上面来进行对其以进一步提高匹配的质量。

图 6   部分图像对齐前后对比

参 考 文 献

[1]   B. Mendiburu, 3D Movie Making—Stereoscopic Digital Cinema from Script to Screen, Focal Press, 2008.

[2]   Barbara Zitová and Jan Flusser, Image registration methods: a survey, Image and Vision Computing, 2003.

[3]   W.K. Pratt, Digital Image Processing, 2nd ed., Wiley, New York, 1991.

[4]   R.N. Bracewell, The Fourier Transform and Its Applications, McGraw-Hill, New York, 1965.

[5]   D. G. Lowe, "Distinctive image features from scale-invariant keypoints," International Journal of ComputerVision, vol. 60, no. 2, pp. 91–110, 2004.

[6]   H. Bay, A. Ess, T. Tuytelaars, and L. V. Gool, "Surf:Speeded up robust features," Computer Visionand Image Understanding (CVIU), vol. 110, no. 3,pp. 346–359, 2008.

[7]   S. Zhu and K. K. Ma, A new diamond search algorithm for fast block-matching motion estimation, IEEE Transactions on Image Processing, Vol. 9, Issue 2, 2000.

支持信息展示和路径规划的交互电子沙盘

蔡财溪[1] 陈 靖[1] 刘 越[1] 王秉颉[2]

(1、北京理工大学光电学院，光电成像技术与系统教育部重点实验室，北京，100081)

(2、中国人民大学附属中学，北京，100080)

摘 要： 本文提出综合运用计算机视觉、图像处理技术、投影技术，结合实体沙盘模型的交互电子沙盘的概念，设计并实现了交互电子沙盘系统。系统采用基于机器视觉的多光点识别跟踪技术，获取近红外图像进行处理，得到多激光点位置并跟踪，判断激光笔交互事件，并将其运用到校园信息展示和道路规划的交互实例中。

关键词： 电子沙盘；图像处理；路径规划；人机交互

Interactive electronic sand table used for Exhibit and Path planning

Cai Caixi[1]，Chen Jing[1]，Liu Yue[1]，Wang Bingjie[2]

(1.Key Laboratory of Photoelectronic Imaging Technology and System, Ministry of Education of China，School of Optics and Electronics，Beijing Institute of Technology，Beijing 100081，China)

(2.High School Affiliated to Renmin University of China, Beijing, 100081, China)

Abstract: This paper designs an interactive electronic sand table system using the solid sand table model, computer vision, image processing and projection technology. The system is based on the multi-spot identification and tracking technology. The laser points are recognized and tracked through the processing of the near-infrared image. The interaction events of laser pointers are defined and used in exhibit and path planning.

Key words: electronic sand table, image processing, path planning, Human-Computer Interaction

1 前言

传统的电子沙盘是集遥感、地理信息系统、三维仿真等技术的三维地理信息系统，数据量和工程量较大，交互性差。目前有关电子沙盘的研究主要集中在场景的三维建模、三维虚拟漫游[2]以及基于 GIS 的动态可视化方面，而在交互性方面的研究较少。为解决传统电子沙盘交互性差的缺点，国防科技大学的谭树人等提出基于头盔显示的增强现实电子沙盘系统，将增强现实显示技术、精确注册定位技术等技术引入电子沙盘的开发中[10]。基于头盔显示的增强现实电子沙盘系统价格昂贵，设备较为笨重，实用性不强，用投影显示代替头盔显示是解决这些缺陷的有效途径，具有更强的动态性和可延展性。目前国内对基于投影显示的交互电子沙盘的研

基金项目：本项研究工作受到国家自然科学基金项目(61072096)的资助

究较少，在国外，北卡罗来纳大学的 Tyler Johnson 等人采用三台投影机进行拼接融合，将人员流动等动态图像投影到实体军事沙盘上，并运用跟踪棒进行战场军事路径指挥等交互操作[5]。

本文提出的交互电子沙盘以实体沙盘模型为基础，采用基于机器视觉的多光点识别跟踪技术，借助激光笔或手势进行模型浏览与虚拟场景漫游等信息展示交互，并可实现路径规划和路径查找。系统光点识别跟踪方法简单，效果稳定，实现了交互的自然性和高效性。

2　交互电子沙盘系统构建

如图 1 所示，本文所提出的交互电子沙盘系统主要由投影沙盘、交互显示系统、图像采集处理系统和计算机系统组成。投影沙盘完成多媒体与实体模型的精准融合；交互显示系统进行交互目标的动态信息展示；图像采集处理系统完成多光点的识别跟踪，提供人机交互的数据基础；整个系统的场景管理、场景渲染、图像采集与光点跟踪定位、交互分析与判断都是在图像工作站中完成。系统设计图如图 2 所示。

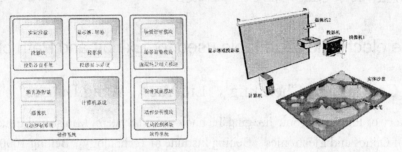

图 1　交互电子沙盘系统框架结构示意图　　　　图 2　交互电子沙盘系统设计图

3　基于机器视觉的多光点识别跟踪技术

为实现大幅面交互和多人交互，必须完成多光点的识别和跟踪，本文采用基于机器视觉的多光点识别跟踪技术，获取红外图像进行处理，得到激光点位置，并处理得到激光点按下、激光点拖动、激光点释放等事件。通过激光点间距离、角度的变化判断对应的信息展示交互操作。每一个通道的光点跟踪技术的流程如图 3 所示，获取图像后首先对图像进行滤波和增强，去除高斯噪声，增强图像信噪比；然后通过图像分割算法得到前景信息，去除背景信息的影响；对前景信息图像进行分析识别(团块检测算法)得到激光点的位置；对位置信息进行跟踪得到激光点的事件(最小距离 MDF 算法)；由于在激光点移动过程以及图像跟踪注册过程中会出现点的抖动现象，因此将对输出点的位置及事件进行 Kalman 滤波得到稳定的输出信息；最后通过接口模块将数据传送给渲染引擎进行交互效果渲染，从而得到虚实结合的自然交互效果。

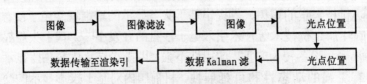

图 3　单通道光点识别跟踪流程图

光点检测结果如图 4 所示，团块的中心位置被一个单应矩阵从摄像机坐标系映射到投影机坐标系，即得到用户激光笔指向的实际位置，完成光点的标定。

  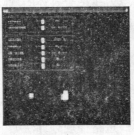 

(a)无光点　　　　(b)有光点　　　　(c)图像处理后　　　　(d)光点标定

图 4　光点检测结果

系统采用 532nm/50mw 的激光笔和三洋 1050 投影机。尽管激光笔光点的亮度很高，但是投影机的亮度也达到 4500lm，为增大前景图像与背景图像的对比度，我们在摄像机镜头上加上 800nm 滤光片，衰减进入摄像机的投影光。系统使用两个 Point Grey 摄像机识别、跟踪交互光点，相机分辨率为 640*480，图像采集速度为 60 帧/秒。系统精度测试结果如表 1 所示，由于投影机及摄像机图像均存在畸变，故光点识别和图像配准都存在一定的误差。

表 1　系统精度测试

光点坐标平均误差	交互响应时间	投影图像与沙盘位置误差
4.82 像素	52ms	4.06 像素

4　信息展示与路径规划

我们为北京理工大学部分区域构建对应的实体沙盘，图 5(a)所示为实体沙盘与投影后的沙盘，图 5(b)所示为交互电子沙盘系统图，投影机在沙盘上投射对应的图像，显示器进行交互效果的展示。用户使用激光笔点击热区浏览对应的媒体信息，如虚拟场景的漫游、三维模型的展示、图片视频的旋转缩放，在有趣的交互中获取更大的信息量和更强的沉浸感。

(a)实体沙盘与投影沙盘　　　　(b)交互电子沙盘系统

图 5　信息展示

交互电子沙盘在交互中完成对学校布局信息的动态展示，同时使用光笔交互能完成校园路径规划。利用最短路径自动规划算法，能有效的实现端对端路径自动搜索，同时也可以应用到城市导游、公交线路、电力线路等具体的规划中。

由几何学的知识可知，两点间直线距离最短，为此在实际沙盘路径网中对给定两点进行路径规划时，从起始点 S 到目标点 G 的连线方向基本上代表了最短路径的大致走向。也就是说，最终的最短路径基本是在两节点连线的两侧，而且通常在其附近，在两节点间存在一条边的情况下，这条边本身就是最短路径。我们将沙盘地图划分为标号的网格，网格各条线的交点为一系列标号的目标节点，如图 6(a)。查找起始点 S 和目标点 G 所属的网格，从而进行途中各个目标节点的计算。具体的最短路径规划算法如下：

（1）初始化：完成矢量化沙盘道路网络数据加载及程序运行环境的设置。

（2）调用 Floyd 算法子程序进行路网各节点最短路径计算。

（3）根据输入的 S 和 G 进行最短路径查表，并回溯路径，找出最短路径各个节点。

（4）进行最短路径的绘制。

在最短路径规划算法中，我们使用了 Floyd 算法，该算法基本思想是：有 n 个顶点，假设求顶点 Vi 到 Vj 的最短路径。Floyd 算法依次找从 Vi 到 Vj，中间经过结点序号不大于 0 的最短路径，不大于 1 的最短路径，··· 直到中间顶点序号不大于 n-1 的最短路径，从中选取最小值，即为 Vi 到 Vj 的最短路径。可用如下表达式描述。

$$D_{-1}[i][j]=arcs[i][j]$$
$$D_k[i][j]=Min\{D_{k-1}[i][j],\ D_{k-1}[i][k]+D_{k-1}\ D_{k-1}[k][j]\} \qquad 0 \leqslant k \leqslant n-1$$

上式中，$D_k[i][j]$ 是从 Vi 到 Vj 的中间顶点序号不大于 k 的最短路径长度；$D_{n-2}[i][j]$ 是从 Vi 到 Vj 的最短路径长度。

通过最短路径规划算法绘制的两个路径实例如图 6 所示.

  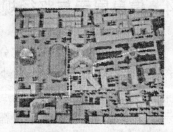

(a)沙盘路径网格　　(b)北京理工大学校内最短路径规划实例1　　(c) 北京理工大学校内最短路径规划实例2

图 6　路径规划

5　总结与展望

文章采用多光点识别跟踪技术，设计并实现了交互电子沙盘系统，并将其运用于信息展示及路径规划，实现了自然高效的人机交互。尽管如此，系统仍存在缺点和不足，为提高系统的光点识别跟踪效果和交互性能，下一阶段的研究工作主要从以下几个方面入手：(1)手势的识别，手势交互方式的实现要求在图像处理中正确的识别手形。(2)增加虚拟场景漫游在互动电子沙盘系统中的应用，提高交互沉浸感。(3)提高媒体渲染技术，将互动电子沙盘系统应用实例化，使系统真正用于城市建筑工程规划、军事指挥、房产展示等领域。

参 考 文 献

[1] Xiang Li, Yongtian Wang, et al. Analyzing Algorithm of Multi-camera Multi-touch System for Educational Application[C]. 2009 Second International Conference on Education Technology and Training, Dec.2009: 90–94.

[2] J.Han. Low-cost Multi-touch Sensing Through Frustrated Total Internal Reflection[C], In Proc, UIST'05, 2005, pp. 115–118.

[3] F.Echtler and M. Huber. Shadow Tracking on Multi-Touch Tables[C], AVI'08, 2008, pp. 388-391.

[4] W. Feng Wang, R. Xiangshi and L. Zhen.A Robust Blob Recognition and Tracking Method in Vision-based Multitouch Technique[C], 2008 International Symposium on Parallel and Distributed Processing with Applications, 2008, pp. 971–974.

[5] Tyler Johnson, Herman Towles, Andrei State.A Projector-based Physical Sand Table for Tactical Planning and Review. UNC-Chapel Hill, TR09-017,2009.

[6] 杨烜，裴继红，杨万海. 实时光点检测与跟踪方法研究[J].红外与毫米波学报. 2001 20(4) :279-282.

[7] 张志龙,张焱,沈振康. 基于视觉注意模型的团块目标检测方法[C].第十四届全国图象图形学学术会议,2008 年 5 月:301-305.

[8] 韩新宇. 基于视觉的运动目标跟踪技术与应用研究[D].哈尔滨：哈尔滨工程大学，2006.

[9] 孙振赢,王毅刚,叶乐晓. 投影显示中光笔交互技术的研究[J].机电工程，2009 26(6) :77-79.

[10] 谭树人，张茂军等. 增强现实电子沙盘及关键技术研究[J]. 系统仿真学报，2007 年 10 月，第 19 卷第 20 期：4727-4730.

[11] 郭岚，杜建丽. 电子沙盘的概念及其制作方法的比较与分析[J]. 测绘科学，2009 年 4 月，第 34 卷增刊:84,108-109.

[12] 李春葆,尹为民,蒋晶珏. 数据结构联考辅导教程[M]. 北京：清华大学出版社，2010 年 8 月.

[13] 夏良正,李久贤编著. 数字图像处理[M]第 2 版. 南京：东南大学出版社，2005 年 8 月.

反侵权盗版声明